Die fünf abgründig-komischen Erzählungen erforschen die selbstzerstörerischen Seiten ihrer Protagonisten: ein jung verheiratetes Paar, das in der Langeweile zu versinken droht, ein Mädchen aus einer russischen Immigrantenfamilie, das in der neuen Heimat Israel und mit dem seltsamen Stiefvater klarkommen muss, ein Journalist in einer sehr speziellen Liebesbeziehung, eine intelligente junge Frau, die von ihren Erlebnissen als Patientin einer psychiatrischen Anstalt erzählt, und eine Modefotografin, die dagegen ankämpft, von der Oberflächlichkeit absorbiert zu werden. Die Kraft der Erzählungen sichert der Autorin einen festen Platz in der zeitgenössischen israelischen Literatur.

Alona Kimhi wurde 1966 in der UdSSR geboren und emigrierte 1972 mit ihrer Familie nach Israel. Sie war zunächst Schauspielerin, wandte sich dann aber dem Schreiben zu. Ihr erster Roman, *Die weinende Susannah*, war ein Bestseller und wurde mit dem Bernstein Award ausgezeichnet. Alona Kimhi arbeitet am Theater sowie als freie Journalistin und lebt in Tel Aviv. Im Berliner Taschenbuch Verlag erschien bereits ihr Roman *Die weinende Susannah*.

Alona Kimhi

Ich, Anastasia

Erzählungen

Aus dem Hebräischen
von Ruth Melcer

Berliner Taschenbuch Verlag

Deutsche Erstausgabe
Dezember 2005
BvT Berliner Taschenbuch Verlags GmbH, Berlin
Die Originalausgabe erschien 1996 unter dem Titel
Ani, Anastasia bei Keter, Jerusalem

Lizenzausgabe mit Genehmigung des Carl Hanser Verlags

Umschlaggestaltung: Nina Rothfos und Patrick Gabler, Hamburg,
unter Verwendung einer Fotografie von © zefimages/grace
Gesetzt aus der Caslon von Greiner & Reichel, Köln
Druck und Bindung: Clausen & Bosse, Leck
Printed in Germany · ISBN 3-8333-0028-0

Für Efrat, Michal, Miki und Yvonne

INHALT

Filmnächte

1 Vergangenen Winter hatten Schachar und ich eine Phase, in der wir nicht mehr miteinander klarkamen. Ich war arbeitslos, und Schachars Geschäft ging den Bach runter. Er verlor Geld und stritt sich in einer Tour mit seinem Partner Doron, konnte aber aus verschiedenen Gründen, die mir schleierhaft blieben, nicht aussteigen. Also verließ er morgens das Haus und kam abends mit düsterer Miene wieder und hatte nicht mal die Geduld, mich in seinen Ärger einzuweihen, und ehrlich gesagt, interessierte es mich auch gar nicht richtig. Ich wartete auf einen Bescheid von der Filmförderung wegen eines Drehbuchs über den Golem und die Beziehung zwischen Prag und Jerusalem, das ich eingereicht hatte; ich wartete, obwohl ich das deutliche Gefühl hatte, dass es nicht angenommen würde. Den größten Teil des Tages verbrachte ich mit Schlafen, und wenn ich wach war, dachte ich darüber nach, was aus mir werden sollte und was ich unternehmen konnte, aber da ich auf diese Fragen keine Antwort fand, legte ich mich wieder auf das Sofa im Wohnzimmer und schlief weiter. Ich schloss alle Fensterläden, schaltete die Klimaanlage auf maximale Wärme, um leichter einschlafen zu können, und deckte mich mit einem Federbett zu, dessen Bezug ich seit Wochen nicht gewechselt hatte; obwohl man ihm den Grad der Verschmutzung nicht unbedingt ansah, konnte man durchaus spüren, dass er schmuddelig war, aber ich schob es vor mir her, ihn zu wechseln, weil das zu den Dingen gehört, die ich noch nie gern gemacht habe, und in der beschissenen Verfassung, in der ich damals war, hatte ich erst recht keine Lust. Ich sagte mir, wozu jetzt den einen Bezug wechseln, dann muss ich ja das ganze Bett abziehen und mich überhaupt ans Aufräumen und Putzen machen. Also ließ ich es bleiben.

Ehe Schachar nach Hause kam, stand ich auf, faltete die Decke zusammen und packte sie wieder ins Schlafzimmer, räumte ringsum flüchtig auf und leerte die Aschenbecher, damit es bei uns nicht ganz so widerwärtig aussah. Aus Pflichtgefühl. Jetzt, wo ich, was das Geld und alles betraf, auf Schachar angewiesen war, sagte ich mir, sollte ich mich zumindest bemühen, eine gute Frau zu sein. Ein Gedanke, der mich runterzog, aber so war ich damals eben drauf.

Wenn Schachar zu Hause war, spielte er die meiste Zeit mit seiner Playstation und brachte es in verschiedenen Spielen zu wahren Meisterleistungen. Wenn er genug hatte, bestellten wir auf *Home Cinema* einen Film oder zogen uns rein, was auf dem Filmekanal gerade lief. In der Regel Schwachsinnsfilme, die wir über die Jahre zum Großteil bereits im Kino gesehen hatten, aber das war uns egal, Hauptsache, wir wurden dabei müde und schlugen die Zeit tot, bis wir schlafen gehen konnten. Hin und wieder stellten wir auch Überlegungen an, was aus uns werden sollte, aber es war immer dasselbe Gewäsch und führte zu nichts. Schachar war unschlüssig, ob er seinen Anteil am Geschäft verkaufen sollte oder nicht, und ich sagte, ich wisse nicht, was ich mit meinem Abschluss in Filmwissenschaften anfangen solle, ich könne mich ja mal beim Fernsehen bewerben, eigentlich müssten im Bereich Produktion jede Menge Aufträge zu holen sein, jetzt, wo wir ein Zweites Programm und all die Privatsender hätten – lauter solche Sachen.

Wenn es nachts regnete, fanden wir das immer toll und bestätigten uns gegenseitig, wie sehr wir den Regen mochten, aber das bedeutete nicht viel, weil nichts weiter passierte und der Regen uns nicht mal an geile Sachen von früher erinnerte, wie etwa die Reise nach Amsterdam, wo wir, zugedröhnt mit Ecstasy, zwischen den Grachten herumbummelten, knutschten und uns ableckten wie junge Hunde, oder meine allerersten Semesterferien, als wir sexuell total aufeinander abfuhren und Schachar nur zwischen meinen Beinen auftauchte, wenn er einen Joint rauchen wollte. Ebenso wenig weckte der Regen Erinnerungen an die eine Wahnsinnsnacht zu Anfang unserer Beziehung, als ich zu Fuß von mir bis zu Schachars Wohnung gegangen war, weil mir sein Gesicht auf einmal gefehlt hatte, und ich unterwegs fast in den gigantischen Pfützen auf der Frischman ertrunken wäre, oder an die Zeit, als ich erst spätabends von der Uni nach Hause kam und Schachars Silhouette wartend am Fenster kleben sah. In diesem Winter war Regen einfach nur Regen.

Ich hatte oft das Gefühl, gleich zu ersticken, weil wir alle Fenster und die Fensterläden auf dem Balkon geschlossen hielten, und dazu die warme Luft aus der Klimaanlage und das Trommeln des Regens auf dem Dach und das Wissen, dass ich nirgendwo hinkonnte.

Von Zeit zu Zeit standen wir abwechselnd auf, um Nescafé zu machen. Wir tranken beide gern Filterkaffee, hatten aber nicht den Nerv, jedes Mal die Kanne auszuwaschen; keiner von uns wollte auch nur eine Szene des Films verpassen, den wir gerade sahen. Wenn dennoch einer von uns Kaffee kochen ging, brachte ihn der andere nach seiner Rückkehr aus der Küche auf den neuesten Stand – »Gerade hatte er einen Erinnerungsblitz von dem Unfall mit seiner Frau« oder »Jetzt haben sie die Nutte im gelben Fummel festgenommen, aber sie scheint nichts zu wissen« oder »Gene Hackman hat jetzt das Paket bekommen, das der Typ ihm aus Prag geschickt hat«. Kaum war der Film zu Ende, schlug ich Schachar vor, noch einen zu sehen, doch in der Regel wehrte er ab – er sei todmüde und bis oben hin bedient – und ging schlafen. Ich blieb meist sitzen und zog mir noch einen Film rein, und wenn's der letzte Schrott war – Argentinier, die nach einer Bruchlandung auf dem Gipfel irgendeines Berges gestrandet waren und sich gegenseitig aufaßen, um zu überleben, oder amerikanische High-School-Kids in den großen Ferien. Nachts war für mich an Schlaf nicht zu denken. Da verspürte ich eine Power in mir, mit der ich nichts anzufangen wusste, und im Grunde wollte ich auch nichts damit anfangen.

In solchen Nächten, Filmnächten, rauchten wir wie die Wahnsinnigen, eine Schachtel *Lucky Strike* in zwei Stunden, und tranken jeder einen guten halben Liter Kaffee. Schachar klagte regelmäßig über Schmerzen in der Brust und sagte, am Ende werde er noch an Krebs sterben, er rauche zu viel; ich meinte dann, er solle mal probieren, sich vor jeder Zigarette zu fragen, ob er sie wirklich wolle, das würde seinen Konsum reduzieren, weil er nicht automatisch die nächste anzünden würde, oder er solle sich nur eine Schachtel am Tag kaufen. Schachar erklärte, das würde nie hinhauen, da er jederzeit seinen Partner Doron anschnorren könne, und wenn's im Geschäft stressig zugehe, würde er das schon rein psychisch nicht durchstehen. Daraufhin schlug ich ihm vor, es mit Akupunktur zu versuchen, was er allerdings für ausgemachten Blödsinn hielt. Am Ende würde man ja doch wieder anfangen, meinte er.

Auch ich war am Rande des Zusammenbruchs, mein Körper war hoffnungslos dabei, zu verkümmern, doch ich konnte mich nicht aufraffen, etwas dagegen zu unternehmen. Zwar überlegten wir in regelmäßigen Abständen, auch gemeinsam, uns wieder Saisonkarten fürs Gordon-Schwimmbad zu besorgen, aber dazu kam es nie; wir zogen uns bloß an dem Gedanken hoch, wie schön es dort vergangenen Sommer immer gewesen war und wie viel Kraft wir hatten tanken können für alles, was wir sonst noch taten.

In unseren Gesprächen beklagte sich Schachar des Öfteren, dass sein Leben ihn nicht befriedige, er sei schon neunundzwanzig und wisse nicht, wie's weitergehen solle. Ich beschwichtigte ihn, indem ich ihm sagte, dass er meiner Ansicht nach ganz gut dabei sei, er stehe auf eigenen Beinen, verdiene seinen Lebensunterhalt und habe es weiter gebracht als manch anderer in seinem Alter; er müsse eben versuchen, aus der gegenwärtigen Situation das Beste zu machen, bis er eine neue Idee habe oder sich die Chance für was Neues biete. Er fand, dass ich nichts kapierte, ich würde ihn nur durch meine eigene Brille betrachten, für mich sei ja allein der Umstand, dass jemand sich ohne fremde Hilfe ernähren könne, Anlass zur Zufriedenheit. Er aber sei anders gestrickt, er benötige schon etwas mehr zum Glück, als nur die Befriedigung existenzieller Bedürfnisse. Ich merkte, dass ich ihm auf den Wecker ging – und er mir auch –, aber ich hatte keine Lösung für ihn parat. Gelegentlich gestand ich Schachar, dass ich langsam verzweifelte, weil ich womöglich nie Filme machen würde, wie ich es mir erträumte. Wenn er gereizt war, gab er zurück, er habe keinen Nerv für meine Katastrophenszenarien, Hoffnung gebe es immer; für ihn sei es ein Unding, einfach bloß in den Tag hinein zu leben. Wenn er halbwegs gut drauf war, versicherte er mir jedoch, ich würde ganz bestimmt irgendwann Filme machen, er habe nicht den leisesten Zweifel, denn ich besäße Talent. Und obwohl ich genau spürte, dass das nicht stimmte, beruhigte mich seine Aussage, weil sie immerhin dafür sorgte, dass ich mich ein bisschen besser fühlte, und das war haargenau, was ich brauchte.

2 Und dann war da noch etwas. Wir vögelten nicht. Monatelang. Es war schlimm, und das war uns auch bewusst, aber wir taten, als wäre es keine große Sache. Ich hätte keinen genauen Zeitpunkt für den Beginn dieser Entwicklung benennen können und hatte auch keine Erklärung, weshalb sie solch extreme Formen annahm. Zwischendurch dachte ich, es müsse damit zusammenhängen, dass wir mittlerweile seit vier Jahren zusammen waren; bestimmt hatte nach einer derart langen Zeit kein Paar mehr Lust auf Sex. Ich war überzeugt, alle tun immer nur so als ob oder zwingen sich, weil Sex zu einer Ehe nun mal dazugehört. Bei näherer Betrachtung, so meine Schlussfolgerung, war es jedoch nicht mehr als eine Körperfunktion, genau wie Essen und Kacken.

Anfangs thematisierten wir das Problem noch ziemlich oft, weil wir beide dachten, dass man über alles reden sollte; außerdem waren wir einander gefühlsmäßig immer recht nahe gewesen. Doch auch diese Gespräche liefen ins Leere. Wir fanden alle möglichen Erklärungen psychologischer und sonstiger Art, und gelegentlich vögelten wir sogar, in erster Linie, um nicht das Gefühl zu kriegen, wir seien völlig durchgeknallt, und natürlich auch der Form halber, aber der Sex war ziemlich ode, obwohl ich durchaus kam und alles. Im Stillen hielt ich das Ganze für überflüssig, aber wenn es passierte, empfand ich es im Nachhinein als Erleichterung. Ich zwang mich dazu, mich weiterhin ganz normal zu verhalten, und glaubte fest daran, dass meine Mühe irgendwann belohnt würde. Doch mit der Zeit schwiegen wir das Thema einfach tot – wie viel konnte man denn auch darüber reden?

Von Zeit zu Zeit meinte Schachar, es wäre vielleicht gut, ein Kind zu machen. Ich gab zurück, dass ich das noch nicht richtig wolle, mir sei es wichtiger, mich erst einmal zu verwirklichen, und zwar sowohl in persönlicher als auch in beruflicher Hinsicht. Ich wolle das Gefühl haben, finanziell auf eigenen Beinen zu stehen, denn das sei der Inbegriff von Selbstständigkeit und Unabhängigkeit. Wenn er sich dann aufregte und ich merkte, dass er mit mir nicht glücklich war, fügte ich hinzu, dass ich vielleicht sogar nie ein Kind wollen würde, als Frau sei das mein gutes Recht. Ich wusste, dass ihn solche Sprüche auf die Palme brachten, weil er von der Angst beherrscht war, zeugungsunfähig zu sein. Er hatte als Kind eine hormonelle Störung gehabt, oder zumindest dachte er das, und behauptete gern, heutzutage würde man in solch einem Fall sofort eine Hormonbehandlung vornehmen. Ich tröstete ihn dann immer, indem ich sagte, er habe doch einen großen Schwanz, aber auch dagegen begehrte er auf: Das sei eine grobe Fehleinschätzung, da er insgesamt nicht sonderlich groß geraten sei, bei einem neugeborenen Jungen wirke der Schwanz im Verhältnis zum Körper auch immer riesig. Schachar hatte kaum Haare auf der Brust, was ich geil fand, doch ihm machte es regelrecht Angst. In seinen Augen war auch das nur ein Symptom seiner Unfruchtbarkeit, und er hatte ja auch noch nie eine Frau geschwängert, keine einzige meiner Vorgängerinnen, noch nicht mal aus Versehen. Das belastete ihn, aber ich hatte nicht die Kraft, darüber nachzudenken, wie ich ihm helfen könnte. Ich stand ja selbst extrem unter Druck und fragte mich, wie ich weiterleben sollte. Und außerdem war mir klar, dass wir einander liebten. Irgendwann würde sich schon alles einrenken.

Am schrägsten waren die Wochenenden. Den Freitagabend verbrachten wir erst mit Zeitunglesen, später zogen wir uns dann ein paar Filme rein, zwei, manchmal drei, bis wir einschliefen. Die Samstagvormittage aber, die erst gegen Mittag begannen, waren echt die Härte, die machten mir richtig Angst. Was ist das bloß für eine Beklemmung?, dachte ich oft schon beim Aufwachen, noch ehe ich die Augen aufgeschlagen hatte, und dann fiel's mir ein: ach ja, Schabbat. Wir konnten mit unserem freien Tag einfach nichts anfangen. Ungewaschen und ungekämmt liefen wir ziellos durch die Wohnung und hatten keine Ahnung, wie wir uns beschäftigen sollten.

Manchmal gingen wir Schachars Partner Doron und dessen Frau Puppa besuchen. Puppa war schwanger, und Doron wirkte immer etwas niedergeschlagen, obwohl er früher der schönste Mann von ganz Tel Aviv gewesen war; sogar ich war ein paar Mal mit ihm ins Bett gegangen, nachdem ich Schachar und ihn kennen gelernt hatte, aber das war inzwischen richtig lange her. Keiner von uns hatte je ein Wort darüber verloren, und Puppa wusste von der Sache nichts.

Wir saßen bei den beiden im Wohnzimmer, und Puppa stöhnte, sie habe die Schwangerschaft gründlich satt und wolle endlich entbinden, ihr sei mittlerweile alles egal, sie rauche so viel wie früher. Manchmal trank sie auch ein Glas Whisky mit, und dann nahm sie meine Hand und legte sie sich auf den Bauch, damit ich spürte, wie das Baby high wurde und strampelte. Ihr Bauch war warm und glatt und der Bauchnabel wulstig ausgestülpt, wie eine schlecht verheilte Narbe. Ich fand das abstoßend, wehrte mich aber nie dagegen, dass sie das mit meiner Hand machte, sondern gab mich interessiert. Doch im Grunde wartete ich nur darauf, dass sie mich endlich losließ und aufhörte, mich in Verlegenheit zu bringen.

Aber diese Besuche fanden, wie gesagt, nur sporadisch statt. In der Regel hingen wir den ganzen Schabbat zu Hause herum, und wenn es Abend wurde und das Gefühl von Wochenanfang bereits in der Luft lag, stellte sich nach und nach eine gewisse Erleichterung ein. Wir einigten uns auf einen Film aus dem Angebot der Privatsender und beruhigten uns allmählich. Bisweilen beobachtete ich Schachar von der Seite und dachte darüber nach, warum ich ihn eigentlich liebte, was wir von- und miteinander hatten und was aus unserer Anfangszeit noch übrig war. Antworten fand ich allerdings keine. Er war derselbe Schachar mit denselben steckengeraden sandfarbenen Haaren und demselben Haarschnitt, den er schon gehabt hatte, als wir uns kennen lernten, wie ein Student aus Oxford, mit einer langen Strähne, die ihm in die Stirn fiel und die er ständig mit einer ruckartigen Kopfbewegung nach hinten warf, als hätte er einen Tic. Er war immer noch genauso krankhaft mager und hatte dieselbe Aussprache, die mich dahinschmelzen ließ – ein bisschen träge, mit einem ganz weichen Sch –, und doch war er anders, ohne dass ich konkret hätte sagen können, inwiefern. Ich wusste nur eines: Wenn ich gelegentlich über Trennung nachdachte, kam es mir wie das Schlimmste vor, was mir je zustoßen könnte, und am Ende war mir dann doch die Vorstellung lieber, dass sich mein ganzes weiteres Leben ausnehmen würde wie ein einziger langer Schabbat.

3 Dieser Winter war echt hart. Schuld daran war unsere Situation. Meinem Gefühl nach war alles nicht so schlimm, dass man es nicht wieder hätte hinbiegen können, aber diese vage depressive Stimmung kam mir dauernd in die Quere, wie ein überflüssiges Möbelstück in der Wohnung. Ich hatte das Glück, dass Netta genau zu dieser Zeit ihren Job als Rechercheurin bei einem Privatsender schmiss. So gingen wir öfter vormittags zu *Lanczner*, wo wir stundenlang herumsaßen und über alles Mögliche redeten.

Während wir ausgiebig frühstückten – ein Omelett für uns beide und zweimal Quark und Salat –, überlegten wir, ob wir nicht gemeinsam etwas auf die Beine stellen könnten, vielleicht ein Drehbuch schreiben und es bei der Filmförderung einreichen, ja, wir zogen sogar in Erwägung, einen Pilotfilm für eine eigene Fernsehsendung zu produzieren. Anschließend gingen wir zu weniger praktischen Angelegenheiten über und philosophierten über das Leben, über Männer. Und dabei fiel mir auf, dass mit mir etwas geschah, das ich bislang von mir nicht kannte. Manchmal verfolgte ich das, was ich sagte, wie eine Außenstehende, und konnte kaum fassen, dass ich es war, die Sätze von sich gab wie »Wozu braucht man überhaupt Männer?« oder »Ich wäre lieber allein«.

Netta fragte mich über meine Beziehung mit Schachar aus, und nachdem ich ihr das eine oder andere erzählt hatte, schlug sie vor, ich solle doch mal versuchen, Schachar zu verführen, aber auf die sanfte Tour, vielleicht habe er ja Angst vor meiner draufgängerischen Art. Allein die Vorstellung, dass da was dran sein könnte, machte mich ganz unglücklich. Um sich ein möglichst genaues Bild zu verschaffen, entlockte mir Netta ein Detail ums andere – »wie, ihr vögelt rein gar nicht, null? Seit wann?« –, und einmal warf sie sogar die Frage auf, ob Schachar vielleicht schwul sei; nach einigem Abwägen hielt sie es jedoch selbst für eher unwahrscheinlich, was ich nur bekräftigen konnte. Nettas wichtigstes Argument lautete, Sex gehöre zu den Dingen, an denen man arbeiten müsse; wenn man eine beträchtliche Zeit zusammengelebt habe, gehe der natürliche Drang, der zu Anfang der Beziehung noch selbstverständlich sei, eben flöten.

Nachdem wir alles durchgekaut hatten, drehten wir eine Runde auf der Schenkinstraße, durchstöberten stundenlang die CDs im Musikgeschäft an der Ecke King-George oder klapperten die Boutiquen nach Neuheiten ab. Netta fand, gerade weil wir zurzeit kein Geld verdienten, sollten wir uns neue Klamotten und ausländischen Brandy leisten, sonst würden wir uns von der Erbärmlichkeit unseres Lebens und den Umständen noch unterkriegen lassen.

Einen Klamottenladen auf der King-George fanden wir besonders gut. Er hatte allerlei ausgeflippte Sachen aus London und Amsterdam, die teils neu, teils aber auch secondhand waren. Die Verkäuferin hatte den klangvollen Namen Or Ben-Ari, und Netta sagte, wenn das ihr echter Name sei, dann fresse sie einen Besen mitsamt der Putzfrau. Unter uns nannten wir sie Ritzie Kneifarsch.

Diese Ritzie sah ziemlich gut aus und hatte in einigen Werbespots und Videoclips mitgespielt; in einem ihrer Spots steckt sie sich frisch gepflückte Erdbeeren in ihren geschminkten Mund, während ein Typ ohne Hemd, der aussieht, als hätte er in einer Eliteeinheit gedient, sie mit einem Wasserschlauch nass spritzt. Als ich die Werbung zum ersten Mal im Zweiten sah, rief ich: »Hey, die kenne ich, das ist Ritzie Kneifarsch aus der Boutique in der King-George, wo ich dir das Ledergilet gekauft habe!«, woraufhin Schachar meinte: »Du suchst dir vielleicht Freundinnen aus, igittigitt.«

»Freundin ist auch zu viel gesagt«, gab ich zurück. »Aber Netta, zum Beispiel, die kann man nun wirklich nicht als widerlich bezeichnen.«

Da Netta Schachar schon immer eher unheimlich gewesen war, ging er auf meine Bemerkung nicht ein.

»Aber Netta ist schließlich nicht irgendwer, sondern meine allerbeste Freundin auf der ganzen Welt«, fuhr ich fort.

Da lenkte er ein. »Na gut, ich nehme alles zurück und behaupte das Gegenteil.«

Netta hatte einmal einen Spot produziert, in dem Ritzie mitgewirkt hatte, und kaum setzten wir einen Fuß in diese Boutique, fiel Ritzie mit Umarmungen über Netta her. Sie nannte sie auch immer ›Nettusch‹. Mich dagegen bedachte sie mit Bemerkungen wie: Ich hätte doch so ein hübsches Gesicht, warum ich nichts daraus machte?

An der Ladenkasse lagen farbige Steine und Kristalle, die für gute Energie und geschäftlichen Erfolg sorgen sollten; Ritzie hatte eine esoterische Ader.

»Nettusch«, sagte sie beispielsweise zu Netta, die wie sie Krebs war. »Dieses Jahr steht im Zeichen des Krebses – das ist unser Jahr!«

Mir bot sie an, sie mal zu besuchen, um mir von ihr ein persönliches astrologisches Geburtsdiagramm erstellen zu lassen, oder sie säuselte: »Ich hab dich neulich mit deinem Freund hier vorbeigehen sehen. Was für ein Paar, verliebt bis über beide Ohren!«

Überhaupt warf diese Ritzie ständig mit Komplimenten um sich – eine grässliche Angewohnheit. Aber wir ließen uns von ihrem Geschwätz nicht abschrecken. Es war ein schöner Laden, und wenn wir was kauften, gab Ritzie uns Prozente, weil sie sich für eine Freundin von Netta hielt. Netta und ich amüsierten uns immer wieder darüber, dass wir sie Ritzie Kneifarsch nannten und sie uns in den Arsch kroch; sie war eine Art Insiderwitz von uns und gehörte zu unserem üblichen Bummel.

Wenn ich mich dann wieder von Netta verabschiedet hatte, ging ich nach Hause, kroch im Wohnzimmer unter die Daunendecke und erging mich in meinen alten Grübeleien. Ich fand meinen Körper hässlich, ich war verzweifelt, weil ich immer noch keine Ahnung hatte, wie's mit mir weitergehen sollte, und ich dachte über Sex nach. Vor allem aber wartete ich sehnsüchtig darauf, dass Schachar nach Hause kam, denn wenn er da war, fühlte ich mich nicht mehr gar so einsam. Ich fragte mich, ob die »schönste Sache der Welt« tatsächlich die Bedeutung hatte, die man ihr im Allgemeinen beimaß, und nahm alles, was unter den Begriff »Sex« fiel, auseinander, um zu ergründen, weshalb so viel Wirbel darum gemacht wurde. Doch je länger ich nachdachte, desto weniger Sinn ergaben meine Gedanken. Der Mann steckt sein Glied in das Geschlechtsteil der Frau, was ihr höchstes Vergnügen bereiten soll. Dafür wird gemordet und betrogen, wird Verrat begangen, werden Länder erobert. Mehr noch: Wenn der Mann sein Glied in das flaumige Geschlechtsteil der Frau steckt, gilt das als Symbol für Zweisamkeit, ja, der Akt an sich ist das entscheidende Kriterium. Wenn er fehlt, verliert die Liebe trotz aller Hingabe, Sehnsucht und Leidenschaft jegliche Bedeutung und ist bloß irgendeine Symbiose oder Freundschaft. Noch mal von vorn: Der Mann steckt sein Glied in das flaumige Geschlechtsteil einer Frau, und erst das macht die Beziehung zu einer echten Beziehung. Ohne Sex ist alles unfruchtbar. Es war absurd, aber ich kam einer Antwort keinen Millimeter näher. Das, was mir durch den Kopf ging, hatte mit dem, was ich empfand, nicht das Geringste zu tun. Ich liebte Schachar, liebte ihn ganz schrecklich, und wollte nichts anderes, als dass er endlich nach Hause kam.

Und es regnete ohne Unterlass.

Nacht für Nacht fragte ich Schachar, ob er es gar nicht vermisse, mit mir zu vögeln, und ob er sich von anderen Frauen angezogen fühle. Theoretisch vermisse er es schon, gab er zurück, aber eigentlich wisse er es nicht genau. In dieser Phase, in der er vor lauter geschäftlichen Sorgen nicht mehr geradeaus denken könne, nehme er Frauen kaum wahr, das sei normal.

»Und was ist mit mir?«, wollte ich eines Nachts wissen. »Fährst du noch auf mich ab?«

Nach einem kurzen Zögern brummte er: »Man könnte meinen …, als würdest du auf mich abfahren.«

Ich fragte mich, ob er sich einen runterholte, wenn er allein war, aber mein Gefühl sagte mir, nein.

Dann schlang Schachar seine Arme um mich und drückte mich an sich.

»Hör endlich auf, dir den Kopf zu zerbrechen, wir machen uns nur fertig. Ich weiß selbst nicht, was das alles bedeutet, aber eins weiß ich sicher: dass ich dich mehr liebe, als ich je irgendjemanden geliebt habe.«

»Ich dich auch, aber ich hab Angst, dass am Ende alles platzt«, gab ich zurück. »Obwohl ich mich schon ziemlich daran gewöhnt habe und es mir inzwischen echt egal ist, ob wir vögeln oder nicht.«

Doch ich wusste: Ob ich mich nun daran gewöhnt hatte oder nicht, die Apokalypse stand unmittelbar bevor; Sex war eben keine Sache, die man auf die leichte Schulter nehmen konnte, sonst würde die Welt nicht so ein Tamtam darum machen. Es zog mich runter, den Erfahrungen einer anonymen Allgemeinheit mehr zu trauen als meinen eigenen Gefühlen, aber der Gedanke ließ mich nicht mehr los, auch wenn ich noch nicht so weit war, meine Hoffnung endgültig zu begraben. Ich betete inständig darum, dass sich alles wieder einrenken würde – es konnte doch gar nicht anders sein, wenn zwei sich so sehr liebten –, und legte einen Film ein.

Tags darauf fuhren wir nach Caesarea, um Schachars Mutter zu besuchen. Ich war gern bei ihr, weil es dort blitzsauber war und sie uns bekochte. Sie hatte viele Gemälde an den Wänden, vor allem Schafe von Kadishman, Schafe in allen Variationen und jeder erdenklichen Stellung. Sie verliehen dem Haus eine beschissene Stallatmosphäre, aber nach unserer verdreckten Stadtwohnung war die ländliche Idylle goldrichtig.

Schachars Mutter hieß Dina. Sie verströmte den Duft von *Opium*, trug schweren Silberschmuck und verzichtete trotz ihrer stolzen Größe von einhundertachtzig Zentimetern auch zu Hause nicht auf hochhackige Schuhe. Die Spitze dieses behängten Turms krönte eine rote Lockenmähne, die aussah wie eine Perücke vom Karneval in Rio. Als kleines Mädchen hatte Dina davon geträumt, Tänzerin zu werden, doch der Hintern, der sich bereits in der Pubertät zur Breite eines Billardtischs herausbildete, hatte ein Medizinstudium nahe gelegt, und so war sie Ärztin geworden.

Vor ein paar Jahren hatte sie sich von Schachars Vater getrennt und einen Zuckerimporteur namens Reinhorn geheiratet, der aus unerfindlichen Gründen darauf beharrte, Schachar »Sohn« zu nennen. Schachars Vater war früher Pilot gewesen und lebte jetzt in Thailand, wo er eine Kneipe für Israelis aufgemacht hatte und mit einer bildhübschen zwanzigjährigen Thailänderin verheiratet war, die nicht ein Wort Englisch sprach. Angeblich bestand sein größter Traum darin, zu Schachars Mutter zurückzukehren, zumindest behauptete sie das gern und versäumte es nicht, hinzuzufügen, dass er sich das natürlich aus dem Kopf schlagen könne, sie halte es mit ihm einfach nicht aus. »Fliegender Potz« nannte sie ihn, wenn sie Schachar außer Hörweite wähnte, doch kaum erschien er auf der Bildfläche, schaltete sie sofort um auf »dein Papa, der Pilot«. Aus erzieherischen Gründen.

Ebenfalls mit zum Clan gehörte Schachars große Schwester, Nevia. Sie lebte in den Vereinigten Staaten und war mit einem bekannten Gauner verheiratet, der aus Israel abgehauen war, wegen Steuerhinterziehung, was ihm zwanzig Jahre Knast eingebracht hätte. Sein Name passte absolut nicht zu einem Kriminellen: Joram, der Name, der für »brav« und »angepasst« steht. Wenn wir uns erkundigten, wie es Joram und Nevia gehe, zog Dina mit der Geste eines Zauberers die neuesten Fotos hervor, die Nevia ihr geschickt hatte: Nevia beim Grillen am Rand des Swimmingpools mit riesiger Sonnenbrille und Hängebäuchlein überm Bikinislip, Nevia beim Frisbeespielen mit den beiden Kindern am Privatstrand des Sommerhauses, das Joram in Malibu gekauft hatte.

Zum Mittagessen gab es Hühnchen in Teriyakisauce, Lammkeule mit Minze und Rosmarin, Salat aus vier Sorten Blattsalat, Lachsmousse mit Kapern und eine Quiche aus Halloumi, den sich Schachars Mutter extra aus Zypern hatte mitbringen lassen.

Sie saß mir gegenüber und schien nicht zu bemerken, dass sie Fasern vom Hühnchen zwischen den Zähnen hatte und das Kinn mit Salatsauce verschmiert war. Ich dagegen konzentrierte mich das gesamte Essen hindurch auf ihren Mund, als würde das Chaos von allein aufhören, wenn ich nur lange genug hinsah.

Kauend und schmatzend berichtete Dina von einem neuen Patienten, den sie behandelte, einem Mann mit Brustkrebs. Sie arbeitete als Onkologin in der Geha-Klinik und erzählte fürs Leben gern von interessanten Fällen. Wir mussten ihr zu gleichgültig vorgekommen sein, denn sie holte weit aus, erläuterte, dass Brustkrebs bei Männern äußerst selten sei, und beschrieb uns haarklein, wie sie ihrem Patienten den bösartigen Tumor herausgeschnitten und dabei überall im Körper weitere Metastasen entdeckt hatte, und dass sie den Mann nun mit Chemotherapie und Bestrahlungen weiter behandelte. Nach dem Hauptgang wischte sich Dina mit einer gestärkten weißen Baumwollserviette den Mund ab und servierte das Dessert, ein Erdbeerparfait mit Armagnac, das ich ungenießbar fand.

Mit dem Kaffee kam die Zeit für Geschenke. Für mich gab's eine Platte zum Servieren von Käse und ein Buch über die Unterschiedlichkeit von Männern und Frauen mit Ratschlägen für die Beziehungsarbeit. Ich sagte, ich hätte für ein solches Buch keine Verwendung, meine Beziehung mit Schachar sei hervorragend, doch Dina ließ sich nicht beirren; sie wisse, dass wir glücklich seien, erklärte sie, aber gerade von dieser reifen Warte aus sei es spannend, einmal alles neu zu überdenken. Schachar schenkte sie ein Buch über Aerodynamik, weil er sich doch, wie sie sich ausdrückte, schon als kleiner Junge für Flugzeuge interessiert habe, und eine Flasche *Tsar* von Van Cleef & Arpels, obwohl er aufgrund seiner Alkoholallergie nie Aftershave benutzte.

Als wir abends wieder zu Hause waren, wusste ich nicht, was ich mit mir anfangen sollte. Schachar zog sich gleich mit seiner Playstation zurück, also rief ich Netta an. Beim Telefonieren fiel mir auf, dass die Sprechmuschel verschmutzt und fettig war und ein paar Tabakkrümel daran klebten. Da wurde mir bewusst, dass ich zu sehr auf die abstoßenden Sachen im Leben achtete, und fragte mich, welche Bedeutung das wohl für meine seelische Verfassung hatte. Gut konnte es nicht sein, so viel stand fest.

Netta meinte: »Na dann komm doch vorbei, wenn du nichts zu tun hast.«

Normalerweise trafen wir uns nicht bei Netta, weil sie nicht duldete, dass man bei ihr rauchte, auch wenn sie selbst rauchte wie ein Schlot. Sie lehne es strikt ab, im Gestank zu leben, sagte sie, und hielt ihr wunderschönes Zuhause immer strahlend sauber. Wenn wir bei ihr rauchen wollten, mussten wir also das Gespräch unterbrechen und auf den Balkon gehen, und jetzt im Winter war es dort unangenehm nasskalt. Trotzdem nahm ich ihre Einladung an, denn die Wände der Wohnung und das Piepen der Playstation trieben mich in den Wahnsinn.

Netta machte uns Cappuccino mit ihrer hypermodernen Espressomaschine und erzählte ohne Punkt und Komma von einem Journalisten, den sie am Freitag auf einer Party kennen gelernt hatte. Er sei gerade damit beschäftigt, sein Buch zu Ende zu schreiben, und sie solle ihn frühestens in einer Woche anrufen, wenn er fertig wäre; im Moment, habe er ihr erklärt, würde ihn eine Lovestory nur aus dem Konzept bringen und ihn ablenken. Eine Zeit lang hörte ich ihr mit wenig Interesse zu, dann sagte ich, wenn ich ein Mann wäre, würde ich mich vor fremden Frauen schrecklich ekeln, wegen der kleinen harten Hubbel vom Rasieren unter den Achseln und in der Bikinizone. Netta sah mich an, als würde ich spinnen, und meinte, es gehe sie zwar eigentlich nichts an, aber ich müsse unbedingt endlich wieder regelmäßig vögeln, ich würde immer durchgeknallter. Ich regte mich auf und erklärte, ich sei nicht bereit, Sex dermaßen wichtig zu nehmen, als ob damit alles stehen und fallen würde, ich hätte diese Holzhammerphilosophie langsam satt. Netta war beleidigt, und danach konnten wir nicht mehr richtig reden, also ging ich nach Hause.

Schachar saß auf dem Sofa und zog sich einen Film rein, den wir schon x-mal gesehen hatten und den wir beide super fanden: *Apocalypse Now*. Als ich mich zu ihm setzte, sagte er: »Warum er ausgerechnet Martin Sheen genommen hat, werde ich nie begreifen.«

»Ursprünglich sollte Harvey Keitel die Rolle übernehmen, aber das hat eben nicht geklappt.«

»Weiß ich«, gab Schachar zurück. »Trotzdem. Das ist doch noch lange kein Grund, diesen Phlegmatiker zu engagieren. Wir sollten uns unbedingt mal das Making-of dazu ansehen, *Hearts of Darkness*.«

»Ja, bloß ein Teil des Materials zu diesem Film wurde von Coppolas Frau gedreht, deswegen kriegt man nichts von den Nummern zu sehen, die dieser fliegende Potz mit irgendwelchen Thais abgezogen haben soll.«

Schachar sah mich erstaunt an, und ich erschrak kurz, da ich befürchtete, er habe eben zum ersten Mal geschnallt, wie Dina hinter seinem Rücken von seinem Vater sprach.

»Der fliegende Potz?«, prustete er mit thailändischem Akzent.

»Der fliegende Potz!«

Damit war klar, dass ich ihm nichts erzählt hatte, was er nicht schon wusste.

Schachar kugelte sich vor Lachen, und ich lachte mit, und dann umarmten wir uns, und ich bedeckte Schachars Gesicht mit Küssen, auf die Wangen und auf die Nase, und Schachar streichelte meinen Busen und meinte: »Deine Augen sind echt der Wahnsinn«, und während er seine Hand zwischen meine Schenkel schob, fügte er hinzu: »Aber am meisten beeindruckt mich deine ganze Art.«

Später ging ich Kaffee machen, und als ich wiederkam, brachte Schachar mich auf den neuesten Stand: »Robert Duvall hat gerade herausgefunden, dass Vince ein berühmter Surfer ist, jetzt organisiert er das Wettsurfen auf dem Fluss.«

Als der Film zu Ende war, blieb ich nicht wie üblich sitzen, um mir noch einen anzusehen, sondern schloss mich Schachar an, der schlafen ging. Nach dem Zähneputzen legte ich mich zu ihm ins Bett. Er behielt sein T-Shirt und die Unterhose an, und nachdem er das Licht gelöscht hatte, begann ich ihn sanft zu streicheln. Ich kam mir äußerst seltsam dabei vor, weil ich das schon lange nicht mehr getan hatte, und war etwas gehemmt, als stünde zu befürchten, dass Schachar auf einmal denken könnte, ich sei eine Hure. Meine Berührungen waren zaghaft und flüchtig, wie von einem Kind, ich wollte ihn keinesfalls verschrecken. Er nahm mich kurz in den Arm und streichelte mich, doch dann kehrte er mir den Rücken zu und war binnen weniger Minuten eingeschlafen. Ich lauschte dem Rauschen des Regens, bis Schachar anfing zu schnarchen, leise, mit einem Pfeifen am Ende eines jeden Atemzugs, dann nahm ich meine Decke und zog um ins Wohnzimmer, wo ich mich aufs Sofa warf und mit offenen Augen dalag, bis ich die ersten Busse hörte. Ich stand auf und ging barfuß zur Toilette, um zu pinkeln, und da sah ich, dass ich meine Tage bekommen hatte.

Ich betrachtete meinen Slip mit den dunklen Blutflecken und musste wieder daran denken, dass wir am Anfang, als Schachar und ich noch nicht lange zusammen waren, auch dann gevögelt hatten, wenn ich blutete. Mich hatte das sehr erregt; bis dahin war ich überzeugt gewesen, Männer würden sich vor solchen Frauensachen ekeln. Ich weiß noch, dass ich zu ihm sagte, in meinen Augen sei es ein Zeichen wahrer Liebe, dass er seinen Ekel überwinden könne und mit mir alles veranstalte, was er eben mit mir veranstaltete. Er gab zurück, dass das für ihn nichts Abstoßendes habe; offenbar seien die Männer, mit denen ich bis dahin zu tun gehabt hätte, bescheuert gewesen. Damit war er für mich ein ganz besonderer Mensch.

Inzwischen hatte ich eiskalte Füße. Ich schob mir einen Tampon rein und kehrte zurück zum Sofa. Bevor ich einschlief, befand ich, dass es nicht eben der große Hit war, eine Frau zu sein. Und ich fragte mich, ob mich eines Tages irgendein Mann wieder anziehend finden würde.

4 Netta sagte, sie gebe an Silvester eine große Party, wir seien eingeladen. Schachar wollte nicht hingehen, er hatte keinen Bock auf Leute, doch ich überredete ihn; Lust hatte ich zwar auch nicht, aber ich fand, wir könnten eine Abwechslung vertragen. Bevor wir uns auf den Weg machten, jammerte Schachar, seine Frisur sehe katastrophal aus, er brauche dringend einen neuen Schnitt; was für einen, wisse er nicht, nur, dass er es satt habe, auszusehen wie ein englischer Chorjunge. Ich half ihm, seine Haare mit ein bisschen Wasser und Gel zu stylen. In seiner schwarzen Levi's

und dem schwarzen Rolli sah er blendend aus, das Einzige, was sein Erscheinungsbild vermasselte, waren das nervös verkrampfte Kinn, das seinem Gesicht jeden Ausdruck raubte, und der aschfahle Teint, den er in letzter Zeit hatte.

Aufgrund unserer Vorbereitungen trafen wir ziemlich spät bei Netta ein. Die anderen Gäste waren schon da, größtenteils Freunde vom Fernsehen und Leute aus der Zeit, als Netta noch in Jerusalem gewohnt hatte; die meisten kannte ich nicht. Obwohl Netta sich freute, mich zu sehen, und sagte, ich sähe prima aus, fühlte ich mich gestresst und einsam und war geradezu froh, als ich Ritzie Kneifarsch entdeckte. Sie hatte einen Tigerhut auf und trug eine Brille mit kleinen Gläsern, die ihr das Aussehen einer gewöhnlichen Buchhalterin verlieh. Ihre Augen erinnerten an die eines Dobermannpinschers, rund und glänzend, und sie hörte nicht auf, glückselig zu lächeln, als hätte sie soeben jemand mit einem Wasserschlauch abgespritzt. Sie kam auf mich und Schachar zu und rief: »Oh, da sind ja die Schwerverliebten!« Dann wandte sie sich an Schachar, obwohl sie ihn kaum kannte. Schwarz stehe ihm wahnsinnig gut, stellte sie fest und fügte hinzu, seine Haare seien ja toll gewachsen. Mir gab sie einen Kuss. Ihre Wange war glatt und angenehm, und ich dachte: Muss toll sein für Männer, diese Ritzie mit ihren glatten Wangen zu vögeln; wenn die Typen sie hinreichend bedrängen, lässt sie es sich bestimmt nicht nehmen, ihnen gehörig einen zu blasen, sie beklagt sich garantiert nicht, dass sie keinen Bock dazu hat oder der Geschmack sie anwidert, und sicher wäre sie die Letzte, die die Wichse in den Aschenbecher spuckt, weil sie diese Nummer abzieht von wegen »nur ja nett sein und keinen Ärger machen«. Bestimmt liegen bei ihr die Slips fein säuberlich gefaltet im Schrank, statt wie bei mir in einem unkultivierten Haufen, und ihre Oberteile wandern schon nach einmaligem Tragen in die Wäsche. Ich stellte mir Ritzies frisch bezogenes Bett vor, die Bettwäsche farblich aufs Laken abgestimmt, und hatte in dem Moment unglaublich Lust, Ritzie zu sein und zu ihr nach Hause zu gehen und es mir mit einer Orange und einer dämlichen Zeitschrift von der Art, die sie liest, oder einem Astrologiebuch in ihrem frisch gemachten, wunderbar duftenden Bett gemütlich zu machen und noch ein bisschen zu lesen, bevor ich das Licht löschte. Das einzig Störende an diesem Bild wären die Orangenschalen auf dem Nachttisch, obwohl die Idylle eigentlich erst durch sie so richtig vollkommen wäre.

»Los, Tanzen ist angesagt«, meinte Ritzie und wackelte davon, und Schachar fand, sie sei eigentlich ganz süß und sehe ein bisschen traurig aus. Ich hielt das für ausgemachten Blödsinn, sie war ungefähr so traurig wie eine kaputte Kloschüssel, aber ich war so froh, dass er etwas Gutes über die Party zu sagen hatte, dass ich ihm zustimmte.

»Ja, sie sieht ein bisschen traurig aus, und sie riecht auch traurig.«

Da rief Netta mir im Vorbeigehen zu: »Müsst ihr dauernd aneinander kleben? Los, komm mit, ich stell dir ein paar Leute vor.«

Sie zerrte mich hinter sich her und machte mich mit einem amerikanischen Freund von ihr aus Jerusalem bekannt. Er erzählte mir etwas von Gedichten, die er schrieb, besorgte mir Wein in einem durchsichtigen Plastikbecher und stellte mir Fragen zu meinen Filmprojekten. Insgesamt genoss ich die Situation, aber ich machte mir ein bisschen Sorgen um Schachar; er sollte auf keinen Fall leiden, und meine Augen waren ständig auf der Suche nach seinem schwarzen Rollkragen. Als ich sah, dass er bei Doron und Puppa stand und sich mit ihnen unterhielt – er wirkte entspannt und lächelte –, beruhigte ich mich und ließ es mir gefallen, dass der Dichter mich weiterhin zutextete, während ich nach und nach immer beschwipster wurde. Ich erzählte ihm von dem Drehbuch über den Golem und dem Ding, das die Prager mit dem Golem haben, und der Beziehung zwischen Prag und Jerusalem. Das schien ihn tatsächlich zu interessieren, er wollte wissen, wann ich vorhätte, den Film zu drehen, und als ich sagte, dass ich auf eine Antwort von der Filmförderung wartete, meinte er, er kenne ein paar Leute, die eventuell bereit wären, in ein solches Projekt Geld zu investieren. Dann gingen wir auf die Tanzfläche, und ich tobte mich aus, obwohl gerade Acid gespielt wurde, eine Musikrichtung, die ich normalerweise absolut unerträglich fand. Ich hörte nicht eine Sekunde auf, mir Sorgen zu machen, dass Schachar sich langweilen könnte, bis ich dermaßen einen in der Krone hatte, dass es mir egal war. Als ich mich ausgetanzt hatte, stellte ich mich auf den Balkon und rauchte Zigaretten mit dem Amerikaner und allen möglichen anderen Leuten, die er mir vorstellte, und da kam Schachar auf einmal an und flüsterte mir ins Ohr, er habe genug und wolle nach Hause. Alles in einem lieben, kindlichen Ton, und zwar extra: Er wusste genau, dass ich darauf abfuhr. Ich fiel beinah um vor lauter Entzücken und Zärtlichkeit, die ich für ihn empfand.

Wir verabschiedeten uns von Netta, Doron und dem Amerikaner und wankten ziemlich angeduselt nach Hause. Auf einmal ging es mir supergut. Eigentlich, dachte ich, ist doch alles in bester Ordnung, und was nicht in Ordnung ist, wird sich schon einrenken, wir machen uns einfach viel zu viele Sorgen. Das sagte ich auch zu Schachar, und er gab mir Recht. Er befinde sich in einer wirren Phase und hoffe, ich hätte Geduld mit ihm, da er fest vorhabe, sich demnächst wieder zu berappeln. Dann umarmten und küssten wir uns. Zu Hause angekommen, zog er mir erst die Schuhe und dann die übrigen Kleidungsstücke aus, und nachdem er sich ebenfalls entkleidet hatte, krabbelten wir in unser Bett und kuschelten ein bisschen, bis er sich irgendwann umdrehte und mit dem Rücken zu mir einschlief. Ich wartete, bis er leise anfing zu schnarchen, und dachte darüber nach, wie sehr ich ihn liebte und dass ich nichts unversucht lassen wollte, damit unsere Beziehung wieder ins Lot käme. Dann nahm ich meine Decke und legte mich im Wohnzimmer schlafen.

5 Wochen nach dem Silvester bei Netta saßen wir zu Hause und sahen einen Film mit Richard Gere als Psychologen und Kim Basinger als Patientin, als aus heiterem Himmel Doron anrief und sagte, Puppa habe eine kleine rothaarige Tochter von dreieinhalb Kilo zur Welt gebracht, die sie voraussichtlich Roï oder Leschem nennen würden. Es sei eine leichte Geburt gewesen, sie hätten Puppa eine Periduralanästhesie verpasst, und er habe alles hautnah miterlebt. Er würde sich sehr freuen, wenn wir auf ei-

nen Sprung vorbeikämen, um ihm Gesellschaft zu leisten, er dürfe keinesfalls einschlafen, weil er in ein paar Stunden wieder ins Krankenhaus müsse. Wir fuhren sofort zu ihm.

Ein ungepflegter, aufgewühlter Doron öffnete uns die Tür. Sein Pferdeschwanz hatte sich in Wohlgefallen aufgelöst, seine Augen strahlten. Er gab eine Runde Whisky mit Soda aus und erzählte von der Entbindung, alle möglichen Dinge, die sich echt brutal anhörten, und ich dachte: Woher hat diese Puppa bloß die Kraft genommen, das durchzustehen? Die Antwort war jedoch sonnenklar: Sie hatte gar keine andere Wahl gehabt.

Der bezaubernde Teil von Dorons Geschichte war die Beschreibung des Augenblicks, als das kleine Mädchen aus Puppas extra dafür rasierter Möse flutschte und die Luft gefror und die Zeit anzuhalten schien und alle schweigend und voller Rührung dastanden, das klitzekleine Wesen betrachteten und das Flügelrauschen der Engel hörten. Der widerliche Teil der Geschichte war, dass Puppa unter der Anstrengung der Presswehen ihre Kacke voll auf den Arzt abgespritzt hatte, was den aber, wie Doron betonte, nicht im Mindesten gekratzt habe, offenbar sei er dergleichen gewohnt. Überhaupt, erklärte Doron, ekele man sich bei der Entbindung vor nichts. Mir wurde schon bald alles zu viel, weil Doron langsam anfing, sich zu wiederholen, aber als ich mir eine Zigarette nehmen wollte, verkündete er feierlich, ab sofort werde bei ihnen zu Hause nicht mehr geraucht, wegen des Babys. Doch irgendwann hatte er das scheinheilige Getue selber satt.

»Also gut, rauchen wir eben eine, sie kommen sowieso erst in drei Tagen nach Hause.«

Da rauchten wir wie die Geistesgestörten, um das Versäumte nachzuholen, und schwelgten in Erinnerungen daran, wie wir zu dritt Tel Aviv unsicher gemacht hatten, ehe Doron Puppa begegnet war; damals hatte sich Doron kaum auf die Schenkin wagen können, weil er ständig irgendwelchen Exgeliebten zuwinken musste – ungefähr der halben Stadt.

Dann fragte Doron, ob wir Hunger hätten, und wir sagten nein, aber er ging trotzdem in die Küche. Kurze Zeit später tischte er uns frischen Toast, Honig, ein Schälchen Oliven, einen Dip aus Quark und Knoblauch und einen Salat mit Schafskäse auf. Da ließen wir uns überreden und aßen beide, obwohl es schon ungefähr drei Uhr morgens war. Als wir gegessen hatten, erklärte Schachar, er sei müde, also umarmte ich Doron zum Abschied. An seinem Hals roch ich den Schweiß, den die Entbindung ihm aus den Poren getrieben haben musste. Dorons Arme waren so stark wie eh und je, auch wenn er inzwischen eine Wampe angesetzt hatte. Eines Tages, dachte ich, würde ich noch mal mit ihm vögeln, in Erinnerung an die guten alten Zeiten. Gerade in der Vertrautheit, die in der Luft lag, genoss ich diese hurigen Gedanken. Schachar klopfte Doron mit den Worten »Halt die Ohren steif« auf den Rücken, dann fuhren wir nach Hause.

Auf dem Weg versuchte ich, mit Schachar zu reden, weil mir nicht klar war, wie er zu dem Ereignis stand.

»Klingt echt hammerhart, so eine Entbindung«, sagte ich, und er gab zurück: »Mhm.«

»Doron hat auch schon besser ausgesehen«, fuhr ich fort, doch Schachar sprang auf meine Bemerkung nicht an und schwieg, bis wir zu Hause waren. Er ging vor mir die Treppe hoch und öffnete mit seinem Schlüssel die Tür. Dann ließ er mich als Erste ein und schloss von innen ab. Aber er marschierte nicht schnurstracks ins Schlafzimmer, um sich hinzulegen, sondern setzte sich zu mir ins Wohnzimmer und sagte: »Mach mal Kaffee.«

Ich ging in die Küche und kochte Filterkaffee, weil ich Lust hatte, Schachar zu verwöhnen. Als ich den Kaffee brachte, rauchte Schachar gedankenverloren; er sah aus wie weggetreten, und dann stieß er auf einmal, ohne mich dabei anzusehen, hervor: »Ich habe beschlossen, auszuziehen.«

Ich war so baff, dass ich nur ein »Warum?« herausbrachte. Er wisse nicht mehr weiter, gab er zurück, sein Leben stecke in einer Sackgasse. Er habe Lust, wieder Single zu sein, vielleicht sei ihm dieses ganze Familiending doch zu viel. Ich schwieg, obwohl ich gern gewusst hätte, ob er eine andere hatte, aber ich verkniff mir die Frage, weil ich sie peinlich fand und mir auch sicher war, dass die Antwort nein lautete, er hatte mich doch immer so sehr geliebt. Außerdem hielt ich ein solches Verhör für eine idiotische

Nummer; sie war mir aus unzähligen Filmen nur zu gut vertraut, aber die Beteiligten waren stets bescheuerte Leute, die mit Schachar und mir nichts gemein hatten.

Am Ende stellte ich die Frage doch.

Da stand Schachar auf und lehnte sich an die Wand.

»Nichts Festes«, erwiderte er, kam zu mir zurück, setzte sich und strich mir über die Wange. »Was ist denn, Schatz, warum bist du auf einmal so traurig?«

Eine Zeit lang blieb er noch bei mir, schweigend, bis es richtig beklemmend wurde, dann stand er auf und verschwand mit den Worten »Tja, ich bin jetzt müde, ich muss ins Bett« im Schlafzimmer. Kurz darauf hörte ich ihn auch schon schnarchen. Mir war unbegreiflich, wie man es fertig brachte, einem anderen Menschen solche Sachen zu sagen und anschließend einzuschlafen, als sei nichts gewesen, und ich dachte fieberhaft nach, wie ich verhindern könnte, dass meine geschundene Seele mir den Brustkorb zerfetzte und mein Innenleben sich über sämtliche Wände verteilte.

Ich beschloss, die Wohnung zu putzen, etwas, was ich seit Wochen nicht getan hatte. Ich ging in die Küche und kümmerte mich als Erstes um den Stapel fettigen Geschirrs in der Spüle, stürzte mich darauf wie ein Boxer auf seinen Herausforderer in der letzten Runde vor dem Knockout. Ich arbeitete ohne Pause, bis die Spüle leer war und nur noch faulige Essensreste den Abfluss verstopften. Dann schrubbte ich den ebenfalls fettverschmierten Gasherd, bis meine vom Wasser aufgeweichten Finger ganz rosa und schrumpelig waren, und auch danach gönnte ich mir keine Pause, sondern machte mich umgehend daran, den Boden in der ganzen Wohnung zu putzen, und anschließend putzte ich ihn noch einmal und polierte mit einem trockenen Tuch nach, bis er glänzte. Als Nächstes räumte ich die Küchenschränke komplett aus und wieder ordentlich ein, wischte Staub im Wohnzimmer, warf alte Zeitungen weg und schuf Ordnung in den Bücherregalen. Als ich mit allem fertig war, ging ich ins Schlafzimmer und weckte Schachar. Er stand auf, packte ein paar Hemden und Unterwäsche in eine kleine Reisetasche und meinte zu mir: »Ich bin im Hotel.« Bevor er verschwand, sagte er noch: »Ich melde mich.«

»Ist gut«, gab ich zurück, und weg war er.

Ich hatte Angst, dass ich in Tränen ausbrechen würde und mich nicht mehr einkriegen könnte, aber nichts dergleichen geschah. Ich schnupperte an meinen Händen, die nach Putzmitteln stanken, dann schloss ich die Fensterläden, zog die erstbeste Videokassette heraus und schob sie in den Rekorder: *Die drei Musketiere*, von Disney produziert, mit Kiefer Sutherland in der Rolle meines Lieblingsmusketiers, Athos. Ich holte mir meine Decke, kuschelte mich ein und drückte auf die Fernbedienung.

Irgendwann rief Doron an. Er fragte, ob wir Lust hätten, mit ihm ins Krankenhaus zu fahren, um Puppa und die kleine Roï-Leschem zu besuchen.

»Schachar wohnt nicht mehr hier«, erklärte ich.

Doron lachte verlegen. »Der Junge hat wohl die Krise gekriegt. Na ja. Spätestens morgen steht er wieder bei dir auf der Matte. Aber dir geht's gut, oder muss ich mir jetzt Sorgen um dich machen?«

Ich beruhigte ihn. »Nein, Doron, mir geht's prima, grüß Puppa von mir.« Und damit hängte ich ein.

6 Am Mittag traf ich mich mit Netta bei *Lanczner*.

»Das wäre doch jetzt der Oberhammer«, meinte ich, »wenn die von der Filmförderung anrufen und mir mitteilen würden, dass das Drehbuch vom Golem angenommen ist.«

»Ja, das wäre wirklich der Clou«, gab Netta zurück. Dann wechselte sie das Thema.

»Und was hat Doron am Ende gekriegt, einen Er oder eine Sie?«

»Eine Sie.«

»Ich kann diese Puppa nicht ausstehen«, erklärte Netta. »Die ist so was von beschränkt, und auch er ist mittlerweile echt widerwärtig. Aber weißt du noch, wie umwerfend er einmal war?«

Auch Netta war vor zig Jahren mit Doron im Bett gewesen,

doch ihre Erinnerung daran war getrübt, weil sie bei der Gelegenheit sturzbetrunken gewesen war; sie wusste nur noch, das sie ihm den Teppich voll gekotzt hatte. Wenn wir uns an diese Geschichte erinnerten, mussten wir jedes Mal lachen.

»Möchtest du noch einen Kaffee?«, fragte Netta und streichelte mir über die Hand. Sie machte sich über ihr Omelett her und meinte: »So ein Vollidiot, in zwei Tagen kommt er auf allen vieren wieder angekrochen.« Etwas später dann: »Wen kann er schon gefunden haben, dieser Spießer, dem ist wohl der Urin ins Gehirn gestiegen. Na ja. Das muss die Midlife-Crisis sein.«

»Aber er ist erst neunundzwanzig«, gab ich zu bedenken, und Netta sagte: »Das kommt aufs Gleiche heraus.« Dann schmierte sie einen Klecks Marmelade auf ein Stück Brötchen.

»Du musst unbedingt was essen«, fuhr sie fort. »Heute kaufen wir dir ein paar Klamotten. Kopf hoch, das wird schon wieder.« Und in dem Moment glaubte ich ihr, obwohl ich dazu wahrlich keinen Anlass hatte.

Den ganzen Tag wich Netta nicht von meiner Seite, das heißt, sie schleppte mich überallhin mit. Als Erstes kauften wir für mich in einer spießigen Boutique am nördlichen Ende der Dizengoff einen schwarzen Hosenanzug im Herrenstil. Der Spaß sollte drei Monatsmieten kosten, aber Netta bestand darauf, die Hälfte zu übernehmen. Ich kam mir vor wie verkleidet, John Belushi von den *Blues Brothers*, aber Netta schalt mich und meinte, aufgrund meiner Verfassung hätte ich null Peilung, ich sähe aus wie Annie Lenox, sprich: grandios. Anschließend suchten wir eine Produktionsfirma auf, um der Buchhaltung wegen eines Schecks auf die Füße zu treten, der Netta noch zustand. Die nächste Etappe führte uns zur Post, wo sie Rechnungen zu bezahlen hatte, von dort ging's zum Schuster, um ein Paar Cowboystiefel in Reparatur zu geben, und anschließend schauten wir noch kurz bei ihrem Vermieter vorbei, weil die alte Frau, die einen Stock über ihr wohnte, in Nettas Badezimmer einen Wasserschaden verursacht hatte. Sogar zu ihrem Steuerberater begleitete ich Netta und begriff nicht, woher sie die Energie nahm, herumzuwitzeln und alle zu umgarnen, selbst die Angestellte mit dem Streuselgesicht, und als ich

Netta fragte, wie sie das bloß mache, gab sie zurück, sie ziehe heute den Karren für uns beide, deswegen sei sie heute ein wenig überschwänglich.

Am Abend kauften wir beim Rumänen eine Flasche *Johnny Walker* und gingen zu mir nach Hause.

»Hey, hier hat aber jemand aufgeräumt«, rief Netta, als sie die Ordnung sah, die ich in der vergangenen Nacht geschaffen hatte, damit nicht alles auseinander flog. Wir setzten uns und legten eine CD von Nirvana ein, *Unplugged*, auf die wir beide abfuhren, und fingen an zu trinken. Der Whisky tat mir gut, mir wurde innerlich warm, und ich hatte das Gefühl, alles sei nur halb so wild, bestimmt wäre Schachar in zwei Tagen wieder da, und vielleicht sollte ich später in der Nacht doch mal einen Blick in das Buch werfen, das Dina mir über Beziehungsarbeit geschenkt hatte, vielleicht half es mir ja zu verstehen, was plötzlich in ihren Sohn gefahren war.

Mir ging durch den Kopf, wie sehr ich Netta mochte, und wie schön sie war, wie Ingrid Bergman. Als ich ihr das sagte, meinte sie: »Heute ist der richtige Tag, um unsere Verflossenen anzurufen und zu hören, wie's ihnen so geht. Hol mal dein Adressbuch, und Eiswürfel kannst du auch gleich mitbringen.«

Wir gingen das Büchlein durch und strichen jeden Einzelnen von der Liste, lachten uns aber in einer Tour kaputt. Am Ende rief Netta Doron an, um ihm zur Geburt seiner Tochter zu gratulieren. Er war total verschlafen, aber sie ließ es sich nicht nehmen, ihn über die Entbindung auszufragen, und als sie schließlich auflegte, fiel uns zum wer weiß wievielten Mal der voll gekotzte Teppich ein, und schon prusteten wir wieder los.

Wir saßen fast im Dunkeln, nur die Leselampe brannte. Ich fragte Netta, was am Ende aus dem Journalisten von neulich geworden sei, und sie erwiderte, offenbar nichts, sie habe keinen Nerv mehr für dieses Heckimecki; damit meinte sie Männergeschichten. Dann fing sie ohne Überleitung davon an, dass ihre Mutter krank sei und sie zu ihr fahren müsse, und dass ihr das schrecklich zu schaffen mache, weil sie merke, dass ihre Eltern langsam alt würden. Als ich noch einmal wegen des Journalisten nachhakte, erklärte sie, er habe sich einfach nicht mehr gemeldet und noch nicht mal auf die Nachrichten reagiert, die sie ihm auf dem Anrufbeantworter hinterlassen habe, wahrscheinlich sei sie ihm gegenüber zu offenherzig gewesen; sie habe ihm ständig gesagt, wie toll sie ihn finde und wie glücklich sie sich schätze, ihn kennen gelernt zu haben. Sie hätte vorsichtiger sein und sich nicht gleich in die Karten schauen lassen sollen, fuhr Netta fort, aber dazu sei sie nicht imstande, das gehe ihr gegen den Strich, und sie komme allmählich zu dem Schluss, dass sie so etwas wie Liebesglück nie finden würde.

»Für mich hört sich das eher an, als wäre er einer von diesen impotenten, neurotischen Kaputtniks gewesen«, tröstete ich sie, woraufhin Netta meinte: »Das kannst du laut sagen. Mach noch mal die Musik an.«

Um Netta zum Lachen zu bringen, krabbelte ich auf allen vieren hinternwackelnd wie ein Karnickel mit Stummelschwänzchen hinüber zur Stereoanlage und startete abermals die CD von Nirvana. Netta sagte, dieser Kurt Cobain sei bestimmt auch nicht besser, sie finde seine gefühlsduselige Art ziemlich widerwärtig. Dann bat sie mich, ihr Whisky nachzuschenken und ihr eine frische Schachtel Zigaretten aus ihrer Tasche zu holen. Nachdem ich alles wunschgemäß erledigt hatte, ließ ich mich vor ihr auf dem Teppich nieder, legte meinen Kopf auf ihren Schoß und zündete mir eine Zigarette an.

»Weißt du, Netta«, sagte ich, »Single sein hat durchaus was für sich. Wann haben wir das letzte Mal mitten in der Nacht zusammengesessen und eine Flasche geköpft?«

Ich fragte, ob sie sich noch daran erinnere, dass wir während unserer Militärzeit, als wir den sozialen Dienst ableisteten, zu zweit mit diesem amerikanischen Schwarzen ins Bett gestiegen waren, der von sich behauptet hatte, er sei in Vietnam gewesen. Vor lauter Saufen hatte er den Schwanz nicht hochgekriegt. Am Ende saßen wir zu dritt, Netta, der Schwarze und ich, nackt im Bett, und er zeigte uns Fotos von seiner Ex und den Kindern in Oklahoma.

Netta brach erneut in Gelächter aus und stichelte, ich hätte die Pointe vergessen, nämlich meine Bemerkung am nächsten Morgen.

»Du hast gesagt: Die Märchen von den großen Schwänzen der Schwarzen sind ganz offensichtlich Fantasien von frustrierten Weißen!«

Vor lauter Prusten verpasste sie mir eine Whiskydusche, und ich grölte: »Am besten, wir werden lesbisch.«

»Aber echt«, nickte Netta, ließ sich rücklings aufs Sofa sinken und bat mich, ihr eine Zigarette anzuzünden. Wieder schwiegen wir, und ich merkte, dass die Tränen in mir hochstiegen und mich in der Nase und im Hals piekten. Ich hatte absolut keine Lust, mir diesen traumhaften Abend mit Netta zu versauen, und doch konnte ich mich nicht beherrschen.

»Weißt du noch, wie der Typ hieß?«, fragte Netta unvermittelt. Ich wusste nicht, von wem sie redete.

»Wer?«

»Na der Schwarze mit dem kleinen Schwanz, du Dummchen.«

»Abraham oder Washington oder Denzel oder Johnson, irgendwas typisch Schwarzes«, erwiderte ich und zog die Nase hoch, und da hob sich Netta auf die Ellbogen, steckte mir ihre Zigarette zwischen die Lippen und sagte: »Alles klar. Na, was meinst du, sollen wir jetzt vielleicht mal den Vollidioten anrufen? Hast du nicht Lust, zu erfahren, was bei ihm momentan abgeht?«

Sie meinte Schachar. Da ich die Nummer von seinem Hotel nicht hatte, nahm Netta das Telefon und rief die Auskunft an. Anschließend wählte sie abermals und sagte: »Das Zimmer von Schachar Neuman bitte«, übergab mir den Hörer und machte sich schwankend auf den Weg zum Klo. Unterwegs stopfte sie ihr Oberteil wieder in die Leinenhose, die inzwischen am Po völlig zerknittert war.

Im Hörer tutete es etwa das fünfte Mal, und ich wollte gerade auflegen, da ertönte Schachars Stimme.

»Hallo?«

Obwohl wir uns erst am Morgen getrennt hatten, freute ich mich, als hätte ich ihn seit Ewigkeiten nicht gehört. Seine geliebte Stimme klang so vertraut, dass meine innere Unruhe wie weggeblasen war.

»Hallo, ich bin's«, sagte ich.

»Wie geht's?«, fragte Schachar. »Ich hab tagsüber mehrmals versucht, dich zu erreichen, aber du warst nicht da.«

»Ich war mit Netta auf Achse. Was gibt's Neues?«

»Alles in Ordnung, ich war auch fast den ganzen Tag mit dem Wagen unterwegs. Ich bin immer noch nicht dahintergekommen, was mit mir los ist, und bis sich das ändert, bleibe ich im Hotel.«

Seine Stimme klang wahnsinnig süß und nicht mehr so bedrückt wie in den letzten Wochen, aber aus unerfindlichen Gründen wurde mir immer mulmiger zumute. Ich wollte besser verstehen, was ihn umtrieb, also fragte ich: »Und wie geht's dir sonst?«

»Keine Ahnung«, erwiderte er. »Chaos. Ich versuche, mich selbst zu verstehen.«

»Du brauchst nicht gleich pathetisch zu werden.«

»Du hast Recht«, gab er wie aus der Pistole geschossen zurück.

Da läuteten bei mir die Alarmglocken. Wenn ich etwas, was er behauptete zu fühlen, als »pathetisch« bezeichnete, flippte er normalerweise aus und brüllte, ich würde seine Gefühle nicht respektieren, jetzt dagegen war er auf einmal ganz artig und beherrscht. Ich beschloss, die Sache weiter auf die Spitze zu treiben, und erklärte: »Ich würde gern kurz bei dir vorbeikommen.«

Er schwieg einen Moment, dann sagte er, diesmal in einem völlig anderen Tonfall, distanziert und trocken: »Wozu?«

»Bloß so, weil ich möchte.«

Als es in der Leitung still blieb, sagte ich: »Ich bin gleich da.«

In dem Moment kam Netta vom Klo zurück. Ihr Mienenspiel zeigte, dass sie wissen wollte, was Schachar sagte, aber ich drehte mich weg. Ich spürte, dass ich mich vor ihr schämte, konnte aber nicht benennen, wofür.

»Ich will wissen, was mit dir los ist«, sagte ich leise in die Sprechmuschel.

»Ich möchte dich nicht verletzen«, gab Schachar zurück.

»Kannst du gar nicht.«

»Was willst du hören? Dass ich was am Laufen habe?«

Ich dachte, das passiert nicht mir, sondern einer anderen, aus irgendeinem Film, aber einem lausigen. Meine Hände fingen an zu zittern.

»Was hast du am Laufen?«, fragte ich.

»Was Männer eben so am Laufen haben.«

Das schnurlose Telefon lag wie ein glitschiger Frosch in meiner schweißnassen Hand. Ich schleuderte es an die Wand, hörte das Geräusch von splitterndem Plastik. Mein ganzer Körper verkrampfte sich, ich wurde von heftigen, unkontrollierbaren Zuckungen erfasst. Netta war mit einem Satz bei mir, murmelte: »Beruhige dich, so beruhige dich doch«, und drückte mich mit aller Kraft an sich. Ich versuchte, sie wegzustoßen und mich zu befreien, aber sie hielt mich fest umklammert.

Ich fing an zu schreien.

»Ich bring ihn um! Ich bring ihn um! Sag mir, was ich machen soll. Was mach ich jetzt bloß?«

»Wir bringen ihn zusammen um, aber erst musst du dich beruhigen«, befahl Netta und schleifte mich ins Badezimmer. Sie drehte den Hahn am Waschbecken auf, wusch mir das Gesicht mit kaltem Wasser und zwang mich zu trinken, dann rubbelte sie mich mit einem Handtuch trocken, bis mir die Nase wehtat, und anschließend rannten wir die Treppe hinunter zur Straße, ich vorneweg und Netta hinter mir her, bemüht, mit mir Schritt zu halten.

»Ganz ruhig, entspann dich«, wiederholte sie in einem fort, obwohl ich gar nicht weinte. Ich war innerlich komplett zu Eis erstarrt.

Unten vor dem Haus blieben wir stehen. Plötzlich hatten wir keinen Plan mehr. Es war furchtbar still, das Einzige, was wir hörten, war das Summen der Strommasten.

»Bestimmt ist es schon nach zwei Uhr«, meinte Netta. »Weißt du eigentlich, wo sein Hotel ist?«

Ich schüttelte den Kopf.

»Dann bleibst du jetzt hier sitzen«, entschied sie und drückte mich auf das Betonmäuerchen. »Ich gehe noch mal kurz hoch und rufe Doron an, ich finde das schon raus.«

Auf einmal tauchten die Scheinwerfer eines Wagens auf. Es war Schachar. Er hielt neben uns und kurbelte das Fenster herunter, bedachte Netta mit einem hasserfüllten Blick. Zu mir sagte er: »Steig ein.«

Netta tat, als existierte er nicht, und sagte, an mich gerichtet: »Ich warte oben auf dich.« Und damit Schachar es nicht hörte, formte sie mit den Lippen: »Schön entspannt bleiben.«

Wir fuhren eine Weile herum, und ich sagte in Gedanken Nettas dämlichen Satz vor mich hin: ›Schön entspannt bleiben‹, als wäre das mein Mantra. Gelegentlich schielte ich hinüber zu Schachar, von dem ich nur das Profil zu sehen bekam; er blickte stur geradeaus, wie ein Rennfahrer, aber ich sah genug, um das nervöse Zucken seines Kiefers zu bemerken. Nach ein paar Minuten hielt Schachar an einer Straßenecke, würgte den Motor ab und begann zu reden. Dass er vier Jahre mit mir zusammen gewesen sei und auch weiterhin mit mir zusammen sein wolle, aber er brauche eine gewisse Zeit für sich allein, ich müsse ihn jetzt in Ruhe lassen und versuchen, ihn zu verstehen, indem ich ihn nicht immer nur mit meinen Augen betrachtete. Als hätte ich noch ein anderes Paar Augen für besondere Anlässe.

Ich aber hatte nur eines im Kopf, und das bohrte sich in mein Gehirn wie eine Schraube, die ins Holz getrieben wird. Kaum machte er in seinem Monolog eine Pause, preschte ich vor.

»Und – mit wem warst du zusammen?«

Er antwortete in einem Ton, der mir feierlich und ernst vorkam, wie bei einer unbefleckten Südstaatlerin, die ihren Eltern mitteilt, dass sie sich heimlich verlobt hat, und auf die Frage, mit wem, den Namen eines Yankees nennt.

»Mit Or.«

Ich begriff nicht gleich.

»Or? Welche Or?«

»Or Ben-Ari«, sagte er in einem noch gewichtigeren Ton, und er bedachte mich mit einem Blick, den er wahrscheinlich für mutig hielt. Erst da begriff ich, dass er von Ritzie Kneifarsch sprach.

Das gab mir endgültig den Rest. Schiere Verzweiflung stieg in mir hoch. Am schlimmsten war die Sachlichkeit, mit der er ihren Namen aussprach. Als wäre sie irgendwer, Sharon Stone oder unsere Nationalheldin Hanna Szenes oder auch jede andere gewöhnliche junge Frau, nur nicht unser Insiderwitz. Ich wusste, wenn ich noch einen Moment länger sitzen bliebe, würde ich ihn tatsächlich umbringen. Ich stieß die Wagentür auf, sprang hinaus und rannte los, nach Hause. Er schrie mir hinterher: »Komm zurück und hör dir an, was ich dir zu sagen habe, statt hier eine Szene zu machen!«

Sein wütendes Brüllen verhallte irgendwo hinter mir. Mein Verhalten passte ihm offenbar überhaupt nicht ins Konzept, wohl weil es ihm das Gefühl gab, ein Scheißkerl zu sein. Aber ich blieb nicht stehen und rannte so schnell ich konnte die Straße entlang, ohne Tränen weinend, mit offenem Mund, und der kalte Wind peitschte mir ins Gesicht und kühlte meine heißen Wangen. Die Straße war menschenleer, und ich hörte meine eigenen Schritte widerhallen, als wäre mir ein Unsichtbarer auf den Fersen, und da begann ich zu schreien, ich rang nach Luft und schrie so laut ich konnte: »Netta, Netta, Netta, Netta, Netta, Netta, Netta …«

Irgendwo auf einem Balkon ging ein Fensterladen auf, und eine Frau rief: »Was ist da los?« Auf der Straße fuhr ein Wagen vom Grenzschutz vorbei und bremste ab, als er auf meiner Höhe war, ein schnurrbärtiges Gesicht lugte aus dem Fenster und fragte besorgt, ob ich Hilfe bräuchte, doch ich rannte stur weiter und schrie immer wieder Nettas Namen in die Nacht, als würde der Schmerz mich überrollen und mich unwiderruflich unter sich begraben, wenn ich auch nur eine Sekunde lang verstummte.

7 Netta zündete zwei Zigaretten an und hielt mir eine hin.

»Die beiden letzten.«

Wir saßen, eingekuschelt in meine schmuddelige Daunendecke, die Netta aus dem Schlafzimmer geholt hatte, auf dem Sofa. Das Licht draußen hatte inzwischen eine bläuliche Färbung angenommen.

»Garantiert vergesse ich im Leben nie, wie er ihren Namen ausgesprochen hat, in diesem gewichtigen Ton«, sagte ich.

»Da hast du wahrscheinlich Recht.«

Netta sah mich mit ihren grauen Augen an, ohne den Blick abzuwenden. Ich war ihr toddankbar, dass sie nicht irgendein belangloses Zeug daherredete, bloß um mich zu trösten.

»Dann werden wir uns jetzt den letzten Schluck Whisky genehmigen, was?«, ließ sie sich nach einer Weile müde vernehmen und verteilte, ohne meine Antwort abzuwarten, was von der Flasche übrig war, auf zwei Gläser.

»Was meinst du, wie lange das noch wehtut?«, fragte ich. »Ich halt's schon jetzt kaum mehr aus.«

»Eine Zeit lang sicher noch.«

»Ab jetzt will ich nie mehr jemanden lieben«, erklärte ich entschlossen, und Netta brummte: »Mhm.«

Dann blieb es lange Zeit still, bis Netta plötzlich leise und mit dünner Stimme anfing, den letzten Song auf der Nirvana-CD zu singen. Es war ein alter Blues, den sie gecovert hatten: *My girl, my girl, don't lie to me, tell me where did you sleep last night …* Ich lauschte still, bis sie das Lied zu Ende gesungen hatte, und blieb auch anschließend stumm; nach einiger Zeit hörte ich an ihren Atemzügen, dass sie eingeschlafen war. Ich blieb sitzen und machte mir bewusst, dass ich keine Ahnung hatte, wie's jetzt weitergehen sollte, und dass ich auch keinen Film einlegen konnte, da ich Netta auf keinen Fall wecken wollte. Ich zog in Erwägung, mich umzubringen, und zum ersten Mal in meinem Leben kam mir Selbstmord nicht absurd vor. Bei diesem Gedanken wurde ich todtraurig. Ich trauerte um mich und um Netta und mein Leben und das zerbrochene Liebesglück mit Schachar, und dann heulte ich los, obwohl ich mittlerweile völlig ausgelaugt war.

Und dann hatte ich plötzlich eine Eingebung, und wie ein reinigender Windstoß durchfuhr mich ein Anflug von Fröhlichkeit. Sanft rüttelte ich Netta wach, bis sie völlig verschlafen die Augen aufschlug.

»Isaac!«, flüsterte ich aufgeregt durch meinen Tränenschleier. »Der Schwarze hieß Isaac. Gerade ist es mir wieder eingefallen: Er hieß Isaac.«

Mondfinsternis

Heute Nacht gibt's eine Mondfinsternis. Dabei legt sich ein Schatten über den nächtlichen Mond, bedeckt ihn und verschwindet anschließend wieder. Man muss warten, das Ganze findet nicht um acht, neun Uhr statt, wenn sie mir sagen, ich soll ins Bett gehen (die schicken mich immer ins Bett), sondern viel später, fast um Mitternacht.

Um genau elf Uhr achtunddreißig wird sich ein schwarzer Schatten über den Mond legen, der Schatten der Erdkugel, und dann verschwindet er eine Zeit lang, der Mond, und kommt anschließend wieder zum Vorschein. Und erst dann lösche ich das Licht. Vorher nicht.

Er hat mir von dieser Mondfinsternis erzählt. »Anastasia«, hat er zu mir gesagt, »demnächst gibt's eine Mondfinsternis, das ist Astronomie, verstehst du? So wie du weißt, wo die Sternbilder liegen (auf Russisch: *sozvezdija*), Kassiopeia, Orion (der mit den drei Sternen im Gürtel), der Große Bär, der Kleine Bär, der Polarstern (du weißt ja, wie man ihn findet) und die Fixsterne, Sirius (das ist dieser große, den man mit bloßem Auge erkennen kann), Wega. Und bald wirst du eine Mondfinsternis erleben. Das ist was Schönes.«

Er füttert mich ständig mit Fakten, damit ein intelligenter Mensch aus mir wird. Als hätte ich, bis er zu uns kam, nichts gelernt. So ein Blödsinn! Dass ich mit vier Jahren lesen gelernt habe und Schach spiele, zählt nicht. Und es gibt noch viel mehr, was ich kann und weiß, auch ohne ihn.

Ich habe sogar einiges gelernt, bis er kam. Sie war meine Lehrerin. Sie.

Und auch von meinen Großeltern habe ich viel gelernt. Meine Oma ist Lehrerin, sie unterrichtet Mathematik in den unteren Klassen. Sie hat eine Stelle als Lehrerin und Klassenlehrerin. Mir hat sie das Rechnen allerdings nicht beigebracht, weil man mich in eine andere Schule gesteckt hat, damit niemand neidisch wird, dass sie meine Oma ist. Dafür habe ich andere Sachen bei ihr gelernt, nach der Schule. Sie hat mich zum Ballettunterricht geschickt, im Kultursaal unserer Stadt.

Wir waren elf Mädchen in meiner Gruppe, alle noch ziemlich klein, einige im Kindergartenalter, und wir hießen Elevinnen. Im Balletttrikot hatten alle einen Bauch wie eine Wassermelone. Weil wir noch Kinderkörper hätten, erklärte uns die Lehrerin Natalia Petrowna. Sie war eine große Tänzerin gewesen, diese Natalia Petrowna, eine Primaballerina, aber inzwischen war sie alt und hatte nicht mehr die Kraft, wie früher zu hüpfen. Sie hatte auch einen großen Bauch, wie wir, aber vom Alter. Außer ihr gab es noch Schurik, den Pianisten. Eigentlich war er von Beruf Student am Technikum; für uns klimperte er nur, weil Natalia Petrowna seine Mutter war.

In diesen Unterrichtsstunden lernte ich eine ganze Menge, zum Beispiel dass jede Bewegung einen eigenen Namen hat, auf Französisch. *Plié – relevé* bedeutet, dass man mit dem Po nach unten und wieder hoch gehen soll, *battement tendu*, *grand battement* und *arabesque* sind verschiedene Arten, das Bein nach vorn oder hinten zu heben, aber das kann man nicht erklären, ohne es zu zeigen.

Ab und zu spielte Schurik etwas Fröhliches, zum Beispiel einen Walzer. Dann schwärmten wir frei durch den Saal, mal als Vögelchen, mal als Bienchen, immer was anderes. Einmal bin ich bei diesem freien Hüpferlauf sogar hingeknallt, weil ich ständig in den großen Spiegel geguckt hatte, der über die gesamte Wand ging; ich wollte unbedingt sehen, ob ich wenigstens annähernd Ähnlichkeit mit einer echten Ballerina hatte. Plötzlich rutschte ich aus und fiel der Länge nach hin. Das gab einen Riesenzirkus, ich hatte Nasenbluten, und Schurik hob mich auf die Arme, und alle liefen zum Buffet, um meine Oma zu suchen, die dort mit anderen Müttern und Omas Tee trank. Man presste mir ein feuchtes Taschentuch auf die Nase und befahl mir, den Kopf in den Nacken zu legen, bis es aufhörte. Als es so weit war, kaufte mir meine Oma einen Tomatensaft und nahm mich mit nach Hause.

Meine Oma hat nie viel Aufhebens gemacht, weil sie Lehrerin und Klassenlehrerin für die unteren Klassen ist und jede Menge Erfahrung mit solchen Sachen hat. Sie war überhaupt ganz in Ordnung, meine Babuschka. Sie hatte nicht mal diese blöde Angewohnheit der anderen, mich ständig an sich zu drücken und mit Sabberküssen abzuknutschen. Sachen, die stressen. Sie knuddelte mich höchstens kurz und gab mir einen freundlichen Klaps auf den Po. Das war ihre Art, mir ihre Liebe zu zeigen. Sie nahm mich auch mit zu Ballettaufführungen, zum *Nussknacker*, zu *Dornröschen*. Bis zum Kultursaal ging ich in Straßenschuhen, aber drinnen holte sie die Schläppchen vom Ballettunterricht aus der Tasche und zog sie mir an, damit ich ein bisschen das Gefühl haben konnte, Tänzerin zu sein, wenn ich Ballett sah.

Aufgrund ihrer Erfahrung als Lehrerin und Pädagogin hatte Babuschka immer alles für den Notfall parat. Wenn ich zum Beispiel mitten in der Aufführung Durst bekam, holte sie eine kleine orangefarbene Plastikwasserflasche aus ihrer Tasche, goss mir kalten Tee in den Deckel und gab mir zu trinken, leise, damit ich gar nicht erst auf die Idee kam, rauszuwollen und die Zuschauer zu verärgern. In manchen Fällen ließ es sich nicht vermeiden, da musste ich raus. Dann zwängte sie sich mit ihrem Bauch durch die Dunkelheit und flüsterte vernehmlich: »*Izvinite, izvinite, poschaluista*«, auf Russisch »Verzeihung, Verzeihung bitte«. Sie gab nie auf, auch wenn die Leute böse wurden, bis wir schließlich zur Eingangshalle gelangten und von dort zu den Toiletten.

Auch daheim wurde uns nie langweilig. Sie brachte mir bei, wie man aus Hackfleisch Frikadellen formt, aber sie ließ mich nie alle machen, nur ein paar kleine, die ich dann selber essen durfte. Sie lehrte mich auch das Einmaleins und wie man Nüsse knackt, in der Tür, oder wie man Plätzchen in Form von Hundeklütteln macht, ein Kissen bezieht, solche Sachen. Damit ich nach und nach selbstständig würde. Und gelegentlich spielten wir Schach. Mal gewann sie, mal ich. Das war unser Unterricht.

Von meinem Opa habe ich weniger gelernt, weil er den ganzen Tag arbeitete. Er war Tierarzt, aber nicht für Kapitalistenhündchen oder -kätzchen, sondern für Kühe im Kolchos. Auch für Pferde. Nutztiere eben. Wenn er abends nach Hause kam, umwehte ihn der Gestank von Kuhscheiße, und er packte mich immer und kratzte mich mit seinen Bartstoppeln, aber ich habe mich nie beklagt, denn er meinte es doch nur lieb.

Eine Zeit lang hatte ich ein Meerschweinchen. Ich nannte es Tarasik, nach dem Sohn von Doktor Osnas, unserem Hausarzt. Das Meerschweinchen war braun. Ein sympathisches Kerlchen, bloß dass es ein bisschen stank. Jeden Tag musste ich seine Kiste säubern. Aus pädagogischen Gründen. Vieles von dem, was ich tun musste, wurde mir ausschließlich aus diesen Gründen aufgetragen. Ich frage mich, wer diesen ganzen pädagogischen Schwachsinn erfunden hat. Jedenfalls, die Sache mit dem Meerschweinchen ging nicht besonders lange, nach einiger Zeit, einem Monat vielleicht, war Tarasik tot. Ich wollte sofort Ersatz, weil ich mit der Kiste inzwischen hervorragend zurechtkam, aber man erklärte mir, es sei unmenschlich, ihn so schnell vergessen zu wollen, ich müsse eine Weile warten und mich nach ihm sehnen, damit ich mich richtig freute, wenn ein neuer Winzling käme.

Als ich fand, ich hätte mich genug gesehnt, sagte ich zu meinem Opa: »*Ja gotowa* – ich bin bereit«, und er ging in die Küche, um meine Oma zu fragen, was sie dazu meine. Sie sah mich eine Weile nachdenklich an, holte Luft, richtig tief, und sagte: »Also gut.« Mein Opa reckte den Daumen zum Zeichen, dass alles klar gehe, und verkündete, diesmal würde es eine echte Überraschung.

Am nächsten Tag brachte er vom Kolchos eine kleine Ziege mit nach Hause. Es war komplett schwarz, dieses Zicklein, mit einem herrlich weichen Fell, wie Seide, und glänzenden schwarzen Augen. Ich schmiedete allerlei Pläne für das Tier und malte mir aus, dass wir es an der Leine spazieren führen und bei allen damit angeben könnten. Wenn es dann größer wäre, würden wir es scheren und aus der Wolle einen Kragen für den englischen Mantel meiner Oma machen.

Am Ende wurde aus alldem nichts. Mein Opa brachte das Zicklein schon am nächsten Tag wieder zurück zum Kolchos. Es war ein schwieriges Tier. Viel schwieriger als Tarasik. Dieses Zicklein wollte keine Sekunde in der Kiste sitzen und richtete binnen einer Nacht erheblichen Schaden an: Es knabberte an den Vorhängen, fraß Zeitungspapier und spuckte es wieder aus und verteilte überall im Haus Ziegenküttel. Also musste es zurück zum Kolchos. Da darf es dieses ganze Chaos veranstalten. Manche Tiere hält man eben besser draußen. So ist das nun mal.

Jetzt, wo wir seit einem Jahr und neun Monaten in Israel sind, bildet er sich ein, dass er mir alles beibringen muss. Macht einen auf verantwortungsvoll. Erziehungsbewusst. Und sie? Sie zählt nicht. So seine Schlussfolgerung. Wieso? Weil sie nicht erziehungsbewusst ist. Sie hat mich ein Leben lang verwöhnt. Denkt er. Dass ich mit vier Jahren lesen gelernt habe, französische Lieder singe und Schach spielen kann, wird ihr nicht angerechnet. Für ihn ist das Schnickschnack. Jetzt ist er der Einzige, der Ahnung hat.

Mein Papa zählt überhaupt nicht, weil er tot ist. Selbst dass ich seine Haare habe und seine Nase, spielt keine Rolle mehr. Jetzt hat er den Platz meines Vaters eingenommen. Aber dass ich jemals »Papa« zu ihm sage, kann er sich abschminken, und wenn er mich dafür foltert! Nur Jakov. So heißt er, und dabei bleibt's auch. Sie nennt ihn ebenfalls Jakov, aber auch Jaschinka. Jaschinka ist sein Kosename, so wie ich zärtlich Nastenka genannt werde oder Nastjuschka. Er sagt einfach Nastja.

Jetzt, wo sie mit ihm verheiratet ist und mich mit nach Israel genommen hat, ist alles anders geworden. Seither wird nichts mehr bloß so, ohne besonderen Grund gemacht. Jetzt dient alles der Erziehung. Sogar wenn wir ans Meer gehen. Unser Meer ist der Strand von Akko, *Chof Hatmarim* heißt er, Dattelpalmenstrand. Dabei steht da nicht eine einzige Dattelpalme. Er heißt einfach nur so, damit die Leute Lust bekommen, dahin zu gehen. Kapitalistenreklame.

In Lwow, wo wir herkommen, gibt es kein Meer. Wenn wir zum Strand wollten, mussten wir nach Odessa. Mit dem Flugzeug. Jeden Sommer nahm sie sich Urlaub, packte die rot-blaue Luftmatratze ein und flog mit mir und ihrer Schwester, meiner Tante Xenia, deren Zwillingssöhnen Mischa und Lontschik sowie ihrer besten Freundin Galja und deren molliger Tochter Sofotschka nach Odessa.

Odessa war gar nicht so schlecht. Wir suchten uns eine Unterkunft bei einer Familie am Ort (Tante Xenia hielt sie für Antisemiten, soll heißen, dass sie Juden, sprich uns, hassten, sich aber scheuten, es offen zu zeigen, weil sich das nicht gehörte), wo wir ein Zimmer für uns alle mieteten, alle auf einem Haufen. Drei schliefen in dem einzigen Bett und der Rest auf Matratzen am Fußboden. Aber das machte uns nicht das Geringste aus, es war ein Abenteuer. Hauptsache, wir waren am Meer.

Jeden Morgen wurden wir von unseren Müttern geweckt. Gleich nach dem Zähneputzen zogen wir los. Meist war es von unserer Unterkunft ziemlich weit bis zum Meer. Manchmal mussten wir eine halbe Stunde oder auch länger laufen, aber wir ließen uns davon nicht die Laune verderben. Die Zwillinge gingen vorneweg, dann kam ich und weit hinter mir, dicht bei den Müttern, die dicke Sofotschka mit ihrem gelben Eimerchen.

Die Mütter bildeten das Schlusslicht. Sie schleppten die Körbe mit Essen für den ganzen Tag – Obst, Tomaten, hart gekochte Eier – und ihre heiß geliebte Luftmatratze, die sie zum Schwimmen mitnahmen und an die geklammert sie im Wasser trieben wie saure Gurken.

Die Zwillinge und ich hielten uns am liebsten im Wasser auf, obwohl ich nicht sonderlich gut schwimmen konnte und nur ein bisschen paddelte, um mich über Wasser zu halten. Sie sah mir zu und lachte, als hätte jemand einen Witz gemacht; ich würde ja schwimmen wie ein Hund, rief sie, und ihre Brüste hüpften wie bei einem Erdbeben. Ich war ziemlich beleidigt, aber ich fand, ich sei trotz allem besser dran als Sofotschka, die überhaupt nicht schwimmen konnte und immer nur im seichten Wasser lag wie ein Salzhering.

Jetzt läuft die Sache mit dem Meer völlig anders, und so viel ist sicher: Es ist alles andere als lustig. Hier in Israel braucht man nirgendwohin das Flugzeug zu nehmen, weil hier alles nah ist und selbst die kleinste Stadt einen Strand hat. Zuerst fand ich das toll, aber da wusste ich noch nicht, wie sich alles entwickeln würde.

Jetzt gehen wir sogar schon aus pädagogischen Gründen ans Meer. Er möchte mich positiv beeinflussen. Und sie ebenfalls. Also gehen wir nicht mehr zum Strand, um zu schwimmen oder gar um braun zu werden, sondern um uns seine Vorträge anzuhören.

»Das haben die Kreuzritter gebaut, das die Türken, das ist ein Leuchtturm und das ein alter Wellenbrecher. Das dort ist der Napoleonshügel, das da ist Hummus, eine Paste aus Kichererbsen, und hier haben wir Falafel, ein arabisches Nationalgericht ...«

Und sie? Sie hängt an seinen Lippen, stellt Fragen und hält auch mich dazu an: »Komm, Nastenka, hör zu, was Jakov erzählt, ich finde das sehr interessant ...«

Am Meer zählt nicht mal mehr, dass ich paddle wie ein Hund, und mit Plantschen ist es sowieso aus. Er bringt mir das Schwimmen bei. Greift mir unter den Bauch – »jetzt mit den Armen rudern und atmen, durch die Nase ein und durch den Mund aus« –, so schiebt er mich hin und her, bis ich nicht mehr weiß, wo vorn und hinten ist. Und dauernd schlucke ich Wasser! Warum muss man im Meer anders atmen als sonst?

Wenn er mich in Ruhe lässt, verziehe ich mich. Wandere am Strand entlang. Schreibe »Hilfe« auf eine Busfahrkarte, die ich in ihrer Tasche gefunden habe, wühle im Strandgut, bis ich auf eine leere Coca-Cola-Flasche stoße, schiebe die Fahrkarte hinein und verkorke meine Flaschenpost mit Teer. Vielleicht landet sie bei irgendwelchen Seeräubern, oder es kommt sonst wer und holt mich hier raus.

Plötzlich höre ich Geschrei. Ich drehe mich um. Er und sie wedeln mit den Armen wie Verkehrspolizisten. Ich mache kein Theater, gehe wieder zu ihnen zurück. Er schaut mich streng an und fragt, wieso ich Flaschen ins Meer werfe, die Umwelt verschmutze, sein teures Israel. Und sie weiß nicht, wo sie zuerst hinschauen soll, und sagt, ich sei voller Teer. Auf pädagogische Art.

Plötzlich liegt auch ihr etwas an diesem Israel. In Russland war es ihr noch völlig egal. Wenn beispielsweise mein Opa die *Stimme Israels* aus Jerusalem hörte, zog sie ein Gesicht, und ihre Augen waren rund wie Trauben. »*Papa, ja tebja umoljaju*«, was auf Russisch so viel heißt wie: »Papa, ich flehe dich an!« Sie konnte das

Knacksen und Piepen nicht ertragen. Die Sache war einfach die: Den Russen passte nicht, dass die Juden diesen israelischen Sender hörten, und folglich störten sie die Übertragung, indem sie dazwischenfunkten: trrr-trrrr, bi-biep, bi-biep.

Jetzt auf einmal beschäftigt auch sie sich mit Israel, auch sie ist Zionistin geworden.

Nach dem Strand gehen wir nicht gleich nach Hause. Wir machen einen Spaziergang durch die Straßen von Akko. Er redet weiter – »das waren die Kreuzritter, das die Türken« –, und ich habe Durst, Durst und auch Hunger. Es ist bereits Mittag. In Odessa haben wir mittags immer etwas gegessen, und auch davor und danach. Aber hier ist alles anders. Ich habe einen Film über Kreuzfahrer gesehen, die haben Rinderhaxen und alles Mögliche an Geflügel verspeist, Wein getrunken. Auch in *Ivanhoe* wird ständig gefuttert. Mit den Türken kenne ich mich weniger gut aus, aber bestimmt haben auch sie sich immer ordentlich den Bauch voll geschlagen mit Hummus-Falafel-Zeug und Lamm.

In meinem Kopf dreht sich ein Karussell aus Wörtern. Ich wiederhole sie, bis sie nach und nach ihren Sinn verlieren und irgendwie komisch klingen und jeglichen Bezug zu ihrer Bedeutung verlieren – Türken-Kreuzfahrer, Kreuzfahrer-Türken. Ist das eine Hitze! Wenn wir an einem Getränkekiosk mit ein paar Tischen oder an einem Restaurant vorbeikommen, wo Leute sitzen und essen und es verführerisch duftet, sagt er: »Siehst du, Mascha, das ist ein typisches orientalisches Café« oder »ein kleines orientalisches Restaurant«. Dann flüstere ich ihr auf Russisch zu: »Mama, ich habe Durst«, und sie zischelt, wie aus der Pistole geschossen, zurück: »Beherrsch dich, wir sind gleich zu Hause.«

Essen von der Straße ist eklig, schmutzig und voller Mikroben, behauptet er. So ist er es aus Russland gewohnt. Offenbar hat ihm dort keiner je etwas auf der Straße gekauft. Vielleicht hatte niemand Lust dazu, weil er so unausstehlich ist. Ich dagegen, ich habe in Russland immer irgendetwas bekommen, wenn wir unterwegs waren. Und was nicht alles! Meine Oma hat mir Limonade gekauft, Sonnenblumenkerne, was es eben gab. Auch Eis, russisches Wassereis, und rote Hahnenlutscher. Solche Sachen.

Jetzt sind wir »Neueinwanderer«. Neueinwanderer sind ungefähr wie Touristen, aber auf Lebenszeit und mit wenig Geld. Deshalb bekomme ich nichts mehr, wenn wir unterwegs sind. Auch weil meine Oma nicht hier ist. Wenn ich daran denke, zwickt es mich in der Nase. Das ist mein wunder Punkt. Sehnsucht. Als wir die Reise nach Israel antraten, war ich überzeugt gewesen, dass es interessant wird. Ich hatte es mir als Erlebnis vorgestellt, als Abenteuer. Im Flugzeug der ELAL murmelte ich pausenlos die Wörter vor mich hin, die ich aus der Broschüre *Anleitung für den Einwanderer* gelernt hatte, die man uns ausgeteilt hatte. »*Olä* – Einwanderer, *sochnut* – Jewish Agency, *merkas-klita* – Integrationszentrum – *olä, sochnut, merkas-klita*«, bis sie mich anfuhr: »Was ist los mit dir, Nastja? Spinnst du? Was soll dieses Gebrabbel?«

Sie war nämlich genervt. Auf der gesamten Reise nach Israel war sie genervt, weil wir gleich zu Anfang Jakov verloren hatten. Ja, ja. In Wien, unserer Transitstadt zwischen Russland und Israel, war Jakov auf einmal weg, spurlos verschwunden. Den ganzen Tag wurde nach ihm gesucht, bis zum Abend, sogar mit der Wiener Polizei, alle suchten Jakov, die Leute von der Jewish Agency, Sina, die Dolmetscherin, und wir ebenfalls. Zu Fuß! Meine Mutter machte ein langes Gesicht vor lauter Sorge, und ihre Mundwinkel wanderten nach unten, wie bei einer Maske aus der griechischen Tragödie. Am Ende tauchte er vor der Hofburg wieder auf, ganz von allein. Hatte sich die Zeit in einem Laden mit Geographiebüchern vertrieben. Plötzlich, mitten in Wien, hatte er Lust gehabt, in einem Geographiebuch zu schmökern, an einem Wiener Globus zu drehen, seinen Horizont zu erweitern. Mir kam das äußerst merkwürdig vor, in Wien sind doch alle Bücher auf Deutsch, wie also gedachte er, auch nur ein Wort zu verstehen, hä? Als ich meine Mutter danach fragte, antwortete sie, er verstehe Jiddisch, und das sei ein bisschen ähnlich; sie sagte auch, ich solle nicht so giftig sein. Also hörte ich auf, Fragen zu stellen, aber ich fand es nach wie vor unbegreiflich, dass er ausgerechnet in Wien unbedingt seinen Horizont hatte erweitern müssen, noch dazu bei ihren Nerven. Wenn *ich* mir Mühe geben kann, mich anständig zu benehmen, dann kann er das wohl auch. Nach diesem Zwischenfall war sie auf dem ganzen Weg nach Israel genervt. Sie ließ seinen Ellbogen nicht mehr los und auch meine Hand nicht, damit keiner von uns verloren ging. Als wäre ich diejenige gewesen, nach der man halb Wien hatte abklappern müssen. Mit mir wäre so was nie passiert. Ich habe ständig Angst, mich zu verlaufen, und mich drängt's auch nicht, meinen Horizont ausgerechnet dann zu erweitern, wenn wir auf dem Weg nach Israel sind.

Aber das ist lange her. Jetzt träume ich nur davon, dass die Straßen und die Moscheen und die Panoramen in Akko endlich abgehakt sind und wir nach Hause gehen können. Die Sandalen drücken, und an meinem großen Zeh hat sich eine schmerzhafte Blase gebildet. Und diese Hitze! Ich komme gleich um vor Durst! Sie hat sogar ein bisschen Mitleid, sagt: »Vielleicht sehen wir unterwegs einen Wasserhahn, dann kannst du trinken.« Aber kein Wasserhahn weit und breit. Und die Luft ist ganz weiß, vor meinen Augen tanzen Punkte. Ich sauge an meiner Zunge, um Speichel zu sammeln, aber mein Mund ist trocken. Das waren die Kreuzfahrer und das die Türken. Hier hat Napoleon gepinkelt und da hat er gefurzt. (Das sagt er nicht, das erfinde ich jetzt bloß, um mich aufzuheitern.) Wir erreichen den Markt. Jakov wird nie müde; seit wir in Israel sind, hat er viel Energie. Anscheinend vor lauter Glück. Immerzu will er mir etwas beibringen: »Schau mal da, ein *basartschik*« – das russische Wort für »kleiner Markt« –, und nicht zu vergessen: »Die Kreuzfahrer, die Türken.« Warmes Licht und ringsum Gerüche, Gerüche und Farben, alles redet Arabisch, ich verstehe kein Wort. Jetzt klärt er uns über die Araber und ihre Gepflogenheiten auf. Sie haben schreckliche Gepflogenheiten, diese Araber. Zum Beispiel einen ganzen Monat lang nichts essen, wegen ihrem Gott. Wozu haben sie denn einen Gott – dass er ihnen hilft oder dass er ihnen das Leben zum Arbeitslager macht, zu einem sibirischen Gulag wie bei Solschenizyn (noch so ein Typ, bei dem man sich kulturell bilden kann), der Russland hasst und Bücher schreibt, die er und sie ständig lesen.

Irgendwann hat sich Jakov endlich genug über Geschichtliches ausgelassen und verlegt sich auf Botanik, erklärt ihr das Obst und das Gemüse der Araber.

»Sieh dir diese Pfirsiche an«, ruft er, »und diese Trauben!« Genau solche, prahlt er, hätten sie auch in Samarkand gehabt – er war im Zweiten Weltkrieg mit seiner Mutter dorthin geflüchtet. Wäre ich in diesem Krieg gewesen, ich hätte einen Teufel getan zu flüchten, ich hätte mit den Partisanen gekämpft, in den Wäldern. Hätte mich einem Bataillon angeschlossen. Solche Fälle hat es ja bekanntlich gegeben, Kinder, die von den Partisanen begeistert aufgenommen wurden; sie machten Späße mit ihnen, adoptierten sie als ihrer aller gemeinsame Kinder und brachten ihnen bei, den Nazis mit einer Mauser sechs Kugeln zwischen die Augen zu jagen. Er dagegen hat in seinem Samarkand einen draufgemacht, mit seiner Mutter und seinen Pfirsichen. Meine Mutter hat mir mal erklärt, dass alle vor den Nazis davongelaufen sind, sogar sie und ihre Familie, meine Oma, mein Opa, alle. Sie waren nun mal Juden, und die Nazis machten aus den Juden Seife, und er, Jakov, war ebenfalls Jude und seine Mutter auch. Sie wollten nicht zu Shampoo verarbeitet werden, da blieb ihnen gar nichts anderes übrig, als zu fliehen, da die russischen Partisanen die Juden letztlich auch nicht besonders mochten. So sei der Zionismus entstanden, verständlicherweise.

Ich bin bloß zur Hälfte Jüdin. Von ihrer Seite. Mein Vater war voll und ganz Russe, aber man hat mir eingeschärft, das für mich zu behalten, weil man hier in Israel besser Jude ist. Die Israelis mögen die russischen Juden nicht sonderlich, wegen ihrem Akzent und ihrer Art und ihren Klamotten. Und aus irgendwelchen Gründen, die mit der Religion zu tun haben, ich blicke da nicht richtig durch. Also beherzige ich ihre Warnung und lasse mich nicht darüber aus, dass ich halbe Russin bin, obwohl es, wenn man darüber nachdenkt, fast gelogen ist.

Ganz schön große Stadt, dieses Akko. Mindestens so groß wie Samarkand oder New York. Das hört ja gar nicht mehr auf. Man läuft und läuft, aber wie viel wir auch laufen, es ist kein Ende abzusehen. Ich schließe die Augen, trotte weiter hinter ihnen her, frage mich, wie diese Araber es schaffen, einen ganzen Monat lang nichts zu essen. Ich habe nur seit dem Morgen nichts gegessen und kann's schon jetzt kaum mehr aushalten. Plötzlich habe ich

Brechreiz wie im Flugzeug, mir weht ein widerlicher Geruch um die Nase, er kommt aus einem Laden, einem arabischen Fischgeschäft. Die Fische liegen tot in drei grünen Plastikkisten mit warmem, stinkendem Wasser und einem bisschen Eis dazwischen. Ich höre ihn gerade noch sagen: »Mascha, sieh dir diese Sardinen hier an. Und erst die Krebse!«, will ebenfalls hinsehen, aber mit einem Mal wird mir schwarz vor Augen, und in meinen Ohren ist es ganz still, nur ihre Stimme dringt zu mir durch, von weit her, wie ein Echo: »*Oh, Nastenka, duschenka, schto s toboi?* – Nastenka, Herzchen, was hast du denn?« Und dann nur ein lang gezogener Laut, ich glaube, ein Cis, und Ende.

Jetzt ist nichts mehr wie früher. Komisches Leben. Wäre ich aufgefordert, es genauer zu erklären, würde ich ganz schön ins Schleudern geraten. Aber niemand fragt mich danach.

Ein Glück, dass man ihr nichts zu erklären braucht, sie ist ja selbst hier und sieht alles mit eigenen Augen. Zeitweise zumindest. Wenn sie nicht arbeiten ist. Er dagegen geht überhaupt nie zur Arbeit, weil er noch keine gefunden hat. In Russland war er Geschichtslehrer, aber jetzt reicht sein Hebräisch nicht, um zu unterrichten, also sieht er sich nach etwas anderem um.

In Russland hatte sie behauptet, er könne Hebräisch. Ausgezeichnet sogar. Er sei ein wahres Genie in Hebräisch, nur dass er jetzt plötzlich rein gar nichts mehr kann.

Gleich nach seiner Ankunft in Israel muss sein Hebräisch wohl geschrumpft sein, wie ein Kleidungsstück, das zu heiß gewaschen wurde. Angeblich liegt es daran, dass er ein bescheidener Mensch ist. Sagt sie. Dass er viel mehr weiß und kann, als er zeigt. In Russland hatte er immer ein dickes blaues Buch dabei, wenn er uns besuchen kam. Ein hebräisch-russisch-russisch-hebräisches Wörterbuch von einem gewissen Schapiro. So hieß das Buch denn auch bei uns: *Schapiro*. (»Nastja, wo ist der *Schapiro*, Nastja, leg mal den *Schapiro* in die Tür, damit sie nicht zufällt, Nastja, nicht mit dem *Schapiro* Nüsse knacken, das ist ein Buch.«) Nie kam er ohne den *Schapiro*. Für den Fall, dass ihn urplötzlich die Lust überkam, ein bisschen Hebräisch zu lernen. Aber er lernte nie Hebräisch, wenn er bei uns war, sondern saß mit ihr auf dem Balkon oder ging mit ihr spazieren, während meine Oma mich in die Küche holte, mir einen Tee vorsetzte, seufzte und sagte, er sei ja kein schlechter Mensch, bloß ein *sanuda*, sprich: ein elender Langweiler. Aber Hauptsache, ihr gehe es gut mit ihm. Und ich solle ja aufpassen, dass ich mich nicht verplapperte und womöglich ausplauderte, was sie mir da erzählte. »Wenn kein Singvogel zugegen ist«, meinte sie schließlich, natürlich auf Russisch, »gilt selbst ein Punkt-Punkt-Punkt« – ich wusste, damit war der Hintern gemeint – »als Nachtigall.« Dann folgte ein weiterer Seufzer.

Und meine Mutter? Na, die war richtig zufrieden mit ihm. Voll und ganz. Ihr fiel nicht auf, dass er ein *sanuda* war, und wenn er klingelte, ließ sie alles stehen und liegen und rannte mit wogenden Brüsten und ihrem dicken Bauch zur Tür, als wäre ein Feuer ausgebrochen. Sie musste wohl sehr einsam gewesen sein, seit mein Papa gestorben war, so dass sie aufgrund ihrer seelischen Verfassung selbst Jakov, den *sanuda*, in Ordnung fand. Sie redete über ihn, als wäre er Gérard Philippe, mindestens, oder Yves Montand oder Solschenizyn. Sie war richtig verknallt in ihn.

Eines Tages erzählte sie zum Beispiel, er sei Zionist. Einer, der nach Israel wolle und finde, alle Juden müssten nach Israel, offenbar, damit ihm persönlich nicht langweilig würde. Damals, bevor ich wusste, was dabei rauskommt, wollte auch ich nach Israel. Auf meine Frage, ob ich denn nun auch Zionistin sei, gab sie zurück, ich solle mir ja nichts einbilden.

Also war nur er Zionist. Er hatte sogar einen zionistischen Namen: Jakov. Ein alter hebräischer Name, wie sie mir erklärte. Ich habe keinen alten hebräischen Namen, sondern einen alten russischen: Anastasia. Mein Vater hat sich diesen Namen für mich ausgedacht. Noch bevor ich geboren wurde. Wäre ich ein Junge geworden, hätte ich Innokenti geheißen. Ja, das hätte mir geblüht, wenn ich nicht als Mädchen zur Welt gekommen wäre. Ich habe also trotz allem ein bisschen Glück.

Von dem, was Jakov mir beibringt, gefällt mir nur, was er mir über die Sterne erzählt. Man nennt es Astronomie. Manchmal nimmt er mich abends auf einen Spaziergang mit. Vor allem im

Sommer, wenn die Sterne ausgezeichnet zu sehen sind. Wir gehen entlang der Hauptstraße in Richtung Akko, setzen uns auf die Bank einer Bushaltestelle, legen den Kopf in den Nacken, und dann erklärt er mir alles.

Die Sache mit den Sternen ist die, dass sie an Menschen erinnern, obwohl sie weit weg und für uns außer Reichweite sind. Dafür sind sie viel schöner als wir und haben sogar Namen von Menschen, aber von griechischen, nicht von russischen oder zionistischen. Sie heißen nicht Jakov, Chajim, Anastasia, Tolik, Marina, Sina oder Sascha, sondern tragen die Namen von Göttern und Helden aus der Mythologie: Sirius, Kanopus, Pollux, Arcturus, Wega.

Der langweiligste Stern ist die Erde. Da gibt's jede Menge Scherereien, und man kann ihn nicht richtig sehen, weil er hier unter unseren Füßen steckt. Insgeheim stelle ich mir vor, dass sie die Sonne ist und ich der Mond, Opa und Oma sind Mizar und Alkaid im Großen Bären, meine Cousins, die Zwillinge, sind Castor und Pollux, mein Onkel Aljoscha ist Aldebaran im Sternbild des Stiers und Tante Xenia der strahlende Beteigeuze im Sternbild Orion.

Jakov ist die Erde. Jawohl. Ich weiß, dass die Kosmonauten, die die Erde vom Weltraum aus gesehen haben, sagen, sie leuchte wunderbar blau, aber ich bin kein Kosmonaut. Ich bin Anastasia Demidow, und ich finde, die Erde sieht schmutzig aus, braun, als ob sie gar nicht zur Familie der Sterne gehört.

Mein Lieblingsstern ist der Polarstern. Man muss nur wissen, wie man ihn findet. Es gibt da nämlich eine Linie. Eine imaginäre Linie, die man in Verlängerung der Achse des Großen Wagens ziehen und sich mit dem Blick daran entlang hangeln muss, bis man ihn findet, klein und strahlend. Mit ihm kann man sich niemals verirren. Das wissen alle Abenteurer und Entdecker.

Den Polarstern habe ich bislang an niemanden vergeben. Ich spanne ihn nur für meine Zwecke ein. Ich habe nämlich eine Art Strategie. Wenn es schon Nacht ist, stelle ich mich ans Fenster (das Licht bleibt aus, damit er mich nicht erwischt, sonst gibt's Ärger) und suche nach dem blauen Stern. Wenn ich ihn gefunden habe, fixiere ich ihn mit meinem Blick, konzentriere mich voll und ganz auf ihn (von ganzem Herzen, mit dem Bauch, aber ohne mich anzustrengen, eine besondere Technik) und denke an nichts. Und schon bald verschwindet erst das Blau, dann, nach und nach, auch mein Körper, das Zimmer, die ganze Welt, bis nichts mehr übrig bleibt außer meinen Gedanken und meinem Stern. Dann bin ich weg und doch da. Sehr schwer zu erklären.

Ja, es gibt viele Dinge, die ich nur schwer erklären kann. Wenn ich darüber nachdenke, verknotet sich alles in meiner Brust und im Bauch. Alle seine Eigenarten zum Beispiel. Was das Klo anbelangt. Oder Scherben.

Er hasst Schmutz. Aber nicht jeden Schmutz, vorzugsweise meinen und den vom Klo. Wenn er von der Toilette kommt, schließt er die Tür mit dem Ellbogen und öffnet anschließend die Tür zum Bad mit dem Ellbogen. Selbst den Wasserhahn dreht er mit dem Ellbogen auf (das ist am schwierigsten), und zwar mit kleinen Stößen. Dann wäscht er sich die Hände gründlich mit Seife.

Sowohl sie als auch ich müssen es genauso machen. »Er ist empfindlich, was Sauberkeit anbelangt«, sagt sie und erklärt mir auch, dass das wichtig ist. Eine positive Eigenschaft, die einem hilft, Ordnung zu halten. Als wenn es ohne diese Eigenschaft von ihm ringsum nur Schmutz gäbe. Auch beim Spülen soll man nur mit dem Ellbogen auf den Abzug drücken, damit man keine Mikroben hinterlässt. Und wenn man nach Hause kommt, darf man nichts anfassen, bevor man sich nicht die Hände mit Seife gewaschen hat. Man seift sie zweimal ein, spült sie ab und trocknet sie an einem Handtuch, das ausschließlich für die Hände benutzt wird (um Himmels willen nicht mit dem Handtuch fürs Gesicht, dreimal tfu). Erst wenn man das alles hinter sich hat, darf man sich anderen Dingen zuwenden, darf Wasser trinken, Gegenstände anfassen, leben.

Einmal kam ich vom Ambulatorium der Krankenkasse zurück. Ich hatte einen Riesendurst; hier in Israel ist es ja sehr heiß, da wird man schnell durstig. Kaum zu Hause, flitzte ich ins Bad, wusch mir die Hände und stürmte zum Kühlschrank, um kaltes Wasser zu trinken. Plötzlich kommt er rein, stinksauer, der pure Hass. Ruft ihr zu: »Sie hat sich nicht die Hände gewaschen.« »Sie« – als hätte ich keinen Namen. Ich wehre mich: »Hab ich wohl, ehrlich!« Sie kommt dazu, besänftigt ihn mit ihrer Schmeichelstimme (in die sich aber Angst mischt): »Sie hat sich gewaschen, Jankele, sie hat sich gewaschen.« Aber er will es nicht glauben, sagt mit zornigem Blick: »Stimmt nicht«, sagt: »Lügnerin.«

Dabei lüge ich nie, das war bei uns zu Hause, in Russland, bekannt. Es ist für mich eine Art Gesetz, und bei den wenigen Malen, wo ich's versucht habe, zum Beispiel, als mir der eine Lippenstift von ihr aus Polen kaputtgegangen ist, hab ich total verschissen. Mein Gesicht fängt an zu glühen, und ich verhaspele mich und gerate ins Stottern, also versuche ich gar nicht erst zu lügen. Aber er, was weiß er schon über mich? Woher sollte er es auch wissen? Er gehört nicht zu unserer Familie. Er ist ein Fremder. Er denkt schlecht über mich, sehr schlecht, und sagt noch einmal: »Lügnerin.« Ich will ihm meine Hände geben, damit er die Seife riecht, *Neka 7*, doch er zuckt zurück, mit angeekelter Miene, und verlässt die Küche.

Ich bleibe mit ihr allein. Sie weicht meinem Blick aus, und ich sehe, dass sie Angst hat. Angst, dass er sie jetzt wieder quält, wie jedes Mal. Dass er nicht mit ihr redet, sie rausschmeißen, sie davonjagen will, meinetwegen. Weil ich schlecht bin, mich nicht beherrschen kann, mir nicht genug Mühe gebe, schmutzig bin, eine Lügnerin. Ich stoße ihr die Hände entgegen, dicht vor die Nase, damit sie die Seife riecht, damit sie sieht, dass ich mich bemüht habe! Auch sie will's nicht nachprüfen, sie glaubt mir. Aber was nützt mir das? Sie ist schon wieder traurig, ihre Lippen sind schwer, die Mundwinkel sacken nach unten, und in meiner Brust pocht die Angst. Jetzt wird er sie verlassen, wird sie verletzen, meinetwegen.

»Schon gut, Nastenka«, sagt sie leise. »Lass mal, egal. Geh in dein Zimmer.« Und ich gehe. Ich setze mich auf mein Bett, mir ist schlecht, draußen ist ein milchigweißes Licht, es ist heiß und noch so lange hin, bis die Nacht kommt.

Diesen Sommer ist für mich nicht viel los, das war letztes Jahr anders. Damals gab's jede Menge Programm. Sie meldeten mich zur Ferienbetreuung an, in einer Schule namens Kadima, »Vorwärts«. Morgens kam ein Bus und brachte mich zusammen mit anderen Kindern hin. Die meisten waren Neueinwanderer, teils Russen wie ich, teils Georgier. Es gab auch ein paar marokkanische Kinder, aber viele von denen waren in einer anderen Ferienbetreuung, in einer Schule, die sich *mamlachti* nannte. *Mamlachti*, ließ ich mir erklären, ist das hebräische Wort für »staatlich«, obwohl es eigentlich von *mamlacha*, »Königreich«, abgeleitet ist und damit »königlich, zum Königreich gehörend« bedeutet.

Mir ist unbegreiflich, warum man dann dieses Wort für »staatlich« verwendet. Jetzt mal im Ernst. Wir haben hier schließlich keinen König, sondern eine Regierung mit Ministern. Ich kenne sie alle von Fotos, sowohl die, die schon tot sind, als auch die, die noch leben: den einäugigen Mosche Dajan, Golda, Ben-Gurion mit seinen elektrisierten Haaren, Begin, der die Engländer in die Luft gejagt hat, Peres mit seiner bedächtigen Art zu sprechen, Rabin, der früher ein gut aussehender Mann war. Lauter ganz normale Leute. Die Verwendung des Worts *mamlachti* ist und bleibt mir ein Rätsel.

Wenn wir morgens in der Kadima-Schule eintrafen, bekamen wir Kakao in Tüten, ein Brötchen und eine Birne, manchmal eine Pflaume. Wir spielten auf dem Hof, sangen ein paar hebräische Lieder, gingen ins Schwimmbad – mit einem Wort: Wir hatten es da ganz gut.

Eine Freundin hatte ich dort auch, die dicke Jana vom zweiten Stock. Wir wohnen nämlich im selben Haus. Jana ist zwei Jahre älter als ich und kommt dieses Jahr in die sechste Klasse. Sie hat sogar ein bisschen Busen und ein paar Haare an der Muschi, weil sie entwickelt ist. Manchmal darf ich mit aufs Klo, und dann zeigt sie mir ihre Haare. Sie hat bloß ein paar, zehn vielleicht. Aber besser als ich, ich habe nämlich noch gar keine.

Die dicke Jana ist auch aus der ehemaligen Sowjetunion, aus Vilnius. Sie lernt Klavier und hat auch eins zu Hause. Aus braunem, lackiertem Holz, Hochglanz. Sie haben lauter schöne Möbel, alle mit einer dicken Schicht aus Lack. An den Wänden hängen Bilder, eines von Janas Mutter, Faina Filippowna, als sie jung war und als hübsch galt, eines von beiden Eltern, Faina Filippowna und Alik, am Tag ihrer Hochzeit, und eines, das aus bunten Fäden gestickt ist, ein so genannter Gobelin. Der Gobelin ist größer als die beiden anderen Bilder und zeigt einen Schäfer und eine Schäferin mit ihrer Herde unter Bäumen. Der Schäfer und die Schäferin sind festlich gekleidet: Sie trägt ein gebauschtes Kleid, wie auf einem Ball, er Balletthosen. Ich verstehe nicht, wieso sie in diesem Aufzug Schafe und Ziegen hüten gehen! Aus meiner kurzen Erfahrung mit dem Zicklein vom Kolchos weiß ich, was für ein Dreck dabei entsteht, überall Kacke und so weiter. Wozu werfen die sich dann so in Schale? Das frage ich mich. Aber vielleicht war's ja nur das eine Mal, als man den Gobelin gestickt hat, zur Feier des Tages sozusagen.

Das schönste Bild in Janas Zuhause ist ein Frauengesicht auf einem Stück Metall, nur ein Profil mit einem verzierten Hut, der wie ein umgestülpter Eimer aussieht. Es ist die ägyptische Königin Nofretete. Jana sagt, sie gilt bis heute als schönste Frau der Welt, obwohl sie längst gestorben ist, vor mehr als tausend Jahren, weiß der Kuckuck, wann genau.

Von den heutigen Ägyptern sagt Jana, sie wollen Israel in die Luft jagen und alle Israelis ins Meer werfen, allen israelischen Mädchen ihr Dingsda zwischen die Beine stecken und auch ein Messer in den Rücken rammen. Von Jakov weiß ich, dass die Ägypter – und die Araber insgesamt – früher, zur Zeit dieser Nofretete, richtig kultiviert waren und die Mathematik und die Astronomie erfunden haben. Inzwischen haben sie sich wohl zurückentwickelt. Jana sagt, das liegt an der Hitze; ihr Vater, Alik, sei ein wahres Nervenbündel, seit sie in Israel lebten, er trinke viel Cognac *Stock Brandy 84* und vermöbele regelmäßig ihre Mutter. Alles wegen dieser israelischen Hitze.

Nach der Ferienbetreuung gingen wir meist zu Jana nach Hause. Ich setzte mich aufs Sofa, und sie übte Klavier. Sie muss jeden Tag üben. Die meisten russischen Kinder lernen Klavier, bloß ich nicht, weil man mich schon sehr früh einer Prüfung unterzogen und festgestellt hat, dass ich nicht musikalisch bin und meine Begabung eher in Richtung Literatur, Malerei und Schach geht. Jana dagegen ist äußerst musikalisch, sie hat ein absolutes Gehör, aber es lohnt sich für sie ganz und gar nicht, weil sie jeden Tag zwei Stunden üben muss, während ich tun und lassen kann, was ich will. Meistens hat sie nicht die geringste Lust zu üben, und gelegentlich belügt sie deswegen ihre Mutter. Also trägt Janas Mutter mir auf, mich zu Jana zu setzen, damit ihr nicht langweilig wird. Ich soll auf die Uhr sehen und kontrollieren, wie lange sie übt, und wenn sie zu wenig gespielt hat, soll ich ihr das anschließend berichten.

Jakov behauptet, Jana habe kein Talent. Als ob der Ahnung hätte. Bei uns wird ja nicht mal Musik gehört, nie. Wegen der Lautstärke, es könnte ja jemanden stören. Nur wenn meine Mutter zu mir ins Zimmer kommt, um mit mir zu reden, legen wir Schallplatten mit klassischer Musik auf, Stücke, die selbst Jana noch nicht spielen kann, weil sie erst seit zwei Jahren lernt, und beim Klavier muss man ein Leben lang lernen oder mindestens zehn Jahre, bis man offiziell was taugt.

Janas Eltern sind nicht da, wenn sie übt. Sie arbeiten. Die Mutter in einer Milchfabrik in Haifa, der Vater in einer Militärfabrik. Ab und zu bittet Jana mich, ihrer Mutter zu sagen, sie hätte geübt, damit wir den Nachmittag genießen können. Manchmal lasse ich mich darauf ein. Dann gehen wir zu ihr ins Zimmer, und Jana holt eine Schachtel *Time* aus dem Schuhfach in ihrem Schrank. Sie raucht nicht auf Lunge, und ich hab's auch schon probiert, zweimal sogar, aber mir wird jedes Mal schwarz vor Augen und alles flimmert, dann muss ich mich auf den Teppich legen und habe Schweißausbrüche. Deshalb lässt Jana mich nicht mehr mitrauchen. Weil ich den Rauch in die Lungen ziehe, sagt sie. Dafür sei ich zu jung, das sei gefährlich. Wenn sie aufgeraucht hat, versprüht sie Rosenduft, mit einem Spray, das sie im Klo haben, und wir spielen Karten. Es gibt ein russisches Kartenspiel, *podkidnoj durak*, nur für Erwachsene. Bei uns daheim gibt es keine Karten, weil das nur was für primitive Leute ist und für Säufer. Wir haben nur Schach, aber dank Jana bin ich inzwischen ganz gut. Beim

Spielen fluchen wir, auch das hat Jana mir beigebracht. Wir sagen *job twoiu mat*, *pisda mat*, wie ihr Vater, wenn er samstags mit ihren Onkeln zockt. Wenn wir vom Kartenspielen genug haben, legen wir uns die Schminke von Janas Mutter auf, Lippenstift und hellblauen Lidschatten, und schauen aus dem Fenster. In der Hoffnung, dass Viktor-Hattul vorbeikommt, Janas Flamme. Er ist schon richtig groß, vierzehn vielleicht oder noch älter. Sie ist total in ihn verknallt, obwohl er aus dem Kaukasusgebirge stammt, was als nicht so gut gilt. Janas Mutter hat uns erklärt, dass die Leute aus dem Kaukasus primitiv sind und stinken. Keine Ahnung, wann sie Gelegenheit hatte, welche zu riechen. Dieser Viktor-Hattul jedenfalls stinkt überhaupt nicht. Das weiß ich, weil ich im Minimarkt mal hinter ihm an der Kasse gestanden und extra geschnuppert habe, und da roch er gut, nach Seife und Zigaretten. Er weiß nicht, dass Jana in ihn verliebt ist, genauso wenig wie er weiß, dass sie Jana heißt, geschweige denn, dass es sie überhaupt gibt. Aber das ist ihr egal, wir spionieren ihm vom Fenster aus nach, und das genügt ihr. Manchmal schließen wir die Fensterläden, machen mitten am Tag Nacht, zünden eine Kerze an und spielen Wahrsagen. Wir knüpfen ein Bibelbuch an eine Schere und stellen Fragen. Dreht es sich beim Öffnen der Schere nach rechts, lautet die Antwort ja, nach links bedeutet nein. Diesen Voraussagen nach wird Jana Viktor-Hattul heiraten und drei Kinder mit ihm haben, zwei Söhne und eine Tochter, außerdem einen Ford Escort und eine Stereoanlage. Ich beteilige mich nicht an diesem Spiel, weil ich vorerst nicht verliebt bin, also gibt's für mich auch nichts zu fragen.

Wir machen auch noch andere Sachen, zum Beispiel durchstöbern wir das Schlafzimmer von Janas Eltern. Mit etwas Glück finden wir eine russische Zeitung namens *Klub*. Sie ist langweilig, wie alle Zeitungen, aber in der Mitte gibt es einen Fortsetzungsroman für Erwachsene, und was da alles drin steht! Nicht zu fassen. Alles über Liebe und Nacktsein, genauestens beschrieben, haarklein. Der Held, ein gewisser Timor, muss ein wahnsinnig gut aussehender Typ sein, jedenfalls steckt er seinen Schwanz in alle Frauen, die in der Geschichte vorkommen: eine Claudia mit blonden Haaren, eine Natascha mit glatten Haaren, er hat ständig eine Neue. Aber manchmal spielt Jana auch bloß Klavier, und ich höre zu und schließe sogar die Augen.

Als die Ferienbetreuung zu Ende war, blieb mir noch jede Menge Sommer bis zum Schulanfang. Ein ganzer Monat. Jana wurde von ihren Eltern zu Onkel und Tante nach Kfar-Saba verfrachtet, damit sie sich nicht den ganzen Tag auf der Straße herumtrieb. Ich habe keine Onkel und Tanten in Israel, nur eine Freundin meiner Mutter in Bat-Jam, also trieb ich mich viel auf der Straße herum, und meine Mutter machte sich zunehmend Sorgen und fand, ich sei ein Straßenkind geworden. Sie kapiert nicht, dass in Israel alles anders läuft als in Russland, dauernd hat sie Angst, dass ich wie der Gassenjunge Gavroche aus *Les Misérables* werde oder wie die Flegel aus Makarenkos *Pädagogischem Poem*.

Aber ich bin ständig draußen, so oft es nur irgend geht, trotz der Hitze, auch wenn gerade nichts los ist. Ich tue alles, um nicht mit ihm zu Hause zu sein. Wenn sie morgens zur Arbeit geht, bin ich schon ganz unruhig. In mir drin ist alles total angespannt. Ich liege auf meinem Bett und versuche zu lesen, lausche aber aufmerksam, was er macht, wohin er geht, welche Tür er öffnet, welche er schließt. Mich lässt das Gefühl nicht los, dass gleich was Schlimmes passiert, dass er auf etwas stößt, was ich gemacht habe, irgendeine Bosheit, auf die er mich aber nicht etwa anspricht, nein, er wartet, bis sie zurück ist, um mit ihr in der Küche oder bei ihnen im Schlafzimmer darüber zu tuscheln. Dann herrscht eine große, beängstigende Stille in der Wohnung, und ich weiß nicht, was als Nächstes geschieht, was ich verbrochen habe und was er meinetwegen tun wird. Vielleicht lässt er sich von ihr scheiden, und dann bleiben wir in Israel allein, ohne irgendjemanden, ohne Opa und Oma, ohne Tante Xenia, ohne alles. Sie hat Angst vorm Alleinsein. Seit mein Vater gestorben ist, hat sie diese Angst, eine Art Reaktion ihrer Seele.

Ich war fünf und ein bisschen, als mein Vater starb. Es geschah im Monat April, und die ganze Stadt war voller Lilienblüten. Lila Lilien, weiße Lilien, wie eine Duftwolke von Parfüm, nur viel intensiver. So intensiv, dass es einen richtig umhaut, wenn man zu viel davon abbekommt. Alles grünte und blühte, doch vor allem blühten die Lilien. Das ist die Besonderheit unserer Stadt im Frühling, und eigentlich hat das ja was sehr Schönes, aber für mich ist dieser Lilienduft der Geruch der Krankheit meines Vaters, der Geruch seines Todes. Wann genau er gestorben ist, weiß ich nicht, er lag lange im Krankenhaus. Ich sah ihn einen, vielleicht aber auch zwei Monate nicht. Man erzählte mir nichts, und ich fragte auch nicht nach. Wenn sie es mir nicht sagten, dann gab's eben nichts zu fragen, wenn sie Geheimnisse haben, halten sie dicht, da kann man nur raten. Nicht mal zur Beerdigung nahmen sie mich mit, weil ich zu klein war. Erst am Abend, als sie wiederkamen, erzählte mir meine Oma, dass er tot war und ich jetzt weinen dürfe, wenn ich wolle, aber ich müsse mich auch für ihn freuen, weil er große Schmerzen gehabt habe und es damit jetzt vorbei sei. Aber ich habe nicht geweint. Bloß auf dem Stühlchen in meiner Spielecke gesessen und nicht gewusst, was ich mit mir anfangen sollte. Und die ganze Zeit habe ich nur an sie gedacht, an ihren Schmerz. Und gehofft, dass sie mich zu sich ruft.

Erst viel später habe ich Fotos von der Beerdigung gesehen. Solche, wo alle mit Blumen gehen, und andere, auf denen er allein zu sehen ist, in einem Sarg. Die Fotos hatte ich in ihrer Schublade gefunden, in einem besonderen schwarzen Umschlag. Mein Papa lag in dem Sarg, aber nicht wie schlafend, sondern irgendwie hässlich, sein Gesicht war seins und doch nicht seins, es war grau. Er hatte einen Anzug an und um ihn herum lagen Blumen. Mir war unbegreiflich, wozu er einen Anzug brauchte, wenn er tot war. Aber ich fragte nicht nach, weil die Bilder geheim waren und ich Angst hatte, dass sie wütend würde oder, noch schlimmer, in Tränen ausbräche und nicht mehr aufhören konnte und sich dann wie erstarrt, mit offenen Augen, wie Glasaugen von einem Stoffteddy, in ihr Bett legen und tage- oder monatelang oder für immer mit niemandem mehr reden würde.

Haargenau wie damals, als sie von der Beerdigung kam und ins Elternschlafzimmer ging und keiner mich zu ihr lassen wollte und alle nur die Wohnung mit Blumen voll stellten. Dauernd nur

Lilien, nichts als Lilien, in jedem Blumentopf, in jeder Vase. Mir wurde ganz schwindlig vom Geruch, und ich wollte nur eines, nämlich zu ihr reingehen, aber meine Oma ließ mich nicht in ihr Zimmer, es hieß immer nur: »Geh, Nastenka, lies ein Buch, Mama ist heute sehr traurig.«

Aber wenn Freundinnen kamen, von der Arbeit und sonst woher, die durften sehr wohl zu ihr rein. Ich versuchte vergeblich, vorsichtig, dass sie es nicht merkten, einen Blick zu erhaschen, ich wollte sehen, was meine Mutter in ihrem Zimmer tat, was dort geredet wurde und warum mir keiner etwas erzählte. Aber ich hatte keine Chance, weil jeder, der sie besuchte, die Tür hinter sich schloss.

Nach ein paar Tagen oder Wochen, keine Ahnung, kamen keine Leute mehr. Sie aber blieb weiterhin in ihrem Zimmer liegen, mit ihren starren Augen. Als wäre sie gestorben und nicht er. Mehr als einmal versuchte meine Oma zu vermitteln, sie redete auf sie ein, dass sie ein paar Worte sagen, mich wahrnehmen solle. »Sieh doch mal, Maschinka, Nastasia ist hier, sag was zu ihr, na los, man kann das Kind doch nicht so quälen.« Aber meine Mutter hatte nicht vor, auch nur ein Wort von sich zu geben, sie wandte nur gelegentlich den Kopf, schaute mich an, als würde sie mich nicht kennen, und schwieg.

Meine Oma machte sich Sorgen um mich. Das sah ich wohl. Sie kaufte mir Kirschen, einen Hund aus Plastik, der bellen konnte, Pappbüchlein, aus denen man Häuser bauen konnte, aber das war gar nicht nötig. Mir war klar: Jetzt, wo meine Mutter dalag wie eine Tote, musste ich die Verantwortung für sie übernehmen. Wenn ich nämlich nicht auf sie aufpasste, geschah womöglich etwas Schreckliches. Nicht mal nachts traute ich mich einzuschlafen, wenn ich in meinem Bett lag, das man inzwischen zu meinen Großeltern ins Zimmer gestellt hatte. Ich schloss bloß die Augen und tat, als würde ich schlafen. Insgeheim aber blieb ich wach und beschützte sie aus der Ferne. Ich muss mich bereithalten, für den Fall, dass sie plötzlich nach mir ruft, dachte ich. Und wartete.

Lange Zeit rief sie mich nicht, ich weiß nicht mal, wie lange, bis sie eines Tages, als der Sommer schon in vollem Gange war, auf den Balkon hinaustrat und zu meiner Oma sagte, sie habe Lust auf Suppe. Sie meinte Hühnersuppe. Meine Oma klatschte in die Hände und lief sofort los, um ein Huhn zu besorgen. Meine Mutter setzte sich auf einen besonderen Stuhl auf dem Balkon, der sich Chaiselongue nennt, und da merkte sie, dass ich dort stand. Sie sah mich an, verzog sogar leicht den Mund, als wollte sie lächeln. Ihre Haut hing an ihr herab wie ein Putzlumpen, und da ging ich zu ihr, und sie streichelte mir über den Kopf und legte mir die Hand auf die Schulter.

»Na, Nastenka«, meinte sie, »jetzt sind wir beide allein.« Ich konnte nichts sagen, weil ich einen Schleimkloß im Hals hatte. Ich schmiegte mich an sie, drückte meinen Kopf zwischen ihre Brüste und schnupperte. Sie roch nicht wie früher nach Parfüm, sondern nach Verzweiflung, wie nach Staub, und ich barg mein Gesicht an ihrer Brust und beschloss, dass ich von jetzt an ihre Beschützerin wäre, mein Leben lang, ich würde richtig gut auf sie aufpassen, damit sie nie wieder verzweifelte, das wäre ab jetzt meine Aufgabe.

Später, als meine Oma zurück war, ging ich in die Küche, nahm mir ein bisschen Milch als Geheimtinte und schrieb meinen Schwur mit einer Sicherheitsnadel auf ein Stück Papier, faltete es und versteckte es tief im Blumenkübel des rankenden Weins. Damit war besiegelt, dass es kein Zurück gab. So war das.

Und so sieht's also jetzt aus. Deswegen gebe ich mir solche Mühe, gut zu sein, sauber und ordentlich, nicht nervig, nicht launisch. Es liegt in meiner Verantwortung, alles zu tun, damit er sich ihr gegenüber gut benimmt und sie nicht mit Stummheit straft, sie nicht hasst, und am allerwichtigsten: damit er sie nicht verlässt.

Und das fällt mir ziemlich schwer. Meinem Gefühl nach mache ich meine Sache nicht sonderlich gut. Vielleicht weil ich mir noch in Russland angewöhnt habe, schlecht zu sein, vielleicht hat meine Oma mich zu sehr verwöhnt, und ich bin deshalb so schlimm. Jetzt erzieht er mich neu. Schüchtert mich ein. Wenn er nur eine Arbeit fände und nicht den ganzen Tag daheim wäre. Schnuppert, prüft, ob man nichts angefasst hat, ob nichts kaputtgegangen ist.

Seit die Ferienbetreuung vorbei und Jana weggefahren ist, hocke ich zu Hause herum, weil sie mir gesagt hat, ich solle nicht wie ein Taugenichts auf der Straße herumlungern. Ich habe Angst, das Zimmer zu verlassen; ich brauche nur zu hören, dass er barfüßig durch die Wohnung geht, die Nase hochzieht, und schon verknotet sich bei mir alles.

Vor ein paar Tagen ging ich in die Küche, um mir einen Pfirsich zu waschen; man hatte mir aufgetragen, welche zu essen, das sei gesund. Plötzlich kam er rein, ohne dass ich es gehört hatte. Ich bin dermaßen erschrocken, dass ich herumfuhr und – bumm! – ein Glas runterfegte, das auf dem Küchentresen stand. Und das, wo er vor Glas und Nadeln noch mehr Panik hat als vor Mikroben. Wehe, ein Glas zerbricht, dann krabbelt er den ganzen Tag auf dem Boden herum und sucht Splitter bis in die Nacht, und ich darf da, wo's passiert ist, nicht rein, und er krabbelt und krabbelt und sammelt und sucht die Glasstücke zusammen. Er hat eine Riesenangst vor allem, was spitz ist. Sämtliche Scheren haben wir in den hohen Schrank geräumt, damit er keine Angst zu haben braucht. Ihr Nähkästchen darf man unter keinen Umständen berühren, weil da Steck- und Nähnadeln drin sind, und wenn sie was flicken will, einen Knopf wieder annähen oder sonst was, muss man ihm Bescheid sagen, dann passt er auf und kontrolliert die halbe Nacht lang, ob auch wirklich keine Nadel runtergefallen ist, obwohl selbst ein Blinder mit 'nem Krückstock sieht, dass nichts auf dem Boden liegt.

Kaum hab ich das Glas runtergefegt, wird er weiß im Gesicht, sein Blick ist so furchterregend, dass ich es nicht beschreiben kann, sein Gesicht ist verzerrt, und er sieht aus wie geistesgestört, und ich falle beinah in Ohnmacht, wie immer, weil ich nicht weiß, was als Nächstes passiert. Wenn er mich wenigstens schlagen würde, dann wüsste ich, worauf ich gefasst sein muss, und es gäbe nicht diese kalte Angst. Aber er schlägt nie; dennoch ist irgendeine Strafe fällig, das weiß ich, und mir graut davor, nur dass ich nie weiß, was mir blüht. Ich werfe mich sofort auf die Knie, um die Scherben einzusammeln, aber da steht er schon neben mir, packt mich an der Schulter, und in seiner Hand steckt so viel Hass. Ein Stich von einem Skorpion oder ein Biss von einem Krebs ist harmlos dagegen. Niemand hat mich je dermaßen gehasst. Meine Zähne fangen an zu klappern und mir bricht der Schweiß aus allen Poren, ein Schweiß mit dem Geruch aus der Achsel, dem Geruch von Angst, ich spüre, dass ich am ganzen Körper bibbere, und er sagt: »Geh in dein Zimmer, ich mache sauber.« Dann dreht er den Wasserhahn auf und wäscht sich die Hand, mit der er mich gepackt hat. Ich laufe in mein Zimmer, schließe die Tür und lasse mich auf mein Bett fallen, warte darauf, dass das Zittern nachlässt, und denke fieberhaft nach, was ich ihr sagen soll, wenn sie von der Arbeit kommt, wie ich mich rechtfertigen soll, dass ich so ein schlampiges Dreckstück bin, wie ich das am besten erkläre.

Sie kommt nach Stunden, ich höre ihren Schlüssel in der Tür, weiß, dass ihr müdes Gesicht glänzt, und ich drücke mein Ohr an die Tür, um zu lauschen, was er dort leise und mit erstickter Stimme zu ihr sagt. Dann kommt sie zu mir ins Zimmer, in ihrem Blick sehe ich Wüste, glühende Hitze, und sie sagt: »Du musst lernen, vorsichtiger zu sein.«

Ich laufe zu ihr hin. »Mamilein, *mamotschka milaja*, Entschuldigung, verzeih mir, *iswini menia, ja bolsche ne budu*, ich tu's auch nie wieder!«

Sie umarmt mich kurz, aber in ihrem Blick ist immer noch Wüste, glühende Hitze, und ich weiß, dass er sie jetzt meinetwegen verlassen wird. Alles ist vorbei, jetzt kommt das dicke Ende, gleich passiert es, alles wird in ein schwarzes Loch gesogen, die Sonne und der Mond, Andromeda und Kassiopeia, Centaurus und das Kreuz des Südens, in einen schwindelerregenden Strudel; ein Asteroidenregen wird herabfallen, und alles wird untergehen, verschwinden, ausgelöscht werden, als wäre das Weltall nie gewesen.

»... Anastasia
Abendsonne
Ein durchsichtiger Tautropfen
Einen Tropfen meines Bluts
Hab ich vergossen ...«

Das ist ein Gedicht, das sie über mich geschrieben hat. Früher. Noch in Russland. Oder das hier:

»... meine Madonnenaugen
Licht meiner Seele ...«

Ebenfalls über mich.

Es hatte mehr Strophen, und es gab noch andere Gedichte, aber ich habe sie vergessen.

Das mit der Sommerferienbetreuung ist jetzt ein Jahr her, seither sind alle möglichen Sachen passiert. Zunächst mal bin ich nicht mehr in der Klasse für Neueinwanderer, sondern besuche jetzt die vierte Klasse mit allen zionistischen Israelis, hauptsächlich Marokkanern, und noch einem russischen Mädchen, Irotschka, die inzwischen meine beste Freundin ist. Wir haben eine neue Klassenlehrerin, Zippora, mit Haaren wie eine alte Frau, dabei ist sie noch jung. Man hat mir erklärt, dass man diese Farbe beim Friseur macht und sogar viel Geld dafür bezahlt und dass sich das »Platinsträhnchen« nennt.

Erst war es nicht so toll. Alle in der Klasse haben mich und Irotschka gehasst und schlimme Sachen über uns gesagt. Über mich, dass ich mit Prosper Ben-Hammu bei den Fischbecken im nahe gelegenen Kibbuz ficke und dass er mir jedes Mal eine Lira dafür bezahlt. Lauter solches Zeug, Sachen, die ich nie zuvor gehört hatte. Nach der Schule mussten wir zusehen, dass wir schnell nach Hause kamen, weil ein paar Banditen aus unserer Klasse uns verfolgten und uns »Nutte« hinterherriefen und arabische Ausdrücke wie *inal abuk, inal rabbak* und *achu scharmuta* und auch »Ich fick deine Mutter« auf Hebräisch.

Wir flitzten nach Hause, wieselflink wie Indianer, wie die Riesenschlange Chingachgook, der letzte Mohikaner, blitzschnell wie Giftpfeile und die Tomahawks der Apachen, versteckten uns bei Irotschka zu Hause und lasen ukrainische Erzählungen von Gogol. Erzählungen wie *Der Wij* und *Abende auf dem Vorwerk bei Dikanka*.

Irgendwie schlugen wir uns durch.

Jakov begann eine Fortbildung, Sozialarbeit für alte Leute. Es machte ihm Spaß, irgendwelchen alten Frauen zu helfen, die als Alleinstehende nach Israel eingewandert waren. Er schleppte ihre Einkäufe vom Markt nach Hause und unterhielt sich mit ihnen auf Jiddisch: »Wus macht Ihr? Sajt gesunt.« Als wäre das eine Art Hobby von ihm.

Bloß mir und ihr hilft er nicht. Aber zumindest ist er nicht mehr dauernd zu Hause, und auch ich habe ja jetzt etwas, wo ich hinkann. Stress gibt's hauptsächlich wegen des Klopapiers. In letzter Zeit beklagt er sich, dass sie und ich zu verschwenderisch damit umgehen, dass es zu schnell aufgebraucht ist. Also sehe ich zu, dass ich das große Geschäft in der Schule erledige und nicht viel trinke, wenn ich wieder daheim bin, damit ich nicht pinkeln muss, außer wenn's wirklich nicht anders geht.

Aber dann geschah etwas, und es gab eine Veränderung, die ich nicht erwartet hatte und die so einiges ins Rollen brachte. Eines Tages, als sie von der Arbeit kam, sagte sie: »Nastja, mach dich fertig, wir gehen zu einem besonderen Basar für Neueinwanderer.« Auf dem Weg erklärte sie mir, amerikanische Juden hätten Kleidung geschickt, die sie nicht mehr brauchten, um Neueinwanderern in Israel zu helfen. Eine gute zionistische Tat.

Der Kleiderbasar fand bei Frau Berta statt, der Leiterin des Seniorenclubs, und als wir dort ankamen, hüpfte mein Herz. Seit unserer Ankunft in Israel hatte ich kein einziges neues Kleidungsstück bekommen, die Sachen aus Russland wurden mir langsam zu klein, und plötzlich stand ich vor Bergen von Klamotten, noch dazu lauter modisches Zeug! Hosen mit ausgestellten Beinen, auf Russisch *klosch*, Jeansjacken, geblümte Blusen mit breitem Kragen und sogar ein Oberteil aus Fell wie von einem Tiger, aber leider in einer Riesengröße.

Sie suchte gründlich und fand ein blaues Kostüm aus einem Stoff, der sich Gabardine nennt. Kaum hatte ich es anprobiert, wusste ich, dass es genau das Richtige für mich war, und alle, die Seniorinnen und auch Irotschka und ihre Mutter, die ebenfalls dort waren, sagten, ich sähe hübsch darin aus.

Als ich das Kostüm am nächsten Tag zur Schule trug, fiel ich sogar Zippora, meiner Klassenlehrerin, auf.

»Das steht dir aber gut, Anastasia, trag's in Gesundheit«, sagte sie. Dann betraute sie Irotschka und mich mit dem Deko-Amt und bat uns, eine Ecke über den Vorzeitmenschen zu gestalten. Wir sollten ein paar Neandertaler auf Bristolkarton malen und anschließend die Figuren ausschneiden und sie in eine Kiste mit Sand stellen.

Von da an wurde das Leben für Irotschka und mich allmählich besser. Die Kinder hörten auf, uns nach der Schule zu verfolgen und zu verfluchen, ich fing an, Hausaufgaben zu machen, in einer Bibelarbeit bekam ich ein Beinahe-sehr-gut und in Rechnen ein Sehr-gut. Ständig wurden wir gebeten, alles Mögliche zu malen und zu zeichnen, junge Mädchen, Tiere, eine Palme mit einem Affen. Wir waren nicht nachtragend und erfüllten jeden Wunsch.

Russische Jungs aus unserer Nachbarschaft und auch Georgier pfiffen mir hinterher, wenn ich an ihnen vorüberging, und Janas Flamme, Viktor-Hattul, bot mir sogar einmal eine *Marlboro* an, aber ich lehnte dankend ab. Irotschka hatte die Nase ganz weit vorn in der Liebe, sie war in ihren Nachbarn, Arkadi aus der fünften Klasse, verknallt, und sogar ich verliebte mich, aber in Typen, die nicht wirklich lebten, Sherlock Holmes zum Beispiel und der Graf von Monte Christo. Bis ich irgendwann anfing, mich ernsthaft für Amnon Reich aus der Parallelklasse zu interessieren. Manchmal saßen Irotschka und ich in meinem Zimmer und unterhielten uns über Jungs, wer was gesagt, wer einen Blick riskiert hatte. Während wir Plakate für die Klasse malten, tauschten wir Geheimnisse, Erfahrungen und Ratschläge aus, bis wir eines Tages, als wir die Ecke zum Elften Adar, dem Gedenktag für die Schlacht von Tel Hai, vorbereiteten, mit Bildern von Trumpeldor und dem Löwen von Jehuda, von Jakov belauscht wurden. Ich weiß nicht, wie ich so unvorsichtig hatte sein können. Viele Wochen später versuchte ich vor dem Einschlafen fieberhaft, mich zu erinnern, was genau wir gesagt hatten, mit welchen Worten, über wen. Aber da war sowieso schon alles zu spät.

An besagtem Abend kam sie zu mir ins stockdunkle Zimmer –

das Licht war bereits gelöscht – und sagte in einem harten Ton, Jakov habe ihr alles erzählt. Dass ich nur über Jungs reden würde, dass ich gestört sei, widerwärtig, krank. Dass sie sich für mich schäme, und nächstes Mal solle ich wenigstens leiser sprechen. Dann verließ sie das Zimmer. Mein Herz wurde wie rohes Hackfleisch, und mein Gesicht brannte, als hätte ich am Ofen gesessen. Ich warf mich aufs Bett und lag angekleidet bis zum Morgen im Dunkeln, und die Angst erfüllte mich, Haar für Haar, Wimper für Wimper, wie ein Brechreiz, wie Kotze. Irgendwann hörte ich die Vögel singen und spürte die Sonne aufgehen, aber ich konnte mich nicht rühren, betete nur im Herzen: »Gott, Gott, Gott, Gott, dass er sie jetzt bloß nicht verlässt, dass er verzeiht, dass er ihr das nur ja verzeiht …«

Er verließ sie nicht. Weder diesmal noch später. Genau wie bei früheren Gelegenheiten.

Einmal hatte ich sie heulend an seinem Schreibtisch stehen sehen, den niemand je zum Schreiben benutzte. Als ich wissen wollte, warum sie weinte, schluchzte sie, er wolle sie verlassen.

»Meinetwegen?«

Sie sah mich an.

»Auch.«

Ich schlang meine Arme um ihren Bauch.

»Lass den Kopf nicht hängen, du hast doch mich.« Das sagte sie immer zu mir, wenn ich weinte. Doch als ich es zu ihr sagte, meinte sie nur: »Schon gut, Nastja, schon gut, wir reden später.«

Am Ende hatte er sie nicht verlassen, aber klug gemacht hat diese Erfahrung mich keineswegs. Wie denn auch, wo ich doch gerade mal neuneinhalb war.

Erinnerungen krabbeln an mir rauf und runter wie Ameisen an einem Baumstamm. Der Tag, als ich mein Portemonnaie mit den zwanzig Pfund am Fischbecken im Kibbuz verlor. Als ich, verstaubt und zerkratzt vom Suchen, erst nach Sonnenuntergang heimkam, war sie hilflos, mindestens so erschrocken wie ich und, schwach wie sie eben war, unfähig, mich zu schützen. Ich wusste Bescheid. Oder das eine Mal, als ich heimlich im Bett Sonnenblumenkerne knackte und einschlief, bevor ich die Schalen versteckt hatte. Am Morgen stürmte er in mein Zimmer, und ich wurde erst wach, als ich schon am Boden lag; er hatte das Laken heruntergerissen, mitsamt mir. Das Gesicht wutverzerrt, verkniff er es sich, auf mich einzuprügeln, beschimpfte mich nur: »Du Dreckstück, du kleine Kotmikrobe.«

Er verließ sie auch nicht, als ich ein mit Schokoaufstrich verschmiertes Messer in der Spüle gelassen oder die letzten sauren Gurken weggegessen hatte, noch nicht mal, als er mich dabei erwischte, dass ich in *Lolita* schmökerte, das ich aus seinem Versteck oben auf dem Schlafzimmerschrank entwendet hatte. Aber ich wusste ganz genau – und dieses Wissen war messerscharf –, dass das Unglück nahte und ich unbedingt einen Weg finden musste, um sie für alle Zeiten zu retten.

Als der April kam (ja, wieder April), nahm sie mich mit zum Fotografen. Sie zog mir das Kostüm aus Amerika an, meine Haare sollte ich mit Shampoo waschen, damit sie luftig aussahen und nicht fettig am Kopf klebten wie sonst. Wir fuhren zum Einkaufszentrum in unserer Nähe, wo es feine Geschäfte gab, Parfüms, Anziehsachen, ein Lichtspielhaus; da lief kein einziger Neueinwanderer herum, nur israelische Zionisten aus Deutschland oder Polen.

In unserer Stadt hatte es auch Polen gegeben, weil die Stadt früher zu Polen gehört hatte, bevor Hitler mit seinem Krieg kam. Ich hatte sogar ein polnisches Kindermädchen gehabt, Mussia. Opa und Oma hatten sie aus einem Irrenhaus nahe unserem Kolchos geholt. Man erzählte mir, dass sie früher verrückt gewesen sei, jetzt aber wieder in die Gesellschaft normaler Menschen eingegliedert werden müsse, und dass sie ausgezeichnet zum Scheuern von Töpfen und auch zum Einkaufen und Wäschewaschen tauge. Wenn sie die Putzarbeit im Haus erledigt hatte, ging sie mit mir spazieren und zeigte mir alles Mögliche. Einmal ließ sie mich zusehen, wie vor dem Gemüsemarkt, dem Lenin-Markt, ein Ferkel geschlachtet wurde. Das Ferkel schrie aus voller Kehle, wie ein Mensch. Ich bettelte, wir sollten es kaufen und mit nach Hause nehmen, um es vor dem Tod zu retten und auch ein bisschen mit ihm zu spielen, aber Mussia sagte, wir – also mein Opa, meine Oma und ich – seien *zydzi*, Juden, wir dürften nicht mit Schweinen spielen. Streng verboten. Sie klärte mich darüber auf, dass die Juden Jesus gekreuzigt hätten, den Gott der Polen, und zeigte mir ein Bild von einem nackten Mann, der an einem Kreuz hing; aus den Händen und Füßen tropfte Blut, auf dem Kopf trug er einen peinigenden Kranz aus Dornen, und statt einer Unterhose hatte er ein besonderes Tuch um, damit man ihm nichts wegguckte. Dieser Jesus, erläuterte Mussia, wollte, dass alles auf der Welt gut wird, für die Polen, die Franzosen, die Amerikaner, weil er nämlich der Sohn des Obergottes war, aber die Juden hätten sich darüber geärgert, dass er allen helfen wollte, und ihn ans Kreuz genagelt. Er sei allerdings nicht gestorben, sondern in den Himmel hinaufgeflogen, zu seinem göttlichen Papa, und jeder, der ihn liebe, werde Christ, außer den Juden, die weiterhin strikt gegen ihn seien und allerlei ungehörige Taten begingen, wie das Blut christlicher Kinder in ihre Matzen zu mischen.

Ich fragte Mussia, ob ich aufhören könne, eine *zydówka* zu sein – die Sache mit den Matzen und den Kindern gefiel mir ganz und gar nicht –, und da sagte sie, nein, dafür sei ich zu klein, aber sie könne mir beibringen, ein Gebet der Polen aufzusagen, das würde vorläufig helfen, denn sonst würde ich garantiert in der Hölle landen. Dort würden mich dann gehörnte Geister packen und mich zusammen mit den übrigen Juden in siedendem Öl frittieren, wie Pommes, und diese Qual würde endlos dauern, weil man in der Hölle nicht mal sterben könne, man sei ja sowieso schon tot. Ich müsse das Gebet nur jeden Tag vor dem Schlafengehen aufsagen, auf den Knien, im Nachthemd, zum Himmel gerichtet, wo dieser Jesus wohne, und am allerwichtigsten: Ich müsse mich bemühen, dass es von ganzem Herzen komme. Man könne auch um alles Mögliche bitten, fügte sie hinzu.

Ich beschloss als Erstes, Jesus zu bitten, er solle dafür sorgen, dass wir aufhörten, Juden zu sein. Für den Anfang schien mir das genug, ich wollte ihn nicht überfordern. Aber gleich beim ersten Mal erwischte mich meine Oma.

»Was soll das, Nastenka?«, fragte sie. »Was machst du da?«

Ich wollte nicht heraus mit der Sprache, aber sie schöpfte Verdacht und trommelte die ganze Familie zusammen, und da erzählte ich alles, was ich wusste. Ich wollte sie aufklären, über Jesus und den ganzen Ärger, den er gehabt hatte, aber sie interessierten sich vor allem für die Sache mit den *zydzi* und noch mehr für die Sache mit den Matzen und dem Blut der Kinder, und am Ende verriet ich alles, wie ein beschissener Spion.

Danach ging Mussia nie wieder mit mir spazieren, sondern half nur meiner Oma in der Küche, bis sie eines Nachts anfing zu schreien, irgendwelche Leute würden sich bei uns im Haus verstecken, Nazis und Juden, die ihr an die Gurgel wollten, und dann kam ein Arztauto, *skoraja pomoschtsch*, und sie fuhr für immer davon.

In Kirjat-Motzkin betreten wir das Geschäft eines Fotografen, in Russland nannten wir das »Atelier«. Der Fotograf heißt mich so hinsetzen und anders, fordert mich auf zu lächeln, aber ich kann nicht.

»Los, Nastja«, sagt sie, »was ist denn jetzt, *schto s toboi*, du sollst lächeln!«

Aber ich kann auf einmal mein Lächeln nicht mehr finden, mein Gesicht ist wie aus Gummi, als gehörte es gar nicht mir, und mein Mund will sich nicht bewegen. Sie und der Fotograf lassen nichts unversucht, um mich zum Lachen zu bringen, sie hüpfen, schneiden Grimassen, geben irgendwelche Töne von sich, alles umsonst, bis sie am Ende einen Dreh findet: Sie erzeugt einen Ton, ungefähr wie ein Furz, und da breche ich in Gelächter aus, und der Fotograf lichtet mich ab.

Eine Woche später hörte ich Irotschka von unten nach mir rufen. Ich steckte den Kopf aus dem Fenster, und sie krähte zu mir herauf, sie sei gerade mit ihrer Mutter aus Kirjat-Motzkin zurück und habe dort im Schaufenster eines Fotografen ein Bild von mir im Großformat gesehen. Erst wollte ich ihr nicht glauben, aber dann steckte ich etwas Geld ein und fuhr mit ihr zum Atelier. Und Tatsache: Da hing ich, riesengroß, in meinem blauen Kostüm und allem Drum und Dran.

Die Kunde verbreitete sich wie ein Lauffeuer. In der Schule kamen Kinder auf mich zu, sogar Sechstklässler, und redeten mit mir, ohne sich über mich lustig zu machen, ich bekam Komplimente, wurde ausgefragt. Ich gab auf alles Antwort, einzig dass mir das Lachen aufgrund des Furzgeräusches herausgerutscht war, behielt ich für mich, weil das ein Privatgeheimnis war, meines und das meiner Mutter, wie all die anderen Sachen, die sich nur bei uns daheim abspielen und die man niemandem erzählen kann.

Als wir die fertigen Fotos abholen konnten, freute ich mich so sehr, dass ich beschloss, sie bei der erstbesten Gelegenheit sogar Jakov zu zeigen, damit er endlich einsah, was für ein guter und anständiger Mensch ich bin, und weil ich damit zugleich ihr beweisen konnte, dass ich die besten Absichten hatte, mich mit ihm anzufreunden, wie sie sich das wünschte. Aber ich wollte mir Zeit lassen und die richtige Gelegenheit abpassen.

Eines Morgens wachte ich mit fürchterlichen Bauchschmerzen auf. Sie dachten, ich hätte eine Magenverstimmung, und schickten mich dreimal aufs Klo, aber als nichts kam, meinte sie, es sei wohl eine Verstopfung, ich solle eine Abführtablette nehmen und zu Hause bleiben. Ich lag still im Bett und wartete auf Jakovs Rückkehr von der Ausbildung zum Sozialarbeiter. Als ich ihn kommen hörte, verzagte ich plötzlich und beschloss, ihm die Fotos erst zu zeigen, wenn das Chaos mit meinem Bauch aufgehört hätte. Ich ging aufs Klo und setzte mich hin. Es war eine ordentliche Verstopfung, und damit mir nicht langweilig wurde, spielte ich mit dem Klopapier: Ich ließ es zwischen meinen Beinen hindurch in die Kloschüssel abrollen. So schlug ich die Zeit tot, bis ich endlich kacken konnte. Und dann passierte das Unglück. Als ich spülen wollte, ging nichts runter. Die Kloschüssel war verstopft. Ich wartete ab, bis der Wassertank wieder voll gelaufen war, und versuchte es ein zweites Mal. Wieder nichts, mein Häuflein schwamm immer noch mitsamt dem ganzen Papier in der Kloschüssel. Auf einmal hörte ich ihn an die Toilettentür klopfen: »Was ist da drin los?« Doch ich gab keine Antwort, spürte nur, dass mir der Schweiß ausbrach und ich mich schwach fühlte und es mit der Angst zu tun bekam. Also betätigte ich abermals die Spülung, doch auch diesmal floss nichts ab. So ging es noch ein paar Mal, bis er schrie: »Anastasia, bist du eingeschlafen oder was?« Da blieb mir keine andere Wahl mehr. Ich kam heraus, meine Zunge klebte am Gaumen, ich konnte sie kaum bewegen.

»Das Klo ist verstopft, und da sind jede Menge Mikroben von mir in der Kloschüssel.«

Er sagte nichts, wartete nur, dass ich mir die Hände wusch und in mein Zimmer ging. Nach einer Weile, ein paar Minuten vielleicht oder ein Jahr, befahl er mich zu sich. Er hing über der Kloschüssel und hielt einen riesigen Klumpen aus nassem, dreckigem Klopapier in der Hand. Voller Bange schlich ich zu ihm wie jemand, an dem gleich die Todesstrafe vollstreckt wird. Ich spürte, dass meine rechte Gesichtshälfte unwillkürlich zuckte. Er fuhr herum, hob die Hand und klatschte mir den Klumpen mit aller Wucht ins Gesicht.

Was danach geschah, weiß ich nicht mehr. Ich habe keine Erinnerung daran, wie ich mir das Gesicht wusch oder wann ich wieder in mein Zimmer ging, das Einzige, was ich noch weiß, ist, dass ich reglos auf meinem Bett saß, bis es dunkel wurde. Sie kam später als sonst nach Hause, und ich hörte sie im Flur lachen und sich halblaut mit ihm unterhalten; sie war komisch drauf, irgendwie feierlich.

»Was ist los, Nastenka, warum sitzt du im Dunkeln?«, rief sie, als sie in mein Zimmer trat, das Licht anknipste und wegen der Mücken die Fliegengitter am Fenster schloss. Dann setzte sie sich zu mir, nahm mich in den Arm und sagte: »Ich möchte dir etwas erzählen. Noch ist es ein Geheimnis, nur unsere Familie darf es wissen.« Sie streichelte mir über den Kopf, zupfte mit den Fingerspitzen meine Haare zurecht und holte tief Luft.

»Du bekommst einen kleinen Bruder oder eine kleine Schwester«, verkündete sie, »aber es dauert noch eine Weile, ungefähr acht Monate ... Na? Du bist ja stumm wie ein Fisch. Freust du dich denn nicht?« Und dabei lächelte sie die ganze Zeit und fummelte in meinen Haaren, bis ich meine Arme um sie schlang, meinen Kopf an ihren Hals schmiegte, wie ich es immer so gern tue, und in fröhlichem Ton erwiderte: »Doch, Mamilein, ich freu mich, *ja otschen otschen rada*, ich freu mich sehr.«

Da löste sie sich aus meiner Umarmung, hielt mich ein Stück von sich weg und meinte: »Aber, aber! Wer wird denn gleich weinen, das ist doch Unsinn!« Dabei weinte sie selbst, obwohl sie gleichzeitig auch lachte, und während sie dann das Abendessen herrichtete, überlegte ich, welchen Stern ich dem Baby zuordnen würde, aber es kam ohnehin nur ein einziger in Frage.

Nachdem ich meinen Entschluss gefasst hatte, trat ich ans Fenster, um ihn zu suchen. Ich setzte an der Achse des Großen Wagens an und zog von dort eine imaginäre Linie, bis ich ihn gefunden hatte. Ich ließ ihn nicht aus den Augen, bis alles ringsum verschwand und nur er und ich übrig blieben, und raunte dem Baby innerlich zu: »Ich warte auf dich, kleiner Spatz, wir werden eine Menge Spaß haben, wir beide.«

Seit sie schwanger ist, hat sich zu Hause vieles gebessert. Alle bemühen sich, nett zueinander zu sein. Sogar Jakov. Mit Beginn der großen Ferien haben sie mich in die Ferienbetreuung der Frommen gesteckt; sie hatten vergessen, mich für die normale Ferienbetreuung anzumelden, und als es ihnen dann einfiel, war längst alles ausgebucht. In der Ferienbetreuung der Frommen ist es nett, außer dass wir nicht ins Schwimmbad gehen. Wir versammeln uns jeden Morgen in einem Klassenraum der religiösen Schule und singen. Die Lieder sind nicht übel, nur leider verstehe ich kein einziges Wort, also singe ich den Text nur ungefähr. Die Sprache der Frommen ist anders als gewöhnliches Hebräisch, zum Beispiel *Odawinu chai, odawinu chai, hammi-srael, hammi-srael, hammi-srael chai*. Ich habe keine Ahnung, wer dieser Odawinu ist, der angeblich noch lebt, und ich schäme mich, nachzufragen, weil ich es schon x-mal gesungen habe und sich dann herausstellen würde, dass ich ohne Sinn und Verstand mitgesungen habe. Da halte ich dann doch lieber den Mund. Wir singen auch Lieder, die ich von vor langer Zeit kenne, zum Beispiel *Hava Nagila*, das hatte ich noch im Hebräischunterricht für Einwanderer gelernt. Aber wenn ich darüber nachdenke, weiß ich auch nicht, wer diese Hava ist, vielleicht eine Frau wie Golda Meir. Nach dem Singen malen wir ein bisschen, die Zwillingsrollen mit den Gesetzen oder eine

Taube oder einen alten Mann, der in ein Widderhorn stößt. Ich male allerdings mit Vorliebe Mädchen und Piratenschiffe mit Segeln, und auch wenn so etwas überhaupt nicht in diese Ferienbetreuung gehört, hat mich der Erzieher trotzdem gelobt und gesagt, ich hätte Talent. Als ob ich das nicht schon vorher gewusst hätte!

Von der Ferienbetreuung komme ich am frühen Nachmittag zurück. Jakov hockt wieder den ganzen Tag zu Hause – das mit der Sozialarbeit hat sich erledigt. Er hat sich um ein paar bestimmte Seniorinnen immer zu viel gekümmert, so dass ihm für die anderen keine Zeit blieb, deswegen hat man ihn entlassen. Ihre Erklärung dagegen lautet, dass er gründlich und gewissenhaft ist und eben nicht so oberflächlich wie der Rest der Welt.

Vielleicht weil er jetzt niemanden mehr hat, um den er sich kümmern kann, benimmt er sich mir gegenüber plötzlich anders. Zum Beispiel hat er mir ein Fernglas aus schwarzem Plastik geschenkt. Falls ich Lust hätte, die Wandervögel zu beobachten, sagte er. Leider ist ihm offenbar entgangen, dass ich keine Tierart der Welt mehr hasse als Vögel; ich finde sie geradezu widerlich, vor allem wenn es darum geht, sie anzufassen, sie haben so böse Knopfaugen.

Er hat mir auch ein Buch auf Russisch geschenkt, *Der Unsichtbare* von H. G. Wells, aber das hatte ich schon, noch aus Russland. Und er hat mir die Fortsetzung von *Die drei Musketiere* besorgt, *Zwanzig Jahre später*, und mir erlaubt, bis Mitternacht zu lesen, weil er es schon am nächsten Tag wieder zurückgeben sollte. (Seit sie beschlossen haben, dass ich liederlich bin, krank, muss ich um Punkt halb zehn das Licht löschen.)

Ich finde seine Geschenke mindestens so sehr zum Kotzen wie ihn selbst, aber ich benehme mich richtig gut, sage danke, gebe mir Mühe, wasche mir immerzu die Hände. Mittlerweile ist das ganze Geschirr in unserer Küche aus Plastik, das befreit ihn von der Sorge, dass etwas zu Bruch gehen könnte. Er versucht auf Schritt und Tritt, mir alles Mögliche zu erklären, mir etwas beizubringen oder Geschichten zu erzählen: wie es mit seiner Mutter im Krieg war, in Samarkand in Asien, und was für Pfirsiche es dort gab und was für Trauben. Lauter todlangweiliges Zeug! Aber ich spiele anstandslos mit, weil ich sie damit rundum glücklich mache.

Nur eines ist richtig schlimm: dass er es sich in den Kopf gesetzt hat, Gymnastik mit mir zu machen, nach einem Büchlein, das für Offiziere der Roten Armee gedacht ist. Ich finde Gymnastik total doof, außer Ballett, aber auch hier leiste ich keinen Widerstand, selbst wenn die Übungen – »Einatmen, Ausatmen«, »Schwalbe«, »Auf der Stelle laufen« – noch so nervig sind.

Am allerschlimmsten ist die »Schwalbe«. Da muss man auf einem Bein stehen, die Arme ausbreiten und das freie Bein rückwärts wegstrecken. In letzter Zeit will er sich immer unbedingt von hinten an mich schmiegen, angeblich, um mir die Übung zu erleichtern, aber manchmal auch ohne besonderen Grund. Ich stehe gerade in meinem Zimmer am Fenster, und er kommt rein und drückt sich an mich, ganz eng, ziemlich fest. Dann entziehe ich mich ihm so sanft wie möglich, damit er ja nicht beleidigt oder gar verletzt ist und zu Hause wieder alles den Bach runtergeht.

So läuft es jetzt die ganze Zeit, locker. Sie ist glücklich, also bin ich es auch. Noch nie, seit wir eine Familie geworden sind, hatten wir es so nett miteinander, hatten wir einen solchen Sommer.

Heute Morgen kam er zu mir ins Zimmer und sagte: »Anastasia, heute Nacht, genau um elf Uhr achtunddreißig, gibt es eine Mondfinsternis, und du darfst bis spät aufbleiben, nicht nur bis halb zehn.«

Dann quatschte er mich voll mit Astronomie, aber ich freute mich so sehr, dass mir selbst das schon egal war.

Ich malte mir aus, wie wir zu dritt durch die Nacht spazieren würden. Er hielte uns Vorträge über die Sterne, während ich dicht neben ihr herginge, und sie wäre glücklich, dass alles so wunderbar lief und wir uns so gut verstanden, und ich würde mucksmäuschenstill ihrem Glück lauschen und das Gefühl auskosten, dass ich diejenige war, die dafür gesorgt hatte. Schließlich bin ich die Zauberfee, die das alles eingefädelt und geregelt hat und obendrein ungeheuer brav ist. Und dann würde der Duft der Gräser von den Feldern herüberwehen, und dazu der Geruch des Meeres, und wir wären still und würden strahlen wie ein frisch entdecktes Sternbild.

Aus meinem Berlin-Tagebuch

Ich komme nie mehr hier heraus. Mich gibt es jetzt zweimal:
Diese neue vollständig weiße Person und diese alte gelbe,
Und die weiße Person ist sicher die Überlegene (...)
Ohne mich existierte sie nicht, also war sie dankbar.
Ich schenkte ihr eine Seele, ich blühte aus ihr,
Wie eine Rose aus einer Vase von nicht sehr edlem Porzellan (...)

Sylvia Plath (aus: *Im Gipsverband*)

1 Worüber ich mich in dieser Klinik am meisten totlachen könnte, ist das Ding, das die Leute hier mit Bezeichnungen haben. Mann, sind die empfindlich. Sagen wir, ich nenne die Leute, die hier stationär aufgenommen werden, Gestörte. Ohne Umschweife. Ge-stör-te. Wieso nicht? Wie würden die sich denn sonst gern von mir nennen lassen? Patienten? Klienten? Insassen? Mich haut's um, wenn ich dieses Gefurze bloß höre. Was für Namen die sich ausdenken, wie für Rockgruppen aus den Achtzigern – *Adam and the Ants*, die *Sex Pistols* und die Patienten aus der Landesklinik. Ein Trauerspiel. Dabei wusste schon Shakespeare, dass diese ganzen Bezeichnungen Blödsinn hoch dreiundzwanzig sind. *A rose is a rose is a rose* und so. Aufgrund von Empfindlichkeiten dieser Sorte haben Romeo und Julia die Arschkarte gezogen, aber voll. Bloß, wen juckt denn hier, was mit Romeo und Julia passiert ist, oder auch sonst was, vom Dopaminpegel im eigenen kaputten Gehirn mal abgesehen?

Vor zwei Wochen zum Beispiel fand nach dem Frühstück bei uns in der Abteilung ein Gruppengespräch statt. Mit von der Partie waren zwei beknackte Fachärzte, die in unseren Tagesablauf reinschauen wollten. Was in diesem Gespräch abging, war dieselbe Dünnbrettbohrerei wie immer. Ich hatte gerade kein Fünkchen

Geduld und merkte sofort, dass wir nirgendwohin kommen würden, wenn Ommi, die alte Deutsche aus meinem Zimmer, erst wieder davon anfinge, warum es keine Beschäftigungstherapie mehr gab. Also meldete ich mich zu Wort: Im Namen aller Gestörten und besonders der jüngeren Generation (damit meinte ich die Magersüchtigen und mich, denn alle anderen stehen ja schon mit einem Bein im Grab) würde ich die werte Leitung doch sehr darum bitten, den Fernseher auf der Station doch verdammt noch mal endlich ans Kabelnetz anschließen zu lassen.

Und schon brach die Hölle los! Die Stationsschwester blökte mich an: »Galli, du verletzt die Gefühle der Kranken«, lauter so 'n Scheiß, und dann auch noch: »Du, sprich du mal nur für dich«, soll heißen, ich soll gefälligst nur mich selber als gestört bezeichnen und sonst niemanden. Wasserman nahm mich und Avischag ins Visier, Avischag schnitt mir eine Grimasse und zog die Augenbrauen hoch wie eine Flamencotänzerin, und die Magersüchtigen aus dem Norden waren bloß noch am Tuscheln und Kichern, weil das ihre Lebensaufgabe ist, und mehr würden sie auch gar nicht auf die Reihe kriegen. Kurz, das Stationsgespräch war im Arsch.

Ich kapier das nicht. Ich will ja keinem zu nahe treten, echt nicht, aber ich frage euch: Meint ihr vielleicht, die Orthodoxe, die sich den ganzen Tag die Hände wäscht und loskreischt wie ein abgestochenes Schwein, kaum dass einer sie anfasst, wird normaler, wenn ich sie als »krank« bezeichne? Die kann doch schon den perfekten Mord verüben, so abgenutzt wie ihre Fingerabdrücke inzwischen sind, aber sie hört nicht auf, sich die Hände zu waschen, wie ein beschissener Gynäkologe. Angeblich kommt das vom Druck, den die orthodoxe Gesellschaft auf den Einzelnen ausübt. Behauptet jedenfalls Avischag. Und das soll eine Krankheit sein? Welche denn? Bne-Braksches Stresssyndrom? Die ist hochgradig gestört, und mit Beleidigung hat das für mich rein gar nichts zu tun. Wenn Wasserman und die übrigen Ärzte und auch die Stationsschwester endlich mal von der Voraussetzung ausgehen würden, dass auch Gestörte zur Spezies Mensch gehören, nur dass sie eben eine eigene, etwas ungewöhnliche Art haben, dann hätte dieses Wort »gestört« vielleicht keinen beleidigenden Touch mehr.

Ehrlich gesagt, ist es nicht reine Ansichtssache, sondern schon auch eine Frage des Humors. Die Leute hier haben jedenfalls null Humor. Die denken, Humor ist, wenn einer einen Witz erzählt – ein Amerikaner, ein Franzose und ein Israeli sitzen in einem Flugzeug und so 'n Scheiß. Ohne die Vorwarnung, dass gleich ein Witz kommt, würden sie's nie raffen. Wenn wenigstens nur das bescheuerte Personal so drauf wäre, aber die stecken auch die Gestörten an mit ihrer Verblödung. Nicht mal Avischag ist vor den anderen Gestörten zu Späßen aufgelegt, da macht sie immer ein Gesicht wie die Tanten von der Wohlfahrt.

Aber im Grunde, was weiß ich, vielleicht hat der eine oder andere tatsächlich schwer zu tragen am Leben und fühlt sich erdrückt oder aus dem Ring gestoßen wie der Unterlegene beim Sumo. Selbst ich, die ich die Entspannung hier in der Klinik total genieße, verliere manchmal die Peilung. Zum Beispiel vor zwei Wochen mit Ironside, dem Robocop.

Da wurde hier eine im Rollstuhl eingeliefert. Den ganzen Tag im Pyjama, kein Wort zu niemandem. Eigentlich war sie ziemlich hübsch, feine Gesichtszüge und blondierte Haare mit braunen Ansätzen. Ich fand, ich sollte mich bei ihr vorstellen, richtig auf die galante Art. Ich geh also freundlich auf sie zu, frage, was sie hat. *Qué pasa*, dies und das. Keine Antwort. Schön, dann eben nicht. Ich ließ sie erst mal in Ruhe und marschierte zur Belegschaftsküche, um mir ein Marmeladenbrot zu schmieren.

Samstags ist bei uns Besuchstag, ein Tag, der dich total runterzieht, wie Jom Kippur. Die Angehörigen der Gestörten kommen vorbei, alle mit völlig verzweifelten Mienen als Entschuldigung dafür, dass sie die Gestörten nicht zu Hause behalten, sondern sie, Sünde, Sünde, in eine Landesklinik gesteckt haben. Um also den Anfällen der Gestörten entgegenzuwirken und um das eigene schlechte Gewissen zu beruhigen, bringen die Angehörigen Bestechungsgeschenke mit: Schokolade, Shampoo, Frauenzeitschriften wie *At* und *La'ischa*, Cola in Zweiliterflaschen, selbst gemachte Frikadellen in Plastikdosen, lauter Müll.

An einem solchen Samstag bekam eine der Magersüchtigen einen riesigen Teddy geschenkt. Weiß der Geier, was sie damit anfangen sollte. Etwa ihn nachts im Arm halten und in Erinnerungen an ihre beschissene Jugend schwelgen? Sexuellen Kontakt mit ihm trainieren? Nahkampf? Ich finde diese gezwungene Schenkerei zum Kotzen! Außerdem gab's für sie auch noch einen Jogginganzug Marke *Benetton* und ein Körbchen mit verschiedenen Seifen und bunten Kugeln, die man ins Badewasser wirft. Für zarte Haut. Dass ich nicht lache! Was haben die bloß für Vorstellungen, wo soll sie denn hier ein Bad nehmen? Etwa in den Waschräumen der alten Weiber von Station vier? Nicht mal für viel Geld würde man mich da reinkriegen, wo all die grauen Haare der alten Fotzen am Wannenrand kleben! Aber die Magersüchtige hat das Problem prima gelöst. Sie hat sich das ganze Körbchen als Deko auf ihr Nachtschränkchen gestellt. Als wär's so was wie Obst und Blumen. Gruppenbild mit Magersüchtiger und Seife. Krass.

Normalerweise hätte ich die Sache mit Ironside ziemlich schnell abgehakt – ich bin ja inzwischen gewohnt, dass es nach dem Samstagsbesuch immer einen kleinen Durchhänger gibt –, aber auf einmal sehe ich, dass sich die Magersüchtige mit der Neuen unterhält. Eine unerwartete Wende in der Handlung, sozusagen: mit mir nicht, mit der Magersüchtigen schon. Ironside war am Heulen und ließ sich von der Magersüchtigen Händchen halten, voll der intime Augenblick, und auf einmal rennt die Magersüchtige los und holt ihr Körbchen aus dem Zimmer. Ich dachte, was reitet die denn, die blöde Kuh, dass sie mit ihren Seifen angeben will, aber sie war für eine Überraschung gut: Sie drückte Ironside das beknackte Körbchen in die Hand, nach dem Motto: Hallo, ein Geschenk. Ironside schüttelte den Kopf, voll die Verweigerung, aber das Körbchen, das hielt sie brav fest. Und dann flennten alle beide! Richtig mit Tränen. Machten einen auf ergriffen. Auf dicke Freundinnen. Ich bin schier geplatzt vor Lachen.

Bevor die Abendmedikamente verteilt wurden, ging ich rüber zu der Magersüchtigen und fragte höflich: »Sag mal, weißt du, was mit Ironside los ist? Gehört die nicht eher in die Reha statt zu uns?« Die Magersüchtige schaut mich an, die Nase im Himmel, und gibt keine Antwort. Geht einfach weiter und setzt sich zu der anderen Magersüchtigen aufs Bett, um mit ihr zu tuscheln. Voll die Snobs. Die beiden halten sich für Jim Morrison, mindestens, weil sie schon jede erdenkliche Suchttherapie für Jugendliche hinter sich haben. Ich blieb stehen, um sie zu beobachten, obercool, versteht sich, und naschte dabei, geräuschvoll lutschend, damit die beiden sich gründlich ekelten, Mozartkugeln, die ich von Ommi geschenkt bekommen hatte. Irgendwann ging mir die Geheimniskrämerei auf den Senkel, und ich marschierte auf direktem Weg zu Ironside.

»Was ist denn mit dir passiert?« Keine Antwort. Also versuchte ich es anders. »Wirst du wohl antworten? Sonst krieg ich die Krise.«

Sie machte ein gequältes Gesicht und antwortete wieder nicht. Da packte ich ihren Rollstuhl und ruckelte ihn hin und her. Bloß ganz leicht. Ansatzweise, wie Avischag sagen würde.

»Du sollst antworten, wenn du was gefragt wirst«, fauchte ich. »Das war jetzt bloß eine Kostprobe von dem, was dir blüht, wenn du nicht reagierst, ich kann dich nämlich ratzfatz in die Reha verfrachten.«

Das wirkte. Sie kam sofort herunter von ihrem hohen Ross und redete. Und was erzählt sie mir? Dass sie dreimal aus dem Fenster gesprungen ist und überlebt hat, dafür wird jetzt ihr ganzer Körper von Nägeln und Stahlplatten zusammengehalten! Ein echter Robocop. Warum sie es getan hat? Weil sie weder von den Eltern noch von ihrem Ehemann die Liebe und die Wärme bekommt, die sie braucht!

Also wirklich: Ist es zu fassen? Dieser Robocop versucht dreimal, in den Tod zu springen, und kriegt's nicht geregelt. Das muss Science-Fiction sein oder was Religiös-Mystisches, oder die Gute ist aus dem Erdgeschoss gesprungen.

»Ilana«, sagte ich (so heißt sie nämlich, Ilana), »nächstes Mal nimmst du aber ein höheres Stockwerk, jetzt, wo du im Rollstuhl sitzt, geht ohne Aufzug sowieso nichts.« Und da meint sie plötzlich, so ganz leise und mit bebenden Lippen: »Weißt du, auch wenn's mir total dreckig geht und alles aussichtslos ist, gibt's irgendwo in mir eine dumme, kleine Hoffnung, dass plötzlich jemand aus dem Nichts auftaucht und mich in allerletzter Sekunde rettet. Nicht vor dem Tod. Vor dem Schmerz. Vielleicht überlebe ich deshalb jeden Sturz, wie ein Stehaufmännchen.«

Mir sind bei diesem Gelaber die Sicherungen durchgebrannt. Ich spürte, dass meine Brust sich zuschnürte. Mein Kopf wurde schwer, und böse Gedanken drehten sich dumpf im Kreis. Ich versetzte dem Rollstuhl einen dermaßen heftigen Stoß, dass er umkippte. Ironside klatschte auf den Fußboden wie eine Lumpenpuppe, und ich dachte: Wieso hört man jetzt keinen *metal sound* von den ganzen Nägeln und Platten, die sie zusammenhalten, wieso ist die so schlabberig mit ihren ungewaschenen Haaren und dem zerknitterten Krankenhauspyjama? Sie lag einfach bloß da und rührte sich nicht, bestimmt hatte sie Schiss vor mir, also verpasste ich ihr noch einen Tritt in den Bauch. Und selbst da: kein Mucks.

Ihre Stummheit gab mir den Rest. Mein Herz wurde von einem Hundert-Tonnen-Gewicht erdrückt, ich spürte, dass ich keine Luft mehr kriegte, und in meinem Kopf kreisten schräge, lästige Gedanken, die mich richtig kirre machten. Halbherzig begab ich mich auf die Suche nach Avischag, aber die war mit der Allgemeinheit im Fernsehraum, also verzog ich mich in mein Zimmer. Ich holte die Körperpflegekiste aus dem Nachtschränkchen, hob den Kartondeckel ab und nahm eine frische Rasierklinge heraus; ich hasse Infektionen. Dann schnitt ich mir, so tief ich konnte, schräg ins linke Handgelenk. Reglos saß ich da und beobachtete, wie der dunkle Strich aufquoll und dicke Tropfen auf die Fußbodenplatten platschten. Der Sturm in meinem Kopf beruhigte sich, ich begann zu atmen, tief ein und aus und wieder ein und aus, und als ich dann losgehen wollte, um Avischag zu suchen, knallte ich auf dem Gang der Länge nach hin. Es war November und kalt. Richtig ätzend kalt.

2 Wen ich auf unserer Station am meisten mag, das ist die rothaarige Anita. Ursprünglich stammt sie aus Belgien, auch wenn das ewig her ist, aber deshalb hat sie einen Namen wie von der Eurovision. Sie ist sozusagen die Dienstälteste hier, schon fast ein

Jahr, und von allen diejenige, die einen Klinikaufenthalt am wenigsten nötig hat.

»Anita«, sage ich immer wieder zu ihr, »was machst du noch hier? Ab nach Hause mit dir, du hast doch eine schöne Wohnung in Beer-Schewa, deine Kinder können dich auch dort besuchen, dann haben sie's nicht mehr so weit. Du brauchst nicht auf Kosten des Steuerzahlers hier rumzuhängen.« Daraufhin sie: »Aber ich habe Angstzustände.« Lauter so dummes Zeug. Oder sie sagt: »Hör auf zu kletten, Galli, geh, lies ein Buch.«

Dabei fällt mir das Lesen verdammt schwer. Seit ich hier bin, ist meine Konzentration im Arsch. Weil diese Krankheit extrem nervt. Und selbst wenn ich's irgendwie hinkriegen könnte, ich werd einen Teufel tun, hier zu lesen. Das fehlt mir gerade noch, dass sie mir mit so was wie Bildung kommen. Ich habe schon genug Ärger, wenn sie mich damit stressen, ich solle zur Beschäftigungstherapie. Besser, sie halten mich weiterhin für unkonzentriert. Aber Anita, die kann sich konzentrieren ohne Ende. Oft tut sie tagelang nichts anderes als lesen oder Kartenspielen, aber mit sich allein. Für so was hätte ich keine Geduld. Ich finde, wenn schon spielen, dann um zu gewinnen, sonst ist es echt, als ob man sich einen runterholt, und das hab ich ihr auch mal auf den Kopf zu gesagt, aber Anita meinte bloß: »Na und, ist doch nicht schlecht, sich ab und zu einen runterzuholen.« Sozusagen um mir zu beweisen, wie aufgeklärt sie ist. Im Großen und Ganzen ist sie voll in Ordnung, unsere Anita, und wegen ihrer offenen, direkten Art schätze ich sie von allen Gestörten am meisten.

Auf unserer Station holt sich niemand einen runter, die haben null Bock auf Sex. Schließlich werden hier Depressionen behandelt. Aber bei unseren Nachbarn in der Gemischten Abteilung, da wird onaniert bis zum Umfallen. Voll die Onaniestation. Gestern war ich kurz drüben, um für Anita bei Savyon, der Grafikerin, die von ihrem Freund sitzen gelassen wurde, ein Kuvert zu besorgen. Als ich zu ihr ins Zimmer kam, um sie nach Briefumschlägen zu fragen, saß sie mit der Hand im Slip da, wie im Kindergarten. »Schau mal in der Schublade nach«, meinte sie knapp. Als ob nichts wäre! Aber ich ließ mich nicht so einfach abspeisen, ich wollte eine Erklärung für ihr perverses Verhalten, immerhin drohte den anderen Gestörten ein schlechter Einfluss. Also fragte ich sie, ob sie statt hier zu sitzen und am helllichten Tag vor diesen ganzen durchgeknallten alten Weibern in ihrer Fotze zu rühren, als wären außer ihr alle Alpenluft und hätten keine Gefühle, nicht lieber versuchen sollte, ihren Freund wieder einzufangen. Erstens, erwiderte sie, habe er nicht vor, sich wieder einfangen zu lassen, zweitens sei es für eine Frau ungesund, sich an einen Mann zu hängen, und drittens solle ich endlich die Briefumschläge nehmen und die Fliege machen, ich würde ihr nämlich auf den Wecker gehen. Also schnappte ich mir ein paar Kuverts und ließ noch zwanzig Schekel mitgehen; die Alte war so mit sich beschäftigt, dass es ihr nicht mal auffiel.

Am Abend fragte ich Anita, ob sie Savyons Ansicht teile, dass eine Frau ohne Mann auskommen kann. Anita sagte, es sei heutzutage modern, das zu denken, sie persönlich dagegen fände ein Leben ohne Männer schrecklich.

»Aber bei uns auf der Station gibt's nicht mal einen halben Mann«, meinte ich. Das, so Anita, sei eben der Unterschied zwischen unserer Station und dem Paradies. Da konnte ich ihr nur zustimmen.

Nehmen wir mal Jay. Klar kann ich ohne Jay auskommen. Aber Jay ist auch kein gewöhnlicher Mann – hässlich, behaart, mit einer beknackten Einstellung, wie der Mann von Anitas Tochter oder Wasserman oder alle möglichen Angehörigen, die zu Besuch in die Klinik kommen –, Jay ist einfach ein granatengeiler Typ. Das eine Mal, als er für eine Woche nach Israel kam und ich vor lauter Panik, weil ich so aus dem Leim gegangen war und überhaupt abgerissen aussah, schickte ich Avischag hin, um ihn zu treffen. Anschließend habe ich sie endlos ausgefragt; sie musste mir haarklein erzählen, was sie von ihm hielt. Und wie sie sich ausdrückte! Teilweise ultrahochtrabend, aber auch so, dass ich richtig Bock hatte, auf der Stelle loszufahren, ihn aufzutreiben und dasselbe Chaos zu veranstalten wie damals, als wir noch zusammen waren und keine Gelegenheit ausließen, wenn sein Hosenstall erst mal offen war.

Doch das ist Ewigkeiten her, und Jay ist wieder nach Hause geflogen, nach Londonderry, zu seiner Mom und seiner Schwester. Inzwischen denke ich auch fast gar nicht mehr an ihn. Vor einiger Zeit war das noch anders gewesen, da wurde ich, kaum dass ich im Bett lag und das Licht löschte, zum Waschlappen. Egal, wie's mir gerade ging, gut oder schlecht, ich heulte los wie ein Wasserfall. Warum, weiß ich auch nicht, aber am schlimmsten musste ich weinen, wenn mir wieder einfiel, wie ich ihn immer auf die Schippe genommen hatte mit: »Hey, Jay, bist du Engländer?« Was er natürlich kräftig bestritt. »Wenn du kein Engländer bist, wieso sprichst du dann Englisch?« Das brachte Jay jedes Mal auf die Palme, weil er ein irisches Nationalbewusstsein hatte, aber voll kindisch, und ich kugelte mich vor Lachen. Richtig erklären kann man das nicht, aber ich find's heute noch urkomisch.

Von Zeit zu Zeit frage ich mich, wie's weitergehen soll, aber das stresst mich nur. Am meisten Angst habe ich davor, dass da gar nichts mehr kommt. Dass es das schon war und so das Leben ist. Nicht in der Klinik, meine ich, sondern überhaupt. Die Klinik ist für mich das Beste im Leben. Hier darf jeder sein, was er will und fühlt, ohne dass man ihn dafür aburteilt. Die Leute draußen denken über die Leute drinnen nur Müll, die halten ja sogar einen Ort wie diese Klinik für Müll und denken, dass das hier die reinste Qual ist, weil man mit Gift voll gestopft und mit Stromschlägen malträtiert wird. Es stimmt zwar, dass Medikamente ausgeteilt werden, aber wer sagt denn, dass man sie nehmen muss? Soll ich jetzt extra erklären, wie man sich eine Tablette zwischen Oberlippe und Zahnfleisch klemmt, um sie später auszuspucken? Diesen Kniff sieht man doch in jedem Film, der das Thema Psychiatrie auch nur streift, und was die gesellschaftlichen Auswirkungen betrifft: Die Verweigerung eines Gestörten läuft auf dasselbe hinaus wie die Rebellion eines Individuums gegen das Establishment.

Und was ist mit den Elektroschockbehandlungen? Also, ich habe schon einige erlebt, die wieder richtig gut beieinander waren, nachdem man sie kurz unter Strom gesetzt hat! Alle möglichen Arschgeigen mit Depressionen, solche, die nicht mal den Nerv haben, sich umzubringen, spazieren dann wieder über den Flur mit einem Gesicht, als hätten sie voll die kontrollierte Dröhnung, als wären sie frisch vom Aschram des Bhagwan Rajneesh in Poona zurück, nach einem Monat Meditation und Sex.

Aber was weiß ich schon über die anderen? Soll doch jeder denken, was er will und kann. Für mich ist das Leben in der Klinik das einzig mögliche. Als ich noch draußen war, kam ich irgendwann – wann genau, weiß ich nicht mehr – an einen Punkt, wo ich nicht mal mehr die Kraft zum Atmen hatte. Wenn ich mich dann so zerschlagen fühlte, war es mir manchmal unbegreiflich, dass ich überhaupt noch lebte. Und ich konnte meine innere Unruhe einfach nicht bändigen. Mein Kopf arbeitete ständig auf Hochtouren, und meine Gedanken drehten sich im Kreis, immer nur im Kreis. Da fing ich an, mich alle naselang aufzuschlitzen, weil ich eine Pause brauchte, und ausruhen darfst du dich ja nur, wenn du Wunden hast, die für jedermann erkennbar sind. Aber das sah natürlich immer voll krass aus, und außerdem musste ich mir jedes Mal anhören, ich sei gestört. Dabei habe ich nur verzweifelt versucht zu werden, was ich sein wollte. Bis ich es schließlich aufgab, irgendwas zu wollen. Und irgendwann war dann Schluss, Ende der Fahnenstange, und ich radierte alles aus, was zu meinem Leben gehört hatte. Das Einzige, was ich behalten habe, sind meine Aufzeichnungen, damit ich mir von Zeit zu Zeit in Erinnerung rufen kann, wer ich einmal war und wo ich überall herumgekommen bin, was ich gedacht und wen ich geliebt habe und wer von denen mich geliebt hat. Lauter solchen Stuss.

Aber hier in der Klinik fühle ich mich richtig wohl. So wohl wie nie zuvor in meinem Leben. Es stimmt schon, dass uns hier alles Mögliche abgeht, ich meine, null Chancen, zufällig einen Typen wie Jay kennen zu lernen. Aber auch draußen hab ich nur einen Jay kennen gelernt, und dann war er ja auch Nichtjude und musste wieder zurück nach Irland. Ich wäre garantiert nicht mitgegangen. Was hätte ich dort auch anfangen sollen, worin hätte ich glänzen können?

In der Klinik brauche ich in nichts zu glänzen. Hier sind alle im Arsch und offiziell aus dem Rennen ausgeschieden, und diesen

Schuh von wegen Leistungsdruck zieht sich keiner mehr an. Klar sind manche so fertig mit der Welt, dass sie nicht mal im Ansatz begreifen, was für ein Geschenk des Himmels es ist, hier sein zu dürfen. Sie bilden sich ein, wenn sie ihre Depression überwunden haben und wieder nach Hause können, erwartet sie dort *la dolce vita*. Das Dumme ist bloß, dass die Welt da draußen sie ruckzuck wieder in das bodenlose Loch ihres eigenen Ichs befördert und ihre schwache Seele sie immer begleitet, von hier nach da und wohin sie sonst meinen, vor sich davonlaufen zu können, aber das zu raffen, ist offenbar zu viel verlangt.

Aus meinem Berlin-Tagebuch

»Avigail!«

Sie schlägt die sehnigen Hände zusammen. Die Finger sind von den unmöglichen Ringen überdeckt, die der rheumageplagte jemenitische Designer aus Rosch Ha'ajin für sie entworfen hat.

Und noch einmal. »Avigail, mir reicht's jetzt, antworte endlich!«

Die Reifen an ihren Ohren klimpern wie die Glocken von Notre-Dame. Ein unsichtbarer Mini-Quasimodo gibt ihnen weiter Schwung, auch als das Kinn gefriert und der Kopf mitten in der Bewegung erstarrt. Sie wartet.

Wie eine Hündin liege ich hier auf dem Fußboden. Wie eine Hündin, die gerade geworfen hat, drücke ich meinen Bauch und die Schenkel gegen die Bodenplatten aus italienischem Marmor, bemüht, jeden Hauch von Kühle, den man in dieser Hitze dem Boden abluchsen kann, in mich aufzusaugen. Ich klebe an der Luft, die Luft klebt an mir. Esmeralda, erniedrigt, beim Verhör. Und *sie* will partout keine Klimaanlage im Haus. Bloß keine künstliche Luft.

»Wenn du mit diesem ›Avigail‹ weitermachst, kriegst du nie eine Antwort.« Das war Allon.

Ich drehe den Kopf zur Seite, schmiege meine Wange an den Marmor. Öffne einen Schlitzbreit die Lider. Er arbeitet mit freiem Oberkörper, der romantische Dandy. Steht vor seiner

Staffelei wie Schwarzenegger vor einer Klasse frommer Mädchen.

Wieder sie. »Darf ich versuchen, nachzuvollziehen, warum sie das Studium aufgegeben hat? Oder ist auch das jetzt verboten? Ich bin immer noch eure Mutter, bei allem Freiheitsdrang, den ihr hier hegt und pflegt.«

Diesmal gibt er ihr keine Antwort. Sie hat es geschafft, dass sogar er schlappmacht.

Die Nacht bringt keine Entspannung. Dieselbe feuchte Luft, sie steht. Sie zu atmen ist, als tauche man das Gesicht in eine Wanne mit lauwarmem Seifenwasser. Allon streckt einen nackten Fuß aus und zieht den Ventilator zu sich heran, dreht ihn in seine Richtung.

»Lass gefälligst den Ventilator stehen, du Arsch, dreh ihn wieder um, wie er war, du Egoistenschwein.« Ich bin praktisch geworden, gnadenlos praktisch in diesen Tagen.

»Avigail! Was soll diese derbe Sprache? Kannst du mir sagen, warum du solche Ausdrücke benutzt? Wieso antwortet sie nicht, was ist los mit ihr? Ich weiß nicht mehr, was ich denken oder sagen soll, ich weiß gar nichts mehr.«

Der importierte Korbsessel ächzt unter ihr, als sie aufsteht. Sie geht hinüber zu Allon, stellt sich hinter ihn. Er hasst es, wenn man hinguckt, bevor er mit seiner Arbeit fertig ist. Ich weiß es, sie weiß es. Aber juckt sie das? Sie will ihre Erklärungen haben. Er drückt ihr den Pinsel in die Hand, holt eine verbeulte Packung *Luckys* aus der Tasche, zündet zwei an. Eine für sie, eine für sich selbst. Dann stützt er sich mit dem Rücken zu ihr auf die Brüstung des Balkons. Der obere Teil seines Rückens ist von Sommersprossen übersät. Ein bleicher, unfreundlicher Rücken.

»Aber was zum … Was ist mit ihr los?«

Sie lässt nicht locker, berührt ihn, streichelt ihm über den schwitzenden Rücken.

Das war gar nicht nötig.

»Komm, meine Liebe, ich werde dir erklären, was mit ihr los ist.«

Er ist gefährlich nonchalant. Sie hat sich das zwar selbst eingebrockt, aber ein bisschen Leid tut sie mir trotzdem. In den letzten beiden Wochen hat sich diese Unterhaltung zweimal täglich in verschiedenen Fassungen wiederholt. Er schiebt seine Hand in die Schlaufe ihres angewinkelten Arms. Mama und Sohn *engagés* auf dem gepflegten Balkon. Er zieht den Rauch in die Lungen.

»Es geht ihr nicht gut, Mama, verstehst du? Sie ist ein bisschen depressiv. Ihr Nervenkostüm ist anfällig, verstehst du?«

Boshafter Cheshire-Kater. Er raucht genüsslich, seine Augen verengen sich zu Schlitzen.

Ich sammle mich vom Balkonboden auf, gehe in die Küche, popele ein bisschen in der riesigen halben Wassermelone, ohne sie aus dem Kühlschrank zu nehmen.

Gesprächsfetzen: »Nur verstehen, warum … Warum … Mein gutes Recht, das zu erfahren … Das Studium geschmissen … Was Doktor Fischbein gesagt hat … So viel Talent … Das eine hat mit dem anderen nichts … Was soll das heißen, sie hat für ihn gearbeitet? … Welcher Boas? … Zwei völlig unterschiedliche Dinge … Warum diese zerstörerischen Neigungen … Ich sage dir, das eine hat mit dem anderen … Dann will sie also nicht … Ah, sie ist nicht in der Lage …«

Es ist nicht ratsam, wieder in dein altes Kinderzimmer zu ziehen, wenn du jahrelang nicht mehr dort gewohnt hast.

Dünner Geruch von Naphthalin verdichtet die Hitze, bringt sie fast zum Erstarren. Ich setze mich hin, um alles in das Notizbuch zu schreiben, das Allon mir an dem Tag gekauft hat, als er mich mit dem Taxi bei Boas im Kerem-Viertel abholen kam.

Der arme Boas war total erschrocken. In der Bezallel-Akademie hatte man es vorgezogen, den Vorfall totzuschweigen: Studentin im dritten Jahr dealt mit leichten Drogen auf dem Gelände der Akademie. So oder so hätte ich es dort keinen Tag länger ausgehalten. Nach drei Wochen Nichtstun schnitt ich mir mit einem Skalpell die Pulsadern auf. Armer, armer Boas. Er hatte ja keine Ahnung, mit wem er sich eingelassen hatte.

Eine Gestörte als Botin. Das hatte ihm gerade noch gefehlt. Die Geschäfte waren ohnehin ziemlich im Arsch, mit den systematischen Razzien der Polizei auf sämtlichen Acid-Partys. Er konnte sein Pech kaum fassen. In meinem Telefonbüchlein stieß er auf Allons Nummer; der Mistkerl hatte glatt meine Tasche gefilzt. Als Allon kam, sagte er nur: »Wenn du so weitermachst, hast du am Ende Narben bis unter die Achseln.« Dann ließ er sich auf der Erde nieder und starrte mich mit glasigen Augen an, während ich mein Zeug zusammenpackte. Das Taxi wartete draußen, aber er trieb mich nicht zur Eile an. Wir fuhren nach Hause zu Mama.

Ich liege da und starre die Lampe mit dem Schirm aus japanischem Reispapier an. Bis das Prozac seine Wirkung entfaltet, werden noch etwa drei Wochen vergehen, aber ich male mir schon jetzt den Moment aus, in dem die Entspannung meine Gehirnzellen einlullt. Ich schließe die Augen, lasse mich fallen, sinke hinab. Wann kommt endlich das weiße Kaninchen mit seinen weißen Handschuhen? Geduld, Alice, nur Geduld. Morgen, vielleicht übermorgen. *Signifying nothing*. Ich versinke in mir selbst.

Im Dunkeln spricht Allon mich an. Wann ist er reingekommen, wann hat er das Licht gelöscht? Wann hat er angefangen zu sprechen? Er hat sich nicht die Mühe gemacht, mich zu wecken, wie sich's gehört. Sitzt da einfach im Dunkeln und spricht leise, in seiner überheblichen, näselnden Art … Auch den Schmerz in meinem Innern umweht der Geruch von Naphthalin. Auch Allon will verstehen, was los ist. Fragt, ob ich nie mehr den Mund aufmachen will. Nennt mich Galli. Galli nennt er mich.

Er faselt etwas von einem Sinn. Seine Stimme kommt vom anderen Ende des Raums, verhallt irgendwo in der Ferne. Ich kann den Duft des Shampoos riechen, der noch in seinen feuchten Haaren hängt. Allon, nüchtern, hellwach und frisch geduscht, spricht mit seiner Schwester, die fix und fertig ist, über irgendeinen Sinn. Sobald er es satt hat und gegangen ist, werde ich das Licht anknipsen und für ihn aufschreiben, was er von mir wissen wollte, obwohl er ohnehin schon alles weiß. Als

Allon die Tür aufreißt, um sie sogleich hinter sich zu schließen, dringt sekundenlang das leise Sägen eines elisabethanischen Cellos an mein Ohr. Unsere Mutter ist die Heldin in einem Film, der nie gedreht werden wird, über eine Frau mit silbernen Kronleuchterohrringen, die in einer Sommernacht in einer stinkenden Mittelmeerstadt Vivaldi hört …

Allon, der du süßer bist als Kiddusch-Wein, klüger als Sokrates, aristokratischer als Kaiser Hadrian – sei mir gegrüßt.

Hast du eben von einem Sinn gesprochen? Ach, Allon, Allon, du Etruskerstatue, wohin werden dein Verstand und meine Schönheit uns noch führen? Wer daran glauben kann, dass in dieser Welt irgendein Sinn steckt, darf sich wahrlich glücklich schätzen!

Du hast schon Recht, Herzallerliebster: In jedem vollendeten Tun muss irgendein Sinn stecken, sonst kann man die Hürden, die sich einem in den Weg stellen, nicht überwinden und Begonnenes nicht zu Ende führen. Aber was ist es denn deiner Meinung nach, das den Menschen antreibt, überhaupt etwas zu wollen? Und weit interessanter noch: Was veranlasst besagten Menschen letztendlich, loszugehen und zu tun, wonach ihn dürstet?

Ich sage: Es ist die ausgesprochene Gnade, die Gott einer kleinen Spinne angedeihen lässt, die sich in ihrem eigenen Netz verfangen hat. Wann genau, wissen wir nicht, es gibt da nämlich einen Haken: Gott lässt uns seine wunderbare Gnade nicht immer zur rechten Zeit angedeihen. Das Warten darauf kann sich unerträglich lange hinziehen. Und während du noch sehnsüchtig wartest, erwächst dir irgendwann das Wissen, dass es so etwas wie Sinn gar nicht gibt. Fehlanzeige! Dann siehst du keinen Anlass mehr, dich abzustrampeln und zu handeln, ganz gleich, ob es gilt, um deine Existenz zu kämpfen, oder ob du die Hände bewegen, die Augen aufschlagen oder dich im Bett umdrehen willst …

Was dann kommt, ist das Zwielicht.

Du weißt, dass es dir Angst machen sollte, aber die Angst

selbst spürst du gar nicht mehr, nur ihren Schatten, einen Abklatsch, eine zweidimensionale Reproduktion des Gefühls, das dich einst getrieben, eine schmähliche Erinnerung an die handfeste, greifbare Gefühlswelt, die dich einst ausgemacht hat.

Und jetzt kommt's: Diese Erinnerung ist in der Lage, dich am Leben zu erhalten, das muss man sich mal vorstellen. Und während du im Dunkeln liegst, lauschst du von Zeit zu Zeit den dumpfen Schlägen deines Herzens. Das Metronom des Lebens fährt in blindem Gehorsam fort, die Aufgabe zu erfüllen, die Gott ihm zugedacht hat – und das frei von jeder Frage nach einem Sinn oder Zweck.

Dieser Tage, lieber Allon, ertappe ich mich immer wieder bei dem Gedanken, dass ich mein Herz, diese organische Masse aus Muskeln, Arterien und Venen, beneide. Die dumme Pumpe, die einfach weiter das tut, wozu sie da ist. *Signifying nothing.*

3 Was ich an diesem Ort besonders sympatisch finde, ist der Name: »Klinik für Depressionserkrankungen«. Das klingt weniger abstoßend als die übliche Bezeichnung, »Psychiatrie«, und völlig anders als »Klapsmühle«, wie wir bei uns zu Hause immer sagten. Ich bin übrigens sicher, dass es den Gestörten ganz und gar nicht egal ist, wie ihr Aufenthaltsort heißt. Sagen wir, es verschlägt dich nach Beer-Jakov, dann wird allein dieser Name, »Geschlossene Anstalt, Beer-Jakov«, dafür sorgen, dass du irgendwann, zwischen Makramee und Stickerei, mächtig Bock kriegst, die diensthabende Schwester anzuglotzen und dir dabei einen runterzuholen oder ihr zur Abwechslung einen Stuhl an den Kopf zu werfen. Dagegen ist es etwas völlig anderes, wenn du dich in einer »Klinik für Depressionserkrankungen« aufhältst. Namen verpflichten.

Nehmen wir mal die Tage, an denen Elektroschockbehandlungen dran sind. Da sitzen bei uns nicht alle draußen auf der Wartebank und sagen mit jedem Rollbett, das herausgeschoben wird: »Soundso hat E-Schocks bekommen.« Bei uns gibt's auch keine Gestörten mit Gewaltpotenzial, die einem dauernd an die Gurgel wollen. Und selbst wenn jemand gewalttätig sein sollte, bei uns hilft man ihm, sein inneres Gleichgewicht wiederzufinden.

Zum Beispiel vorgestern. Da bin ich wegen Israelov, dem Tablettenfritzen, ausgerastet. Im Fernsehen kam ein Rätsel, und es hieß, wer die Antwort weiß, soll sie an den Israelischen Rundfunk in Jerusalem schicken. Sie gaben auch die Adresse an, und so was muss man sich natürlich aufschreiben, sonst hat man es ratzfatz vergessen. Ich wusste sofort, dass ich todsicher einen Treffer lande. Wenn's um Musik geht, ist bei mir jeder Wurf ein Treffer, das ist nämlich mein Spezialgebiet. Kein Lied, dessen Text ich nicht von vorn bis hinten auswendig kann, und wenn's die letzte Schnulze ist. Jedenfalls, kaum war die Anschrift genannt worden, lief ich los, um was zum Schreiben aufzutreiben. Im Kabuff der Schwestern war bloß besagter Israelov, der gerade dabei war, das Wägelchen mit den Medikamenten aufzuräumen. Erst hab ich es anständig gesagt. »Israelov«, hab ich gesagt, »bitte-bitte-bitte, schnell, ich brauch einen Kuli, bevor ich wieder alles vergessen habe.« Darauf er: »Ich habe keinen.« Ich versuch's also noch einmal: »Israelov, seien Sie ein Schatz, geben Sie mir einen Stift, ich muss nur kurz was aufschreiben, Sie kriegen ihn auch sofort wieder.«

Da sagte er noch einmal, er hätte keinen, und schon war ich auf hundertachtzig, weil ich erstens genau sah, dass in der Brusttasche seines Kittels ein Bleistift steckte, und ich zweitens merkte, dass die Adresse drauf und dran war, sich aus meinem Gedächtnis zu verabschieden. Ich schnappte mir die Funzel des Nachtdienstes, eine große Taschenlampe, mit der der Bereitschaftsarzt nachsieht, ob die Gestörten auch brav schlafen, und zog Israelov eins über den Schädel. Wie heißt es immer so schön? Volltreffer aus nächster Nähe. Israelovs Brille ging zu Bruch, und seine Nase verwandelte sich in einen Springbrunnen. Aus dem Nirgendwo tauchte plötzlich die Stationsschwester auf, und auch Avischag und Sofja, die Russin, kamen angerannt. Ich konnte gar nicht so schnell gucken, wie die Stationsschwester eine Spritze aufgezogen hatte, um mich, na ja, ruhig zu stellen. Voll wie in *Einer flog übers Kuckucksnest*. Ich stieß sie weg, weil ich einen Höllenschiss habe vor Spritzen, Sofja und Avischag packten mich und versuchten, mich zu bändigen, wie Soldaten vom Grenzschutz, die einen Terroristen geschnappt haben, und die Stationsschwester richtete die Spritze auf mich, machte einen auf Dienstpflicht.

»*Hijo de puta!*«, brüllte ich sie an, weil sie ursprünglich aus Argentinien ist. »Lass deine dreckigen Pfoten von mir, sonst zeig ich dir, was Ausrasten heißt! Lass mich, ich krieg mich selber wieder ein, sofort, wie ein Engel, und ich entschuldige mich auch bei Israelov, obwohl er ein Arschloch ist und es nicht verdient hat.«

Und sie? Stocktaub, eine Mauer. Krawumm!, hatte ich die Spritze im rechten Arm, und ich war zu feige, diesem Miststück eins vor den Latz zu knallen, weil sonst wäre ihr womöglich die Nadel ausgerutscht. »Ich bring dich um!«, kreischte ich, aber sie starrte mich bloß an, als wäre ich eine beschissene Kakerlake, und machte sich wieder vom Acker, und der Arsch unter ihrem Kittel sah aus wie zwei Fettbäuche beim Ficken. Ich hätte ihr gern noch was hinterhergebrüllt, aber ich war kurz vorm Heulen, also schluckte ich es runter. Sofja, die Russin, kümmerte sich um Israelov, und Avischag sagte: »Los, Galli, komm mit in dein Zimmer, du legst dich jetzt hin, ich hab die *La'ischa* von dieser Woche.« Am liebsten hätte ich ihr gesagt, dass sie sich ihre Scheißzeitschrift in den Arsch schieben kann und dass sie mir hier bloß nicht die Nette spielen soll, aber ich war mit einem Mal ziemlich benebelt und legte mich, wie befohlen, brav ins Bett.

Beim Einschlafen dachte ich an Bono, den Leadsänger von *U2*, und daran, dass Avischag mal gesagt hatte, dem würde sie sich aufs Gesicht setzen und sich von ihm lecken lassen. Ich stellte mir also vor, wie Avischag mit gelupftem Anstaltshemd auf Bonos Gesicht sitzt und dabei eine Zigarette raucht. In Gedanken streichelte ich ihm die Beine und ihr das Gesicht und schlief ein.

Das nenne ich Ausgeglichenheit. Genau das meinte ich vorhin, als ich sagte, bei uns helfen sie dir, dein inneres Gleichgewicht wiederzufinden. Woanders wirst du für einen solchen Ausraster gleich gefesselt und geknebelt, ohne den Leadsänger von *U2* zum Nachtisch. Aber bei uns ist es richtig nett, da kann man noch so gestört sein, am Ende wird jeder wieder ein Mensch.

Aus meinem Berlin-Tagebuch

Angenehm, diese Trägheit, die dir in die Glieder kriecht, wenn du erst mal abhebst zu deinem synthetischen Flug raus aus der Depression.

In dreißigtausend Fuß Flughöhe über dem Mittelmeer wirkt Allon auf mich weit weniger erwachsen und vorbildlich, und mir fällt sogar wieder ein, dass er der Kleine ist. Ja, der Kleine, immer noch um dieselben schicksalhaften zwei Jahre jünger als ich. Zu einer Zeit, als ich mich bereits von Antibabypillen ernährte und mich in martialischen Stilettos mit Fallschirmjägern amüsierte, verbrachte er seine Nächte auf dem mit italienischem Marmor gepflasterten Balkon, las schlechte Übersetzungen von Rilke und führte einen erbitterten Kampf gegen die Akne.

Ich bin sicher, für Außenstehende geben wir ein höchst seltsames Paar ab, aber wen juckt das. Allon beschnuppert wie ein Besessener meine Handgelenke und Armbeugen. Keine Sorge, er ist nicht übergeschnappt und begehrt mich, ich bin bloß gerade sein Duftmodel. Ja. Im Duty-free am Ben-Gurion-Flughafen hat er sich und mir alle teuren Aftershave-Sorten auf die Haut gesprüht, und jetzt testet er, welches er sich bei der nächsten Gelegenheit eines zollfreien Einkaufs holen will. Auf der Police der Auslandskrankenversicherung hat er sich in klitzekleiner Schrift notiert, welches Parfüm er wohin gesprüht hat. »Hals links, Galli – *Fahrenheit*, rechter Arm innen, Allon – das neue *Calvin Klein*, rechte Schulter, Allon – *Tsar*, linke Handfläche, Galli – *Zino Davidoff*. Und so weiter.

Gerade steckt er seine Nase hinter mein linkes Ohr. Ein Duft von Meer, Wassermelone und diesen pelzigen gelben Blumen. Mist, jetzt habe ich schon wieder vergessen, wie sie heißen.

»Das ist *Kenzo*, mein Schatz, *Kenzo*!«

Ich hab's erraten, noch ehe er mit dem Zeigefinger, den ein farbverschmierter Nagel ziert, über seine Kritzelliste fährt.

»Das hol ich mir!«, erklärt er mit Siegerlächeln. »Das ist es!«

Das Ganze war seine Idee gewesen. Es gibt Dinge, die kann man ihm nicht absprechen. Wir fliegen nach Berlin. Von dem Geld, das frei geworden ist. Papas Geld. Und Allon hat die Entscheidung getroffen. Weil wir jetzt reiche Kinder sind. Oder sollten wir uns eher als »wohlhabend« bezeichnen? In unseren Augen sind wir jedenfalls »reich«.

Murmelgroße Tränen hat sie vergossen. Die sind ihr über die Wangen gekullert, plopp-plopp-plopp, total unreal, ein Openeffekt auf den Wangen einer Frau, deren Leben eine Oper ist. Das Libretto ist ein wenig trivial, aber das ist das Schicksal aller Libretti. Der großen Opernrealität steht eine kleine Lebensrealität gegenüber.

Wieso ausgerechnet Berlin? (Klimpernde Ohrringe.) Da wird doch aus Türken Schawarma gemacht. Glatzköpfige Neonazis lauern israelischen Kindern mit Nunchukaketten in der U-Bahn auf. Achtung, Kinderchen! Mordlustige palästinensische Studenten, als Room-Service-Kellner verkleidet, tragen mit dem Frühstück kompakte Sprengsätze herein, und zwar im Rektum; das hat ihnen der militärische Sicherheitsdienst beim Verhör geweitet.

Mama! Mama! Wir wollen nicht an die schlimmen Sachen denken, die die Nazis uns während der Schoah angetan haben. Wir wollen uns nicht ständig irgendwelche Großeltern vorstellen, die splitterfasernackt mit dem Rücken zu einem Erschießungstrupp am steilen Hang von Babi Yar stehen. Unsere Großeltern sind schließlich eines natürlichen Todes gestorben, Opa an Krebs im Meïr-Krankenhaus und Oma an Altersschwäche in Sichron-Jakov, in dem alten Haus, zu dem auch Felder gehörten. Unsere hellen Augen, die wir von unserem Vater geerbt haben, den du, Mama, so sehr geliebt hast, sind nach vorn gerichtet.

Avigail ist von der Bezallel-Akademie geflogen, weil sie nicht Malerin werden will, das schon. Aber das heißt noch lange nicht, dass man sie fertig machen darf. Man muss sie mit Samthandschuhen anfassen, wie das Innenleben eines futuristischen Computers. Kein Tröpfchen Schweiß darf auf sie tropfen und kein Erreger in sie hineingelangen. Sie leidet an einer Depression, mit Verdacht auf Übergang in eine Psychose. Schließlich hast du mit deinen eigenen geschminkten Augen gelesen, was unser teurer Dr. Fischbein – teuer im doppelten Sinne des Wortes! – in seinem Brief an den Bezirksarzt geschrieben hat. Sie braucht jetzt eine Auszeit zum Nachdenken, um sich in kultivierter Umgebung zu entscheiden, welche Sorte Genie sie sein möchte. Und Allon ist ja schon jetzt ein Genie.

Dank massiver nationaler Schuldgefühle und beachtlichem Wirtschaftswachstum wird uns das Studium dort keinen Pfennig kosten. Wir werden oft schreiben und dich anrufen. Avigail schreibt gern, und Allon hat ihr ein schickes, in Leder gebundenes Notizbuch geschenkt. Auf dem Einband prangt das Konterfei eines uralten mexikanischen Gottes: Ichu Micchu. Ähm, Machu Picchu.

Und auch du, Mama, sollst nicht leer ausgehen. Du darfst deine Schwester in Südafrika besuchen. Davon hast du doch immer geträumt. Jetzt ist die Zeit und die Gelegenheit. Ruh dich aus, führ lange Gespräche in der Küche bis tief in die Nacht. Hau dir Steaks rein zum Frühstück, wie das bei den rassistischen Faschisten üblich ist. Was dich wohl kaum jucken wird – du bist ja ein apolitischer Mensch und findest, mit ihrem Rhythmusgefühl und ihrer interessanten Musik sind die Schwarzen schon mehr als gleichberechtigt.

Wir alle werden die Realität ein bisschen auslüften und uns beim Schicksal einschmeicheln, vielleicht ist es uns wohl gesonnen, und wenn nicht, dann sind wenigstens wir ihm wohl gesonnen. Aber du musst unbedingt eine Klimaanlage einbauen lassen, wenn du die Wohnung zu einem gehörigen Preis vermieten willst. Zu einem opernmäßigen Preis. Gute Reise, Mama, gute Reise, Hänsel und Gretel.

Die Lichter im Flugzeug werden gedimmt, neben uns, die wir in der Raucherzone sitzen, rottet sich ein Häuflein Pinkelbegieriger zusammen. Allon hat beliebte Opernarien im Kopfhörer, ich dagegen starre in Tom Hanks' schlaffes Gesicht auf den Videobildschirmen, lausche dem Lärm der Motoren, die uns in der Luft halten, wo wir uns mit dem Ozon reiben. Ich inhaliere das Gemisch aus männlichen Parfümdüften, das meine nackten Körperstellen umfängt, und versinke in mir.

Aus meinem Berlin-Tagebuch

Bevor es dunkel wird in Berlin, macht sich der schwere Rußgeruch bemerkbar. Kohleruß. Hier wird mit Braunkohle geheizt, und der Geruch krallt sich mit tödlichem Griff an die Moleküle der Luft.

Aber ich bin ein Untermensch. Ich erschließe mir das Wesen dieser Stadt und des Volkes, das in ihr wohnt, über nichtige Kleinigkeiten. Zum Beispiel die kleinen Shampoofläschchen, den Schuhlöffel, die Gläser und die Miniaschenbecher, die allesamt den eleganten, aber keineswegs prahlerischen Schriftzug *Hotel Unter den Linden* tragen.

Unter den Linden, wo man geht und steht, ja, ohne Zweifel – *Unter den Linden* über alles, über alles auf der Welt.

Man kann nicht in Berlin sein, ohne über Berlin nachzudenken. Man kann nicht in Berlin sein, ohne sich in der Stadt zu verorten wie auf einer fertig gemalten Leinwand, auf der für dich extra ein Platz freigehalten wurde, an dem du zu gegebener Zeit mit ins Bild darfst.

Wenn ich den Vorhang in meinem Zimmer zurückziehe, sehe ich nur die große graue, fensterlose Wand eines Industriegebäudes, das ich aber keineswegs bedrückend finde. Auf eine bizarre Art und Weise gehöre ich hierher. Achtung, Baby!

Wir provozieren unser kollektives nationales Gedächtnis. Mich persönlich interessiert die Schoah nicht besonders, aber in Berlin wird sie auf einmal in gewisser Weise präsent: Auf Schritt und Tritt finden sich Spuren des Zweiten Weltkriegs.

Allon: »Ich habe mir sagen lassen, es lohnt sich, im Reichstag zu frühstücken, der Erdbeerkuchen soll köstlich sein.«

Achtung, Allon!

Er versucht, dem Gefühl von Morbidität mit Hilfe makabrer Witze Herr zu werden. Wenn ich duschen gehe, legt er mir mit scheinfrommer Miene ans Herz, nicht die Seife zu benutzen, die man uns hingelegt hat, man könne schließlich nie wissen, woraus sie gemacht sei.

Außerdem ist mein kleiner Bruder scharf darauf, eine Ostdeutsche zu vögeln.

Allon (im Café des Reichstags, den Mund voller Erdbeerkuchen): »Ich fick sie in den Arsch, ich setz mich auf ihr Gesicht und spritze ab!«

Wenn ein Jude eine Deutsche fickt, so Allons Fantasie, wird er unter Einsatz seines hochwertigen semitischen Samens, den er, das Ave-Maria singend, auf das Dritte Reich abspritzt, sämtlichen historischen Konsequenzen den Garaus machen. Natürlich hat man im Prinzip mehr davon, wenn man einzelne Personen erniedrigt; es gehört schließlich weit mehr dazu als Verachtung, um ein Volk in seiner Gesamtheit in Grund und Boden zu stampfen, das ist ja nichts Neues.

Wir nehmen ein Taxi zum Checkpoint Charlie. Allon, das geizige Judenschwein, dieser Weise von Zion im Taschenformat, spart. Denkt an seine Zukunft, ans Studium, an weiß der Teufel was. Ich sage: »Hör endlich auf damit, unser Geld reicht gut und gern für ein paar Monate.« Er klebt wutschnaubend am Fenster. Also zahle ich fürs Taxi.

Am Checkpoint angekommen, kaufen wir uns Fähnchen, Helme, schwere Militärstiefel, Ehrenauszeichnungen der Roten Armee, Stückchen von der Mauer. Ich unterhalte mich mit zwei amerikanischen Soldaten. Allon langweilt sich und ist eifersüchtig. Der jüngere GI will wissen, wo wir untergebracht sind, und erhält sofort eine herzliche Einladung in unser *Unter den Linden*. Er stammt aus Minnesota und hat wahrscheinlich ein paar Spritzer schwarzes Blut in den Adern. Der schönste Typ seit unserer Ankunft in Berlin. Achtung, Baby!

Achtung, Galli!

Allon wird nörgelig. »Wann fahren wir endlich zum Alexanderplatz?«

Dieser Möchtegernintellektuelle. Die letzten Tage haben mich endgültig auf meinen angestammten Platz versetzt, ich bin wieder die große Schwester und ertappe mich dabei, dass ich Allon behandle wie einen reinrassigen Welpen, der sich stur weigert, da zu pinkeln, wo er soll. Es mag gemein von mir sein, aber von Zeit zu Zeit finde ich den Kleinen einfach nur anstrengend. Ich persönlich würde es sehr begrüßen, wenn er sich natürlicher verhielte, wo er doch in so fürstlichem Maß mit geistiger Gesundheit gesegnet ist. Zurückhaltung war in meinen Augen schon immer der angemessene Umgang mit den Geschenken, die Gott uns in die Wiege gelegt hat. Aber das ist nun mal die Art, die mein Bruder sich hier angeeignet hat, und da er von uns beiden derjenige ist, den Gott reichlicher bedacht hat, ist es offenbar sein gutes Recht, sich nach Gusto jeden Stil zuzulegen, den er sich in den Kopf setzt. Und er feiert das, was er gerade ist, auf eine Weise, die etwas geradezu Religiöses an sich hat, einen Hauch paganer Frömmigkeit. Da steckt Power drin! Wenn ich ihn so beobachte, kommen mir mitunter sogar seine Glücksgefühle vulgär vor. Aber das ist der blanke Neid.

Im Grunde ist Allon ein lieber Kerl, es ist schließlich nicht seine Schuld, dass er nichts von der Verletzlichkeit mit auf den Weg bekommen hat, die das Elend seiner labilen Schwester begleitet. Er ist schon manchmal rührend: Er hegt den geheimen Plan, jeden Ort in Berlin aufzusuchen, der je in der Weltliteratur Erwähnung gefunden hat. Ich dagegen möchte vor allem »Zoo Station« sehen, den Bahnhof Zoo, wegen Bono & Co.

Und die Depression? Wer steckt hier in einer Depression? Ich doch nicht, ich stecke in Berlin!

Aus meinem Berlin-Tagebuch

»Kann er überhaupt lesen und schreiben?«

Allon schiebt sich einen gehäuften Löffel Haferflockenbrei mit Johannisbeermarmelade, sein ureigenes Berliner Frühstück, in den Mund, während er mit dem Blick durch die dunkel getönte Scheibe des Speisesaals meinen kaffeebraunen Bekannten aus Minnesota auf dessen Weg zum Ausgang verfolgt. Der kleine Fiesling lacht sich kaputt, als sich der tapfere Soldat in der Drehtür des Hotels verheddert.

»Unsere Streitkräfte in Berlin hatten offenbar eine stürmische Nacht, ja?«

»Er ist zu einem Viertel schwarz und zu einem Viertel Indianer, welcher Stamm, hab ich vergessen, und er hat ein Totenkopf-Tattoo auf der Schulter. Aber jetzt schluck erst mal runter, man redet nicht mit einem Mund voller Brei, das ist ja widerlich.«

Ich vertiefe mich wieder in eine Touristenbroschüre über mögliche Shoppingziele.

Wenn ich Leute kennen lerne, bilden sie gewissermaßen die Kulissen zu dem Stück, das am betreffenden Abend gegeben wird, und so leben sie später auch in meiner Erinnerung fort. Bunt und exotisch, wie sie sind, braucht man mindestens sieben Adjektive, um sie zu beschreiben.

Das ist übrigens eine Unart, die ich an mir ganz und gar nicht mag, die Unart, Reiseerlebnisse mit Liebesabenteuern zu verhackstücken. Ich muss mir diesen schlechten Stil bei einem Ungarn abgeguckt haben, dessen Bekanntschaft ich während meines Studiums in Jerusalem gemacht hatte. Er brachte es fertig, seine Romanze mit einer blutjungen Zigeunerin von gemeingefährlicher Schönheit zu einer saudämlichen Story zu verwursten.

Die Schöne trug den Namen Salome. Natürlich. Ein bodenständiger Name wie Sarah oder Jane kam für sie nicht in Frage. Der Ungar zog also mit seiner Salome durch Europa, trunken vor Liebe, blind vor Lust und was man sonst noch an Lastern und Gebrechen haben kann. Sie übernachteten an allen möglichen Stränden, unter jeder erdenklichen Palmen- und Tannenart oder aber in irgendwelchen urigen Mansardenzimmern hoffnungslos überlaufener Pensionen, und die Matronen, die ihr Haus mit gestrenger Hand führten, schmolzen förmlich dahin, wenn sie der ungestümen jungen Liebe ansichtig wurden.

Die Verliebten ernährten sich von Käse aus dem nächstgelegenen Supermarkt und tranken billigen Wein. *Ah, l'amour, l'amour.*

Eines schönen Tages – sie hatten sich, wie gewohnt, an Käse und Rotwein gütlich getan – ereilte das Liebesfest am Strand ein jähes Ende. Der Ungar träufelte etwas Wein auf Salomes Speckfalten und penetrierte seine Gespielin unter genüsslichem Lecken. (Ich übertreibe nicht – der Ungar war geradezu darauf versessen, seinen Abenteuern eine softpornografische

Note zu verleihen.) Als die sinnliche Salome sich anschickte, dem Ungarn ähnliche Praktiken angedeihen zu lassen, schwoll ihr – ach herrje – plötzlich der Hals an, und sie rang verzweifelt nach Luft. Der sture Ungar leckte sie noch ein Weilchen zwischen den Schenkeln, bis er begriff, dass hier nicht lustvolles Stöhnen nach Zigeunerart seinen Gehörgang malträtierte, sondern ein Signal, das Probleme verhieß. Zu Salomes Glück schlug er sich die Sache mit dem Orgasmus am Strand dann sofort aus dem Kopf, schaltete den Verstand wieder ein, krempelte die Ärmel hoch, schulterte in klassischer Hollywoodmanier – bei uns unter der Bezeichnung »Mehlsack« bekannt – seine Geliebte und suchte schleunigst das nächste Krankenhaus auf. In der Notaufnahme wurden die Symptome als schwere Allergie diagnostiziert, und zwar auf den Käse – möge sein Name ausgelöscht werden –, den die beiden in der betreffenden Nacht schnabuliert hatten.

An dieser Stelle legte der Ungar gern eine künstlerische Pause ein und gab einen zarten, herzzerreißenden Seufzer von sich. Dann zündete er sich mit strikter Leidenschaftslosigkeit à la Jack London eine *Gauloise* ohne Filter an und richtete den Blick eine Zeit lang auf einen unbestimmten Punkt in der Ferne, der in diesem Moment die Rolle des Horizonts übernahm.

Das war mein Stichwort, um dem Ungarn auf den Schoß zu hüpfen und ihn zu verführen, mir die Knie zu streicheln, denn darauf verstand er sich wahrlich meisterhaft.

Von diesem Ungarn also muss ich mir die Technik, schlechte Erzählkunst mit gutem Sex zu verbrämen, abgeguckt haben.

Gegen Abend verlassen wir den Polenmarkt. An einen Strommast gelehnt, schnürt Allon gerade seinen einen *Doc Martens* zu und ertappt mich dabei, dass ich den Knackarsch eines supergut aussehenden arischen Freaks begutachte, der ein Kleinkind mit blauer Wollmütze auf den Schultern durch die Gegend trägt.

»Weißt du was?«, sinniert Allon laut. »Manchmal erinnerst du mich ein bisschen an diesen rothaarigen Ungarn, mit dem du im ersten Studienjahr rumgemacht hast. Eigentlich war er nicht unintelligent, aber seine Weibergeschichten waren echt heftig. Und dann noch mit diesem Akzent! Hast du Lust, mich noch eben vor Hitlers Bunker abzulichten, bevor es dunkel wird?«

4 Mitten in der Nacht fing es an zu regnen. Ich erwachte vom Geräusch zitternder Fensterscheiben. Draußen tobte der Wind und peitschte den Regen an die Fensterscheiben. Ich blieb noch eine Weile mit geschlossenen Augen liegen, zog mir die ganzen Sounds rein – Winterwetter wie aus dem Bilderbuch – und wartete nach jedem Donnerschlag auf den nächsten, bis ich plötzlich einen merkwürdigen Laut hörte, wie von einem kleinen Jungen oder einer Maus. Ein nervtötendes Piepsen, ungefähr so: i-i-i. Das machte mich vollends wach.

Ich setzte mich im Dunkeln auf, versuchte zu begreifen, was da abging. Ich sah hinüber zu der Orthodoxen, die sich andauernd die Hände wäscht. Sie schlummerte wie immer bis über den Kopf in ihre Decke eingemummelt, als steckte sie in einem Schlafsack. Die depressive Marcelle lag ebenfalls im Bett; nach den Elektroschocks, die man ihr am Mittag verpasst hatte, schlief sie wie eine Tote. Alles war still, wie auf einem Friedhof, bis auf den strömenden Regen.

Und dann sah ich Ommi, die alte Deutsche. Sie stand, mit dem Gesicht zu mir und vom Neonlicht der Straßenlaterne angestrahlt, kerzengerade in ihrem weißen Flanellnachthemd und mit hexenhaft wallendem Haar neben ihrem Bett. Ihre Augen waren nicht zu erkennen, sie sahen aus wie tiefe schwarze Wunden, sie hatte regelrecht Löcher im Gesicht. Vorsichtig schlich ich mich in ihre Nähe, um zu erkunden, was Sache war. Auf ihrem Nachtschränkchen sah ich ihr Strickzeug, daneben das Glas mit ihrem künstlichen Gebiss und eine angebrochene Stange ihrer stinkenden Mentholzigaretten. Weit und breit keine Spur von etwas Ungewöhnlichem, das piepte, kein Transistorradio, nichts. Erst als ich schon aufgeben wollte und beschloss, mir noch eine Zigarette zu stibitzen, ehe ich mich wieder ins Bett legte, schnallte ich, dass das Piepen von ihr kam, aus ihrem alten, zahnlosen Mund: »I-i-i.«

Ich sagte: »He, Ommi, dreh die Düse ab. Dieses Besetztzeichen geht mir mächtig auf den Keks, und außerdem machst du gleich alle wach.« Aber sie kümmerte sich einen Scheißdreck um mich und tönte weiter: »I-i-i.« Ich unternahm den Versuch, sie ins Bett zu legen. Ich packte sie an ihren dürren Armen und drückte sie sanft nach unten, Richtung Matratze, doch sie knickte nicht ein, als wäre ihr Körper eine Kompaktprothese. Sie wog nicht mehr als ein Kind, aber ich konnte sie nicht heben; sie entschlüpfte mir und nahm sogleich ihre aufrechte Haltung wieder ein. Wie ein ausgestopfter Mensch stand sie da, starrte mit ihren schwarzen Löchern das Fenster an und piepte.

Ich unternahm einen neuen Versuch, sie anzusprechen, diesmal auf Jiddisch: »*kisch mir en tuchess*« und »*a schejn mejdele*«, mein gesamter Wortschatz, aber sie war nicht im Mindesten beeindruckt. Dann erprobte ich an ihr mein Deutsch mit »Isch libbe disch« und »Achtung!«, aber diese blöde Kuh wandte nicht mal den Kopf. Ich blieb noch eine Zeit lang neben ihr stehen, rauchte meine Mentholzigarette und blies ihr den Rauch ins Gesicht, während ich krampfhaft nach weiteren Brocken Deutsch suchte, die ich kannte, und als mir nichts einfiel, machte ich mich auf zum Kabuff der Krankenschwestern, um den Bereitschaftsarzt zu holen, damit er ihr eine Spritze verpasste oder sonst was unternahm – diese Sounds waren ja nicht zu ertragen. Aber ich traf nur die russische Nachtschwester Sofja an. Sie schlief im Sitzen, und ich musste sie an ihrer fetten Schulter packen und sie ordentlich durchschütteln, damit sie wieder wusste, wer sie war und wo sie sich befand.

»Ich glaube, Ommi dreht total ab, los, du musst ran, zeig, was du kannst, so kann nämlich niemand schlafen. Außerdem ist es beängstigend.«

Sofja schnappte sich die Taschenlampe und lief los; auf dem Weg zum Zimmer schaffte sie es doch glatt, mich zu maßregeln – warum ich nachts nie schlafen würde, fragte sie –, und meinte, es wäre wahrscheinlich nicht schlecht, meine Perphenan-Dosis raufzusetzen. Ich gab patzig zurück, sie könnten machen, was sie wollten, auf mein Gehirn hätten die Scheißmedikamente, die sie mir verabreichten, sowieso keine Wirkung, und dann hielt ich ihr die

Taschenlampe, bis sie Ommi eine Spritze verpasst hatte. Sie redete leise auf sie ein, auf Russisch, versteht sich. Wenn ich nicht so genervt gewesen wäre, hätte ich bestimmt gelacht, weil Ommi gar kein Russisch versteht, sie stammt ja aus Deutschland, aus Berlin. Aber so hielt ich den Mund und sah stumm zu, wie Ommi sich nach und nach beruhigte. Erst lag sie nur da und hörte nicht auf mit ihrem »I-i-i«, und Sofja gab ihr mit ihrem »Sch-sch-sch« Kontra und streichelte ihr die Hand, bis sie schließlich vollkommen ruhig wurde und einschlief. Sofja nahm mir die Taschenlampe ab und zischelte mir zu, ich solle mich sofort hinlegen und schlafen, aber ich wusste, für mich war die Nacht gelaufen.

Ich stellte mich ans Fenster und beobachtete, wie der Regen den Weg überschwemmte, den Oleander niederpeitschte, die Lichtkegel der Straßenlaternen diagonal durchschnitt. Ein Sturzbach, eine Wand aus Regen. Ich musste an Jay denken.

Ich versuchte, ihn mir vorzustellen, den letzten Tag mit ihm, aber die Erinnerung war vollständig aus meinem Gedächtnis verschwunden. Ich wusste nichts mehr, weder, wann das gewesen war, noch, wo, und auch nicht, worüber wir damals geredet hatten. Je mehr ich mich anstrengte, desto gestresster war ich, ich stand unter Spannung wie die Saite einer Stratocaster, und mein Frust wuchs und wuchs. Mir war klar, dass ich dringend aufhören musste zu grübeln und mich in meine Gedanken zu vergraben.

Ommi schlief jetzt, aber selbst im Schlaf piepte sie noch leise vor sich hin, und ich wurde schier wahnsinnig von diesem Geräusch und vom Regen, aber auch weil ich mich ums Verrecken nicht an diesen Tag mit Jay erinnern konnte. Um mich abzulenken, überlegte ich, wann Ommi wohl aus Berlin nach Israel gekommen war, bestimmt vor tausend Jahren, und ich nahm mir fest vor, sie danach zu fragen, falls es mir nicht wieder wegrutschte; es hätte mich schon interessiert, ob sie sich noch an etwas erinnerte und ob sie das Hotel *Unter den Linden* kannte. Und da musste ich wieder an Berlin denken, an den Geruch, der dort in der Luft hing, und an Allon und mich. Aber alles wirkte verschwommen, als hätte nicht ich es erlebt, sondern eine andere Frau, die ich nicht kannte.

Ich trat meine Zigarette auf dem Fußboden aus, sagte noch

einmal »Achtung!« zu Ommi und stahl mich hinaus auf den Gang. Eigentlich hatte ich vorgehabt, ihn in seiner gesamten Länge abzuspazieren, um mich zu beruhigen, aber es war dunkel wie in einem Negerarsch und außerdem kalt. Ein beschissener Ort, so eine Klinik mitten in der Nacht. Du weißt, dass du umgeben bist von Leuten, die nicht richtig ticken. Sie liegen in ihren Krankenhausbetten mit verstellbarem Kopfende und haben Störungen in den Betawellen und im REM. Vor lauter Medikamenten träumen sie so gut wie nie, aber es interessiert sowieso kein Schwein, was sie träumen, dazu hat die Klinik nicht genug Jungianer.

Am Ende des Flurs öffnete ich die Glastür, um meinen Spaziergang in der angrenzenden Station fortzusetzen. Ich ließ die Tür geräuschlos wieder ins Schloss fallen, damit Sofja mich nicht hörte, und knipste das Licht an. Ein Blick in den großen Wandspiegel zeigte mir eine fette junge Frau in einem rosa Krankenhauspyjama, der viel zu groß war. Sie wirkte ungepflegt, mit dicken Pickeln auf der Stirn, kleinen, tief liegenden Augen und hinter die Ohren gestrichenem Haar, das in fettigen Strähnen herabhing. Ein leibhaftiger Farbkasten, aber einer, mit dem man Bilder à la Pollock malt.

Ich zupfte mir die Haare ein bisschen zurecht und setzte ein falsches Lächeln auf. Grausiger Anblick. Die Wut in meiner Brust wuchs, ohne dass ich wusste, auf wen ich so sauer war, ich merkte nur, dass mir auf der Stirn und über der Oberlippe der Schweiß ausbrach. Ich lenkte meine Wut bewusst auf Anita, die immer meinte, ich sei doch jung und hübsch. So ein Müll. Geschwätz von alten Omas. Hirnloses Blabla von Leuten, die dich nicht mal richtig ansehen, bevor sie loslegen, sondern bloß ein ungefähres Bild von dir im Kopf haben und dir dann einen vom Pferd erzählen.

Ich schob mein Gesicht so nah an den Spiegel heran, dass meine Nase platt gedrückt wurde. Der Augapfel, von dem man immer behauptet, er sei weiß, war gelblich und von roten Äderchen durchzogen, die Pupille sah aus wie ein Floh in einer gelb gesprenkelten grünen Pfütze. Ich sagte: »Achtung, Baby!«, dann trat ich einen Schritt zurück und spuckte eine Ladung Speichel auf das Spiegelwesen.

Da ging's mir sofort besser, und ich beschloss, heimlich, still und leise den Flur entlangzuwandern, vielleicht konnte ich irgendwo jemanden auftreiben, der wach war. Irgendeinen Spinner mit einer gestörten Weltanschauung oder Geschichten über Sex. Selbst die Magersüchtigen hätten mich als nächtliche Gesellschaft durchaus zufrieden gestellt. Ich hatte nichts dagegen, von Zeit zu Zeit mit ihnen zu plaudern und mir erzählen zu lassen, wie die Jüngere es anstellte, drei Stunden nach dem Essen, wenn die Beobachtung gelockert wurde, alles auszukotzen, oder dass die Ältere ihre Karriere als viel versprechende Geigerin begonnen und schon als Kind in einem Jugendorchester musiziert hatte, bis die millionenschweren Eltern im malerischen En-Hod mit ihren überzogenen Leistungsansprüchen ein Biafrakind aus ihr machten.

Leider lagen die Magersüchtigen genau wie der Rest der Mannschaft im Tiefschlaf. Der Sturm hatte sich mittlerweile gelegt, und der Regen strömte jetzt gleichmäßig vom Himmel, wie ein anhaltender Zahnschmerz. Früher hätte mich so was eingeschläfert. Damals konnte ich noch schlafen. Inzwischen weiß ich gar nicht mehr, wie es ist, den Kopf ins Kissen zu drücken, die sauberen, nach Wäsche duftenden Laken zu spüren und an etwas Schönes zu denken, bis man unversehens einschläft. Manchmal kommt es mir vor, als wäre ich seit Wochen wach, womöglich gar seit Monaten. Oder schon immer. Als hätte ich im Leben nie geschlafen.

Ich beschloss, etwas zu unternehmen, was mich müde machte. Ich kehrte in mein Zimmer zurück, öffnete das Fenster, das auf den Rasen hinausging, und kletterte nach draußen. Es war saukalt und ich im Handumdrehen pitschnass. Auf dem Gartenweg stellte ich mich unter eine Laterne, legte den Kopf in den Nacken und ließ mir vom Regen gründlich das Gesicht waschen; ich wollte die hässliche Fratze loswerden, die ich im Spiegel gesehen hatte, der Regen sollte sie wegspülen, als wäre sie bloß eine Schmutzschicht. Der Geruch von feuchtem Staub überdeckte die Gerüche aus der Küche und von den Reinigungsmitteln, Gerüche, die sonst immer wie Grabsteine in der Luft standen. Ich sog die Luft tief ein, und nachdem ich eine Weile mein Gesicht dem Himmel entgegengehalten hatte wie ein Hund, der den Mond anheult, kam aus den

Tiefen meiner Erinnerung plötzlich Bild um Bild die letzte Begegnung mit Jay wieder zum Vorschein, wie beim Entwickeln eines Films in der Dunkelkammer.

Wir fuhren mit dem Auto von Dublin nach Norden, Richtung Belfast. Ich saß am Steuer und fand den Linksverkehr extrem verwirrend, und Jay fragte alle naselang, ob er mich ablösen solle, aber ich ließ mir meine Rolle als Chauffeur nicht nehmen. Am Meer legten wir eine Pause ein. Das irische Licht tauchte alles in goldenes Grau. Es herrschte Ebbe, der Strand war leer und nackt, und ich sammelte große, flache Muscheln in einer Einkaufstüte vom Supermarkt. Ich meinte zu Jay, der Atlantik sei wunderschön. Er klärte mich auf, dass das die Irische See sei, doch ich glaubte ihm nicht, und wir waren kurz davor, uns in die Haare zu kriegen, aber auf einmal verstummten wir und standen einfach nur da und schauten wie hypnotisiert zum Horizont. Anschließend gingen wir, immer noch schweigend, zurück zum Wagen. Jay sagte, ich solle ihn in der nächsten Kleinstadt absetzen, damit ich rechtzeitig wieder in Dublin wäre. Ich hielt also vor einem Pub und wartete, bis er sich erkundigt hatte, wann sein Bus ging, und als er wiederkam, riet er mir, sofort loszufahren, weil ich sonst womöglich noch den Flieger verpasste.

Auch damals hatte es geregnet, aber anders als jetzt, ein Dauernieseln, wie feine Nadelstiche. Jays Gesicht war ganz nass gewesen, als er sich zum Wagenfenster herabbeugte, und er hatte nicht gelächelt, sondern mich nur angesehen, als wäre ich eine schwierige mathematische Gleichung.

Inzwischen war ich nass bis auf die Knochen, und mir war richtig kalt. Der Slip unterm Pyjama klebte mir am Hintern. Was für ein Glück, dachte ich, dass ein Regen zufällig die Erinnerung an einen anderen Regen wachrufen kann. Ich nieste, kletterte zurück in mein Zimmer und schloss das Fenster. Das Wasser tropfte an mir herab und bildete kleine Pfützen auf dem Fußboden. Ich zitterte am ganzen Körper. Dann ging ich vor meinem Nachtschränkchen in die Hocke, schob meine Hand darunter, löste vorsichtig und geräuschlos die dünne Pressspanplatte und holte mein Berlin-

Tagebuch aus dem Versteck. Ich hielt es eine gute Stunde oder länger in der Hand und betastete den ledernen Einband mit dem gepunzten mexikanischen Gott darauf. Ich schlug das Buch nicht auf, denn erstens war es zum Lesen zu dunkel und zweitens brauchte ich nichts nachzulesen. Ich hatte alles noch genau im Kopf.

Ich gab mich meinen Erinnerungen hin; sie schwappten in Wellen in mir hoch und überschwemmten mich, um sogleich wieder abzuebben. Ohne innerliche Anteilnahme ließ ich, konzentriert und stumm wie eine Außenstehende, jede einzelne Begebenheit Revue passieren, bis sie ihren Platz in der Erinnerung eingenommen hatte, um sogleich der nächsten Welle aus Ereignissen, Worten und Gefühlen Platz zu machen, die sich in mir sammelte. So ging es in einem fort, bis ich wusste, dass ich alles durchhatte und leer war von Gedanken und nicht länger grübeln konnte, selbst wenn ich gewollt hätte. Aber ich wollte gar nicht. Das Wissen war bereits verinnerlicht. Ich hatte mein Tagebuch durchgelesen, ohne es aufzuschlagen; die Arbeit war getan. Ich verstaute das Buch wieder an seinem angestammten Platz und legte mich mitsamt dem nassen Pyjama ins Bett, dachte an nichts mehr und wartete auf den Morgen.

Als Israelov mit dem Medikamentenwägelchen hereinkam, wusste ich, dass es sieben Uhr geschlagen hatte, obwohl es draußen noch dunkel war. Gerüche eines unappetitlichen Krankenhausfrühstücks verkündeten wirksamer als jeder zarte, launische Sonnenstrahl den Anbruch eines neuen Tages. Ich steckte meine Tabletten in den Mund, eine große weiße, eine kleine glatte, ebenfalls weiße und noch eine gelbe, und spülte sie mit einem Gläschen Wasser runter, das Israelov mir hinhielt. Ganz brav, wie es sich gehörte.

Nach dem Frühstück klopfte ich an Wassermans Tür. Ich trat ein, ohne seine Antwort abzuwarten.

»Doktor Wasserman, ich hoffe, Sie rasten jetzt nicht aus, aber ich habe beschlossen, Ihnen die Wahrheit zu sagen. In der ganzen letzten Zeit habe ich nichts von dem Zeug geschluckt, das man mir gegeben hat. Ich habe die Tabletten im Mund behalten, bis Israelov weg war, und sie dann ins Klo gespuckt. Aber das tut mir jetzt sehr Leid, Doktor Wasserman, wirklich, ich hoffe, Sie können mir verzeihen. Ab sofort will ich die Behandlung ernst nehmen. Und gesund werden.«

Er starrte mich schweigend an. Nach einer Weile fuhr er sich mit der Hand über die Stirn und über die Haare, die er quer über die Glatze kämmt, und ich war darauf gefasst, dass er mir eine Standpauke hielte, aber er sah mich nur mit seinen wahnsinnig müden Augen an, wie ein alter Affe, und meinte trocken: »Geht klar.«

Nach kurzer Überlegung gelangte er offenbar zu dem Schluss, dass er sich angesichts meiner gestörten Persönlichkeit womöglich nicht deutlich genug ausgedrückt hatte, und legte noch ein paar Kohlen nach.

»Sollte sich das wiederholen, bleibt uns keine andere Wahl, als dir die Medikamente intravenös zu verabreichen. Was dann allerdings nicht mehr in den Bereich der offenen Station fällt.«

Ich nickte und ging.

Aus meinem Berlin-Tagebuch

Oh, wie ich die Zeit in Berlin genieße! Wir sind jetzt schon mehrere Wochen hier, es fühlt sich an wie eine Ewigkeit und zugleich wie ein Wimpernschlag. Allon hält das für ein deutliches Zeichen, dass wir Spaß haben.

Ich habe eine Apotheke gefunden, die mir gegen Vorlage eines Prozac-Rezepts aus Israel Fluctin verkauft. Nachts klappern wir die Clubs ab, tagsüber Museen und Straßen. Das Leben ist ein langer ruhiger Fluss. Was ich um mich herum wahrnehme, wird von meinem Bewusstsein nach und nach aufgesogen, zieht vor meinem geistigen Auge vorüber. Ontologische Spielchen. Als-ob-Spielchen. Alles schmilzt weg, nur Berlin existiert noch. Und die Krankheit. Die Krankheit, die in meinem Innern schlummert. Sie ist wie ein ständiger Begleiter, der dich, kaum dass du die Augen aufschlägst, daran erinnert, dass du nicht allein bist. Sie raschelt in deinem Innern wie eine Schlange, die sich aus einem Haufen trockenen Laubs hervorwindet, in dem sie genächtigt hat, und darauf lauert, dass du dich regst.

Aus meinem Berlin-Tagebuch

Oh, ein Brief von Lucia di Lammermoor! Mama, liebe Mama, Mama mein. Eigentlich kommen wöchentlich Briefe von Ihrer Operettenhoheit, aber sie sind immer an Allon gerichtet. Das war unsere Abmachung: Sie schreibt an ihn, und er soll in unser beider Namen antworten, weil er zuverlässig ist, während ich ja einen Piep unterm Pony habe. Doch diesmal hat sie eine ganze Seite für Avigail, das Dummchen, beigelegt.

Sie hat ja Zeit ohne Ende, und dann denkt sie viel zu viel nach. Da sie sich weigert, das Dasein als solches – vor allem mein Dasein – als chaotische Anhäufung von Vorkommnissen anzuerkennen und nach einer deterministischen, kantianischen Ordnung strebt, sucht sie nach Ursache und Wirkung. Schlichter ausgedrückt: Ob ich ihr jetzt, wo meine krankhafte Bekloppptheit – oder war's meine bekloppte Krankheit? – im Berliner Tiefschlaf liege, vielleicht erklären könne, weshalb ich trotz allem, was man unter großen Anstrengungen in mich hineingesteckt habe, so unglücklich sei? Ich sei doch vom Olymp förmlich eingedeckt worden mit dem Besten vom Besten, als da wäre: eine liebevolle Familie, meine Begabung, komfortable Lebensumstände und allerhand sonstige Vorzüge.

Ach Mama, Mama, du schwer mit Ohrringen Behängte, du!

Ich bitte Allon, ihr in meinem Namen zu antworten, nehme meinen Mantel und gehe.

Ein hoher blasser Himmel, der Geruch von Ofenheizung in der Luft. Ich fühle mich verfolgt von Gerüchen, verfolgt von Geistern. Bloß nicht nachdenken, am besten gar nicht denken.

Wie nuancenreich die Bedrücktheit sich zeigt! Wie vielfältig die Knospen des Wahnsinns sprießen! Wie viele Abstufungen, bis die Dunkelheit hereinbricht! Die Literatur hat mit dem Thema ausgiebig gespielt und sich einiges einfallen lassen. Die Psychologie weniger. »Depression« lautet die offizielle Bezeichnung. Bei mir äußert sich der Schmerz in allerlei Tonarten von quälender Leere, Beklemmung, Angst. Jede einzelne Empfindung hat Tausende von Gesichtern. Aber ihnen und meiner gnadenlosen Ausgeliefertheit zum Trotz glaube ich fest daran, dass der Mensch von Natur aus – oder treffender: im Urzustand – gut ist, und das gilt sowohl für die Allgemeinheit als auch für mich persönlich. Ich schätze, in diesem Punkt treffe ich mich mit meiner Mutter und ihrer anspruchsvollen Haltung.

Ach, könnte ich doch den Wahn ablegen, meine Umwelt verstehen zu wollen!

Sie hörten soeben: Galli und wie sie die Apokalypse sah.

Vielleicht sollte ich meiner Frau Mama doch ein paar eigene Zeilen schreiben.

5 Seit ich Wasserman meine Sünden gebeichtet habe und meine Medikamente wieder nehme, geht's mir richtig dreckig, weil das Zeug mich von meiner Wolke sieben erst mal runtergeholt hat.

Im Sitzungszimmer hatte Wasserman Israelov und die Schwestern angebrüllt. »Hypomanischer Zustand seit zwei Monaten, und ich erfahre erst jetzt, dass sie auf zwanzig Milligramm Perphenan eingestellt ist? Eine so hohe Dosierung würde selbst einen Elefanten lahm legen! Sie bleibt ab sofort eine Stunde lang unter Aufsicht, nachdem sie ihre Tabletten bekommen hat, dieselbe Praxis wie bei den Jugendlichen. Man könnte glatt meinen, ihr seid allesamt blutige Anfänger in diesem Job!« Und dann, an Israelov gerichtet: »Juda, ich will mich auf dich verlassen können, genau wie bisher.«

Und so geschah's dann auch. Jedes Mal musste entweder Sofja oder Israelov eine knappe Stunde bei mir sitzen, um sicherzustellen, dass ich meine Tabletten einnahm. Eine ungeheure Personalverschwendung, weil ich die Dinger sofort verschluckte; ich hatte gar nicht mehr vor, irgendjemanden zu verschaukeln, aber die beiden hatten wohl das dringende Bedürfnis, sich bei Wasserman einzuschleimen.

Erst bekam ich Lithium, wie früher, aber dann stellten sie mich auf irgendeinen anderen Scheißdreck um. Binnen einer Woche hatte ich einen solchen Absturz, dass ich vor lauter Elend nicht papp sagen konnte. Ich lag im Bett und fühlte mich, als wäre jemand gestorben und ich vergewaltigt worden und die Wehrmacht im Anmarsch. Dabei war die Welt um mich herum unverändert. Die Sonne schien, die alten Weiber strickten, und Israelov, der mit seinem Kamelgesicht neben mir hockte, bohrte in der Nase und dachte, ich würde es nicht merken. Wasserman hielt jeden Tag Sprechstunde für mich, aber ich konnte ihm nicht genau erklären, was ich fühlte. Bis es mir einmal so mies ging, dass ich meinen Kopf gegen die Wand schlug und eine Platzwunde an der Stirn davontrug. Da meinte Wasserman: »Merkwürdig. Sehr merkwürdig, diese Reaktion auf Teril.« Endlich kam auch er auf den Trichter, dass es sich doch um eine Form von Depression handelte.

Also bekomme ich jetzt zusätzlich ein Antidepressivum. Irgendeine bescheuerte Neuheit aus den USA, von der ich schon jetzt sagen kann, sie taugt für 'n Arsch. Das Zeug heißt Moclobemid, aber ich nenne es Bonnie & Clyde, obwohl es nichts von dem Glanz-und-Gloria heraufbeschwört, das Bonnie und Clyde um sich verbreiteten, eher den erbärmlichen Ruf, den Sofja und Israelov sich erarbeiten könnten, wenn sie sich an der Sammelbüchse des Jüdischen Nationalfonds vergriffen, die bei ihnen im Kabuff steht.

Aber warum sollte irgendjemand einem Lügenmaul wie mir Glauben schenken? »Du nimmst das jetzt gerade mal knappe zwei Wochen«, schmettert Wasserman mein Gejammer ab. Dabei habe ich jede Menge Erfahrung mit dieser Scheiße, ich brauche nicht einen geschlagenen Monat lang ins Kissen zu beißen, um zu wissen, was wirkt und was Humbug ist. Wenn's nämlich wirkt, hast du schon nach wenigen Tagen das Gefühl, in deinem Gehirn sitzt ein Welpe, der dich ableckt, und alles wird gemütlicher.

Aber ich habe zurzeit nicht die Energie, mich mit Wasserman anzulegen. Überhaupt hab ich null Power, ich bin der reinste Putzlumpen, habe Angst, mich ohne Hilfe auch nur einen Millimeter vom Fleck zu rühren. Gestern noch habe ich ihn regelrecht angewinselt: »So helfen Sie mir doch!« und ähnlichen Quatsch, weil ich schier vergangen bin vor seelischen Schmerzen und dachte, ich sei kurz vorm Abnibbeln, aber er, ganz cool: »Du weißt doch, dass man im Moment nichts tun kann, Galli. Jetzt gibt's nur eines: Wir müssen Geduld haben.« Ich habe geheult wie ein

Schlosshund und gebettelt, ihn angefleht, dass er bei mir bleibt, aber er hatte Feierabend und musste weg. Am Ende gaben sie mir Valium, und heute Morgen bin ich aufgestanden, als hätte mich eine Walze überfahren. Was haben die bloß dauernd mit ihrem Valium? Das ist ein Mittel für alte Leute, man bekommt davon nur Kopfschmerzen und wird noch depressiver.

An Tagen wie diesem will ich mit nichts und niemandem zu tun haben, und das ist auch gut so, weil ich sowieso jedes Wort als Angriff auffasse, und selbst wenn mir was im ersten Moment unbedenklich erscheint, finde ich hinterher, wenn ich im Bett liege und alles analysiere und interpretiere, dass es doch gegen mich gerichtet war und ständig Andeutungen gemacht wurden, was für eine Scheißnull ich sei, und dass jeder es darauf anlegt, mich zu erniedrigen. Also rede ich praktisch mit niemandem mehr, nicht mal mit Anita oder Avischag, bis ich es irgendwann nicht länger aushalte und losziehe und allen damit auf den Sack gehe, wie beschissen ich mich fühle. Und anschließend könnte ich mich dafür in den Arsch beißen.

Auch jetzt schiebe ich einen Hass auf mich selbst. Und auf den Rest der Welt. Selbst auf Leute, an denen ich früher nie etwas auszusetzen hatte. Ich kann an nichts anderes denken als an all die schlimmen Sachen, die man mir angetan hat, und frage mich, warum ich mich nicht zur Wehr gesetzt und Gleiches mit Gleichem vergolten habe.

Sogar auf Jay bin ich böse. Wenn es mir nämlich richtig dreckig ging und ich schwierig wurde, heulte und schrie und Sachen zertrümmerte, erging er sich jedes Mal in Selbstmitleid und jammerte, wie schwer er es mit mir habe. Was in mir immer Mordsschuldgefühle weckte. Was für ein Scheißmensch ich doch bin, dachte ich dann, warum kann ich mich nicht einfach zusammenreißen?

Dass man mir in der Klinik erklärte, ich hätte das wirklich nicht in der Hand, war das Beste, was mir passieren konnte. Auf einmal herrschte in mir drinnen Ruhe, wie auf einem Friedhof. Und ich war bereit, für immer auf diesem Friedhof zu bleiben. Ich malte mir aus, dass ich, nur in ein weißes Tuch gehüllt, in der Erde liege, wie die Toten bei den Orthodoxen, und die Leute an meinem

Grab Blumen niederlegen, Nelken oder Rosen, und auch kleine Steine, wie das bei Friedhofsbesuchen üblich ist. Diese Vorstellung tat mir dermaßen gut, dass ich mir wünschte, ich könnte in diesen Gedanken dahinschmelzen wie Eiscreme in der Sonne, zuckersüß und weich. Ich vergaß alles um mich herum und bettete meine Seele zur Ruhe.

6 Ommi starb an Jesus' Geburtstag. Nach dem Mittagessen legte sie sich schlafen, und als ich sie abends holen kam, um mit ihr zusammen die Übertragung der christlichen Feierlichkeiten im arabischen Fernsehen zu sehen, lag sie mit geschlossenen Augen da, aber irgendwie komisch, als wäre ihr unbequem. Ihre Decke war zu Boden geglitten, und aus ihrem schiefen Mund floss Speichel aufs Kissen.

Ich wusste sofort, was los war, auch wenn ich nicht erklären kann, woher. Sicherheitshalber rief ich ein paar Mal ihren Namen, dann ließ ich es sein. Ich breitete die heruntergefallene Decke über sie, zündete mir eine stinkende Mentholzigarette aus der Schachtel auf ihrem Nachtschränkchen an und wischte ihr den Mund mit dem Pyjamaärmel ab. Dann setzte ich mich zu ihr aufs Bett, wo ich sitzen blieb, bis Avischag, die sich auf die Suche nach mir gemacht hatte, uns fand. Schlagartig wusste ich: Jetzt ist alles tot, was einmal war. Als wäre Ommi ein archäologischer Überrest von Berlin gewesen, ein graffitiverschmiertes Mauerstück, ein Echo, das in einer Höhle verhallt.

In den darauf folgenden Tagen nahm ich nichts zu mir außer meinen Tabletten, die würgte ich mit Müh und Not runter, aber mehr ging nicht rein. Wasserman machte jeden Tag Visite. Er setzte sich zu mir ans Bett und fing immer wieder davon an, dass sie gezwungen wären, mich künstlich zu ernähren, wenn ich so weitermachte. Auch Avischag redete mir ins Gewissen und versuchte, mich mit leckeren Sachen vom Imbiss zu verführen, Pitta mit Kichererbsenpüree, Mangonektar, belegte Brötchen, ein Omelett mit Salatbeilage, alles, was ich sonst sehr mochte, aber nichts davon machte mich an. Ich bekam vielmehr Brechreiz, und mir war unbegreiflich, wie ich je etwas hatte essen können. Ich war hundemüde und konnte keinen vernünftigen Gedanken fassen, das Einzige, was mich erfüllte, war ein Seelenschmerz, der mich wie ein Tonnengewicht niederdrückte; ich kam gar nicht mehr aus dem Bett. Und dann teilte mir Wasserman mit, man habe beschlossen, mich mit Elektroschocks zu behandeln.

Da ich ihn keines Blickes würdigte, hielt er mich offenbar für aufklärungsbedürftig und erläuterte mir unaufgefordert, dass diese Behandlung trotz aller Einwände, die immer wieder dagegen erhoben würden, absolut ungefährlich sei. Ich hätte sicher schon miterlebt, wie vorteilhaft sich die E-Schocks auf einige meiner Bekannten in der Klinik ausgewirkt hätten. Eine E-Schock-Therapie sei wirksamer als die Tabletten, die ich jetzt einnähme, und auch weniger belastend als die Medikamente davor, da sie keinerlei Nebenwirkungen habe. Ich schwieg.

Am selben Tag kam Wasserman nach der Visite noch einmal wieder, um mir den OP zu zeigen, wo die berüchtigte Elektroschockbehandlung durchgeführt wurde. Ich sah zum ersten Mal die »Anlage«: verschiedene spezielle Geräte, mit denen der Gesundheitszustand des Patienten überwacht wird, während man volles Rohr Stromstöße durch ihn durchjagt. Obwohl mir klar war, dass ich einen ganz gewöhnlichen OP für ambulante Eingriffe besichtigte, kam es mir vor, als stünde ich in einem Spacelab der NASA oder im Cockpit von *Star Trek*.

Auweia, Galli, jetzt bist du dran, dachte ich, und auch: Das ist ja wie im Film. Ich stellte mir die Szene folgendermaßen vor: Die Pfleger stürzen sich auf mich, um mich an Händen und Füßen festzuschnallen und mir einen Gummipfropfen in den Mund zu stopfen, damit ich mir die Zunge nicht abbeiße. Dann schließen sie mich an die Kabel an, als wäre ich ein Generator, und Wasserman drückt auf den Knopf, bsssssssst, ein Aufbäumen, Zuckungen, meine Augäpfel rollen in den Höhlen umher wie Billardkugeln, und dann bin ich tot und liege auf dem Tisch aus rostfreiem Stahl wie ein beschissenes platt geklopftes Schnitzel. Aber Angst hatte ich keine. Ich dachte sogar: Hoffentlich. Und ich dachte: Bei Moses, Aaron und dem Gott Israels, welch süße Erlösung!

Für Wassermans Geschmack war ich offenbar nicht beeindruckt genug, also legte er mir den Arm um die Schulter, als wollte er mich zu einem jemenitischen Volkstanz auffordern, und meinte: »Wieso bist du so still, Galli? Du kannst mich alles fragen, was dir einfällt. Es ist wichtig, dass du genau Bescheid weißt, damit du dir nicht umsonst Sorgen machst. Das Ganze ist wirklich völlig unbedenklich.«

Aber ich hatte keine Fragen. Ich verstand nur nicht, wie die Wissenschaft es anstellt, einen per Stromschlag in gute Laune zu versetzen, während man alles andere als high wird, wenn man versehentlich einen gewischt bekommt. Wäre doch eigentlich geil, wenn man sich bei jedem Anflug von schlechter Laune eine Dröhnung verschaffen könnte, indem man in der nächstbesten Steckdose herumpopelt! Aber ich sagte nichts, damit Wasserman mich endlich gehen ließ. Ich wollte nur noch in mein Bett.

Bloß so einfach war das nicht. Als wir den OP verließen, bat Wasserman mich zu einer Fortsetzung unseres Gesprächs in sein Büro. Ich verstand nicht, was es noch zu besprechen gab, jetzt waren doch sämtliche Klarheiten beseitigt, wie man so schön sagt. Doch nun kam etwas, womit ich nicht gerechnet hatte. Ich musste mich gründlich über die Rechtslage aufklären lassen und eine Einverständniserklärung unterschreiben. Ich sagte: »Kein Problem, gern«, und da servierte mir Wasserman den Oberhammer: »Ich muss dich darauf aufmerksam machen, Galli, dass es aus rechtlichen Gründen auch der Unterschrift eines Angehörigen bedarf.«

Ich spürte, dass ich bleich wurde vor Panik und mir die Hände zitterten. Fieberhaft klaubte ich nach Worten und brachte schließlich heraus, dass ich keine Angehörigen mehr hätte: Mein Vater sei während des Jom-Kippur-Kriegs in der Schlacht um die »Chinesische Farm« hops gegangen, mein Bruder habe sich nach Berlin abgesetzt und meine Mutter sei völlig ahnungslos, sie habe von meinem Klinikaufenthalt keinen blassen Schimmer, und wenn sie es erführe, würde sie tot umfallen. Das würde ihr den Rest geben, weil wir uns ewig nicht gesehen hätten und ich mich nicht mal telefonisch bei ihr gemeldet hätte, da ich ihr seit unserer letzten Begegnung nichts Erfreuliches zu berichten gehabt hätte.

Ich glaube, ich fing an zu weinen. Ich flehte Wasserman an, meine Familie nicht mit reinzuziehen und die Sache irgendwie mit mir allein zu regeln. Wasserman musste gemerkt haben, wie verzweifelt ich war, denn er sagte: »Gut, Galli, es wird kompliziert, aber ich verspreche dir, ich werde mich mit der Leitung der Psychiatrischen Abteilung beraten, was wir für dich tun können. Und jetzt geh und wasch dir dein Gesicht.«

Aus meinem Berlin-Tagebuch

Ursache und Wirkung? Wie langweilig.

Als kleines Kind konnte ich schön malen. Als mein Bruder Allon heranwuchs, stellte sich heraus, dass auch er gut malte. Die Frau mit den Ohrringen begriff, dass sie zwei wahre Wunderkinder hatte. Nun wäre es mit ihren existenziellen Nöten bald vorbei, die Glocken der Erlösung hatten zu läuten begonnen. Teure Farben wurden gekauft, die besten Privatlehrer angeheuert, und uns wurde eingebläut, dass wir außergewöhnlich begabte Kinder seien und unsere Zukunft aussehe wie ein Gemälde von Kandinsky: sehr bunt und sehr fröhlich.

Für uns bedeutete das jahrelang Leistung, Leistung und noch mal Leistung, später dann auch Misserfolge und Tränen, bis mein Bruder und ich, jeder zu seiner Zeit und auf seine eigene Art, aus der Verpflichtung ausstiegen. Natürlich indem wir neue, nicht weniger rühmliche Verpflichtungen eingingen, wenn auch diesmal uns selbst gegenüber; wir konnten gar nicht ohne, selbst dann noch nicht, als uns endlich kein von Apoll eingesetzter Kapo mehr im Nacken saß. In den Tag hineinzuleben, das hatte sie uns gnadenlos ausgetrieben.

Und an dieser Vergangenheit, die wir längst für uns entschlüsselt haben und die uns beiden bestens vertraut ist, hat Allon jetzt Verrat geübt. Jawohl, dieser Tage in Berlin, in einer Zeit, die als künstlerische Pause angedacht war, um uns von allem zu erholen, was uns belastete, versündigte sich mein Bruder mutwillig an unserer Vergangenheit: Er zog los und kaufte sich eine Staffelei, Leinwände und Farben.

Jetzt ist sein Zimmer schmutzig und unaufgeräumt, und die

Zimmermädchen würden Allon am liebsten erschlagen, weil sie nicht wissen, was wohin gehört und was zum Wegwerfen gedacht ist. Aber die Hoteldirektion ist auf unserer Seite. Behauptet jedenfalls Allon. Das ist seiner Meinung nach die Hauptsache. Wir seien hier schließlich Dauergäste, Künstler. Bis zu unserer Abreise würden wir Tausende von Dollars hier lassen. Er findet das beruhigend, der kleine Verräter. Übrigens hat er beschlossen, in Berlin zu bleiben, um hier zu studieren. Jetzt suchen wir eine geeignete Schule und eine Unterkunft für ihn.

Und was wird aus mir? Gute Frage. Nächste Frage.

Wenn ich male, beobachte ich mich ständig selbst, bin mir meiner selbst bis zum Erbrechen bewusst. Für manche Künstler mag diese unaufhörliche Selbstbeobachtung einen reizvollen eigenständigen Prozess darstellen. Mich macht sie krank. Das geht mitunter so weit, dass ich richtig kirre werde und schlappmache. Ich beobachte mich, wie ich mich dabei beobachte, mich zu beobachten. Kann schon sein, dass der eine oder andere exzentrische Dichter, Schriftsteller oder Filmemacher darauf abfährt, in einer Endlosschleife um das eigene Bewusstsein zu kreisen. Ich finde es jedenfalls tödlich.

Ich wünschte, ich könnte die Welt ein Mal, nur eine Sekunde lang, so sehen, wie sie wirklich ist, statt sie mit meinen Augen zu beobachten, die meine Augen dabei beobachten, wie sie die Welt beobachten. Cézanne müsste man sein!

Aber selbst das wäre noch nicht das Ende des Albtraums, denn außer dieser Art von Beobachtung, die ich für mich als »schwindelerregend« bezeichne, gibt es noch eine andere, die ich mit »Gott beobachtet einen Wurm« umschreiben würde. Sie tritt ein, wenn ich alle meine Schritte mit schonungsloser Klarheit sehe und sie schon deshalb von vornherein verteufele, weil mir in jedem einzelnen Augenblick bewusst ist, dass ich es darauf anlege, mich mal interessant, dann wieder unscheinbar zu machen oder auf Teufel komm raus meine Umgebung zu beeinflussen.

Wer je ernsthaft den Versuch unternommen hat, kreativ zu sein, dürfte mit dieser Form der Beobachtung bestens vertraut sein: Sie ist die kastrierende Göttin aller schöpferisch veranlagten Menschen und ernährt unzählige schöpferisch veranlagte Psychologen.

Das wär's für heute mit meinen Sorgen und Nöten, von der schrecklichen Umweltbelastung namens Allon einmal abgesehen. Er dreht völlig ab, hat sich in den Kopf gesetzt, binnen zwei Monaten Deutsch zu können; lernen will er in seiner Freizeit, sprich: wenn er gerade nicht malt oder sich besäuft. Da er die Grenzen des menschlichen Gehirns bekanntlich nicht für sich gelten lässt, geht er gleich aufs Ganze, indem er sich auf die Klassiker stürzt. Jetzt murmelt er seit zwei Tagen pausenlos Schopenhauer-Zitate vor sich hin und verschreckt damit Verkäuferinnen ebenso wie Taxifahrer. Außerdem knabbert er ständig am Daumen und starrt wie hypnotisiert Löcher in die Luft, lauter oberflächliche Künstlerallüren, die mich auf die Palme bringen. Aber ich übe mich in Nachsicht, immerhin war er der Visionär, dieser Trip ist ja auf seinem Mist gewachsen, also tröste ich mich mit dem Gedanken an unseren neuen Freund, Mo Nevin Haze, den gut aussehenden, gemütlichen Saxofonisten, der übrigens gleich hier antanzen wird, um uns irgendwohin zu bringen, wo wir uns Koks beschaffen können. Was für ein Leben! Vorbei die Zeit mit Boas und seinem erbärmlichen Marihuana. Es lebe das Geld! Diese Stadt ist der Hit, warum kann ich nicht einfach atmen und leben?

7 Er hat tatsächlich alles geregelt, dieser Wasserman. Hat sich beraten, die Möglichkeiten ausgelotet, Beziehungen spielen lassen und mir weitere Unterschriften abverlangt sowie ein Fax an Allons Schule in Berlin geschickt, das er unterschrieben zurücksenden soll, obwohl es nicht den Gepflogenheiten entspricht, da er noch nicht mal so alt ist wie ich. Außerdem hat man mir am Finger und aus der Armvene Blut abgenommen, das nervöse Zickzack meines Kardiogramms analysiert, mich über sämtliche Vorerkrankungen befragt und weitere Formulare ausgefüllt, bis ich schließlich am ersten Tag, als es nicht regnete und die Gestörten

sich sogar teilweise im Freien aufhielten, um auf dem Platz vor der Klinik ein bisschen Wintersonne zu schnappen, zu meiner ersten Behandlung abgeholt wurde.

Avischag trat gleich am Morgen bei mir an. Sie sah beängstigend feierlich aus, mit einem neuen Lippenstift à la Dracula. Während sie mich den Flur entlang zum OP führte, hörte sie gar nicht mehr auf zu lächeln und redete wie ein Wasserfall von Wasserman, er sei ja so ein toller Arzt, und wie er sich für die fehlende zusätzliche Einverständniserklärung ins Zeug gelegt habe, aber er sei eben sehr erfahren mit Fällen wie meinem, und auch sonst, ganz allgemein, und mit der Anwendung von Strom im Besonderen (sie schien ihn für so genial zu halten, dass sie ihn fast zu einem Edison hochstilisierte). Ich bräuchte mir keine Sorgen zu machen. Ich wusste haargenau, dass sie sich schlimmere Sorgen machte als ich, vielleicht wegen dieser einen Frau aus der Gemischten Abteilung, die nach einer misslungenen E-Schockbehandlung auf einem Auge schielte, woraufhin sie gleich in die nächste Krise gestürzt war; Anita zufolge hatten Wasserman und seine Vorgesetzten deswegen bereits eine Klage am Hals. Während Avischag auf mich einredete, versuchte ich, meine Gedanken und Ängste zu verdrängen, indem ich *Who's Gonna Ride Your Wild Horses* von *U2* vor mich hin summte.

Als wir den OP betraten, erwartete uns Wasserman mit zwei weiteren Typen in Arztkitteln. Wieder wurde ich in epischer Breite aufgeklärt. Kein Anlass zur Sorge, keine Angst, alles gehe sehr wissenschaftlich und sehr human zu – human! –, und man sichere mir sämtliche körperlichen und seelischen Rechte zu: Vollnarkose, Muskelentspannung, Trockenlegung des Speichelflusses, damit ich nicht erstickte. Kurz, Gehirnbrutzelei *de luxe*. Avischag half mir, in einen Kittel zu schlüpfen – hinten offen, darunter nichts –, und machte mich mit dem Anästhesisten bekannt, einem Typen namens Nimrod, der mir eine überdimensionale Verweilkanüle, Design Dr. Mengele, in die Vene jagte. Durch diese Verweilkanüle, erläuterte Nimrod mir vergnügt, würde er mir alle entspannenden und betäubenden Mittel verabreichen, damit ich nichts spürte. Ehe ich wegkippte, versuchte ich noch krampfhaft, mir Avischags Gesicht einzuprägen. Sie lief hin und her und assistierte, und ihr karmesinroter Lippenstift sah abartig aus. Dem Anästhesisten Nimrod wuchsen fette schwarze Borsten aus der Nase, und Wasserman redete ununterbrochen mit dem dritten Mann, der allem Anschein nach ein AIP war und seinerseits Wasserman mit Anemonenaugen anstarrte und so angestrengt zuhörte, dass ihm der Mund offen stehen blieb. Und ich lag da und tat alles, um jeglichen Gedanken an das, was mit mir geschah, zu verbannen. Mein Herz machte takka-bumm, takka-bumm, begleitet von Bonos sanfter Stimme in meinem Kopf: »*Hey, hey, shalala, yeah, yeah, shalala, who's gonna ride your wild horses, who's gonna drown in your blue sea …*« *Fade-out.*

Als ich im Aufwachraum zu mir kam, roch ich als Erstes Avischags Parfüm, Christian Schießmichtot. Ich schlug die Augen auf und sah ihr Gesicht über mir, aber verkehrt herum.

»Siehst du, alles gut gelaufen.«

Ich hatte unbändigen Durst, wie nie zuvor in meinem gesamten Leben.

»Trinken«, murmelte ich.

»Kein Problem.«

Avischag half mir hoch und gab mir Wasser in einem Plastikbecher. Ich trank ihn in einem Zug leer und bat um mehr, und obwohl ich noch ganz benebelt und matt war, fühlte ich mich innerlich seltsam leicht. Wie mit Luft gefüllt. Nur was genau sich da jetzt leicht anfühlte, konnte ich mir nicht erklären.

»Auf geht's«, sagte ich. »Zurück in mein Zimmer. Aber erst muss ich eine Pyjamahose haben. Avischag, ich flehe dich an! Die Gestörten sind ohnehin dauernd geil, die Armen – ersparen wir ihnen den Anblick meines Arschs.«

Aus meinem Berlin-Tagebuch

Heute waren wir erfolgreich: Der umwerfende Mo Nevin Haze hat für Allon eine Bleibe gefunden, in einer WG mit zwei reizenden Zypriotinnen aus Limassol. Ich habe mich sofort mit ihnen angefreundet und richtig Lust bekommen, über Zypern nach Hause zu fliegen; ein Bad im Mittelmeer und ein paar

Calamares wären genau das Richtige, um den Berliner Ruß wieder loszuwerden.

Allon ist hysterisch. Er hat alle nötigen Unterlagen und seine üppige Arbeitsmappe von der Bezallel-Akademie bei der Kunstschule eingereicht, und ich habe nicht den leisesten Zweifel, dass er aufgenommen wird, aber er ist nervös, kaut Mo ein Ohr ab mit seinen Ängsten und betet in einer Tour deutsche Vokabeln herunter. Ich habe Allon gefragt, für welches Fach er sich bei all seinen Begabungen überhaupt einschreiben will. Wahrscheinlich Film, hat er mir geantwortet.

Und was wird aus mir?

Selbst Mo Nevin Haze, der Hobbydealer, haut bald ab, und zwar nach Paris. Er kennt dort einen Drummer, mit dem er spielen wird, einen fabelhaften Schwarzen aus Montgomery, Alabama. Mo hat fest vor, in Paris zu bleiben, die Pariser stehen auf Jazz, das war schon immer so, und außerdem kann er Chicago, wo er geboren und aufgewachsen ist, auf den Tod nicht ausstehen.

Und ich frage noch einmal: Was wird aus mir?

Ich beneide Allon und auch Mo. Es geht ja auch gar nicht anders, er ist so amerikanisch und noch dazu ein Virtuose. Und wie er in Abendgarderobe aussieht! Galli, die Neiderin. Selbst beim Anblick einer Katze, die über die Straße läuft, könnte ich neidisch werden. Ich bin neidisch auf alles und jeden, der nicht ich ist. Alle werden von den Göttern mehr geliebt als ich. Aber das weiß nur ich allein.

Daher frage ich umso dringlicher: Was wird aus mir?

Im Grunde ist die Sache ziemlich klar. Ich muss zurück nach Israel und etwas atemberaubend Außergewöhnliches vollbringen. Jawohl. Die Zeit ist gekommen, um Schulden zu begleichen, um den Tribut zu zahlen für das wohl genährte Wissen, das in mich eingebrannt ist: dass ich das Dasein nur von einem Götterwagen aus miterleben darf, der von Apoll höchstpersönlich gelenkt wird, während die Musen mir den Hals abschlecken. Die Frau mit den Ohrringen ist gespannt wie ein Flitzbogen. Ich sehe die Niederlage kommen, sie rast gefährlich schnell auf mich zu, wie ein Tornado. Und ich habe Berlin satt bis obenhin, habe es satt, ins Blaue hinein zu fantasieren, tagtäglich werde ich von schrecklichen Stimmungsschwankungen heimgesucht. Die Zukunft sieht ziemlich trübe aus. Und keine Lösung in Sicht.

Aber vielleicht war's das ja auch schon. Vielleicht gibt's eben nicht mehr zu holen?

Ich hatte schon immer das dumpfe Gefühl, dass bald alles vorbei ist und danach erst das richtige Leben beginnt. Aber es hat doch längst angefangen, oder? Eigentlich müsste es doch angefangen haben, als ich ins gleißende Licht des Kreißsaals gepurzelt bin, blutverschmiert, mit Spuren von Fruchtwasser und was sonst noch an Müll in der Gebärmutter eines schwangeren *Homo-sapiens*-Weibchens schwimmt. Hässlich, nass und blind bin ich der Welt zum ersten Mal begegnet. Welch armseliger, aussichtsloser Gräuel.

8 Heute habe ich gut gelacht. Bei einem Gespräch mit Avischag kam zufällig heraus, dass sie Jay für einen englischen Exterroristen hält, der als Freiwilliger im Kibbuz arbeitet, und dass ich ihn beim Trampen kennen gelernt hätte.

»Aber du hast ihn doch getroffen, nicht wahr? Du hast dich mit ihm unterhalten und ihn ausgefragt, oder nicht? Hat er dir nicht erzählt, dass er Ire ist?«

Da sagte sie, ihr habe er erzählt, er sei ein Freund von mir aus London und arbeite in einem Kibbuz im Norden.

Jay dürfte hochzufrieden sein. Er hatte ständig das Bedürfnis gehabt, sich zu tarnen und Geschichten über sich zu erfinden, bloß weil er sich immer mies fühlte, weil er nicht der IRA angehörte wie seine beiden Brüder, die ums Leben gekommen waren, und seine Cousins.

Auf einen Cousin, einen gewissen Bobby Sands, war er besonders stolz. Der hatte sich '82 in einem englischen Gefängnis freiwillig aus dem Leben verabschiedet, durch Hungerstreik. Alle waren hin und weg von diesem verhungerten Sands, außer der

Queen natürlich, die das völlig kalt ließ. Jay durfte nicht zur IRA, weil er außer einer Schwester das einzige Kind war, das seiner Mom noch blieb. Sie liebte ihn abgöttisch, seine Mom, und er musste ihr schwören, dass er nie auch nur einen Fuß in den Untergrund setzen würde, weil mit seinen toten Brüdern richtig krumme Dinger gelaufen waren und die Organisation sie hätte besser schützen müssen.

Damals habe er beschlossen, wegzugehen, »*to the continent*«, hatte Jay mir seinerzeit erzählt, er habe Abstand gewinnen wollen von Londonderry, und bevor er nach Berlin gekommen sei, habe er eine Zeit lang in England gejobbt.

Doch als wir heirateten und nach Israel gingen, wurde mir nach und nach klar, dass Jay sich keineswegs beruhigt hatte. Eines Nachts, nachdem wir uns einen halben Liter libanesischen Arrak reingezogen hatten, der von unserem Zypernaufenthalt noch übrig war, begann der davon zu faseln, dass er ein Ausbildungslager in Libyen mitmachen wolle. Ich startete ein Verhör, das sich gewaschen hatte, aber er wand sich heraus, wo er konnte, und weigerte sich schließlich, auch nur ein weiteres Wort darüber zu verlieren. Ich wusste, dass er mich belog und bereits subversive Pläne schmiedete, hielt es jedoch in dem Moment für aussichtslos, ihn festzunageln. Bis er irgendwann zwei Tage von zu Hause fortblieb und nur am späten Abend kurz anrief, um mir Bescheid zu sagen, dass er bei einem arabischen Freund übernachte, den er noch aus London kenne.

Als er wieder nach Hause kam, gab's einen Riesenkrach. Ich schäumte vor Wut, weil ich inzwischen geschnallt hatte, dass er durchaus imstande war, ohne jegliche Vorwarnung einfach abzuhauen. Ich riss das Telefon mitsamt dem Kabel aus der Wand und warf es ihm an den Kopf, und da platzte ihm der Kragen. Jawohl, er habe vor, nach Libyen zu fahren, aber nicht für lange, und jetzt solle ich gefälligst die Klappe halten, sonst würde er mich kaltmachen. Wenn ich brav wäre und still hielte, würden wir nach seiner Rückkehr in Irland Urlaub machen. Ich traute meinen Ohren nicht und brüllte zurück, dass garantiert keiner blöd genug wäre, einen Schlappschwanz wie ihn für die Intifada der Iren zu engagieren, er würde ja doch nur Schaden anrichten.

Das saß. Die Kränkung stand ihm ins Gesicht geschrieben, aber in seinem tiefsten Innern wusste er genau, dass ich Recht hatte. Überhaupt war Jay wegen jedem Scheiß beleidigt. Ein unglaubliches Sensibelchen. Muss wohl eine irische Eigenart sein. Selbst seine Haut war hoch empfindlich. Mit zwei Mückenstichen sah er gleich aus wie einer, der auf Teufel komm raus und ohne Fachausbildung Bienen züchten will. Mir gefiel das. Es gefiel mir sogar gefährlich gut. Ich küsste und kniff und biss ihn und fand es einfach genial, dass noch Tage später rote Flecken seine Haut zierten. Wie lauter Ehrenauszeichnungen.

Als ich sah, wie betroffen er war, hielt ich ihm eine Moralpredigt feinster Sorte. Über wahre innere Stärke und die Suche nach dem Sinn des Lebens, sowohl im Allgemeinen als auch im Besonderen, sprich: für mich und ihn. Ich erklärte ihm, wir hätten beide die dumme Unart, zu häufig in den Abgrund zu schauen, und eines Tages würde es uns dort hineinziehen, jeden in seine eigene Hölle, wie Heroin. Wir sollten aufeinander aufpassen, sagte ich, sonst wäre es irgendwann vorbei. Mir war durchaus bewusst, dass das gemein von mir war, aber ich legte meinen Finger vorsätzlich auf die schmerzhaftesten Wunden. Er müsse unbedingt sein eigener Herr bleiben, fuhr ich fort, und zwar in jeder erdenklichen Situation, in unserer Zeit komme jegliche Zugehörigkeit, die sich außerhalb des Privatlebens abspiele, einer Selbstaufgabe gleich und münde in pure Sklaverei. Ich sprach von seinen Brüdern, die ich nicht gekannt hatte, von Sands. Von der großen Einsamkeit, mit der man eben leben müsse, ob man wolle oder nicht. Ich hörte gar nicht mehr auf zu reden und dabei seine langen, nervösen Hände zu betrachten. Gewächshausorchideen. Ich hielt mich für so alt und weise, dass ich mir glatt einbildete, ich könne ihn für immer halten.

Später lagen wir im Dunkeln nebeneinander im Bett, auf dem Rücken, ohne Umarmung. Jay wollte einen Apfel, und als ich ihm vom Küchenbalkon einen gebracht hatte, aß er ihn geräuschvoll im Dunkeln – chrapp, chrapp – und übergab mir am Ende den

Butzen, damit ich ihn im Aschenbecher ablegte, weil der Aschenbecher auf meiner Seite stand. Ich aber steckte ihn in den Mund und spürte Jays Geschmack zusammen mit dem Geschmack des Apfels und dachte: Was für ein Nervenbündel, und gleich darauf: Schon komisch, dass wir verheiratet sind. Dann überlegte ich, dass er wahrscheinlich nur deshalb diesen ganzen Unsinn im Kopf hatte, weil er mir auf der Tasche saß und nichts aus sich machen konnte, am wenigsten hier in Israel, und dass ich keinesfalls die Hoffnung aufgeben durfte, irgendwie würde sich schon alles geben. Mit diesem Gedanken schlief ich, glaube ich, ein. Ja. Ich bin sicher, dass ich dann einschlief.

Damals war Schlafen für mich kein Problem.

Auch hier schlafe ich in letzter Zeit gut. Sehr gut sogar. Und ich esse auch wieder. Zweimal pro Woche bekomme ich E-Schocks. Mein Körper fühlt sich weicher an, nicht mehr so verkrampft und verspannt. Die Schultern sind elastisch, ich lasse sie ständig spielen. Spaziere über den Flur, von einem Zimmer zum nächsten, freundlich, nett, ein Engel. Bei den Gruppengesprächen auf unserer Station halte ich mich brav zurück, ich werde nicht laut, falle niemandem ins Wort, nicht mal der älteren Magersüchtigen, wenn sie wieder über ihre beschissenen Eltern in En-Hod herzieht und mit ihrem alten Scheiß anfängt, von wegen sie komme sich vor wie ein Nilpferd, und das, wo sie aussieht wie frisch aus dem KZ. Soll sie sich von mir aus einbilden, sie sei fett, was juckt mich das? Von mir aus sollen alle reden und machen und sich fühlen, wie sie lustig sind, ich stelle mich niemandem mehr in den Weg. Ich gehe zur Beschäftigungstherapie, und statt mich wie früher über die Kassette mit klassischen Melodien aufzuregen, bringe ich nach Lust und Laune farbenfrohe kindliche Kringel und Kleckse zu Papier. Mache einen auf Joan Miró, fädle von Zeit zu Zeit für die alten Omis, die da sitzen und sticken, einen Faden ein, zeige mich aufgeschlossen für ihre Arbeit, frage, was das für eine Blume werden soll, welchen Faden sie dafür benötigen, dusche täglich, ohne dass man mich ermahnen muss, und wasche die Haare mit einem 2-in-1-Shampoo, das Avischag mir geschenkt hat. Ich bin sauber, gepflegt und kreuzbrav, gehe niemandem auf den Senkel, rede höflich mit Wasserman und der Stationsschwester, helfe Anita mit ihren Kreuzworträtseln. Und in meinem Kopf herrscht Ruhe, die Gedanken ziehen gelassen ihre Kreise.

Erinnerungen. Auf einmal kommen mir Erinnerungen an früher, in rauen Mengen. Aber nicht an die üblichen Kränkungen und andere schlimme Dinge, die man mir angetan hat. Nein, ganz im Gegenteil. Plötzlich fällt mir nur Gutes ein, süße Erinnerungen. Die Seen von Irland, die Clubs von Berlin.

Es tut sich was.

Aus meinem Berlin-Tagebuch

Ehe ich von meinen perversen Gedanken auch nur ein Wort niederschreibe, muss ich die Nachricht des Jahrhunderts loswerden: Gestern habe ich in einem angesagten Club in Kreuzberg (der Gag: ein taubstummer Besitzer), in den Mo und Allon mich geschleppt haben, einen vorzüglichen Mann aus dem Volke der Iren kennen gelernt. Sieht ganz so aus, als wäre ich verliebt. (Ist das erniedrigend!) Sein bürgerlicher Name lautet James Douglas Buchanan, aber um es seiner Umgebung leicht zu machen, nennt er sich in seiner großen Weisheit Jay. Mit keltischer Ritterlichkeit rettete er mich aus dem Krematorium des Taubstummen, und wir verbrachten den Rest der Nacht, indem wir eine Flasche *Glenmorangie* leerten, die ich in Allons Zimmer abstaubte. Wir saßen in der dunklen Lobby unseres teuren *Unter den Linden* und unterhielten uns über Yeats' phänomenale Umkehr in seinem Alterswerk und Bonos Selbstverschandelung.

Ja, wir haben miteinander geschlafen.

Am Morgen ging ich solo nach unten, um Kaffee zu trinken. Ich halte es hier nicht mehr aus, mich kotzt alles an.

Außer Jay.

9 Im Kino ist eines kaum zu übersehen: Ganz gleich, ob der Regisseur was auf sich hält, ob er Coppola, Angelopoulos oder Cimino heißt oder irgendein dahergelaufener Möchtegernregisseur ist, fast jeder Film hat eine Partyszene. Egal, wo der Film spielt –

in Vietnam, bei der Mafia, in einem Krankenhaus oder im Haus eines verstorbenen Freundes –, immer kommt irgendwann diese Szene, die alle Mitwirkenden zusammenführt, und dann geht die Luzie ab und das Chaos bricht los. Erst sind alle gut drauf und haben Spaß, es wird getanzt, gegessen und rumgemacht, wo es nur geht. Bis plötzlich unweigerlich der Knall kommt, der die entscheidende Wende bringt.

Äußerst beliebt sind solche Szenen, wenn die Geschichte im Krankenhaus spielt, weil die ohnehin deprimierende Stimmung, die der Film vermittelt, durch eine noch deprimierendere Stimmung ersetzt werden kann. Der Regisseur nimmt uns mit zu einer Party mit allen möglichen Kaputtniks, die sich fast überschlagen, um gute Laune zu verbreiten, und streicht damit das menschliche Elend in unserer grausamen Welt noch deutlicher heraus. Und wir dürfen von unserem gemütlichen Plätzchen aus zusehen, wie mordsmäßig der Einzelne doch vom Schicksal gefickt wird, aber *elegantissimo*.

Spielt der Film aber nicht in einem gewöhnlichen Krankenhaus, sondern gar in der Klapsmühle, wird die Szene mit der Party erst recht unverzichtbar. Sie gerät zu einem beschissenen Ereignis *par excellence*, mitleiderregend bis zum Gehtnichtmehr: Spinner jeden Grades mit Hütchen auf dem Kopf trinken Saft und essen den Kuchen, den die Krankenschwestern gebacken haben, bis einer nach dem anderen ausflippt, jeder auf die Art, die zu seiner Rolle passt. Ein paar nehmen den Laden auseinander, andere brechen zusammen, verarschen die gemeine Krankenschwester oder den Psychiater, der das Arschloch vom Dienst gibt, ein paar bringen sich um, andere wiederum (vor allem die Nebendarsteller) verkrümeln sich missmutig brummend in die Ecke und legen genau das Verhalten an den Tag, das dem Filmklischee einer Softvariante von Gestörten entspricht. Wieder andere monologisieren laut vor sich hin, entdecken die Wahrheit über sich selbst und liefern plötzlich eine Leistung ab, zu der sie bis dato nicht fähig waren: Sie hören auf zu stottern oder können plötzlich fliegen, lauter so dummes Zeug.

Es erübrigt sich zu erwähnen, dass in einem richtigen Krankenhaus keine Partys steigen, erst recht nicht in einer psychiatrischen Klinik. Nie. Bei uns jedenfalls käme niemand von der Leitung oder der Belegschaft auf die verrückte Idee, für uns, die wir waschechte Gestörte sind, etwas Derartiges auf die Beine zu stellen. Das Einzige, was hier halbwegs an eine Party heranreicht, ist ein Gernsehabend mit israelischen Filmen. Dann versammelt sich die gesamte Bagage, Betreuer und Betreute, im Fernsehraum, und sogar Israelov ist mit von der Partie. Ansonsten finden keine Feiern statt, weil's ja auch nichts zu feiern gibt.

Insofern war es eine unglaubliche Überraschung, als die Stationsschwester eines Tages in Sofjas Begleitung bei uns antanzte und verkündete, man plane anlässlich des Purimfestes am zweiten Feiertag eine Veranstaltung. Die Angehörigen irgendeiner Schizo aus der Gemischten Abteilung – er Organisator für private Veranstaltungen, sie Sängerin bei solchen privaten Veranstaltungen – hätten den großen Wunsch, auf diesem Weg der Klinik wärmstens dafür zu danken, dass ihre durchgeknallte Verwandte hier so gut betreut werde.

Ich kannte die Schizo, um die es ging, recht gut, obwohl sie nicht bei uns auf der Station war. Sie saß immer vor dem Büro von Goren, dem Schizo-Fuzzi. Sie ist seine Patientin, und sein Büro liegt direkt neben den Glastüren, die unsere Abteilung von der ihren trennt. Die Schizo hieß Schuli. Sie war ziemlich dick, ungefähr so alt wie ich, geschminkt wie ein Clown und immer im selben grasgrünen Jogginganzug. Wenn ich sie kettenrauchend auf dem Flur sitzen sah, ging ich manchmal zu ihr hin, um ein paar Zigaretten zu schnorren und ein bisschen zu quatschen, sie war nämlich ungeheuer witzig. Überhaupt kann man sich mit Schizos ganz nett unterhalten, sie haben was Gehemmtes und Nervöses an sich, das ich mag, und wenn du genug Geduld mitbringst, quasseln sie drauflos, was das Zeug halt, puren Stuss, aber völlig ungerührt, wie ein Roboter mit einem Sprung in der Festplatte.

Diese Schuli war komplett durch den Wind. Sie wurde mit Haldol voll gestopft, was dazu führte, dass sie die Beine nicht still halten konnte. Wo sie ging und stand, zappelte und wippte sie in einer Tour vor sich hin, und das in ihrem grünen Jogginganzug. Sie sah aus wie ein gigantisches Salatblatt, das im Luftzug steht.

Eigentlich war sie echt arm dran. Da man sie in die Gemischte Abteilung gesteckt hatte, wurde sie ständig Opfer sexuellen Missbrauchs. Jedenfalls erzählte sie mir mit ausdrucksloser Miene, dass sie immer wieder Einladungen von Mitpatienten bekomme, auf der Belegschaftstoilette oder hinter den Häuschen neben dem Parkplatz »oralen Sex zu machen«, soll heißen, ihnen einen zu blasen, und dass sie einfach nicht nein sagen könne; außerdem drohten sie ihr, sie zu verpfeifen, wenn sie nicht mitmache, und dagegen komme sie einfach nicht an. In der verbleibenden Zeit trieben sie alle möglichen Gedanken über Gott und interstellare Wesen um, die sie für Vertreter Gottes auf Erden hielt und die nichts anderes im Sinn hatten, als ständig zu kontrollieren, was sie, Schuli, alles anstellte und inwiefern sie sich versündigte, um sich dann Strafen für sie auszudenken.

Und die Pfeifenköpfe, die uns an Purim unterhalten sollten, waren also Angehörige dieser Schuli, genauer gesagt: ihre ältere Schwester und deren Mann.

Die Ansage der Stationsschwester riss niemanden vom Hocker, nur Anita sagte: »Hoffentlich stehen israelische Lieder auf dem Programm«, denn das war die Sorte Musik, die sie am liebsten hörte. Und ich dachte: O Mann, das messianische Zeitalter bricht an, bald gibt es auch in dem Film, in dem ich mitspiele, eine Partyszene! Und ohne dass ich Anlass dazu gehabt hätte, war ich mit einem Mal ein bisschen aufgeregt.

Am zweiten Purimtag war die Klinik halb leer. Die meisten orthodoxen Frauen waren von ihren Familien abgeholt worden, um das Fest im trauten Kreis ihrer Kinderschar zu verbringen. Die übrigen Gestörten waren genauso apathisch wie sonst auch; sie standen unter dem Einfluss von Depressionen und Nebenwirkungen und warteten auf gar nichts. Auch ich versuchte mir einzureden, dass dieser Abend nichts Besonderes für mich bereithielt, doch irgendetwas in meinem Innern war erwartungsvoll gespannt. Zum Glück war ich mit meiner Aufgedrehtheit nicht allein. Beim Frühstück setzte sich Anita neben mich und sagte: »Ich hoffe, du hast es nicht schon wieder vergessen, Galli: Heute Abend steigt die Party.«

In letzter Zeit kann ich mir alles merken. Seit der Behandlung mit E-Schocks funktioniert mein Gedächtnis hervorragend. Ich bin die Ruhe in Person. Sogar glücklich. Das fällt allen auf. »Du bist auf dem besten Weg zur Besserung, Galli, super, Galli, alle Achtung, Galli«, das sind Sätze, die ich jetzt ständig zu hören bekomme. In der Tat bin ich zufriedener, als ich es seit meiner Ankunft in der Klinik je war. Womöglich gar zufriedener als in meinem gesamten Leben. Ich leide nicht mehr, die innere Ruhe hält an. Tage wahren Glücks, und ich hoffe und bete, dass es bis in alle Ewigkeit so bleibt. »Davon habe ich immer geträumt«, könnte ich jetzt behaupten, aber das wäre gelogen, weil ich nie geahnt hätte, dass es Orte wie diesen für mich gibt. Hätte ich es gewusst, ich hätte bestimmt davon geträumt. Ich möchte für immer hier bleiben, geborgen und innerlich ruhig zwischen diesen vier Wänden, und keinen Fuß mehr nach draußen setzen.

Nach dem Frühstück begleitete ich Anita auf ihr Zimmer. Um die Zeit bis zum Abend totzuschlagen, machte ich ihr eine Maske. Eine Verwöhnung, die wir uns in letzter Zeit hin und wieder gönnten; Anita hatte den Tipp aus der Frauenzeitschrift *La'ischa*. Man braucht dafür alle möglichen Gemüsesorten, die man in Scheiben schneidet. Dann legt man sich hin, schließt die Augen, verteilt das Gemüse auf dem Gesicht und bleibt liegen, bis man genug hat. Angeblich wird die Haut davon zart und frisch. Ich holte zwei in Scheiben geschnittene Tomaten und eine halbe Zwiebel aus der Küche, drapierte den Salat auf Anitas Gesicht, setzte mich neben sie und wartete. Aufgrund der Party hatte alles eine andere Bedeutung, irgendwie feierlich, zumindest kam's mir so vor. Alles, was ich tat, schien wie ein Symbol für etwas Geheimes, etwas von höherer Bedeutung.

Nach der Kosmetikbehandlung tranken wir Mokka und gingen spazieren. Wir folgten der Erschließungsstraße bis kurz vors Hauptportal der Klinik und betraten das Gebäude, in dem die Entbindungsstationen untergebracht sind. Wir grasten die Flure ab in der Hoffnung, dass uns eine Wöchnerin mit ihrem Neugeborenen über den Weg lief, weil Anita voll auf Babys abfährt. Sie fühlt sich dann an ihr Enkelkind erinnert, das sie nicht besuchen darf, weil ihre Tochter sich das verbeten hat. Leider hatten wir kein Glück, wir sahen kein einziges Baby, nur ein paar Frauen in Morgenmänteln, die wie Enten herumwatschelten, und Anita erklärte mir, sie könnten nicht anders, weil man sie nach der Entbindung an der Muschi genäht habe. Ich fand das total eklig, wollte aber dennoch haarklein wissen, wie eine Entbindung abläuft, und je mehr Anita mir darüber erzählte, desto schlechter wurde mir von dem, was ich erfuhr: höllische Schmerzen, aus deiner Hmhmhm läuft Wasser aus, vor der Entbindung verpasst man dir einen Einlauf und rasiert dich da unten, dann liegst du mit gespreizten Beinen da und bist so mit deinen Schmerzen beschäftigt, dass es dich nicht mal juckt, wenn fremde Menschen dir in die Fotze glotzen. Lauter solche Abscheulichkeiten. Für Anita war es unfassbar, wie man sich davor ekeln konnte. »Es ist doch das Natürlichste auf der Welt!«, rief sie. Als kämen in der Natur keine ekligen Sachen vor! Man könnte meinen, die Natur sei voller Annehmlichkeiten und Wohlgeruch, man könnte meinen, sie sei immer klug.

Ich hätte eben eine verquere Auffassung vom Leben, fand Anita, fast gekränkt, als hätte ich sie persönlich angegriffen. Da sagte ich, ich hätte jetzt keine Lust mehr, darüber zu reden, sonst würde ich noch von mir selbst als blutbesudeltem Baby träumen, das sich zwischen den Beinen einer unwichtigen Frau hinauskämpft in unsere beschissene Welt.

Vielleicht lag es an dem komischen Gefühl, das ich schon den ganzen Tag im Bauch hatte, aber es kam mir vor, als hätte ich das alles schon mal erlebt, als hätte ich dieselben Gedanken bereits irgendwann einmal gehabt, als hätte ich dergleichen schon bei anderer Gelegenheit geäußert, als hätte ich genau solche Gänseblümchen, mit denen der Rasen übersät war, schon irgendwo gesehen, als hätte ich irgendwann in der Vergangenheit in dieser Form auf etwas gewartet, auf die Erlösung oder eine bevorstehende Katastrophe, genau wie heute. Ich hoffte auf einen Traum, der meine Verwirrung entschlüsseln würde. Als wir zu unserer Station zurückkehrten, ließ ich das Mittagessen ausfallen und verzog mich auf mein Zimmer, um eine Runde zu schlafen.

Die Veranstaltung fand im großen Vortragssaal statt, und als ich eintrat, stellte ich erschrocken fest, dass er genau wie in der Film-Partyszene mit Ballons dekoriert war. In der Ecke stand ein Tisch, der extra aus dem Speisesaal geholt worden war; darauf warteten, säuberlich aufgereiht, Plastikbecher mit gelbem Saft aus Konzentrat, daneben lagen, auf Servietten, die ebenfalls gelb waren, Kuchenstücke. Aus allen Stationen strömten die Gestörten herbei, und die Krankenschwestern rannten von A nach B und lotsten sie wie Verkehrspolizisten zu ihren Sitzplätzen. Es war nicht zu übersehen, dass alle Abteilungen einen Überhang an Frauen hatten, darunter auffällig viele Ältere und Orthodoxe.

Schuli kam in ihrem grasgrünen Jogginganzug wie ein Römersalat aus den besetzten Gebieten daher. Sie wirkte sehr unruhig. Ihr Blick irrte orientierungslos durch den Saal. Sie setzte sich neben mich und konnte die Knie keine Sekunde still halten.

»Schuli, sei so lieb und lass 'ne Zigarette rüberwachsen«, sagte ich, aber sie wies mich sofort zurecht, man habe uns bereits bei der ersten Ankündigung gewarnt, dass das Rauchen im Saal untersagt sei.

Es war das Grausamste, was man uns antun konnte. Unabhängig vom Grad ihrer Störung sind die Gestörten aller Stationen zwanghaft auf Zigaretten fixiert. Das ist Allgemeingut. Sie sind Kettenraucher, die ohne weiteres drei Schachteln am Tag konsumieren und ständig untereinander schnorren, sich mit dem Stummel der einen Zigarette die nächste anzünden, Feuer suchen, Zündholzschachteln klauen, sich Feuerzeuge ausleihen, eben alles tun, was das Rauchen so mit sich bringt. Das hält sie beschäftigt und bremst ihre Nervosität. Das Rauchen und die Beschäftigung damit sind für ihr körperliches Überleben unabdingbar. Die Gestörten von vier Stationen in einen Raum zu packen und ihnen das Rauchen zu verbieten, ist ein nahezu unverzeihlicher Fehler.

Und das sollte nun Purim sein, das Fest, bei dem doch sonst ordentlich auf den Putz gehauen wird?

Als glücklich und endlich alle in den Stuhlreihen Platz gefunden hatten, pflanzte sich die Stationsschwester vor uns auf und kündigte die Sängerin Judith an. Sie werde Purimlieder singen und sich auf der Gitarre begleiten, wer Lust habe, dürfe gern mitsingen. Anschließend gebe es Erfrischungen, und dann sollten alle in ihre Zimmer zurückkehren. Bevor es nun aber losgehe, fügte die Stationsschwester hinzu, wolle sie noch einmal daran erinnern, dass das Rauchen im Saal streng untersagt sei. Dann bat sie die Sängerin auf die Bühne, die geduldig auf einem Stuhl in der Ecke gewartet hatte, neben einem Kerl mit Glatze.

Schuli erklärte mir ungefragt, dass das Amiram sei, der Mann ihrer Schwester und deren persönlicher Manager. Auch er würde ihr jedes Mal auflauern und sie begrabschen, wenn sie die beiden besuchte. Für bestimmte Typen war diese Schuli offenbar ein echter Renner. Sie zog Perverse an wie ein Magnet.

»Weiß deine Schwester davon?«

Schuli wurde noch nervöser, als sie ohnehin schon war.

»Um Himmels willen! Spinnst du?«

Ihre Beine zuckten immer heftiger, und Anita, die auf meiner anderen Seite saß, flüsterte mir, Richtung »Bühne« deutend, ins Ohr: »Jetzt mach doch die Dicke nicht verrückt, es geht los.«

Die Sängerin Judith sah genauso aus wie Schuli, nur dass sie größer war und noch dicker und rostrot gefärbte Haare hatte. Sie trug eine enge Jeans, Sportschuhe und einen Rollkragenpulli so groß wie ein Zelt, der dennoch über ihrer Brust zu platzen drohte. Diese Schuli in Großformat bezog nun in der Mitte der improvisierten Bühne Stellung.

»Frohes Purim allerseits! Das wünsche ich euch, liebe Patienten, und auch der wunderbaren Belegschaft: ein frohes und fröhliches Purimfest! Und jetzt bitte ich euch, mitzusingen bei einem Potpourri aus Purimliedern ...«

Sie schlug energisch ein paar Akkorde auf der Gitarre an und eröffnete den Abend mit dem traditionellen Kinderlied *Chag Purim*. Zu meinem Schrecken grölten die Gestörten schon nach wenigen Sekunden mit, und zwar voller Begeisterung, als hätte man ihnen nicht soeben das Rauchen verboten, als wäre alles paletti. Ich sah mich ungläubig um, aber außer ein paar alten Katatonikerinnen sangen ausnahmslos alle aus ganzer Seele mit, und nachdem ich eingesehen hatte, dass ich für eine Meuterei keine Verbündeten finden würde, beschloss ich, eine rauchen zu gehen.

»Halt die Ohren steif«, sagte ich zu Anita, stand auf und bahnte mir meinen Weg nach draußen.

An der Tür machte ein Pfleger aus der Gemischten Abteilung Anstalten, mich aufzuhalten, und auch die Stationsschwester ruderte aufgeregt mit den Armen; ein Autofahrer hätte vielleicht für sie gebremst. Ich dagegen schob mit einem charmanten Lächeln den Rollstuhl mit Ilana Robocop beiseite, der den Ausgang blockierte, bedeutete der Stationsschwester, Hand an die Fotze gedrückt, dass ich dringend Pipi machen müsse, und sah zu, dass ich rauskam, bevor irgendwer fragen konnte, wozu, weshalb, wohin.

Erst als ich draußen auf dem dunklen Flur stand und durch die Tür den pathetischen Chor der Gestörten hörte, fiel mir ein, dass ich vergessen hatte, mir von Schuli die Zigarette geben zu lassen. Da ich nicht wieder hineinkonnte, ohne von der Stationsschwester eins auf den Deckel zu kriegen, beschloss ich, einen Spaziergang durch die verlassenen Stationen zu unternehmen, vielleicht lief mir ja zufällig jemand über den Weg, den ich anschnorren konnte.

Die Gänge waren verlassen und still, ganz anders als sonst, wenn alle auf ihren Zimmern sind. Ich kam mir vor wie die letzte Überlebende am Tag nach der Atombombe: gestört und ganz allein auf weiter Flur. Eigentlich eine tolle Idee für ein Buch, einen Film und ein Video, dachte ich, aber irgendwie fand ich das Gefühl nicht sonderlich prickelnd; es ging mir sogar ziemlich beschissen mit dieser unbestimmten quälenden Angst in der Herzgegend, die mich nicht mehr losließ.

Ich schlug den Weg zu Wassermans Büro ein und hoffte sehr, dass es nicht abgeschlossen war und ich aus seiner Schreibtischschublade ein paar Stäbchen mopsen könnte, auch wenn ich seine Sorte absolut widerlich fand. Wasserman war ein unverbesserlicher Anhänger von *Marlboro light*, aber ich hatte mir inzwischen abgewöhnt, wählerisch zu sein; früher oder später musste jeder hier in der Klinik lernen, das zu rauchen, was gerade zu haben war.

Als das Büro in Sichtweite kam, sah ich unter der Tür einen Lichtstreifen, und als ich mich näher heranschlich, hörte ich gedämpfte Stimmen. Ich lauschte angestrengt, konnte aber kein Wort verstehen, sie sprachen nicht laut genug. Unschlüssig blieb ich an der Tür stehen. Wer konnte das sein? Etwa Einbrecher, Junkies, die auf Medikamente aus waren? Bei denen wusste man nie, wie sie reagierten. Ich dachte kurz daran, den Nachtwächter zu holen, doch da drohte mir womöglich ein Verhör, ich müsste erklären, was ich bei Wasserman zu suchen gehabt hätte, und schon wäre der Teufel los. Also blieb ich ein paar Minuten ganz nah an der Tür stehen, bis ich mit meiner Nikotingier schier durchdrehte, dann holte ich tief Luft, klopfte an den Türstock und drückte, ohne eine Antwort abzuwarten, die Klinke runter.

Wasserman saß mit einer Arschbacke auf der Ecke seines Schreibtischs, ihm gegenüber, vor dem kleinen Waschbecken, stand Avischag in einer eleganten Lederjacke und rauchte. Sie waren mindestens so überrascht, mich zu sehen, wie ich überrascht war, sie in dieser Konstellation anzutreffen; ich hätte nämlich meinen Kopf darauf gewettet, dass Avischag Wasserman genauso unausstehlich fand wie ich. Was hatte sie denn so spät noch mit ihm zu reden, wo beide längst ihren Feierabend genießen sollten – getrennt, versteht sich. Ich muss ein völlig verdattertes Gesicht gemacht haben, denn Avischag sprach mich sofort an. Aber statt mich herunterzuputzen, wieso ich nicht beim Konzert der Sängerin Judith sei und was ich zu dieser Uhrzeit, wo Wasserman längst nicht mehr im Hause sein sollte, in seinem Büro zu suchen hätte, meinte sie nur: »Ah, hallo, Galli. Komm doch rein. Du suchst bestimmt Zigaretten.«

Ich nickte. Daraufhin holte sie aus der Tasche ihrer neuen Jacke eine Schachtel *Marlboro light*, obwohl sie sonst immer billige *Noblesse* rauchte, bot mir eine an und sah hinüber zu Wasserman. »Ami, was ist, willst du ihr nicht Feuer geben?« Als wäre sie mit ihm verheiratet. Daraufhin holte er ein glänzendes elektronisches Feuerzeug aus der Tasche und hielt mir die Flamme hin.

Ich konnte mir auf diese groteske Show keinen Reim machen, und obwohl ich unbedingt wissen wollte, was zwischen den beiden abging, und vor Neugier halb umkam, beschloss ich, dass dies kein guter Zeitpunkt für Nachfragen war. Doch als ich gerade zu einem Dankeschön ansetzen und mich verabschieden wollte, deutete Wasserman mit einem freundlichen Lächeln auf den leeren Stuhl vor seinem Schreibtisch.

»Bitte, Galli. Setz dich doch ein bisschen zu uns.«

Ich warf Avischag einen unsicheren Blick zu, aber sie lächelte nur eigentümlich und sagte nichts. Wasserman wartete, bis ich mich gesetzt hatte.

»Na, Galli, wie geht's denn so?«, fragte er.

»Gut, sehr gut sogar«, antwortete ich, und er lächelte abermals.

»Das freut mich. Du siehst auch gut aus.«

Ich war ziemlich verwirrt, und mit einem Mal war sein Lächeln wie weggewischt.

»Wir hatten heute Teamsitzung«, sagte er mit ernster Miene, »und wir haben auch über dich gesprochen. Ich habe dir etwas Wichtiges mitzuteilen. Wir haben beschlossen, dich zu entlassen. Demnächst, sprich: in ein bis zwei Wochen.«

Er muss gedacht haben, ich hätte ihn nicht verstanden, denn ich zeigte keinerlei Reaktion.

»Hast du verstanden, was ich gerade gesagt habe, Galli? Du darfst bald wieder nach Hause, raus aus der Klinik.«

Jetzt schaltete sich auch Avischag ein. »Freust du dich denn gar nicht?«

»Na ja«, meinte Wasserman, »wir werden sie ein bisschen überrumpelt haben. Ich wollte es dir eigentlich erst morgen früh erzählen, aber da du jetzt zufällig hier aufgetaucht bist ...«

Ich weiß nicht mehr, wie ich es schaffte, vom Stuhl hochzukommen, und meine Stimme klang fremd, als ich krächzend und leise hervorstieß: »Ich muss jetzt los. Gute Nacht.«

Ich flüchtete hinaus auf den Flur, knallte die Tür hinter mir zu und lief los. Ich rannte, so schnell ich konnte, vorbei am Vortragssaal, aus dem wie von fern der Gesang der Gestörten an mein Ohr drang, aber ich rannte unbeirrt weiter, rannte, was das Zeug hielt, bis ich schließlich auf dem großen Parkplatz stand, der um diese Uhrzeit praktisch verwaist war. In der kalten Luft nach Atem ringend, lehnte ich mich an einen dunklen Wagen, der feucht war vom nächtlichen Tau, und hatte nur einen einzigen Gedanken:

aus und vorbei. Auch in meinem Film ist die Partyszene gekommen. Das Fest ist gelaufen.

Aus meinem Berlin-Tagebuch

Ein richtig geiler Abschied, den Allon und Mo mir da heute bereitet haben. Erst machten wir einen auf Millionäre und besorgten uns zehn Gramm Koks. Anschließend gingen wir in einen Transenclub, wo wir abtanzten, bis Allon vor lauter Tequilas speiübel wurde und er alle von oben bis unten voll kotzte.

Die letzten Wochen standen im Zeichen von Jay. Jay-Tage und Jay-Nächte. Er ist Tag und Nacht bei mir im *Unter den Linden*; bei seinen englischen Freunden, wo er gewohnt hat, bevor wir uns kennen lernten, ist er ausgezogen. Mein Zimmer ist klitzeklein, und wir hocken aufeinander wie Welpen in einer Kiste. Aber das ist nicht schlimm, im Gegenteil. Außerdem: Welchen Unterschied macht das jetzt noch, kurz vor der Abreise? Ich fliege zurück, und Jay kommt mit. Ja! Ja, wir fliegen zusammen nach Israel, mit Zwischenlandung auf Zypern. In Londonderry scheint sich nichts zu tun, Arbeitslosigkeit und noch mal Arbeitslosigkeit in einer verdreckten Stadt, und mir ist sonnenklar, dass er da momentan nichts verloren hat. Ihm ist das auch klar. Klarer noch als mir, natürlich. In Israel, habe ich zu ihm gesagt, kann er bei mir einziehen, in die Wohnung, die ich mir damals, als ich an der Bezallel-Akademie war, mit Allon geteilt habe. Der Vertrag läuft noch ein halbes Jahr, die Miete haben wir damals im Voraus bezahlt. Wir suchen uns einfache Jobs, und außerdem ist es schön warm. Wer will da Abschied nehmen oder überhaupt auch nur an so was denken?

Alle Iren lieben Musik und Guinness. Behauptet Jay. Das ist der größte Stuss, den ich je gehört habe, selbst in einem Touristenführer würde man sich schämen, so was Idiotisches zu schreiben. Aber Jay fasziniert mich mit seiner naiven Art jeden Tag aufs Neue.

Heute Morgen, nach Allons großem Abschiedsfest, weckte ich Jay mit dem Vorschlag, offiziell mein Mann zu werden, sobald wir auf Zypern wären. Ich habe nie im Leben eine so begeisterte Zusage bekommen. Den ganzen Tag flanierten wir den Kurfürstendamm rauf und runter, bis wir schließlich für mich ein Paar rote Plateausohlenschuhe aus Schlangenleder kauften; in seiner fiesen Art kommentierte Allon unsere Wahl mit der Bemerkung, für einen keltischen Neandertaler habe Jay einen interessanten Geschmack.

Da kann ich doch gar nicht anders, als bis über beide Ohren in ihn verliebt zu sein, und das bin ich ja auch!

10 Was für ein Chaos nach dem Ding mit den Tabletten!

Erst lag ich auf der Intensivstation, mit Sonde, Katheter und Sauerstoffmaske. Ich mit einer Infusion rechts und links, und Wasserman neben meinem Bett auf einem Stuhl, wie der Todesengel, textet mich zu. Er habe sich nicht mehr beherrschen können, bis ich wieder bei ihm auf der Station sei, es brenne ihm auf den Nägeln, zu erfahren, warum ich meine ganze Pillensammlung geschluckt hätte und wie ich es überhaupt geschafft hätte, mir eine anzulegen, ohne dass das irgendwer mitbekommen habe. Ich gebe kaum Antwort, denke, was für ein hinterfotziger Flachwichser, weil, was ihn eigentlich anfrisst, ist doch, dass man ihn auf seiner eigenen Station dermaßen in den Arsch fickt. Dass da, gelinde gesagt, brutal gepfuscht wird. Ehrlich gesagt, ein bisschen peinlich ist es mir schon, zumindest gegenüber dem arabischen Bereitschaftsarzt, der von Hause aus Internist ist und bei uns nur Nachtdienste macht, weil er seiner Frau daheim im Dorf hin und wieder einen Lippenstift schenken möchte. Er hat schließlich nichts verbrochen. Er war voll in Ordnung, drehte brav seine Runde mit der Taschenlampe, während die Gestörten dank des ganzen Gifts, das man ihnen verabreicht hatte, schliefen wie Babys. Was hätte dieses arme Schwein von Palästinenserarzt, der sich bloß irgendwie ein paar Piepen dazuverdienen will, auch mehr tun sollen? Keiner vom Nachtdienst prüft gewissenhaft nach, was im Einzelnen abgeht. Anders ausgedrückt: Solange nirgendwo Acid, Trance oder Ambient läuft und die Gestörten sich nicht gegenseitig mit Messern aufschlitzen, bedeutet das: Alles im grünen Bereich, super, dann kann man sich ja in aller Ruhe den Sportteil der Wochenendzeitung reinziehen.

Wenige Tage nach der Partyszene war ich offiziell über das Ende meiner stationären Behandlung informiert worden.

»Sonntag ist dein großer Tag, was?«, zwinkerte Wasserman mir jedes Mal zu, wenn er mir auf dem Gang begegnete. Und überhaupt lächelten und strahlten mich alle glückselig an, und am Freitag vor meiner Entlassung überreichte mir Sofja sogar eine kleine Schokoladentorte mit Margarinecreme und bunten Streuseln, auf der mit Zuckerguss »Herzlichen Glückwunsch, Gallinka« geschrieben stand. Alles nach dem Motto: Die Welt freut sich für mich.

In der Nacht zum Sonntag beschloss ich, die Zeit sei reif. Ich hob das Bett an jeder Ecke einmal an und fummelte die Vorräte heraus, die ich in den Rohrbeinen gehortet hatte, eine stattliche Sammlung, ein wahrlich musealer Fundus. Dann ließ ich mich auf dem Fußboden nieder und machte mich daran, den wilden Haufen zu sortieren. Vor mir lag der gesammelte Müll des vergangenen Jahres. Sämtliche trizyklischen Antidepressiva wie Anafranil, Tofranil, Melodil, Imipramin, Deprexan, dazu die »Neuerscheinungen« Prozac, Favoxyl, Soloft und die kleinen pinkfarbenen, deren Name ich vergessen habe; da sie dragiert sind, flutschen sie gut und sind zuckersüß. Die ausländischen MAO-Hemmer – Nardil, Parnate und das beschissene Aurorix –, auf die ich übrigens allesamt voll abfahre, weil das immer besonders niedliche Pillchen sind, schön bunt und in ansprechender Verpackung, legte ich feierlich auf einen gesonderten Haufen, ebenso das fiese Teril, das einen komplett fertig macht. Dann holte ich mir ein Glas Wasser und warf die erste Hand voll ein. Ich klaubte immer zehn, fünfzehn Stück vom Boden auf und trank ein paar große Schlucke nach, damit alles glatt runterging und es mich nicht würgte. Trotz des eigenartigen Taktmaßes, das ich für mich gefunden hatte – hamm, gluck-gluck, schluck und noch mal gluck-gluck, schluck –, kam ich recht gut voran, muss ich sagen. Ich holte mir ein frisches Glas Wasser, und als ich zu meinem Tablettenberg zurückkehrte, knöpfte ich mir erst die leichten Angstkiller vor, Valium, Vaben,

Tranxal, Xanax, Lorivan, Modal, danach die Schlaftabletten – Prodormol und noch zwei andere, deren Namen ich vergessen habe –, anschließend ging's mit Largactil, Perphenan und Moditen weiter, und zum Dessert genehmigte ich mir vierzig Lithiumtabletten aus der Produktion des Gesundheitsministeriums, um den Gründern und Investoren meiner heiß geliebten Landesklinik meinen Respekt zu bekunden. Nach diesem üppigen Mahl krabbelte ich sofort ins Bett, damit es ja nicht aufflog, dass ich dabei war, mich aus dem Leben zu verabschieden. Meinen Berechnungen nach konnte man mich mitsamt meiner Apotheke im Magen in sechs Stunden der Wissenschaft spenden, nur dass die Wissenschaft an einer solchen Giftleiche wohl kaum interessiert wäre. Während ich nach und nach in den Nebel eintauchte, sinnierte ich darüber, ob man meinen Arsch oder sonst ein Organ meines Luxuskörpers einem Unfallverletzten würde einpflanzen können; bestimmt würde es den Glücklichen ziemlich runterziehen, mit einem fremden Hintern rumzulaufen, der erstens voller Komplexe und Depressionen war und ihm zweitens ungeahnte Nebenwirkungen eintrug …

Irgendwann wachte ich dann mit all diesen Schläuchen, die aus mir herausführten wie das nationale Wasserleitungssystem, wieder auf. Ich fühlte mich hundsmiserabel und starrte ununterbrochen auf das schwarze Zeug in der Sonde, die aus meinem Mund kam. Ich hielt es für die Gifte aus meinem Magen, aber man erzählte mir etwas von Kohle und reinigender Wirkung. Richtig verstanden hab ich's nicht, aber ich hab es auch nicht richtig versucht.

Ich hatte Brechreiz, als müsste ich gleich sterben, und nach und nach dämmerte mir, dass sie mich erwischt und mir alles vermasselt hatten und sich jetzt obendrein für Lebensretter hielten, nur ohne Paddelbretter wie die Rettungsschwimmer am Strand von Tel Aviv. Das ärgerte mich tierisch, obwohl ich todmüde war und kaum schnaufen konnte, und ich knurrte Wasserman an, der bereits neben mir saß, als ich zu mir kam, sie sollten sich ja nicht einbilden, dass sie mich abhalten könnten, bei der erstbesten Gelegenheit wieder Schluss zu machen, aber dann so gewaltig, dass er von der Station fliegen würde und auch die alten Weiber und überhaupt alle Gestörten einen hysterischen Anfall kriegten. Die können nämlich kein Blut sehen, nicht mal auf einem Tampon, ohne gleich in helle Panik auszubrechen.

Wasserman meinte, dem, was ich soeben von mir gegeben hätte, entnehme er, dass ich unbedingt in eine geschlossene Anstalt umziehen wolle, mit Überwachung rund um die Uhr und Tranquilizern von morgens bis abends. Das Stinkemaul bildete sich wohl ein, er könne mir drohen. Dann sagte er auch noch zu mir: »Galli, ich rede mit dir wie mit einer Erwachsenen!« Klar doch! Wieso hat er mir dann gerade gedroht wie einem kleinen Kind? Ich hatte absolut keinen Nerv für ihn und beschloss, unsere Unterhaltung auf später zu verschieben, wenn überhaupt, denn seit ich die Augen aufgeschlagen hatte, quälte mich vage ein Gedanke, den ich einfach nicht zu fassen bekam; jedes Mal, wenn ich dachte, jetzt hab ich ihn, entglitt er mir wieder. Irgendwann hatte ich es satt, ihm hinterherzujagen, und befahl mir, still zu liegen, ihm aufzulauern und ihn zu schnappen, sobald er sich in Sicherheit wähnte.

Unterdessen hatte es sich herumgesprochen, dass ich wieder bei Bewusstsein war, und ich bekam jede Menge Besuch: eine Psychologin, einen Spezialisten für resistente Depressionen, die Stationsschwester mit Wassermans Lakaien Katz und Goren, einen süßen jungen Kardiologen, der mir, wäre ich seelisch besser beisammen gewesen, gern täglich vorm Mittagessen meine Brust hätte abklopfen dürfen, wenn ich ihm im Gegenzug, sagen wir, auf den Rücken hätte klopfen dürfen.

Denn so sehr ich geistig wieder fit war, insgesamt war mein Gesundheitszustand eine Katastrophe. Den Kommentaren meiner Besucher entnahm ich, dass mein Herz einen Schaden davongetragen hatte, und das fand ich ziemlich erschreckend, weil ich dergleichen nur mit alten Leuten in Zusammenhang bringen konnte.

Auch am nächsten Tag hatte ich das Gefühl, dass mir gleich der Schädel platzt. Die Sonde und das Sauerstoffgerät wurden entfernt, aber die Infusionen blieben, und der Katheter ebenfalls. Wenn der nicht sofort wegkommt, dachte ich, reiß ich ihn einfach raus und erdrossele jemanden mit dem Schlauch. Doch um ehrlich zu sein, hätte ich niemanden erdrosseln können, und noch nicht mal den Katheter rausziehen, dazu war ich viel zu schwach – leichenmäßig; alles, was ich wollte, war ausruhen und in Ruhe gelassen werden, und ich hoffte inständig, dass ich möglichst bald wieder zurück auf meine Station durfte. Es war mir schleierhaft, wo Avischag steckte und wieso sie nie vorbeischaute. Selbst die blödesten Schwestern von meiner Station hatten mich besucht, ausnahmslos alle, sogar Israelov, nur sie machte sich rar. Nach ihr fragen wollte ich nicht, ich hätte nicht mal genau sagen können, wieso. Als hätte ich Angst, etwas zu erfahren, was mich unheimlich runterziehen würde oder womit ich nicht umgehen könnte. Schließlich nahm ich mir vor, nachzufragen, sobald die Arschlöcher zuließen, dass ich verlegt wurde. Auf meine alte Station, versteht sich, nicht auf die geschlossene Abteilung, wie dieser Hitler, dieser Wasserman, es mit mir vorhat. Nein! Auf meine geliebte Station, die Gute-Laune-Station.

Aus meinem Berlin-Tagebuch
Jerusalem

Wenn ein Mann aufhört, dich zu lieben, trüben sich seine Augen, als legte sich eine Staubschicht darüber. Das kann alle möglichen Gründe haben: Langeweile, Verschleiß, eine andere Frau. Doch bisweilen geschieht es auch einfach, weil sein Leben dermaßen in Unordnung ist, dass du darin keinen Platz mehr findest. Im Gegenteil, deine Anwesenheit spiegelt erst recht sein inneres Chaos. So kommt es mir jedenfalls vor. Aber vielleicht gibt es weitere Gründe, auf die ich noch nicht gestoßen bin. Und auf die ich auch gar nicht stoßen will, wer weiß. Vielleicht muss man ja nicht immer alles genau ergründen. Ich fühle mich leer.

Ach, und noch etwas: Schicke nie einen jungen Iren in Jerusalem auf den Bau. Das geht meistens schief. Mein Mann Jay zum Beispiel arbeitet schon seit Monaten nicht mehr, obwohl die Vorstellung, in der Heiligen Stadt körperliche Arbeit zu verrichten, ihn zunächst hatte aussehen lassen wie eine Orchidee von Rossetti in einem Champagnerglas.

Ist das ein grässlicher Frühling! Er zieht sich endlos hin und sieht ganz und gar nicht aus wie eine Zeichnung von Rossetti, eher wie ein Foto von einem Kalender im Büro der Einwanderungsbehörde. Dieser Frühling besteht aus dem Gestank eines geplatzten Abwasserrohrs im nächsten Seitensträßchen. Er besteht aus dem grellen Licht, das um ein Uhr mittags das Nachlaot-Viertel überflutet.

Es geht mir schlecht, und ich habe mir von Fischbein Tabletten verschreiben lassen; er hält es bei meinem Zustand übrigens für angezeigt, mich zur Beobachtung in eine gute psychiatrische Klinik einzuweisen. Vielleicht hat er Recht, aber realistisch ist es nicht, jetzt, wo Jay sich immer weiter von mir entfernt und sich, von der Fremde, der Isolation und der Einsamkeit, von meinen unkontrollierten Tränenausbrüchen, von meiner und von seiner eigenen Hölle verschreckt, in sein Schneckenhaus zurückzieht. Ich habe Fischbein beschworen, ja meiner Mutter nicht zu erzählen, dass ich wieder im Land bin, wenn er ihr zufällig in der Philharmonie oder sonst wo begegnet.

Seit meiner Rückkehr habe ich wiederholt versucht zu malen, aber ich bin wieder dermaßen deprimiert und mache mir so ungeheuer viele Sorgen, dass es mir gar nicht erst einfällt, einen Pinsel zur Hand zu nehmen.

Die Bezallel-Akademie hat meinen Antrag abgelehnt, nachzuholen, was mir für meinen Abschluss fehlt. Die Arbeiten, die ich ihnen aus der Berliner Zeit und der Zeit nach meiner Rückkehr vorlegte, haben sie als unbedarft eingestuft, sie rechtfertigten keine Aufnahme ins letzte Studienjahr. Ich kann ihnen nur beipflichten. Und natürlich ist das eine Jahr Abwesenheit nicht genug, um sie hinsichtlich meines Drogendelikts gnädig zu stimmen. Aber wer will überhaupt weitermalen? Ich will nur, dass es mir ein bisschen besser geht. Nur ein klitzekleines bisschen besser. Ich will nur eine kleine Atempause von dem Seelenschmerz, der sich allmählich zu einem Kieselstein verdichtet.

Ein Glück, dass noch Geld da ist. Mein Mann Jay denkt da anders. Er verabscheut mein Geld und kauft nur billige *Farid*-Zigaretten, obwohl er, als wir uns kennen lernten, nur *Benson & Hedges* geraucht hat. Ich kann ihm das nicht unter die Nase reiben, weil mir vor der Verachtung graut, mit der er anstelle einer Antwort den Mund verzieht. Ich weiß, dass er Heimweh hat, und fühle mich wie ein grausamer Zirkusbesitzer, der ein seltenes exotisches Tier aus seiner fernen Heimat verschleppt hat. Jay wiederum kann nicht verstehen, was mit mir los ist; in seiner Ichbezogenheit bildet er sich gern ein, dass es nur an ihm liegen kann. Mein armer naiver Schatz! Könnte ich doch meinen Anflügen von Mitgefühl irgendwie Ausdruck verleihen! Aber ich bin eben auch einsam und verängstigt und schwierig und weiß nicht weiter.

Und Berlin? Was ist das überhaupt, und wo liegt es? Nehmt ein starkes Fernglas, haltet es verkehrt herum und guckt hindurch. Der dunkle Punkt ganz hinten, der Spalt in der Mauer der Erinnerung, das ist es.

11 Juhu! Ich bin wieder auf meiner Station. Man geht unglaublich sanft und salbungsvoll mit mir um, wie mit einer Toten. Nur Avischag lässt sich nicht blicken. Und heute Morgen, im Zuge der allgemeinen Besserung, begriff ich auf einmal. Endlich hatte ich den Gedanken festgenagelt, der mir jedes Mal kurz, bevor ich zugreifen konnte, entwischt war, und während sie mir noch die Infusion abnahmen, durchzuckte es mich wie ein Geistesblitz: Niemand, gar niemand vom medizinischen Personal hatte mir erzählt, wie es eigentlich aufgeflogen war, dass ich nicht bloß mit Brot und Quark im Magen in meinem Bettchen schlummerte. Aber irgendwer war mitten in der Nacht dahintergekommen, denn wäre es erst am nächsten Morgen entdeckt worden, hätten sie mich zum Friedhof am Stadtrand von Holon bringen müssen statt zur Intensivstation. Es musste also von jemandem entdeckt worden sein, als ich schon halb abgedriftet war. Irgendwer musste versucht haben, mich zu wecken, und als es nicht klappte, war das Chaos perfekt. So und nicht anders musste sich das Ganze abgespielt haben, es war die einzige Möglichkeit. Aber wer? Wer hatte mich gerettet? Nachts ist der Zutritt zur Station untersagt, und nur Sofja, die Russin, und Hischam, das palästinensische Weich-

ei, wachen über den Chor der gestörten Schnarcher. Hatte ich etwa aufgrund der Vergiftung irgendwelche Töne von mir gegeben oder übermäßig geschwitzt und war einem der beiden bei ihrer Runde mit der Taschenlampe aufgefallen?

Im Nachhinein stellte sich heraus, dass ich mit meinen Überlegungen völlig falsch lag. Als Avischag endlich wieder bei mir aufkreuzte, sagte sie: »Ich hab dich gefunden.« Kurz und knapp und ohne Schnörkel.

Sie vermied es, mir in die Augen zu sehen, und tat, als würde sie beobachten, was sich um uns herum auf der Station abspielte, aber ich wusste, sie hatte Schiss vor meinem Blick. Weil sie nämlich eine Diebin ist und eine von Wassermans Lakaien und eine Hure, eine Hure, eine Hure. Wahrscheinlich graute ihr davor, noch einmal den Ausdruck von gestern Nacht in meinen Augen zu sehen: Auf der Suche nach meinem Notizbuch hatte ich die dünne Pressspanplatte unter meinem Nachtschränkchen gelöst und mir dabei prompt einen Nagel eingerissen, aber ich hatte, in der Hocke vor dem Schränkchen kauernd, auch dann noch verzweifelt nach meinem Notizbuch getastet, als ich längst geschnallt hatte, dass es fehlte; irgendwie dachte ich, ich hätte vielleicht knapp daneben gegriffen, oder es steckte weiter hinten. Als ich schließlich einsah, dass es weg war, hatte ich mich auf den Fußboden plumpsen lassen und eingepinkelt.

Diese miese Ratte. Sie war die Einzige, die von meinen Aufzeichnungen gewusst hatte. Weil ich sie für meine Freundin gehalten, ihr vertraut und sie in ein Geheimnis eingeweiht hatte. Für mich eine Art Freundinnenehe, Blutsschwesternschaft. Sie dagegen hatte sich offenbar profilieren wollen, indem sie ihrem Chef »ergänzendes Material« über mich lieferte, indem sie alles unternahm, um mir »das Leben zu retten«. Dass ich nicht lache. Berufsethik ist für sie wohl ein Fremdwort. Dank ihr ist jetzt jeder Quadratmillimeter meiner Seele einsehbar, liegt meine Seele sozusagen mit gespreizten Beinen da, und jedes dahergelaufene Arschloch kann ihr in die Fotze glotzen, wie Anita es in Zusammenhang mit der Entbindung formuliert hatte. Dieses Miststück von Avischag hatte mich nackt ausgezogen, mich rasiert und über meinem Kopf einen Tausend-Watt-Strahler eingeschaltet. Nur dass statt eines Babys Verrat und Hass geboren wurden, nichts als Verrat und Hass.

Ich starrte sie eisig an, damit sie nachts von mir träumte, und sagte leise, wie ein sterbender Engel: »Gleich kommt *Mabat*. Los, schieb mich zum Fernsehraum, dass ich die Nachrichten nicht verpasse.«

Aus meinem Berlin-Tagebuch

Duft von Jasmin auf den Mauern von Jericho. Duft von Gewürzen und der Gestank von Ziegenkacke auf den Mauern von Jerusalem. Der Geruch des nächtlichen Strands von Tel Aviv im Juli, der Gestank der rußigen Schornsteine Berlins, der Geruch einer fremden Vegetation auf der Straße oberhalb einer Bucht in County Kerry, der kalte Geruch eines Ozeans, der nicht meiner ist, an den Stränden der Irischen See.

Mein Geliebter, Augen wie ferne Seen, wie die Seen Irlands und die braunen Ziegelhäuser von Belfast. Mein süßer, zärtlicher Geliebter mit deinen Augen wie ferne Seen, du mein Schatz, du Liebe meines Lebens.

Ich lerne links fahren, klammere mich an das Lenkrad und halte es gut fest, mir rutscht so leicht etwas aus der Hand. Ich bin keine geübte Autofahrerin, aber man kann ja jederzeit am Straßenrand anhalten. Wir waren beim Filmfest von Cork, und jetzt bringe ich dich nach Hause. In höchstens einem Monat bist du wieder bei mir. Sagst du. Fette Möwen spazieren über den Sand, die reinsten Monster.

12 In letzter Zeit spreche ich kaum noch mit jemandem. Außer mit der Logopädin. Inzwischen habe ich nicht mal mehr Lust, Avischag zu quälen, und sie scheint sich ihrerseits ebenfalls verändert zu haben, läuft mit einem Gesicht herum wie drei Tage Regenwetter und spricht so leise, dass man sie glatt für eine Schauspielerin aus einem französischen Film halten könnte. Aber sie interessiert mich nicht mehr die Bohne.

Nichts fühlt sich mehr wichtig an. Ich schlucke, was man mir vorsetzt, mache kein Theater. Obwohl ich jetzt wieder dasselbe Zeug bekomme wie ganz zu Anfang – Anafranil und auch ein bisschen Perphenan zur Beruhigung (meiner Meinung nach höchstens acht Milligramm, obwohl man nie sicher sein kann, weil sie einem das Zeug ohne Verpackung verabreichen). Sonntags um drei, dienstags um halb zwölf und freitags um eins habe ich Physiotherapie. Meist bei Amalia, aber manchmal, vor allem freitags, bei einem Azubi. Bei Amalia finde ich es angenehmer, vielleicht weil sie eine Frau ist. Obwohl man sich gar nicht auszuziehen braucht. Meiner Hand geht es schon etwas besser, glaube ich, ich kann die Finger bewegen und auch weiche Gegenstände halten, die nicht viel wiegen und nicht so groß sind. Mit meinem Bein machen sie dies und das – kreisen, anziehen, strecken –, aber ich merke noch keinen Unterschied; Amalia meint, es sei auch eine Frage der Zeit, nicht nur der Übungen.

Aber das Gesicht … Mein Gesicht ist endgültig im Arsch. Es ist linksseitig gelähmt, und auf einem Auge bin ich blind. Mit jedem Lächeln verzieht sich alles zu einer gefährlichen Fratze, das hab ich im Spiegel gesehen; überhaupt habe ich jetzt eine fiese Visage wie von einem Nazi oder einem Typen vom KGB. Schon schlimm, wie ich aussehe – meine Fresse! Aber das eigentlich Erschreckende ist, dass mich das nicht mal mehr erschreckt, nicht im Geringsten. Das finde ich richtig beängstigend. Ich gehe zur Physiotherapie, mache selbstständig meine Übungen – und rechts und links und anspannen und loslassen –, ganz brav, aber innerlich lässt mich alles kalt, wirklich wahr. Meine Fresse!

Und dann ist da noch das Ding mit der Aussprache. Als ich damals auf der Intensivstation wieder zu mir kam, mit dem Katheter und den ganzen Schläuchen, merkte ich, dass die Wörter nicht aus mir herauskamen, wie sie sollten, aber ich war ja auch noch wahnsinnig angeschlagen, also redete ich mir ein, dass es damit zusammenhing. Sie erklärten mir, ich hätte sechs Tage im Koma gelegen, und das fand ich echt *strange* – wie konnte so viel Zeit vergangen sein, wenn es sich für mich anfühlte, als wären es höchstens ein paar Stunden gewesen? Aber anscheinend war Madame Avischag mit ihrer geheimen Mission trotz allem gerade noch rechtzeitig gekommen, sprich: als ich, wie man so schön sagt, noch mitten am Abnibbeln war.

Kaum war ich wieder einigermaßen bei Kräften, eröffneten sie mir, dass ich linksseitig gelähmt sei, sowohl mein Herz als auch das Sprachzentrum im Gehirn hätten Schaden genommen. Deswegen spreche ich jetzt wie ein sexy Blondchen. Und rauchen darf ich auch nicht mehr. Wieso? Einfach so.

Aber selbst das juckt mich nicht. Für mich zählt nur eines: dass ich in der Klinik bleiben darf. Dieser Gedanke beherrscht mich von morgens bis abends. In einer so genannten offenen Abteilung haben unheilbar Kranke nichts verloren. Hierher kommt nur, wer gute Chancen hat, binnen weniger Monate geheilt zu sein, soll heißen, als mehr oder minder normal nach Hause entlassen zu werden, wo man dann wieder der Familie das Leben schwer machen kann. Ich dagegen brauche jetzt eine geschlossene Anstalt, aber eine, wo's normal zugeht und man nicht ständig über Wichser und Vollidioten stolpert.

Doch im Moment habe ich niemanden, mit dem ich darüber reden könnte, mein Kopf ist schwer und wie benebelt, die Gedanken gelangen höchstens bis zur Mitte, wo sie sogleich wieder auseinander stieben und auf Nimmerwiedersehen verschwinden. Bis zur Mitte und bumms!, liegen sie wieder auf der Schnauze. Bis zur Mitte und bumms! Bis zur Mitte, weiter geht's nicht, ich kriege sie einfach nicht geordnet. Mann, ist diese Avischag eine Sau, dass sie mir nicht hilft, zu denken. Ich *muss* es schaffen, hier drin zu bleiben, oder mir eine andere Klinik suchen. Komme, was da wolle.

Aus meinem Berlin-Tagebuch
Tel Aviv

Der Boden rutscht mir unter den Füßen weg. Der Boden rutscht mir unter den Füßen weg, und ich spüre, dass sich mein Inneres immer mehr einnebelt. Kotzen würde mir für ein paar Sekunden Erleichterung verschaffen. Gott, wie weh das tut. So eine Scheiße. Und ich schäme mich auch noch dafür, dass es mir wehtut. Was für eine jämmerliche Komödie …

Boas meint: »Na, wie viel Geld habt ihr bei dieser Reise nach Deutschland auf den Kopf gehauen, du und dein Bruder? Mann, ihr seid vielleicht Spinner, bei der Summe hättet ihr problemlos einen Kredit dazubekommen, dann hättet ihr eine Wohnung kaufen und die dann vermieten können, so hättet ihr wenigstens was davon gehabt. Ihr seid echt nicht ganz!«

Der zieht sich den lieben langen Tag Dope rein, mit einer Bhong, die er aus einer kleinen Mineralwasserflasche gebastelt hat. Sie ist halb mit Wasser gefüllt, das vom Nikotin braun verfärbt ist und ekelhaft aussieht. Er blubbert, gluck-gluck-gluck, und mit jedem Versuch, den Rauch so lange wie möglich und noch eine Sekunde länger in den Lungen zu behalten, treten die Augen aus den Höhlen. Das Zeug ist übrigens ein echter Hit, wir haben vor, den Restbestand nächste Woche zu verticken.

Wieder Tel Aviv, wieder Sommer. Und ich bin wieder hier. Ich hab's nicht mehr ausgehalten, allein in der Wohnung in Jerusalem. An dem Tag, als Jay wiederkommen wollte, hab ich am Flughafen auf ihn gewartet. Ich bereue diese Stunden nicht. Es tat wirklich gut, durch eine glasklare Träne hindurch ein Flugzeug beim Start zu beobachten, *I love you, terminal, amore mio.*

Boas besorgt mir Fitton-Tabletten, damit halte ich mich die meiste Zeit über Wasser. Er ist gut zu mir, lässt sich von meinem Seelenschmerz nicht schrecken, findet das sogar interessant. Speziell. Ich musste ihm nur schwören, mir nichts anzutun. »Dass du dir ja nicht wieder einfallen lässt, dich aufzuschlitzen, du Spinnerin.« Das ist die Bedingung, um bleiben zu dürfen. Und natürlich verzichtet er nicht darauf, mich zu vögeln, obwohl ich wie eine Leiche daliege. Aber auch das stellt für ihn eine Attraktion dar. »Ich fahr voll ab auf deinen phlegmatischen Arsch.«

Ich könnte alle umbringen, die den Schmerz glorifizieren und ihm eine dunkle, elegante Schönheit andichten! Sie denken, erst wenn man leidet, erst durch diesen brennenden Schmerz spürt man, dass man lebt, und halten das für eine Bereicherung, die es durchaus wert ist, eine kleine, damit verbundene Unannehmlichkeit in Kauf zu nehmen.

Diese Unmenschen! Sie haben ja keine Ahnung, sind nie der Hässlichkeit des Schmerzes begegnet. Denn Schmerz ist der Gott der Hässlichkeit höchstpersönlich.

Ich hab mich immer geschämt, wenn mir was wehgetan hat. Ich hab mich immer dafür geschämt, dass ich mich schäme. Der beschissene Sexappeal vollendeten Glücks hat auch mich verführt. Wer kennt schon Scham? Große Scham, meine ich, grausame, stechende Scham. Stechende Scham, igitt! Wie komme ich bloß auf einen so dummen Ausdruck? ... Liebe, die brennt, und Scham, die sticht, Galli, wühl du mal in deinen Gedärmen nicht.

Mir ist Scham durchaus ein Begriff. Es ist eine der scheußlichsten Empfindungen in meinem reichen emotionalen Erfahrungsschatz. Alle Gefühle sind hässlich, klebrig, minderwertig ... Ein Mensch mit Gefühlen ist ein Nichts, eine Null. Einer, der niemandem Angst macht, absolut niemandem. Ein saft- und kraftloser Schwächling, ein armseliges Tier, das sich nach einem auf äußere Reize gerichteten Reaktionsschema verhält. Eine altgediente Laborratte, die losläuft wie ein geölter Blitz, wenn das rote Lämpchen aufleuchtet, und der bei Grün der Speichel im Maul zusammenläuft; gleichzeitig hängt sie an dem Studenten, der das Labor sauber hält, leckt ihm sogar die Hand, wenn er ihr stinkende Käsereste aus seinem Kühlschrank mitbringt. Daran muss ich denken, sobald ich dieses Wort »Gefühle« auch nur höre.

Wann bekommt der Mensch einen Wert, wann wecken seine Gefühle bei anderen Interesse, Wertschätzung? Wann beginnt der Mensch, gefährlich zu werden?

Wenn er handelt.

Jawohl. Gefühle, denen keine Taten folgen, das ist die Spielwiese der unintelligenten Leute, der schlechten Dichter, der Männer, auf die die Frauen scheißen, der Frauen, die nie auf Schlüsselpositionen vorrücken. Die Spielwiese aller Versager. Die Menschheit hat diese Gesetzmäßigkeit von ihrer Geburtsstunde an gekannt. Nicht immer ist es ihr gelungen, die Sensibelchen aufs Abstellgleis zu schieben, aber sie hat zweifellos keine Gelegenheit ausgelassen, es zu versuchen.

Und ich, ich bin genau das: eine verschreckte Ratte mit rosa Augen. Ich kann nichts tun, nur fühlen. Ich fühle alles, jeden Windhauch, jede Teilchenbewegung im All, wie ein überempfindliches Radargerät. Ich bin eine rosa Ratte ohne Haut. Ich höre das Rauschen des Schmutzwassers in den Gullys, ich breche erschöpft zusammen unter dem Schmerz, der vom Flügelschlag eines Schmetterlings irgendwo in der Gegend von Shangri-La ausgelöst wird. Ich kriege nichts gebacken, kann weder richtig laufen noch richtig sprechen. Ein fetter Kokon, aus dem niemals ein Schmetterling schlüpfen wird, nie.

Am liebsten würde ich laut schreien vor Schmerz, aber ich schäme mich. Manche Menschen fühlen sich vom Schmerz zum Handeln getrieben, bei mir aber führt Schmerz immer nur zu noch mehr Schmerz. Ich weiß, warum die Menschen nicht zugeben, dass es ihnen wehtut, warum sie Angst haben, ihrem Leid einen Namen zu geben. Sie meinen, wenn sie aussprechen, was sie empfinden, wenn sie das Elend beschreiben und es benennen, erst dann wird es sich zu einer Qual auswachsen. Dabei ist es doch bereits mit seiner Entstehung eine ausgewachsene Qual!

Also sage ich mir: Du musst klar denken, Galli, und dir ein Ziel setzen. Aber ich finde keines. Es gibt so unerträglich viele Möglichkeiten …

13 In letzter Zeit passieren hier Dinge – das ist so krass, dass man es schon fast wieder gut finden kann. Seit ich ein Phantomas bin, ist man mir gegenüber zuvorkommend. Avischag verhält sich, wie gesagt, ganz im Stil französischer Filme, sehr zurückhaltend, supermelancholischer Blick, und mit mir schäkern tut sie auch nicht mehr, das Miststück. Wenn jemand, zum Beispiel Anita, mich darauf anspricht, was mit Avischag los ist, der ich früher ständig am Rockzipfel gehangen habe und jetzt auf einmal nicht

mehr, antworte ich nicht. Ich habe keinen Bock, Erklärungen abzugeben. Ich schulde niemandem was.

Seit sie meine Aufzeichnungen gefunden haben, legen sie es darauf an, mir in die Seele zu kriechen. Als wäre das das Therapieziel. Da sie über jede Menge Informationen verfügen, bilden sie sich jetzt was auf sich ein; auf meiner Krankenakte steht seit kurzem »Avigail Portnoy-Buchanan«, soll heißen, ich hab's geschafft, jetzt bin ich auch hier offiziell Jays Alte, bis in den Tod, den ich mir jetzt schon wünsche. Dann wird aus ihm »der Witwer Jay Buchanan«. Super! Endlich kann er sonntags wieder stolz mit seiner Mom zur Kirche gehen, ganz der gute katholische Junge, wo doch jetzt seine faschistisch-zionistische jüdische Ex glücklich unter der Erde liegt.

Natürlich wissen sie inzwischen auch über meine Zeit im Kerem-Viertel Bescheid, dass ich für Boas gearbeitet habe, und alles.

Und wenn das noch nicht reicht: Sie bestellten meine Mutter her und setzten mich mit ihr in einen Raum, aber nicht allein. Wasserman, die Stationsschwester, die Psychologin, die die Tests durchführt, und Avischag waren auch mit von der Partie. Meine Mutter hat mich bloß im Rollstuhl sitzen sehen und das schiefe Gesicht und das ganze Chaos, da hat sie schon losgeheult wie bei einer Beerdigung, so mit offenem Mund und richtig laut.

Ich hatte tierische Panik, dass ich gleich platzen und in tausend Scherben zerspringen würde, aber das wäre mein Ende gewesen, dann hätten sie mir womöglich eine Behandlung mit Aussicht auf Heilung verpasst und mich gezwungen, daherzureden wie früher und was Besonderes sein zu wollen, was Supererfolgreiches, Shirley-Temple-mäßig. Deshalb beherrschte ich mich, eisern. Ich hatte die Erfahrung gemacht, dass ich umso stärker bin, je mehr ich mich wehre. Also beschloss ich, mich zu wehren, wie ein Tiger würde ich mich wehren!

Wasserman eröffnete das Gespräch wieder mit dieser beknackten Art, die er in letzter Zeit an sich hat. Also fuhr ich ihn an: »Was soll die Scheiße, worauf wollen Sie hinaus?«

»Musst du dich immer so schnodderig ausdrücken?«, gab er ungerührt zurück. »Es will dir doch keiner was Böses, keiner erwartet von dir etwas Besonderes oder Außergewöhnliches, alles, was ich will, ist, dass du wieder Kontakt zu dir aufnimmst. Merkst du denn nicht, dass die Einzige, die du hier bescheißt, du selber bist?«

Ich wollte ihn anspucken, aber die gesamte Ladung landete vorn auf meinem T-Shirt. Das zog mich noch mehr runter, ich war ganz schön gestresst von der Situation, so vor meiner Mutter, und ich nicht mobil.

»Hören Sie auf mit diesem hochtrabenden Gewäsch, Sie Null. ›Schnodderig‹ können Sie Ihre hinkende Schwester nennen, Sie sind der Letzte, von dem ich mir vorschreiben lasse, mit wem oder was ich Kontakt aufnehmen soll, sonst zeig ich Ihnen, wie man Kontakt mit einer Starkstromsteckdose aufnimmt.«

Danach gingen mir die Wörter aus, also kreischte ich nur noch: »Arschloch, verdammtes!«, aber es kam nicht sonderlich verständlich aus meinem Mund, genauso wenig wie das, was ich davor gesagt hatte, und ich merkte, dass ich kurz vorm Durchdrehen war, weil man mich mit allen in einen Raum gesteckt hatte und mich vor meiner Mutter dermaßen bloßstellte.

Und sie, sie weinte ohne Unterlass. Ich glaube, was sie am meisten fertig machte, war meine Lähmung. Die Ohrringe bebten an ihren Ohrläppchen wie der Rotz an der Nase eines heulenden Kindes, und mit ihrer sanften Stimme für besondere Gelegenheiten sagte sie immer wieder nur: »Ach, Kindchen, ach, mein Liebes, Liebstes.«

Echt übel. Ich rollte davon in Richtung Zimmer und schrieb ihr einen Brief, in dem ich mich bewusst gewählt ausdrückte; anschließend aß ich ihn vor lauter Angst auf.

Tja, Mama, jetzt hast du's. Die klugen Einsichten sind gekommen, uns zu wecken: die gramgebeugte Königin, die nackte und geblendete Prinzessin und den Prinzen auf der Erbse im Herzen Europas … Alle Märchen und Mythen liegen dir zu Füßen … Liebe, Lodern, Leere … Hättest du dort im Sitzungszimmer nicht gar so bitterlich geweint, hätte ich hier auch »Stolz« hinzugefügt … Doch man soll einen Menschen nicht in seinem Schmerz verurteilen … Klischees und Zitate, hollari, hollaro, der Inbegriff des Lebens, hollari, hollaro …

Lodern, Leere … Übrigens: Anlässlich der erniedrigenden Sitzung im Kreise schicksalsentscheidender Staatsdiener möchte ich dich, wenn du mir das freundlicherweise gestattest, mit einer Reihe von Tatsachen bekannt machen, um das eine oder andere richtig zu stellen. Es verhält sich nämlich folgendermaßen: Als ich hier stationär aufgenommen wurde, geschah dies nicht aufgrund einer paranoiden Psychose, wie vorhin behauptet wurde, sondern aufgrund einer Vergiftung, die von einer Überdosis an Ritalin und Fitton herrührte, beides Aufputschmittel, wenn auch nicht von bester Qualität. Als Drogendealer hat Boas dies dem Arzt in der Notaufnahme natürlich verschwiegen, und da sich mein Zustand schnell besserte und ich wieder in meine altbekannte Depression verfiel, hielt auch ich es für falsch, meine geduldigen Behandler mit diesem Hinweis zu füttern. Boas ist übrigens der Lockenschopf mit dem Nasenring, der dich vor einem halben Jahr aufgesucht hat, um Bücher und Klamotten abzuholen; er gab sich bei dieser Gelegenheit als Freund aus, der Allon und mich in Berlin besuchen wollte. Bis ich in die Klinik kam, habe ich bei ihm gewohnt, aber wir kennen uns noch aus der Zeit an der Bezallel-Akademie, wir waren eine Zeit lang ein Paar. Ich hoffe, du brichst jetzt nicht endgültig zusammen, wenn ich dir sage, dass er kein Dolmetscher für Sanskrit ist, wie er das seinerzeit dir gegenüber behauptet hat. Das war eine Lüge, um mich anschließend, wenn er mir die Sachen vorbeibrachte, zum Lachen zu bringen. Ich war damals in einem hundsmiserablen Zustand … Lodern, Lust, Linderung …

Und jetzt hör gut zu, denn was nun kommt, ist sehr wichtig: Es war meine Entscheidung, hier zu sein, in der Klinik, meine freiwillige Entscheidung in jedem einzelnen Augenblick, und auch jetzt halte ich an meiner Entscheidung fest. Daher bitte ich dich, bitte dich inständig, nichts zu unternehmen, um mich in deine Obhut zu holen und dich um mich zu kümmern, obwohl du das wahrscheinlich für deine Pflicht hältst. In dem Zustand, in dem ich mich befinde, fällt es mir schwer, zu kämpfen und etwaige Angriffe zu parieren, also bitte, bitte respektiere meinen innigsten Wunsch und mache es mir nicht schwerer, als es ohnehin schon ist … Liebe, Leere, Einsamkeit … Sag dem Prinzen, der es sich fern von hier auf seiner Berliner Erbse bequem zu machen versucht, ich liebe ihn. Und vergib ihm von ganzem Herzen, dass er dich, was mich angeht, so lange belogen hat! Alle meinen es doch immer nur gut. Stimmt's? Loder, loder, loder.

Zum Abschluss hätte ich gern das Quäntchen Mut gefunden, dich zu bitten, dass du auch mir verzeihst, aber das wage ich nicht – mit welchen Worten denn, da sie noch nicht erfunden sind? Und so sage ich dir nur noch einmal »loder, loder« und küsse in Gedanken jeden einzelnen Ring an deinen Händen und verkrieche mich in deinen geschminkten Augen und weine und lasse mich vom ewigen, nie verhallenden c-Moll deiner klimpernden Ohrringe in den Schlaf wiegen. Liebe, Lodern. Liebe, Liebe, Liebe …

Avigail

Man hat mir mitgeteilt, dass ich in die Schalwata-Klinik verlegt werde, und zwar in die geschlossene Abteilung. Ich habe nämlich eine Gabel aus der Küche mitgehen lassen und sie mir in die linke Gesichtshälfte gerammt, mitten in die Wange. Ich war bedient gewesen von diesen ewigen Sprüchen, nach dem Motto, es sei nicht ausgeschlossen, dass es wieder werden würde. Mein Arm hat sich inzwischen berappelt, und auch meinem Bein geht es allmählich besser, aber das Gesicht ist im Arsch, und mir fällt dauernd alles aus dem Mund, besonders Brot und andere Sachen, die man kauen muss; nur Joghurt und Quark kriege ich anstandslos runter.

Aber in letzter Zeit esse ich ohnehin nicht sonderlich viel. Ich hab keinen Appetit und keine Geduld, zu kauen. Ich bekomme mein Anafranil, wie gehabt, aber es soll demnächst durch ein anderes Medikament ersetzt werden, weil ich zu phlegmatisch bin und nicht nur jede Nacht fast zehn Stunden schlafe, sondern auch tagsüber gelegentlich einnicke.

Am Abend teilte Israelov die Medikamente aus. Er war gerade gegangen, da kreuzte auf einmal Avischag bei mir auf. »Komm, Galli, lass uns kurz rausgehen.« Wir also raus aus dem Zimmer, sie zu Fuß und ich im Rollstuhl, und schwups!, in den Duschraum und Tür zu.

»Sag mal, Galli«, fragte sie mit kugelrunden Augen. »Wieso lässt du dir eigentlich immer noch Medikamente geben?«

Ich dachte, ich spinne, aber ich bremste mich sofort: Halt, Galli, stopp. Diesmal gibst du's ihr, aber richtig.

»Bist du so bescheuert oder tust du nur so? Vögelst du dafür mit Wasserman, damit ich dir das jetzt erklären muss? Dass ich mir bei meinem Zustand, mit einem halb kaputten Körper, einem halb gelähmten Gesicht, einer klinischen Gemütskrankheit und einem Knallkopf von Krankenschwester wie dir längst eine Kugel in den Kopf gejagt hätte, wenn ich auf die Antidepressiva verzichten würde?«

Da sprudelte sie auf einmal los, aber mit total wirrem Zeug: dass sie das gut verstehe mit der Angst und überhaupt, dass man unheimlich gut und wahnsinnig begabt sein muss, damit alles, was man anfasst, was Ordentliches wird und gleichzeitig auch was Besonderes, und dass man keinesfalls irgendein Irgendwer sein darf, sondern immer absolut einzigartig und wie kein Zweiter auf der ganzen Welt sein muss, und außerdem auch noch schön und interessant und *stylish*.

»Natürlich geht man dann zum Beispiel nach Berlin, um an der besten Schule aufgenommen zu werden«, fuhr sie fort. »Und dann darf man keine dummen Sprüche vom Stapel lassen, sondern muss lauter besondere Sachen von sich geben, auch wenn es im Grunde bloß dummes Zeug ist, und man darf weder aus dem Mund noch aus der Fotze stinken, sondern muss auf die schicke Tour ein böses Mädchen sein, das Sex nicht doof findet, man muss auf alles scheißen und trotzdem wissen, worauf es wirklich ankommt …«

Sie war richtig auf Amok, das hörte gar nicht mehr auf, und während sie ununterbrochen Scheiße von sich gab, ließen ihre grässlich schwitzigen Hände die meinen keine Sekunde los. Aber ich hatte das Prinzip längst begriffen und fuhr ihr über den Mund.

»Ich verstehe, worauf du hinauswillst«, unterbrach ich sie und strengte dabei meine Gesichtsmuskeln an, damit die Wörter so verständlich rauskamen, wie's nur irgend ging. »Aber wie du siehst, finde ich meine eigenen Lösungen. Ich bin sehr gern hier in der Psychiatrie, das dürftest inzwischen selbst du bemerkt haben.«

Sie war ein bisschen geplättet, erholte sich aber im Handumdrehen und drehte den Hahn sofort wieder auf. Sie habe mich nur ermutigen wollen, die Klinik zu verlassen, ich solle wieder zu meiner Mutter ziehen und aufhören, deprimiert zu sein.

Einen solchen Müll hatte ich in meinem ganzen Leben noch nie gehört. Ich und *freiwillig* von hier weggehen? Was denn noch? Will sie mich vielleicht auch dazu überreden, mich an der Uni zu immatrikulieren, damit sie mich dann jeden Tag im Rollstuhl hinfahren kann? Wir hatten definitiv einen Kurzschluss in der Kommunikation, und was für einen! Dass ich tatsächlich gestört bin, ging in ihren Quadratschädel offenbar nicht rein. Sie dachte, wenn man es sich selbst ausgesucht hat, gestört zu sein, dann ist man nicht wirklich gestört. Sie war zu simpel gestrickt und konnte nicht begreifen, dass ich mich aus freien Stücken dafür entschieden hatte, in der Klinik zu bleiben, dass das meine eigene Entscheidung war, genau wie alles andere davor. Ich hätte es ihr natürlich erklären können, aber ich hatte absolut keinen Nerv, mich hier zu überschlagen, damit sie verstand, was ich sagte. Also beschloss ich, sie einfach stehen zu lassen. Ich riss mich los, wischte mir die Hände an meiner Pyjamahose ab und rollte zurück in mein Zimmer.

Am nächsten Morgen kam die Psychologin, die die Gruppengespräche betreute, mit Sofja, um mich abzuholen und mich zur Schalwata-Klinik zu bringen. Sie zogen mir eine Jeans an und schminkten mich ein bisschen mit Sofjas Lippenstift. Die Fahrt dorthin war herrlich, ich sah Obstplantagen, und der Fahrer drehte das Radio auf bis zum Anschlag. Wieder einmal kam ein Musikrätsel, das ich auf Anhieb lösen konnte. Es war der Anfang von van Morrisons *Moondance*. Ich war wild entschlossen, die Anschrift für das Lösungswort diesmal nicht zu vergessen, ich wollte unbedingt eine Karte schreiben und gewinnen. Also schrieb ich innerlich mit: »Israelischer Rundfunk, Romema, Jerusalem«. Und den ganzen Weg zur Schalwata-Klinik saß ich im Wagen und betete mir diese Adresse vor. Damit ich sie mir ein für alle Mal merkte.

Sprachen wir nicht immer von Liebe?

1 Ich erwache mit geschlossenen Augen. Elischa. Ein paar Sekunden bin ich bei Bewusstsein, aber noch außerhalb der Wirklichkeit. Still. Angenehm. Das Gehirn ist wach, gedankenleer. Süße Watte.

Ein Momentchen noch. Das Gehirn kommt auf Touren. Zuallererst das Gefühl.

Ein Mühlstein auf dem Brustkorb.

Keine Erklärung. Nur ein Gefühl. Vorläufig.

Zähe, klebrige Schwere.

Zum Erwachen der Sinne gesellt sich schleichend die Erinnerung.

Lärm. Ein Betonmischer. Ein Motor. Ein Auto. Noch eines. Morgen. Aufstehen, Elischa, heute ist Redaktionstag. Die Wirklichkeit. Die Erinnerung, gleich kommt's.

Moment …

Hab's!

Muschmusch.

Erst mal die Lippen befeuchten. Scheißgeschmack im Mund. Weniger rauchen vor dem Einschlafen könnte nicht schaden. Ich bekomme kaum Luft.

Muschmusch.

Ich bette mich ein bisschen bequemer.

Die Zeit genießen, bis ich die Augen aufschlage.

Die Erinnerung indes ist spitz, spitz und lästig – Muschmusch.

Ist er heute Nacht nach Hause gekommen?

Ist er nicht.

Straßenkater.

Gestern hat Elischa im Tanztheater Bat-Dor angerufen, es war ihm richtig peinlich.

Die Frau am anderen Ende sagte, Muschmusch habe schon die ganze Woche gefehlt. Seit Sonntag.

Und heute ist bereits Mittwoch.

Gestern früh hatte er ihn noch gehört, aber nicht gesehen. Das Klingeln von Münzen am frühen Morgen. Sie fielen aus einer Hosentasche. Aus der Hosentasche der Cordhose aus Amsterdam.

Spinnst du, Muschmusch? Ich versuche zu schlafen.

Er brauche Geld, für ein Taxi.

Soll er doch welches am Automaten ziehen, fauler Sack.

Wann kommst du heute wieder?

Keine Ahnung, wenn ich im Geschäft Feierabend habe, gehe ich direkt zum Unterricht, Itzik ist heute nicht da. Später weiß ich noch nicht, wahrscheinlich gibt's irgendeine Party, vielleicht komm ich kurz zu Hause vorbei, um zu duschen, aber nur vielleicht. Das Taxi hupt, ich muss los. Hab mir zwanzig Schekel genommen.

Er war nicht vorbeigekommen, um zu duschen.

Elischa hatte bis zwei Uhr morgens gewartet. Dann waren ihm die Augen zugefallen. Er ist ein Morgenmensch, funktioniert nicht nach Mitternacht. Spießer.

Ich muss aufstehen. Die Redaktion. Vielleicht sollte ich mir doch einen Computer zulegen.

Er hatte das abgelehnt. Ein Mann von Prinzipien. Alle tippen ihr Zeug zu Hause und mailen es an den Redakteur, nur Elischa schreibt von Hand und geht fünf Kilometer zu Fuß. Kommt zur Sitzung, klaubt den Schlafsand aus den Augenwinkeln, rollt ihn zwischen den Fingern.

Miserabler Teint. Hätte er doch gestern die Fensterläden geschlossen.

Jetzt ist er aufgestanden, geht in die Küche.

Muschmusch raucht immer erst mal zwei Zigaretten. Gleich nach dem Aufstehen. Elischa starrt hinauf zur Nahtstelle zwischen Wand und Decke.

Elischa: Mit so viel Nikotin in den Lungen – wie soll denn da ein Tänzer aus dir werden?

Muschmusch: Dann wird eben kein Tänzer aus mir.

Elischa: Bist du genervt oder was?

Muschmusch: Ich bin dabei, wach zu werden.

Elischa: Ich kann's auch lassen, mich mit dir zu unterhalten, kein Problem.

Muschmusch: Ach, hör doch auf!

Elischa: Na toll. Dann bin ich also die Nervensäge.

Muschmusch: Mach lieber Kaffee.

Elischa schlurft ins Wohnzimmer, das Sofa ist leer. Muschmusch ist nicht nach Hause gekommen. Mistkerl. Wo treibt er sich bloß rum? Ich werde heute mal im Laden vorbeischauen. Geht schamlos fremd. Ganz unverhohlen. Kleine Hure. Soll er sich doch im Haschmal-Park ein Zelt aufschlagen, der Wichser. Alles tut weh. Der ganze Körper. Bis in die Zehenspitzen.

Kühlschrank. Kakao. Jetzt ein Schokodessert. Zucker. Das macht fit.

Dick. Ich werde immer dicker. Keinen Nerv mehr, darüber nachzudenken.

Muschmusch ist ein Klappergestell, bangladeschmäßig. Dabei frisst er wie ein Schwein. Zieht sich abends vorm Fernseher eine ganze Familienpackung Eiscreme rein. Ein Orientale eben. Anderer Körperbau. Die sind so. Meine Güte. Was für Gedanken. Armer Elischa. Alle schlechten Gedanken auf einem Haufen, wie die Fliegen.

Muschmusch sieht gut aus. Dreiundzwanzig. Wozu braucht er eine Speckschwarte wie mich? Obwohl ich durchaus meine guten Seiten habe: ich bin gepflegt, kultiviert. Und er? Ein Schmuddelkind. Von der Müllhalde! Aus jedem Kibbuz im Land ist er in hohem Bogen geflogen, ein paar Jahre Schulbildung hat er wohl, keine Ahnung, ich weiß kaum was über ihn. Monatelang wollte er mir nicht mal seinen richtigen Namen sagen.

Elischa: Wie – Muschmusch? Bist du eine Katze? Ein Hund? Muschmusch. Muschmusch! Das klingt ja wie der Kosename, den ein Mann für seine Frau erfunden hat, um sie zum Geschlechtsakt zu überreden.

Und Muschmusch, der sonst freiwillig auf jedes Anzeichen von Eigenständigkeit verzichtet, ist plötzlich störrisch und unbeugsam: Muschmusch.

Es war ihm hochpeinlich, doch am Ende hat Elischa ihm

heimlich den Personalausweis entwendet. Und während der Junge arglos bei Bat-Dor herumhüpfte ... Was für ein Foto! Brutales Gesicht, wie aus der Verbrecherkartei, fast künstlerisch in seiner schwarzweißen Hässlichkeit ... Ach, mein Muschmusch in seinem sechzehnten Lebensjahr, Ringellocken, die Stirn geziert von Aknepickeln, lauter kleine Krater, ein paar davon auch am Kinn ... Ohanna Nissim, Geburtsjahr: 1971, Name des Vaters: Beber, Name der Mutter: Joëlle, Wohnanschrift ... Oh, mein geliebter Ohanna Nissim, mein braun gebrannter, verschreckter Ohanna Nissim, Ohanna Nissim, Kind des Dschungels, du, oh, du Mowgli, du Äffchen, du Rehlein in gestrecktem Lauf, du sirrender Pfeil, du übelste meiner Sünden.

2 Das Mutterschiff: die Redaktion.

Elischa denkt: Lächerlich, hier festzusitzen, während die blöde Kuh das Zeug abtippt. Aber es ist ja auf niemanden Verlass. Bojarski meint: Verdammt noch mal, Elischa, mach dir keinen Kopf, deine Schrift ist leserlich, sie tippt alles ab, ich prüfe es nach. Wozu hast du einen Redakteur? Elischas Standardantwort: Bei mir brauchst du nichts zu redigieren, Ari. Reden wir lieber über das Thema Liebe.

Er erstickt schier an seiner Ungeduld. Ja, wird die denn nie fertig? Und der Junge, wo steckt der, das kleine Arschloch. Selbst wenn er in einer Viertelstunde hier fertig ist, tun kann er nichts. Muschmusch fängt nicht vor drei an zu arbeiten. Schichtdienst. Toller Job, den er sich da geangelt hat. Bei Itzik im Schmuckládchen. Er nennt es »Edelaccessoires«, der alberne Schwätzer. Angeber. Art nouveau, Art déco, Retro. Ein verkappter Snob, ganz ohne Zweifel. Was verdienen wird er damit kaum. Obwohl er kaufmännisch durchaus begabt ist. Wie alle Orientalen.

Mama. Gestern rief sie an und schwallte ihn sofort ohne jede Einleitung zu: Ich habe Sedistal genommen, danach hatte ich weichen Stuhlgang, genau als Carl Lewis gesprungen ist ...

Er hätte sie am liebsten erwürgt, ihr einen tödlichen Stromschlag durch die Leitung geschickt, aber er riss sich zusammen.

Seit Muschmusch spricht er nicht mehr so viel mit ihr, Muschmusch geht immer vor ihm ans Telefon. Stürzt los, als wäre ein Feuer ausgebrochen. Und Elischa fragt jedes Mal: Wo brennt's, wartest du auf was Bestimmtes? Wie eine Grundschullehrerin. Daraufhin Muschmusch: Ich? Auf was Gutes. Konkret genug für deinen Geschmack? Trottel.

Elischa grinst. Muschmusch plaudert, den Joint in der Hand, mit Elischas Mutter. Druck im Magen?, fragt er. Am After auch? Kolitis! Er legt Sachkenntnis an den Tag. Kein Drama, tröstet er und baut sie auf: Ein Glück, dass es nichts Schlimmeres ist. Ein Fatalist, ein wahrer Engel, ein Heiliger. Mich drückt's auch am After, beichtet er. So ein Quatschkopf. Feixt vor Vergnügen, dass es ihm gelungen ist, Elischa zum Lachen zu bringen. So ein Clown. Ein Junkie.

Und sie? Völlig ahnungslos. Vierzig Jahre, seit ich aus ihrer schlaffen Gebärmutter gepurzelt bin, vierzig Jahre atme ich die Luft dieser Welt, esse, was sie kocht, höre mir an, was sie sagt, und altere vor ihren wässrigen Augen, aber sie? Sieht nichts, hört nichts, ein armseliges Stück Mensch, erstaunlich, dass sie ausgerechnet mich von allen Menschen dieser Erde in die Welt gesetzt hat. Unterbelichtete, primitive Tschechin.

Am Freitag bin ich zum Essen bei ihr. Wie jeden Freitag. Einmal ist Muschmusch mitgekommen, hatte spontan Lust. Heiraten?, echot Muschmusch interessiert. Zum Beispiel, antwortet sie. Kein Drama, meint er beruhigend, noch ist es nicht zu spät. Das nicht, aber sie will ihre Enkelkinder noch erleben, sie ist eine kranke Frau, wer weiß, wie viel Zeit ihr bleibt. Wo denken Sie hin, Sara? Sie?, gibt er erschrocken zurück. Sie sind noch jung, haben noch alles vor sich. Er hat den Bogen ein klein wenig überspannt, der Charmeur, nicht mal sie wird das fressen. Aber offenbar unterschätzt der Erhabene das niedere Verhalten seines Tiers: Sie hat's gefressen, und wie, ohne Salz. Tränen in den wässrigen Augen, sogar ein Schniefen, ein Streicheln über den Kopf, ein Seufzer wie von einer Hure unter einem Matrosen. Bravo, Muschmusch. Bitte schön, gern geschehen, hier, die Reste vom Braten und vom Kompott, zum Mitnehmen.

Das Ungeheuer mit den Karpfenaugen ist fertig mit dem Abtippen der Kolumne. Na endlich. Ich hasse heute alle. Jetzt den Flur runter, kurz bei Bojarski reinschauen. Beschäftigt, das Arschloch, telefoniert. Eisern. Kindskopf. Ich war mit ihm im Bett, und jetzt? Nicht ansprechbar. Ich gehe nach unten. Taxi! Noch drei Stunden.

Dizengoff. Vielleicht läuft mir zufällig jemand über den Weg.

Ecke Frischman. Niemand. Ausgerechnet jetzt, wo ich es brauche. Ich könnte bei Itzik im Laden vorbeischauen und mich erkundigen. Hoffentlich denkt er nicht gleich, dass irgendwas nicht stimmt. Itzik ist eine alte Tratschtante. Ich hasse ihn, ich hasse alle. Und mich selbst. Geh nach Hause, Elischa, du Idiot, los, soll er doch heimkommen, wann er will, du kannst ihn schließlich nicht einsperren. Vielleicht hat er ja was gemerkt und ist in Panik geraten? Unsinn, du bist paranoid, das kann man nicht einfach merken. Versuch's zu verdrängen, Elischa, denk nicht mehr darüber nach. Du hast das Problem mit dir selbst geklärt. Du brauchst nicht jeden Tag aufs Neue in deinem Sündenregister zu wühlen. Ohnehin wirst du bis in alle Ewigkeit im Höllenfeuer brennen. Das werde ich, und ich weiß es auch; es ist mein einziger Trost. Aber es gibt doch gar keine Hölle, Elischa, du Wichser. Nichts ist umsonst, nichts, das Tier in dir saugt dich am Herzen aus. Du wirst dafür bezahlen. Ja, ich werde dafür bezahlen, ich bezahle schon jetzt, jede Sekunde, die ich atme, bezahle ich dafür.

Und was ist mit diesem dreckigen Mörder, sag. Ich kann darüber nicht mehr nachdenken, die Lust hat gesiegt. Nein, der Körper hat gesiegt, so sieht's aus. Jawohl, so war's, nagelt mich von mir aus ans Kreuz, was soll ich tun, was hätte ich tun können? Reden, du Schwein, reden. Muschmusch hat ein Recht darauf, Bescheid zu wissen. Ich beschäftige mich nicht mehr damit, basta. Punkt. Was hast du getan, Elischa? Du hast einen Menschen auf dem Gewissen. Ich konnte nicht anders. Wenn er es erfährt, ist er sofort weg. Du hättest ihn warnen können, ohne es ihm zu verraten, aber du hast es ja nicht mal probiert. Scheißkondome. Gefällt dir nicht? Ist doch völlig normal heutzutage, er wäre nie im Leben dahintergekommen. Und wenn doch? Achteinhalb Monate zusammen. Natürlich hätte er da irgendwann Verdacht geschöpft, klar, und dann wäre er abgehauen, der Feigling, das verschreckte Rehlein, das Bambi, hätte Panik bekommen, das konntest du nicht riskieren. Ich konnte kein Risiko eingehen. Ich liebe ihn, ich könnte sterben, ich sterbe ...

Nein, mein Süßer, nein. Du lebst.

Du bist quietschlebendig.

3 Er starrt ins Schaufenster der Parfümerie. Wo bist du nur mit deinen Gedanken, Elischa? Hundertmal dieselben Gedanken. Du musst aufhören damit, den Teufelskreis durchbrechen. Unmöglich, diese Ohrringe. Wie viel das Yves Saint-Laurent hier wohl kostet? Der Bengel liebt es. Zitronenduft. Er lehnt sich an die Verkaufstheke. Klimaanlage. Eine Wohltat.

Kann ich was für Sie tun?

(Ja. Krepieren, du hässliche Kröte. Orangefarbener Lippenstift, auch in den Falten um deinen Mund, aber immerhin, du bist gesund.) Was kostet das *Pour hommes* von Saint-Laurent?

(Muschmuschs rasiertes Kinn.)

Eau de Toilette oder Aftershave?

Aftershave.

(Rasiert sich mit meiner Klinge, dieser Kibbuznik, für so was wie Intimsphäre hat er null Bewusstsein.)

Nein, eigentlich doch das Eau de Toilette.

Das ist etwas teurer. Aber es kommt darauf an, welche Größe Sie möchten.

(Muschmuschs Größe natürlich, du neugierige Zimtzicke. Er schneidet sich bei jeder Rasur. Monsieur Ungeduld. Immer in Eile. Hyperaktiv. Keine fünf Minuten kann er still sitzen. Immer von einem Club zum nächsten, lässt sich nicht einfangen, meine kleine Tel Aviver Hure.)

Er besinnt sich. Vielen Dank, wollte mich nur mal erkundigen.

(Krepieren sollst du!)

Er schlendert die Dizengoff entlang, schwitzt. Noch zweieinhalb Stunden. Ich könnte zu Hause warten, da ist es klimatisiert.

Schrecklich, dieser Sommer. Vielleicht sollte ich verreisen. Wohin? Irgendein europäisches Land. Und was hätte ich davon? Abwechslung, Abenteuer.

Sieh dir die Straße an. Die Leute. Gähnende Langeweile. Könnte man doch bei Bewusstsein bleiben, ohne zu denken! Ecke Arlosorov. Bei Farag im Schaufenster sollten sie endlich mal die Fotos auswechseln. Hässlichkeit regiert das Leben.

Er überquert die Straße, setzt sich in ein Restaurant. Zigarette. Ein Mineralwasser. Auch was zu essen? Nein, vorerst nicht. Obwohl. Eigentlich doch. Haben Sie gefilte Fisch? Gut, einmal, bitte, mit Brot. Und Meerrettich.

Die Ellbogen bleiben am Resopal kleben, unter den Achseln bilden sich Inseln von Schweiß. Vielleicht sollte ich kurz nach Hause gehen, das Hemd wechseln. Zu Fuß dauert das mindestens eine halbe Stunde, dann wäre er um kurz vor drei im Laden.

Wie kommst du denn zu einem Job in einem Laden mit antikem Schmuck, Muschmusch? Das Älteste, was du in deinem Leben gesehen hast, sind deine Sneakers.

Ich kenne Itzik, den Inhaber.

Woher?

Von hier, aus der Stadt.

Hure.

Mit etwas Glück ist nichts passiert. Vielleicht ist es ja noch mal gut gegangen. Mensch, Elischa. Achteinhalb Monate. Sex, Rasierklingen, Zahnbürste, alles, was nicht ratsam ist.

Anal oral genital
Lieber faustficken!
Faustficken? Verarschen kann ich mich selber
Oral anal
Muschmusch mit seinen Miniklistieren für Kinder
Extra Kindergröße
Fünfzig Milliliter
Wenn kleine Kinder Verstopfung haben
oder aber arschficken wollen,
empfiehlt sich ein Gang zur Apotheke
Muschmuschs Klistiere im Toilettenschränkchen

Dicke, durchsichtige Soldaten mit orangefarbenen
Pickelhauben
Ritter des Pflaumenarschs

Bravo, Elischa! Welch Versmaß, welche Reimkunst.

Sie bringt eine Serviette und Besteck. Der Meerrettich, bitte sehr. Wo bleibt der Fisch? Ich habe Hunger.

Oral anal

Vielleicht sollte ich wieder zur Therapie gehen. Zwei Jahre bei Hertz waren genug. Teuer noch dazu. Eine Stunde Beichten. Da kann man ja gleich zum Christentum übertreten. Aber wie wär's mit einer Beratung – Trost in Stunden der Not, keine ganzheitliche Heilung der Persönlichkeit. Was sich so Beratung nennt. Beratung! Ein noch hässlicheres Wort als »Kontakte«. Nachdem Hertz das Rauchen aufgegeben hatte, behauptete er, jeder nikotinverseuchte Atemzug aus Elischas Mund bringe ihn einen Schritt näher zum Grab. Wagte noch, sich zu beklagen. Frechheit! Der soll ruhig ein bisschen leiden für das Geld, das er einem abknöpft.

Gefilte Fisch, bitte sehr.

Eine dicke Möhrenscheibe als Garnitur, nicht dünn wie bei Mama. Schluss damit! Nicht darüber nachdenken.

Zu wenig Salz. Dann salze halt nach. Das ist nicht dasselbe.

Was gefilte Fisch anbelangt, ist sie die Meisterin. Jetzt soll sie zur Beobachtung ins Krankenhaus. Kolitis. Gestern hatte sie drei Stuhlgänge. Eines Tages bringe ich sie um. Sie ruft jedes Mal an, wenn es eine Opernaufführung gibt. Sie weiß, dass ihn das interessiert. Aber der Abend mit Pavarotti war zum Kotzen. Langweilige Schlager.

Vielleicht doch verreisen. In die Oper gehen. Und woher das Geld? Ich könnte die Kolumne genauso gut dort schreiben und sie herschicken. Das wird nicht reichen. Europa ist teuer. Bojarski trägt die Nase mittlerweile ziemlich hoch. Er wird nicht anständig zahlen. Alles, war er kann, habe ich ihm beigebracht. Ich habe ihn erfunden. Bojarksi, die kleine Tunte, jetzt ist er Chefredakteur. Mein Chefredakteur. Komisches Leben. Warum habe ich keinen Ehrgeiz? Vielleicht, weil ich Einzelkind bin. Niemanden beneide.

Merkwürdig. Ich habe aufgegessen und bin immer noch hungrig. Das kommt von der Anspannung.

Verzeihung? Hallo! Hört die nichts? Jetzt »hallo, hallo« mit Winkewinke. Sie hat mich bemerkt.

Was gibt's sonst noch heute? (Dumme Pute!)

Kalbssülze.

Viel Sauce auf das Püree. Sie hörte es nur noch von hinten. *Marlboro light.* Nur zwei letzte übrig. Eine jetzt, eine nach dem Essen. Zündhölzer. Die hat er in der Parfümerie liegen lassen.

Mama. Vergiss doch endlich Mama! Ich könnte sie umbringen. Übermorgen ist wieder Freitag. Man könnte es auch bleiben lassen, bei ihr anzutreten wie bei einem Kommandanten. Das geht nicht. Warum eigentlich nicht? Ist eben nicht drin, Fall erledigt. Thema abgehakt. Wird nicht mehr hinterfragt. Ich trete einfach jeden Freitag bei ihr an. Punkt. Alles an ihr wird hinterfragt, bloß das nicht? Ganz recht, ich hinterfrage alles, bloß das nicht. Und was ist mit Muschmusch? Ich stelle weder meine Sünde, meine große Sünde wider meinen Geliebten in Frage, noch den kleinen Gefallen an die Adresse meiner Mutter. Und das war's auch schon im Wesentlichen, mehr Mängel und Vergehen kann ich nicht bieten. Was für ein energischer Mensch du doch bist, Elischa. Ich könnte kotzen, mein eigenes Ich auskotzen.

Wir haben es hier mit einem Mann zu tun, der sich seines Selbstwerts bewusst ist.

Nachdenken über Rimbaud. Jean Nicolas Arthur. Wozu Lyrik übersetzen? Wer's lesen mag, soll gefälligst Französisch lernen. Seit einem halben Jahr bastelt er an der Übersetzung. Kaum meint er, den Sinn erfasst zu haben, entgleitet er ihm wieder. Arthur lässt sich nicht festnageln, macht mit der Sprache, was er will. Ein Goldstück. Ein Flegel mit Macken, ein kleines Genie. In meinem Alter war er bereits Würmerfutter. Sein Gesicht auf der Ansichtskarte von Joni aus Amsterdam. Dick. Kalte Augen. Schweres Kinn, gepolstert, zum Reinkneifen. Mein Gott, was für ein Prachtkerl. Und Muschmusch? Muschmusch kann man nicht am Kinn kneifen, nur Knochen und braune straffe Haut. Mit Schnittwunden von der Rasur.

Zittrige Hände
Total neurotisch
Anal oral
Der soll sich verdammt noch mal endlich mit seiner eigenen Klinge rasieren
Ständig schneidet er sich
Ich hab ihn erledigt

Franz stirbt in meinen Armen. Ein riesiger Vogel mit versengten Flügeln. Ein zerzauster Greif. Vierzig Kilo. Reagiert nicht auf AZT. Nichts zu machen. Er hat sich gewünscht, zu Hause sterben zu dürfen. Er war geschwächt, hat kaum noch gesprochen. Vor lauter Schmerz die Besinnung verloren. Morphium. Nicht ins Bad schleifen, keine Anstrengung. Ein Zuber mit Wasser. Ein in Fetzen geschnittenes Handtuch. Die Achseln, den Hals. Der private Tag der Schoah und des Heldentums für Elischa Fliedel. Schwarzlila Flecken. Ein Sarkom namens Kaposi. Ab jetzt wird alles schnell gehen, ein paar Wochen höchstens, vielleicht auch etwas länger. Bestrahlungen. Gelbe Haarbüschel. Franz ist blond. Ein Blondschopf. Franz mit schlaffem, unkoordiniertem Gesicht, wie von einem Tattergreis, er hat es nicht in der Hand. Weiße dickflüssige Tropfen zum Einnehmen gegen Pilzinfektionen in der Speiseröhre. Schaum im Mundwinkel. Papiertaschentücher. Schachtelweise. Brechreiz nach der Behandlung. Ein Sarkom namens Kaposi.

Franz im Profil vor dem Fenster. Bebende Lippen. Diagnose positiv. Das Bett jeden Morgen nass vom Schweiß. Und das Fieber bleibt oben, es will einfach nicht runter, den ganzen Tag Müdigkeit, Durchfall. Franzibaby, lass dich untersuchen, vielleicht ist es eine Grippe. Oder ein Virus. Ausweichender Blick, Herzrasen, Brechreiz. Du sollst es nicht weiter verschleppen, los, lass dich untersuchen. Franz am Fenster. Im Profil. Wir sind erledigt, Elischa, mein Süßer. *This is it.* Zwei Jahre zusammen. Ich bin erledigt. Ich hasse dich, Franz, du Nazischwein. Mama, Schoah, die Nazis, sie haben uns umgebracht, sie werden uns wieder umbringen, jeden Augenblick droht uns eine neue Schoah, die Nazis sind überall. Franz, du Dreckschwein, was hat dein Vater im Krieg gemacht? Er hat mich umgebracht, die schwule Sau, das Faschistenschwein, der blonde Arier. Haarbüschel auf dem Kissen. Wie gelangt durch diesen Körper noch Luft bis in die Lungen? Blasenentzündung, Antibiotika. Ein Witz. Man schindet Zeit, er pinkelt ins Bett. Elischa, du Feigling, wechsle die Laken, wechsle sie, du wolltest ihn betreuen. Mein Gott, wie dumm, wie dumm, wie dumm. Verdrängung, so nennt man das. Seit zwei Jahren hab ich Sex mit ihm, jetzt bin ich erledigt, er ist erledigt. Und Elischa Fliedel, dieser Idiot, hat Schiss vor Laken. Wir sind erledigt, Franz, aus die Maus.

Mein Geliebter aus dem Norden, du kluger alter Wikinger. Zu viele Nächte haben wir uns über den Tod unterhalten. Er muss uns belauscht haben. Ein Hauch von *Prince*-Zigaretten an deinen trockenen Händen. Du hast mich umgebracht. Ich wollte da sein, zu Hause. Bei dir. Sprachen wir nicht immer von Liebe?

Wie bitte?

Was?

Hast du was gesagt?

Nein. Wieso?

Ich habe mir eingebildet, du hättest was gesagt.

Was denn?

Irgendwas von wegen »ich wollte da sein«.

Schon möglich, dass ich das gesagt habe.

Ich führe auch manchmal Selbstgespräche.

Ja?

Ja, aber zu Hause, nicht im Café und so. Wir sind übrigens praktisch Nachbarn.

So?

Du bist doch mit Muschmusch befreundet, stimmt's?

Wie kommst du denn darauf?

Ich tanze mit ihm bei Bat-Dor.

(Feuchte Hände. Beruhige dich, Elischa, du bist paranoid.)

Soso.

Er war die ganze Woche nicht da. Ist er verreist?

(Du Mistkerl, aus dir mach ich gleich Kleinholz!)

Ja. In den Kibbuz.

Freunde?

Adoptivfamilie.

Schade um den Unterricht, den er versäumt. Und er müsste auch häufiger Gewichte heben, seine Arme sind nicht die stärksten.

(Wann genau hast du seine Arme getestet, du hässliche Schwuchtel?)

Er arbeitet daran.

Isst du deine Kalbssülze nicht mehr?

Die habe ich völlig vergessen. Doch, ich esse noch.

Der gefilte Fisch hier ist nicht besonders.

Ja, grässlich, ohne Salz, und die Karottenscheiben sind zu dick. Woher kennst du Muschmusch?

Das hast du mich vorhin schon gefragt. Er ist mit mir im Ballettunterricht bei Bat-Dor, aber ich kenne ihn schon länger, vom Sehen. Er treibt sich ja nicht wenig herum in der Stadt.

Ja?

Schon. Muschmusch kennt doch jeder. Er ist supernett, weißt du.

Ja, sehr nett.

Seid ihr schon lange zusammen?

Fast ein Jahr. Zahlen, bitte. Ich muss dringend los, bin schon spät dran.

Na dann tschüss. Schöne Grüße.

Wie heißt du noch mal?

Amir. Sag ihm, Amir von Bat-Dor, dann weiß er Bescheid.

Ich werd's ausrichten. (Du Arschloch, du Dreckstück, sag Danke, dass ich dich nicht abgemurkst habe!) Wiedersehen.

Tschüss.

Die Rechnung.

Ich komme hier wohl nie weg. Jetzt muss sie erst Wechselgeld holen. Der Typ grinst. Schönling. Verführerische kleine Lesbe. Sonnenklar, wie der seinen Lebensunterhalt bestreitet. Na ja, was juckt's mich.

4 Die letzte Zigarette, er hat einen alten Mann um Feuer gebeten. Die leere Schachtel hält er noch in der Hand, weit und breit kein Mülleimer, aber die Kippe einfach auf die Straße werfen, das

gibt's bei ihm nicht. Mama. Scheiße. Um ihn herum passiert so viel, und immer kommen ihm dieselben zweieinhalb Assoziationen. Wenigstens gibt es in dieser Gegend Schatten.

Die Mahlzeit liegt ihm schwer im Magen, der Verdauungsprozess hat eingesetzt, es gärt, das Essen wird zersetzt. Nikotingeschmack, feucht vom Speichel. Nachgeschmack vom Fleisch. Jetzt ein Kaugummi. Zigaretten. Streichhölzer. Erst mal Geld. Wo ist der nächste Automat? Elischa überquert die Straße bei Rot. Es wird gehupt. Sollen sie doch alle krepieren. Den ganzen Tag flucht er wie ein Marktschreier. Vergangenen Freitag war er mit Muschmusch auf dem Markt gewesen. Da hatte niemand geflucht. Elischa wählt aus, Muschmusch schleppt die Körbe. Der Küchenchef und sein Gehilfe. Ein herzergreifender Anblick, pittoresk. Italienisches Essen nach dem Buch des Starkochs Aharoni, köstlich. Fettuccine Alfredo. Muschmusch fragt: Was ist dieses weiße Zeug da? Sauce, simple helle Grundsauce. Ganz primitiv, wie du. Daraufhin Muschmusch ungerührt: Makkaronisauce muss aber rot sein. Will wohl die Bourgeoisie reizen, der Herumtreiber. Isst Tiramisù und anschließend eine Packung Chips, der Plebejer, und immer zwei Antworten parat, die eine: »Lass mich doch in Ruhe«, die andere: »Mach mal Kaffee«. Was ist das bloß für ein Tanz um den Kaffee in diesem Land? So sind sie eben, die Orientalen. *Mamma mia.* Elischa muss grinsen. Jetzt bringe ich mich vor lauter Verzweiflung schon selbst zum Lachen.

Am Geldautomaten: Vorübergehend steht dem Inhaber dieser Karte kein Dienst zur Verfügung.

Dizengoff. Am besten gehe ich gleich zum Laden und warte auf ihn. Aber dann quatscht Itzik mich voll. Vielleicht habe ich mit dem Geldautomaten an der Ben-Jehuda, Ecke Nordau mehr Glück. Dann könnte ich mich noch mal ins Café setzen. Ich muss unbedingt eine rauchen. Und ich brauche ein Kaugummi. Pfefferminz, um den Geschmack im Mund loszuwerden.

Versuch wenigstens ein Mal, an was anderes zu denken, Elischa, entwickle einen Gedanken, der unter ständiger Einspeisung weiterer Daten einen anderen gebiert. Alle Gedanken führen zu Muschmusch, alle Wege führen zu Muschmusch, alles beginnt und endet mit Muschmusch. Ach, Muschmuschon, mein vergiftetes Rehlein, im Namen der Liebe, der Lust, der Obszönitäten habe ich dich hinters Licht geführt. Halt endlich die Klappe, Elischa, du bist ja pathetisch, gibst uns hier den literarischen Helden. Aus welchem Roman eigentlich? Dschungelbuch! Mowgli. Ja, Mowgli. Auch hier führen alle Wege zu Muschmusch.

Warum ist das Gehirn unfähig, sich vor Überforderung zu schützen, sich zu wehren, wie der Körper? Der Körper kann zum Beispiel nicht bis ultimo auf der Stelle hüpfen, irgendwann bricht er zusammen. Das Gehirn dagegen hat das Durchhaltevermögen eines Marathonläufers. Einsam läuft es weiter, immer weiter, ohne Sinn und Verstand. Und ohne des Ziels je ansichtig zu werden.

Eine Bank zum Ausruhen. Eine Litfaßsäule. *Natasha's Friends*. Ein Quartett, allesamt Russen. Wozu hat man sie hergeholt, zum Straßenfegen? Die eine, die in der Redaktion putzt, ist Linguistin, slawische Sprachen. Absurd. Sie spielen Kammermusik, Schubert. Im Tsavta-Theater. Russen.

Tsavta. Achteinhalb Monate ist das jetzt her.

Muschmuschons Gesicht im Foyer, irgendwelchen Müll mampfend, salziges Knabberzeug. Podiumsdiskussion über das Image von Homosexuellen in den Medien. Öde. Coming-out, ja oder nein. Schönheiten sind keine da, flüstert Bojarski mir ins Ohr. Ausnahmsweise hat er Recht. Das Gelaber da oben steht einem schon bis oben hin. Der militante Typ auf dem Podium schwingt eine anspruchsvolle, flammende Rede. Woher nehmen diese Leute bloß die Energie? Scheißkerl. Ist halt noch jung. Gesellschaftliches Bewusstsein, politisches Bewusstsein, er setzt sich für Veränderung ein. Mir geht es am Arsch vorbei, ob die Öffentlichkeit ihre Wahrnehmung verändert, ich bin Individualist. Ein Egoist ohne Prinzipien, der eine Zeitbombe mit sich herumträgt. Ein Infizierter.

Ich bleibe bis zum Schluss. Muss ich ja wohl oder übel, der Militante schuldet mir hundert Schekel. Die hat er sich schon vor einem Monat geliehen, immer windet er sich raus, aber diesmal ist er dran. Elischa, der gnadenlose Schuldeneintreiber. Bugsy Siegel.

Bloß raus aus dem Saal. Er durchquert das Foyer, sieht sich um. Ein Infoblatt des Verbands, Schwerpunkt Verhütung, HIV-Tests. Er kennt diesen ganzen Wahnsinn auswendig, Pillipalli. »Vielen Infizierten ist es gelungen, den Ausbruch der Krankheit hinauszuzögern, indem sie strikt auf ihre Gesundheit achten. Du solltest es deinen Partner wissen lassen, wenn du das Virus in dir trägst.«

Ach ja? Echt? Und dann? Wie soll's weitergehen, wenn seine bleichen Wangen wieder Farbe angenommen haben und er fertig ist mit Zähneklappern? Hier die elegante Lösung für alle, denen körperliche Freuden nicht fremd sind: *I'm singing Body Electric, get ready, here it comes*, die Wissenschaft schlägt zurück, ta-tarara! Darf ich vorstellen: das Kondom!

Kein Wort im gesamten menschlichen Klangrepertoire hört sich dermaßen abstoßend an. Der Inbegriff semantischer Unflätigkeit. Aber was soll man tun, sie sagen »Kondome«, also müssen Kondome her. Elischa ist ein braver Typ, er trägt das Virus mit Grandezza. Ein Typ, der sich nicht scheut, dem Schicksal zu trotzen. Sein Humor ist rabenschwarz. Zum Beispiel führt er folgenden inneren Dialog:

Den heutigen Tag haben wir zusammen verbracht.

Wer »wir«?

Was für eine Frage! Das Virus und ich natürlich.

Die Angst ist schwarz, sie kriecht in ihm hoch, bis sie ins Bewusstsein vorgedrungen ist. Zieh die Bremse, Elischa, lenk dich ab! Ich halte es nicht mehr aus mit dieser Angst! Lenk dich ab! Verdammtes Infoblatt, die sollen uns gefälligst in Ruhe lassen. Was für Bezeichnungen man sich für uns einfallen lässt: Bevölkerungsanteil mit hoher Risikobelastung. Und dann dieses »Lass es deinen Partner wissen«.

Darling, I haven't been well recently, ich glaube, ich hab mir Aids eingefangen. Macht's dir was aus, kurz im Schränkchen nachzusehen, ob wir noch Aspirin da haben? Besserwisser, Weicheier, Gummihändler.

Ein abgetragener blauer Pullover, darüber ein Hals, ein ausrasierter Nacken. Er spürt einen Blick, dreht sich um. Augen.

Muschmusch.

Futtert Knabberzeug. War drinnen bei der Podiumsdiskussion gewesen, hatte sich gelangweilt, es satt gehabt. Und was jetzt? Mit wem ist er hier? Mit Freunden.

Name, Alter, Familienstand …

Elischa.

Muschmusch.

Zweiundzwanzig.

Vierzig.

Seit einem Jahr ist er in Tel Aviv, arbeitet, kellnert, will aber Tänzer werden. Ist es nicht ein bisschen zu spät, um jetzt damit anzufangen? Er macht das schon seit Jahren, klassisches Ballett mit neun, und seither war er ständig dabei, wenn auch mit Pausen. Inzwischen allerdings ohne Pausen. Er kennt Elischas Namen aus der Zeitung. Wo er wohnt? In der Florentinstraße, mit noch drei anderen. Nervig, null Privatsphäre.

Aber was bedeutet dir schon Privatsphäre?

Jetzt hat er sich beruhigt. Es tut ihm gut, an damals zurückzudenken.

Es ist schön, wenn man an etwas zurückdenken kann.

An eine Liebe.

Bitterwarmer Geruch von *Prince*-Zigaretten, Franz' Hände.

Franz' weiße Hände.

Elischa sagte immer: Wie weiße Vögel, fliegende Möwen.

Franz: *You are a poet, Elischa.*

Elischa: *Poet, my ass.*

Die Lyrik meiner Liebe zu Franz.

Er ist nicht mehr da. Tot.

Er hat mich infiziert.

Der Nazi.

Er hat's nicht gewusst er hat's gewusst er hat's nicht gewusst er hat's gewusst …

Schluss damit!

Los, du musst weiter, ein bisschen Bewegung tut gut. Wird langsam Zeit, zum Laden zu gehen. Ich werde den Streuner schon auftreiben, dann sieht alles gleich anders aus. Nur Mut, Elischa, welche Laus ist dir heute bloß über die Leber gelaufen, dass du in deiner Moralpfütze herumpaddelst wie ein olympischer Schwimmer?

Wenn der Geldautomat zugänglich ist und in Betrieb, heißt das, alles ist in Ordnung. Im Rahmen des Möglichen natürlich. Immer im Rahmen des Möglichen.

Hundertfünfzig Schekel, in Fünfzigernoten, der Automat war in Betrieb. Gut gemacht, Elischa, Liebling der Götter. Amadeo Fliedel!

Ich hasse Automaten, sie sind menschenfeindlich, und Computer sind Monster. So oder so wird die Zivilisation untergehen, aber die nächste Sintflut ist computergesteuert. Interessante Ansichten, Elischa, man könnte beinahe sagen, gewagt. Und dieser Elan! Du denkst, ohne dir Schranken zu setzen, sprengst die Grenzen des menschlichen Gehirns. Denkst du geradeaus, denkst du: Muschmusch. Denkst du, sagen wir, rechts herum – na, das ist aber eine Überraschung, du denkst ja schon wieder: Muschmusch. Und nach demselben Prinzip geht es in jeder erdenklichen Richtung. Ein Spinoza. Jean-Jacques Rousseau. Kant. Hegel. Elischa, das Genie. Meine Damen und Herren, darf ich vorstellen: Elischa Fliedel, die geistige Kapazität aus der Arnonstraße. Tosender Beifall. Wir sind stolz, Ihnen die Prinzipien der fliedelianischen Dialektik vorzustellen. *Standing ovations*. Als erlesene Illustration meiner These ... Halt endlich die Klappe, Elischa, schluck's runter!

Ich bringe mich zum Lachen, das ist doch ein gutes Zeichen. Vielleicht kann man sich ja wieder erholen. Unverbesserlicher Optimist.

Da, ein Kiosk. Zwei *Marlboro light*, bitte. Was kosten die Feuerzeuge? Feuerzeuge! Nein, die da, die durchsichtigen, geben Sie mir ein rotes, nein, doch lieber ein blaues, und außerdem eine *Jedioth* und eine Cola light. Und wissen Sie was? Noch zwei Schachteln *Noblesse* dazu. Diesem Muschmuschon gehen nachts immer die Zigaretten aus, dann schnorrt er sich welche von mir und flucht, dass sie ihm nicht stark genug sind, meine *Lights*. Was macht das zusammen?

Haben Sie eine Tüte?

Hat er.

Weiter geht's.

5 Er sieht es schon durchs Schaufenster.

Muschmusch ist nicht da.

Zumindest noch nicht.

Itzik sitzt allein im Laden. Mit einer Frau. Bestimmt eine Kundin. Übertriebene Sonnenbräune.

Er stößt die Tür auf, tritt ein.

Synthetisch duftende, klimatisierte Luft schlägt ihm entgegen.

Ich fass es nicht, welch hoher Besuch, setz dich doch bitte, Herzchen, ich bin hier gleich fertig. Die ist aus Paris, nein, so was finden Sie nie wieder, ich hab sie persönlich von dort mitgebracht, es ist meine Letzte, aber ich will Sie nicht überreden, das müssen Sie schon selbst wissen. Vergoldet und Elfenbein, graviert, Art nouveau, die Replik einer Brosche aus dem Besitz von Isadora Duncan.

Aber ich bitte Sie! Eine umwerfende Tänzerin. Weltberühmt, eine Schönheit. Sie war die Geliebte dieses Prachtkerls von einem Dichter, so ein Blondschopf, na, wie hieß er doch gleich? Elischa, hilf mir kurz auf die Sprünge, Schätzchen, mein Namensgedächtnis ist miserabel … Kürzlich gab's eine Dokumentation über die beiden auf Kanal acht, am Ende bringt er sich um … Na …?

Genau den hab ich gemeint.

Nein! Nein, das ist ein ganz außergewöhnliches Stück! *Extraordinaire!*

Elischa, Schätzchen, macht's dir was aus, hier nicht zu rauchen, es bringt mich um.

Die sollten Sie nehmen. Woher denn, umwerfend, ehrlich. Aber sicher, natürlich, eine ganz andere Kategorie. Also, wenn Sie sich's noch mal überlegen wollen … Aber ich finde, die passt am besten zu Ihrem Look. Und Sie werden sie an keiner anderen sehen, das garantiere ich Ihnen. Elischa, Herzblatt, machst du bitte die Zigarette aus, ich bin gleich bei dir, ja? Hier ist Ihre Quittung, nächsten Monat kommt traumhafte Ware rein, ja, auch sensationelle Ringe in Art déco … Würden Sie, wenn Sie rausgehen, freundlicherweise darauf achten, die Tür richtig zu schließen? Sonst ist die ganze Kühle futsch, Sie wissen ja, Klimaanlage … Blöde Kuh! Ich bin schier wahnsinnig geworden. Tasse Kaffee, Schätzchen?

Muschmusch? Woher soll ich das wissen?

Sag mal, bist du noch bei Trost? Der arbeitet schon seit zwei Wochen nicht mehr bei mir. War ihm offenbar peinlich, es dir zu erzählen.

Ich hab ihn leider entlassen müssen.

Warum? Weil er nicht tut, was er soll, darum.

Nie pünktlich, ein Umgangston wie ein Halbwilder, alle zwei Minuten rennt er mir davon, um eine zu rauchen. Tut mir Leid, mein Lieber, aber das hier ist ein Laden, nicht das *Playroom*!

Wie, dir gegenüber hat er behauptet, er ist noch bei mir? Ich sag's ja: Der Junge ist ein pathologischer Lügner, jedes Wort von seinen Lippen gelogen.

Absichten interessieren mich nicht, für mich zählt nur, was vor Ort passiert. Glaub mir, ich hab keinen Nerv für solche Leute, schade um meine Zeit.

Mensch, Süßer, woher soll ich das denn wissen?

Na und?

Wieso? Schläft er nicht zu Hause?

Mach dir keine Sorgen, nein, ich sage dir: Dem Jungen fehlt einfach jeder Sinn für Verantwortung.

Na gut, wenn ich was höre …

Kein Problem, Herzchen.

Was gibt's sonst Neues? Wie ist das Leben?

Du hast zugenommen.

Nein, man muss nur langsam aufpassen, ich lass die Finger von Süßkram, man wird eben nicht jünger.

Warte, dir steht ja der Schweiß auf der Stirn, du bist total blass um die Nase, du musst unbedingt was trinken. Ich springe kurz raus und besorge dir was. Dass du mir hier nicht austrocknest. Einen Schluck Mineralwasser vielleicht?

Na gut, wie du willst.

Ciao, mein Süßer, winke-winke, Wiedersehen, lass es dir gut gehen.

6 Nichts wie weg von hier! Schnell hinters Haus und sich setzen, egal wohin, notfalls auf die Erde. Er hat die Tränen zuvorderst, kann sich kaum beherrschen, das Weinen steht in der Brust, steigt in den Hals, die Augen brennen. Über einen schmalen Durchgang links vom Haus gelangt er in den rückseitigen Hof, heftiger Geruch von Abwasser, aus zwei überfüllten Müllcontainern steigt Gestank auf, aber sie stehen im Schatten. Schatten! Schatten ist genau das, was ich jetzt brauche. Im Schatten wirkt alles normaler. Da an der Ecke. Mit dem Rücken an die kühle Hausmauer gelehnt, direkt neben dem Kanaldeckel, Moos, piekende Steinchen unterm Po. Wie kann ich solche Blödsinnigkeiten bloß wahrnehmen? Nicht genug damit, dass ich für den Augenblick lebe – mein schlimmstes Vergehen überhaupt –, nein, ich weigere mich auch noch, und sei's nur für eine Sekunde, dem Leben zu entsagen. Verehrte Damen und Herren Geschworene, das Vergehen des Mannes, den Sie hier vor sich sehen, besteht in seiner standhaften Weigerung, dem Leben zu entsagen, ich vertraue darauf, dass Sie Ihren gesunden Menschenverstand gebrauchen und ihn zur Höchststrafe verurteilen, denn er hat sie verdient: Entzug des Lebenselixiers, das auf den Namen Muschmusch hört.

Zwei Wochen hintergeht er mich schon, womöglich gar noch länger, was weiß ich, ich weiß ja inzwischen gar nichts mehr. Wo soll ich noch suchen? Den Gedanken, dass er mich womöglich verlassen hat, kann ich nicht mal ansatzweise ertragen. Das übersteigt meine Fähigkeiten. Ständig diese Verlustängste, keine Ahnung, woher das bei mir kommt; ich weiß noch, dass ich meine ganze Kindheit hindurch am Rockzipfel meiner Mutter gehangen habe, vielleicht hat es mit meinem ersten Tag im Kindergarten zu tun, da habe ich ihr hinterhergeweint, als sie ging. So ein Unsinn. Mein Gott, die Sonne brennt wirklich gnadenlos, und diese feuchte Erde, bestimmt ist irgendwo ein Abwasserrohr geplatzt.

Wenn er mich jetzt sähe: in einem Innenhof mitten in Tel Aviv, neben den Müllcontainern, an eine dreckige Hauswand gelehnt. »Steril« nennt er mich immer, »zart besaitet«. Wenn er mich nur nie verlässt! Niemals! Das würde ich nicht überleben. Ich kann nicht aufhören zu weinen, meine Hände sind schmutzig, ich sollte mir mal die Nase putzen. Das Hemd, damit kann ich mir mein Gesicht abwischen. Schon besser. Gott, wer hätte geahnt, dass es im Bereich Strafen für Sterbliche einen derartigen Schmerz gibt? Was für eine Verzweiflung! Wie bin ich nur in diese Verzweiflung hineingeraten, wie konnte ich diesen Grad an Verzweiflung erreichen? Das ist ja ein bestialischer Gestank, diese Innenhöfe in Tel Aviv ... Von wegen Innenhof, ist doch bloß ein mieser kleiner Hof hinter einem Haus. Ich muss aufpassen, dass Itzik mich nicht vom Laden aus beobachtet, wenn ich mich hier rausschleiche. Vor zwei Wochen hat er ihn also gefeuert. Armer Junge, armer, erniedrigter Muschmuschon, und mir hat er kein Sterbenswörtchen davon erzählt. Vielleicht hat er etwas ausgefressen? Kann man ja nicht wissen. Man kann nie wissen.

Genau so hat es auch bei Tamás in Budapest hinterm Haus gestunken. Das Abflussrohr hatte ein Leck.

Ich schnappe mir ein Taxi und fahre nach Hause. Damit er mich so nicht sieht, mit feuchtem Hosenboden.

Ein Balkon am Haus auf der Seite des Hofs. Da zieht jemand Zwiebeln auf dem Fenstersims, in einem Balkonkasten. Diese Tel Avivis. Bestimmt haben sie eine schöne Wohnung, blitzsauber, Pflanzen, Edelstahltöpfe, Reinigungsmittel, angenehm duftendes Bad, die Einrichtung aus leichten Einzelmöbeln, im Bücherregal ein Sachbuch über die Palmach, kleine abgegriffene Bände aus dem Verlagsprogramm von *Am Oved*, die Wochenendbeilage der *Ha'aretz*, ein Kochbuch auf Englisch, das Hebräisch fließend und akzentfrei ... Hallo, schon wieder lässt die Frau Mama grüßen. Du Hure, du Miststück, du bist mir schon lange nicht mehr ins Gehirn gekrochen, du fette Nacktschnecke, die du stets eine Schleimspur in den Mäandern meines Gehirns hinterlässt. Bei dir stehen keine leichten Möbel. Bei dir duftet nichts angenehm. Dafür gibt's Naphthalin in rauen Mengen, schwere Kommoden,

Schränke, Buffets, eine Figur aus Meißener Porzellan, die einen Sprung hat (Muschmusch: Oh, wie schade um die Eier des kleinen Herzogs!), Fauteuils, Rosshaarmatratzen, dein Kühlschrank riecht nach Arzneimitteln (»Damit sie nicht verderben!«), und an den Tagen, wo du zu krank bist, um dich zu waschen, müffelt deine Unterwäsche nach Urin. Wenn doch endlich alles vorbei wäre! Ich trage eine schwere Krankheit mit mir herum, eine tonnenschwere Last. Ach, könnte ich dich doch richtig hassen, Hass pur, in Lebensgröße. Oh Muschmusch, wie sehr ich ihn liebe, meinen Muschmuschon!

Auf der Ibn-Gvirol, eng umschlungen, Spaziergang nach der Podiumsdiskussion im Tsavta.

Der militante Typ hat seine Schuld beglichen. Hundert Schekel. Muschmusch in Sneakers, die Hände in den Hosentaschen, schildert er Elischa die Geschichte seines trüben Lebens: Pflegekind in verschiedenen Kibbuzim, Internate, Dorfschule Kfar Galim, wieder Kibbuz. Na ganz einfach: Meine Eltern waren eben diplomatenmäßig im Ausland unterwegs, alles streng geheim. Genauer gesagt, im Auftrag des Mossad.

Lügt wie der ewige Quell. Seine Stimme, dietrichesk. Knötchen auf den Stimmbändern, erklärt das Kerlchen. Aber angeblich ist meine Stimme sexy, tröstet er sich. Wird mir jedenfalls immer gesagt, kokettiert er. Eigentlich ist es doch schnurzpiepegal, resümiert er.

Hunger?

Nicht so richtig.

Worauf er Lust hätte?

Keine Ahnung.

Was mag er denn?

Alles.

Aber besonders?

Entrecôte! Auf Entrecôte steh ich.

White Hall. Steakrestaurant.

Doppelte Portion Pommes, bestellt er. Ein kleiner Mülleimer, ein Fass ohne Boden.

Kann ich beides haben, Mousse au chocolat *und* Kuchen?

Klar doch, mein magerer, ausgehungerter Geliebter, du kannst sämtliche Mousses und Kuchen bestellen, die inner- und außerhalb unserer Galaxie zu haben sind.

Ich möchte gern mit zu dir, darf ich?

Langsam wird's gefährlich. Vorsicht, Elischa, pass ja auf.

Darf ich?

Besinn dich, Elischa, hol einmal tief Luft und jag ihn zum Teufel.

Plötzlich Verzweiflung.

Feuchte europäische Luft um dreizehn nach fünf morgens, er hat nachgesehen, musste es unbedingt genau wissen, auf die Minute, auf die Sekunde genau. Hatte Angst, dass es ihm entfallen könnte. Ich muss es mir aufschreiben, hatte er gedacht und sich nicht gerührt.

Das Fenster sperrangelweit offen, liegt er da, sieht keine Dächer, nur einen Himmel, der nach und nach aufklart. In Franz' Bett, vollständig angekleidet, orangefarbene Cordhose und altes Flanellhemd, noch aus New York. Franz. Tot in meinen Armen, wie ein welker glatzköpfiger kleiner Greis, ich halte einen klitzekleinen Greis in meinen Armen, Überrest einer stolzen Seele.

Beim Aufwachen wusste er, noch ehe er sich vergewissert hatte, dass es vorbei war. Unfähig, sich zu rühren, blieb er weiter auf der Seite liegen und hielt von hinten die erkaltende Leiche im Arm, eine Angewohnheit der letzten Wochen: den Kranken so viel wie möglich schlafen lassen, ihn ja nicht wecken. Er hob lediglich kurz den Arm, um auf die Uhr zu sehen, und ließ ihn gleich wieder sinken. Dreizehn Minuten nach fünf. Er blieb liegen und betrachtete erstarrt das landschaftsleere Stück Himmel, die Leiche hielt er an seine Brust gedrückt, wie einen One-night-stand, den er in einem Club abgeschleppt hatte. Bis mittags Jaap, der Krankenpfleger, kam und sich mit ernstem Gesicht und einem Elan, der von Erfahrung zeugte, daran machte, die Beerdigung zu regeln.

Zwei Wochen später war er wieder daheim in Israel gewesen, hatte voller Zuversicht sein Leben neu begonnen.

Denn Staub bist du, und zum Staub sollst du zurückkehren.

Und vielleicht verpufft irgendwann die Wut, hatte er gelegentlich gedacht und sich sogleich verlacht: Mein Gefühl in dieser Angelegenheit, Verehrtester, verheißt nichts Gutes. Er hatte abgewartet.

Allein. Zwei Jahre lang. Bis zu diesem Tag.

Also, was ist? Darf ich mit? (Die graziöse Dietrich.)

Nein. Ich muss noch wo vorbeischauen. Vielleicht ein andermal.

Sehen wir uns denn wieder?

Keine Ahnung, gut möglich.

Darf ich dich anrufen?

(Der lässt nicht locker!)

Nein.

Wieso nicht?

Es ist kompliziert.

Lebst du mit jemandem zusammen?

So ungefähr.

Wie wär's dann mit Kaffee? Wir könnten ja mal zusammen Kaffeetrinken gehen.

(Er ist süß, ganz zweifelsohne, supersüß.)

Es fängt an zu regnen, du wirst patschnass, los, Muschmusch, fahr nach Hause.

Sein Hals.

Ihn berühren, ihn vögeln, in den Arsch, bis rauf zum Hals. Seine Haut, die leicht eckigen Finger, helle Fingernägel, sein Mund, die geschwungene Oberlippe. An einem Schneidezahn fehlt eine Ecke. Abgebrochen, das hat er erzählt, jemand hat ihm eine geboxt, Märchenerzähler, vögeln, oral, anal, seine Wimpern ... Monate später lautet die Bezeichnung Klimperwimpern.

Schlank

Levi's 501

Was will er von mir?

Schmarotzer.

Ich habe natürlich meine Vorteile, aber die kann er in einer halben Stunde höflichen Kennenlernens nie und nimmer erkannt haben.

Primitivling
Ein Apoll bin ich nicht gerade,
so viel steht fest
Das Haar lichtet sich zunehmend

Vielleicht denkt er, ich würde ihn auf irgendeine mysteriöse Weise aushalten.

Aber: Mein Süßer, he, Süßer!

Dass du dich in mir mal nicht täuschst
Muschmusch
Ich stehe in einer Pfütze,
höre nicht auf zu quasseln
Was sagt er da?
Er hält meine Hand

Wir stehen auf der Bograschov im strömenden Regen, wie in einem Kitschfilm.

Los, Muschmusch – oder wie auch immer du heißt –, scher dich nach Hause.

Was hat so ein kleiner Kibbuznik wie du schon in der Tasche?

Zwanzig Schekel und einen Personalausweis?

Dann schnapp dir ein Taxi, und ab in die Florentinstraße! Und kauf dir vom Rückgeld Kondome. Und bring einen Wisch vom Arzt mit, *kapisch*? Was ist denn nun schon wieder los? Mann, das hat mir gerade noch gefehlt! Er heult, lautlos, wischt sich mit dem Ärmel die Nase ab. Oh, weinende Susannah. Ich kann nicht mehr.

Mir ist kalt
Ich bin klatschnass
Ich halte ein Taxi an
Zur Florentinstraße
Pass auf dich auf, Muschmusch
Und jetzt ab nach Hause

Licht an, Ofen an. Ich werde nicht warm. Kräutertee, schlafen, Erschöpfung. Seine Augen! Er hat mir den Kopf verdreht. Ihn vögeln und sterben. Menschenskinder, Elischa! Vögeln und sterben will mir ja noch eingehen, aber vögeln und ihn mit in den Tod reißen? Nicht nett, Elischa.

Du bist doch sonst immer grundanständig

Das hätten wir nicht von dir gedacht
Mit Kondom natürlich
Ohne ist es brandgefährlich
Das ist doch kein Leben mehr
Mit Kondom
darfst du
Das weiß jeder
Hol dir einen runter und schlaf
Hat er brav gemacht.
Anderntags hatte er Lungenentzündung.
Dachte: Jetzt geht's los.
Vier Wochen im Bett, er hat's überlebt.

Wer sich, vertieft in einen Flirt mit ihr wisst schon, wem, im Regen rumtreibt …

Er ist wieder gesund.

Florentinstraße.

Dort heißt es: Ausgezogen, keine Ahnung, wohin, sein voller Name? Nicht bekannt. Man kennt nicht mal seinen richtigen Namen. Keine Ahnung, in welchem Lokal er kellnert, keine Ahnung, in welchen Kibbuzim er gelebt hat, keine Ahnung, mit wem er sich herumtreibt, auch nicht, wo, dass man nachfragen könnte, null Ahnung, von nichts. Schwule Kids eben.

Am selben Abend aß Elischa bei seiner Mutter zu Abend. Kehrte gegen zehn nach Hause zurück.

Surprise, surprise
Wer wartet denn da an der Haustür?
Muschmusch
Er hat ihn gesucht
Sagt, er habe ihn vermisst
Sagt, er habe Verhütungsmittel besorgt
Sagt, er liebe ihn
Er liebe Elischa
Sagt, er habe abgewartet, um zu sehen, ob er sich das nur einbilde
Sagt, er habe es sich nicht eingebildet
Sagt, er werde ihn nicht in Ruhe lassen, auch wenn er, Elischa, ihn treten würde wie einen streunenden Hund

Sagt, er habe angefangen, Unterricht zu nehmen bei Bat-Dor, damit er, Elischa, stolz auf ihn sein könne
Aber auch für sich selbst
Sagt, er würde sich einen anständigen Job suchen
Dann drückt er Elischa sanft an die Wand und küsst ihn mit offenen Augen, schmiegt sich an ihn, als drohte jemand, ihn wegzuzerren, und als Elischas Atem tiefer und schneller geht und sein Körper unter Strom steht und verloren ist, kniet er nieder und vollzieht an ihm einen Liebesakt, bis Elischa, samen- und gedankenentleert, zu Boden sinkt und vor ihm sitzen bleibt.
Sie rauchten schweigend Zigaretten
Sie gingen hinauf in Elischas Wohnung
Sie tranken Kakao und aßen Kekse dazu
Von da an waren die beiden unzertrennlich.

7 Schleunigst nach Hause, auf der Stelle, vielleicht ist er längst zurück, Elischa, der Wahnsinnige, ohne Ende beschäftigt mit sich selbst, ihm fällt erst gar nicht ein, dass es abgesehen von den apokalyptischen Varianten auch noch andere Möglichkeiten gibt. Schmeiß doch verdammt noch mal endlich die beschissene Tüte mit den Zigaretten und der Zeitung weg! Nein, eine Schachtel brauch ich noch, nur eine, die angefangene, und auch das Feuerzeug. Bring deine Klamotten in Ordnung, du Schluffi, weiß der Teufel, wie lange du auf der Erde herumgesessen hast. Schnapp dir ein Taxi, dann bist du schneller. Nicht unbedingt, es ist ja nicht weit. Aber auf der Dizengoff ist alle hundert Meter eine Ampel. Taxi oder nicht? Geh, hör auf, man kann sich doch nicht über jede blöde Kleinigkeit stundenlang den Kopf zerbrechen. Der Wagen hält, Arnonstraße, bitte, Kurzstrecke. Der Fahrer weiß nicht, wo das ist. Er ist neu. Dann gibst du ihm halt Anweisungen. Wenn ich eine Pistole hätte, würde ich ihn erschießen, erschießen! Also aufgepasst: Sie fahren jetzt zur Ben-Jehuda, Ecke Gordon … Im Wagen läuft eine Kassette, Filmmelodien. Wenn ich eine Pistole hätte … Ist das eine Hitze heute, stöhnt der Taxifahrer. Halt die Klappe, Elischa. Natürlich, immer soll Elischa brav die Klappe

halten! Ja, gibt er höflich zurück, furchtbar, aber im Wetterbericht hat's geheißen, morgen lassen die Temperaturen wieder nach. Er traue dem Wetterbericht nicht, gibt der Taxifahrer zurück, immer trete genau das Gegenteil von dem ein, was sie voraussagten. Aber heutzutage ist es anders, belehrt ihn Elischa, heutzutage ist die Prognose viel genauer, es gibt hochentwickelte meteorologische Geräte … Der Fahrer hält. Er hat kein Wechselgeld. Sei's drum. Kann ich bitte eine Quittung haben? Der Drucker ist defekt, erklärt der Fahrer, aber er kann ihm gern von Hand eine ausstellen. Na schön, nicht so wichtig. Doch, doch. Der Fahrer lässt nicht locker, er will keinen Ärger. Elischa hat eine Quittung verlangt, also soll er auch eine haben.

Briefkasten. Im Fensterchen steht »Elischa Fliedel« und auf dem Briefkasten selbst, in schwarzer Tusche, halb verwischt, »Muschmusch«.

Grundsteuer
Werbung von einem Klempner
Das war's
Dritter Stock
Rechts
Schlüssel
Vielleicht ist er schon zu Hause
Nichts hat sich von der Stelle bewegt
Nicht mal die Luft
Die Moleküle sind noch immer haargleich angeordnet
Die alten Sneakers
Fort

8 Nachdem er geduscht hat, in eine graue Jogginghose geschlüpft ist, sich aufs Bett geworfen und ein paar Minuten lang trocken geschnieft hat, gibt er sich einen Ruck. Unglückseligkeit braucht Zeugen. Wie die Liebe, wie die Schönheit. Ohnehin läuft alles auf dasselbe hinaus.

Er schnappt sich das Buch von Enid Starkey vom Nachttisch. Er kennt es inzwischen in- und auswendig, kennt jede Einzelheit von Flauberts Biografie, als wäre sie seine eigene. Muss man alles wissen über einen Dichter, dessen Lyrik man von innen nach außen kehrt, in dem Versuch, sie in eine reaktivierte semitische Sprache zu übersetzen. Wer übersetzt denn Lyrik und wozu? Wen interessiert das schon? Wer liest so was überhaupt? Nur Feinschmecker, Snobs, Intellektuelle, Studenten. Eine Bevölkerungsgruppe ohne jeden Sexappeal. Elischa ist um Bodenhaftung bemüht. Mit einem Schuss Kreativität. Für eine Zeitung schreiben befriedigt ihn in keiner Weise, doch was er hier aus sich herauswürgt, ist nichts als Blut, Hühnersuppe und kryptisches Gesabber. Rimbaud aus dem Französischen übersetzen. Tolles Vergnügen!

Eine Zeit lang schlägt er sich mit *Une saison en enfer* herum, verflucht sich selbst. Schluss jetzt.

Er nahm ein sauberes Blatt und schrieb in seiner runden Schrift: »Lieber Muschmusch. Ich hab dich mit dem HIV-Virus infiziert. Jetzt musst du sterben.« Eine Viertelstunde war er damit beschäftigt, das Papier in kleinste Stückchen zu reißen. Anschließend holte er aus der Küche ein Tellerchen, legte die Schnipsel darauf, setzte sie in Brand und starrte auf die Flammen, bis alles in ein dünnes Häufchen Asche verwandelt war. Nach gründlicher Überlegung nahm er ein sauberes Blatt vom Stapel und schrieb los, beinah aggressiv. Als er fertig war, fühlte er sich wie ausgelutscht. Starrte auf das Geschriebene, ohne es zu lesen, zerknüllte das Blatt mit einer mechanischen Bewegung und warf es in den Metallpapierkorb mit dem Konterfei von Bart Simpson. Dann legte er sich rücklings aufs Sofa und schlief sofort ein. Sank in den Schlaf wie ein Stein, den man in einen Schöpfbrunnen hat plumpsen lassen.

Als er aufwachte, spürte er ohne die Augen zu öffnen die Dunkelheit, die den Raum beherrschte. Er musste geraume Zeit geschlafen haben, vielleicht zwei Stunden, möglicherweise aber auch vier. Er war erstaunt über seine innere Ruhe, als er Geräusche aus der Küche hörte. Er ist wieder da!

»Muschmusch!«, rief er mit verschlafener Stimme, die Augen immer noch geschlossen. »Mach das kleine Licht an und bring den Aschenbecher vom Balkon.«

Keine Antwort.

Vielleicht ist das ja gar nicht er, sondern ein Einbrecher? Vor zwei Wochen, fiel ihm ein, war bei den Nachbarn seiner Mutter eingebrochen worden. Schön leise sein. Vorsichtig schlug er die Augen auf, Dunkelheit ringsum. Er schielte hinüber zur Küche, sah kein Licht. So eine Scheiße, dachte er. Das hat mir gerade noch gefehlt. Hier gibt's nichts zu klauen, das wird ihn wütend machen, womöglich bringt er mich noch um, für nichts, von solchen Fällen hört man immer wieder. Schritte. Ein Glück, dass die Tür offen steht. Wie ein geschulter Detektiv drückt sich Elischa an den Türstock. Ein Blick in die Küche. Nächtliches blaues Licht vom Fenster her, eine Silhouette.

Wahrscheinlich werde ich dieses Geschöpf selbst dann noch erkennen, wenn man mir die Augen ausgestochen hat, selbst wenn es still dasteht und nicht atmet, selbst wenn das Universum in apokalyptischer Dunkelheit versunken ist. Seine Existenz und mein Bewusstsein davon sind in jeder Hinsicht absolut.

Darf man erfahren, was du da im Dunkeln in der Küche machst und wieso du nicht antwortest, wenn ich dich rufe? Ist das deine neue Art? Ja? Der Dunkle und Stille? Halt die Klappe, Elischa, irgendwas stimmt hier nicht, irgendwas ist total schräg. Schluss mit diesem zwanghaften Geplapper, du Tunte, du kannst das Unvermeidliche nicht stoppen, gleich platzt hier eine fürchterliche Bombe. Ich spüre es mit jeder Faser meines Körpers. Stille in den Straßen meines privaten Hiroshima. Halt die Klappe, Elischa! Ich kann nicht, die Angst begräbt mich unter sich, eine Springflut der Angst, ein Sturm der Angst, die Luft schreit es mir in die innersten Windungen meines Gehörgangs: Irgendwas ist vorgefallen.

Rede vernünftig mit ihm, ruhig Blut, schau den Tatsachen endlich ins Gesicht. Muschmusch, du Prinz der Dunkelheit, Probleme bei Bat-Dor? Mit Itzik, dem Arschloch? Du hasst mich? Du willst weg? Hast du einen anderen? Jetzt hör mir mal zu, Muschmuschon. Ich weiß, dass wir Probleme haben, ich bin ja nicht blöd, aber irgendwann müssen wir darüber reden, außer du hast vor, mich ohne ein Wort zu verlassen, wie die Diva in einem alten Film. Ach Mensch! Für diese Art von Romantik bin ich einfach zu alt.

Musch, du Neurotiker, rede endlich mit mir, ich finde das, was hier abgeht, zum Kotzen, befrei dich endlich aus diesem Netz von Lügen, in das du dich verstrickt hast, und fang an zu kommunizieren. Dieses Verhalten bringt uns nicht weiter, außerdem solltest du inzwischen wissen, dass es mir auf den Sack geht.

Gut, ich hab die Nase endgültig voll. Falls du dich entscheidest, wieder ein kommunikatives Wesen zu sein: Die nächste Stunde findest du mich im Wohnzimmer unserer gemeinsamen Wohnung. Er drehte sich lässig um, tastete nach dem Schalter. Im Licht wirkt alles viel nüchterner.

Plötzlich eine leise, belegte Stimme.

Melodie meines Lebens.

»Ich hab mich infiziert. Endgültiges Testergebnis: ›positiv‹.«

Elischa erstarrt in Schweigen.

Wieder die belegte Stimme. Todkranke Dietrich.

»Und dich hab ich garantiert auch infiziert. Das heißt, du könntest dich testen lassen, aber ich glaube, die Mühe kannst du dir sparen. Das heißt, du wirst dich natürlich testen lassen *wollen*, aber … Was ich damit sagen will, ist: Nach allen Regeln der Logik hab ich dich hundertpro angesteckt, du weißt schon, oral, anal, ohne Kondom, ich hätte nie gedacht, dass ich was habe, weil ich mit niemand anderem zusammen war als mit dir, weil ich nie auch nur einen angeschaut hab außer dich, ich meine, seit ich dir im Tsavta begegnet bin und du mich im Taxi zur Florentinstraße mitgenommen hast. Es muss wohl davor passiert sein. Ich hab schon irgendwie aufgepasst, aber es gibt nur eine wirklich sichere Methode, na, du weißt schon: onanieren.«

Elischa ist wie versteinert, rührt sich keinen Millimeter. Ich darf ihm keine Angst machen, er soll nur ja weiterreden, nicht in Panik geraten.

»Ich weiß wirklich nicht, was ich sagen soll. Du kannst mich jetzt umbringen, wenn du willst, aber das wirst du ja doch nicht tun, weil es beängstigend ist, jemanden gewaltsam zu töten. Das würde nicht zu dir passen … Wenn ich mir ausmale, was du jetzt denkst oder fühlst, kriege ich Panik … Du wolltest mich ja von Anfang an nicht haben, aber ich habe nicht locker gelassen, weißt du noch? Jetzt sagst du dir bestimmt: ›Ich hätte ihm einen Tritt geben sollen, wie einem Aussätzigen, ich hätte auf meinen Bauch hören sollen.‹ Aber am Ende konnte ich dich doch überreden, und ehrlich gesagt, war ich mir sicher, dass ich clean bin, weil ich mich ein halbes Jahr vorher hatte testen lassen, da war alles in Ordnung gewesen, also muss es wohl danach passiert sein … Ich versuche die ganze Zeit, mich zu erinnern, was da alles war und wann, aber es ist aussichtslos, diese Wohnung in der Florentinstraße war der reinste Bahnhof, und bis ich dir begegnet bin, hab ich meinen Arsch jedem hingehalten, der bereit war anzuerkennen, dass ich existiere. Und da muss es irgendwann passiert sein. Keine Ahnung. Oder im Park. Es gab Zeiten, da war ich jede Nacht dort, wochenlang, für Geld und so, vielleicht da, oder noch davor, keine Ahnung. Ist jetzt auch egal, inzwischen ist mir alles egal … Außer deinem Hass … Ich hab Angst, dass du das Licht in der Küche anmachst, also lass es bitte aus. Ich will nicht sehen, mit was für Augen du mich anschaust … Ich liebe es, wie du mich anschaust, deswegen hab ich mich damals am Anfang so an dich rangeschmissen. Du gibst einem das Gefühl, dass es sich gelohnt hat, in diese Welt hineingeboren zu sein, man fühlt sich wie ein wunderbares dickes Baby mit außergewöhnlichen Windeln, ein rundum gelungenes Kind, der Stolz jeder Mutter-Kind-Station … Das war das Gefühl, das du mir vermittelt hast. Ja. Aber damit ist es jetzt wohl vorbei. Solange ich lebe, werde ich mich für jede Minute hassen, die ich dir damals, nach unserer Begegnung im Tsavta, nicht deinen Willen gelassen habe. Morgen ziehe ich aus. Zufällig gibt's für mich ein Loch, wo ich mich verkriechen kann, bei einem Freund.«

»Bei Amir von Bat-Dor?«, rutschte es Elischa heraus.

Muschmusch war nicht überrascht.

»Nein, bei zwei Tänzerkollegen in der Hessstraße.«

Elischa ging langsam hinüber zum Fenster, spürte, wie Muschmusch zusammenzuckte. Reglos stand er vor ihm.

Sie lauschten den Minuten, die zwischen ihnen verrannen. Gott, es ist passiert. Es ist so weit, wir haben es beide. Jetzt geht's nicht mehr anders. Jetzt wird er es nie erfahren. Ich habe ihn an mich gefesselt, Nerv zu Nerv, Vene zu Vene, Blut zu Blut. Tod zu Tod.

Die lähmende Spannung, die Elischa jahrelang im Würgegriff hatte, löste sich in einen langsamen Strom auf, der ihn hinwegspülte und ihn mit einer stillen Freude, einem Beinahe-Glücksgefühl erfüllte.

Er sagte: Geh nicht, Muschmusch. Du hast nichts, wo du hinkannst, und auch keinen Grund. Das Los wurde geworfen, und weder ich noch du hatten Einfluss darauf.

Muschmusch blieb weiter stehen wie versteinert, zu keiner Reaktion fähig.

Er sperrte sich kein bisschen, als Elischa ihn auf seine Arme hob und ihn ins Bett trug.

Oh Muschmusch, du samtene Lumpenpuppe, lass mich dich ausziehen und dich schlafen legen, erst die Hose, jetzt das T-Shirt, nur kurz den Kopf heben, so, das war's.

Er deckte ihn mit einem karierten Pikeetuch zu.

Hier, mein Schatz, nimm ein halbes Valium. Und einen Schluck Wasser, zum Runterspülen. So. Und jetzt versuch zu schlafen, ja? Ich? Ich bin hier. Ja, ich komme auch gleich ins Bett, ich rauche nur noch eine, dann komm ich.

9 Er verbrachte die Nacht im Sessel. Bald würde der Morgen grauen, im Dämmerlicht erkannte er bereits die Silhouette: Muschmusch, eingekuschelt in seine Pikeedecke.

Ich denke an dich, Franz, und frage mich immer wieder, ob ich irgendwas anders gemacht hätte, wenn es in meiner Macht gestanden hätte. Eine nüchterne, hypothetische Frage, und das Schlimmste ist: Sie lässt sich nicht beantworten. Endlich bin ich innerlich ruhig, ruhiger vielleicht als je in meinem Leben. Ich verabschiede mich noch einmal von dir, wie ich es von Zeit zu Zeit getan habe, und in dem Schwall von Erinnerungen, die Abschiede dieser Art stets begleiten, rieche ich noch immer den bitterwarmen Duft von *Prince*-Zigaretten. Ach, mein Geliebter, mein Bruder, du mein untröstlicher Verlust, ich wünschte, ich könnte noch einmal zu dir ans Krankenbett, und sei's nur für einen Augenblick, um dich für den Hass zu entschädigen, den ich gegen dich gehegt habe. Ich würde deine abgezehrten Arme küssen, deinen von der Strahlenbehandlung kahlen Kopf, deinen gequälten Mund. Sprachen wir nicht immer von Liebe?

Katastrophensong oder Der gescheiterte Entzug der Mor Alkabetz

1 Heute Nacht will ich gut sein.

Sollte ich diese Nacht überstehen, wird ab morgen alles viel einfacher. Ich habe Hunger, bin erschöpft. Und ich muss dauernd weinen.

Ich denke fast pausenlos ans Essen. Gedankliche Endlosschleifen. Ohne jede Möglichkeit, daraus auszubrechen.

Manchmal kommt es mir vor, als wäre ich bereits tot. Meine Beziehung zum Essen als sadomasochistischer One-night-stand, als nekrophile Liebesaffäre. Anomalie, Krankheit, Hölle. Ja, mir fallen viele Wörter ein, um diese Seite meines Lebens zu beschreiben. Als wär's ein Lied. Womöglich ist es tatsächlich eine Art Lied, eine Ballade über das Dasein, mokant. Der geheime Katastrophensong der Mor Alkabetz. Ein Friedhofstango.

Wie pathetisch ich doch bin! Alles Unsinn, denn in meinem Fall lässt sich mit Gewissheit sagen, dass ich leben will, unbedingt sogar. Ich will nicht leiden. Ich will nicht krank sein und auch nicht zusammenbrechen, ich möchte keine Magengeschwüre, keine fauligen Zähne, brüchigen Fingernägel, ausgefallenen Haare, keine Wunden im Hals, keine Pickel im Gesicht. Ich will leben und gesund und glücklich sein. Wie alle. Was das betrifft, bin ich alles andere als originell. Ein Außenstehender wird jetzt sicherlich denken: Die Frau muss vom Leben ordentlich gefickt worden sein, vom Schicksal geschlagen. Doch an diesem Punkt kommen die Elemente Überraschung und Rätselhaftigkeit ins Spiel. Weshalb? Wenn aus keinem anderen Grund, dann weil ich glücklich bin. Das mag überzogen klingen, ist aber eine Tatsache. Ich habe mir mein Leben ganz nach meinen Wünschen und Zielen eingerichtet. Es war nicht immer leicht, das räume ich gern ein. Ich musste oft mit harten Bandagen kämpfen. Aber dafür habe ich jetzt genau das Leben, von dem ich immer geträumt habe. Ich habe alles, was man sich nur wünschen kann.

Warum dann die Tränen? Kummer? Ein Katastrophensong?

Ich weiß es nicht. Ich habe nicht die leiseste Ahnung.

Möglicherweise lässt das Schicksal rundum glückliche Menschen nicht zu und ersinnt daher selbst für diejenigen, deren Leben fabelhaft funktioniert, eine Panne, damit sie begreifen, die Undankbaren, wie gut sie es im weitesten Sinne haben. Gewissermaßen als pädagogische Übung.

Aber vielleicht spinne ich auch und merk's nicht mal. Vielleicht hab ich tatsächlich einen Schaden und bin verrückt. Total durchgeknallt.

Ich glaube nicht.

Rein logisch betrachtet, kann ich mir unmöglich vorstellen, dass ich gestörter sein soll als der Durchschnitt. Es mag ja modern sein, zu denken, dass in der westlichen Welt alle mehr oder minder gestört sind. Nein? Aber es ist doch die gängige Auffassung, dass es keinem schaden würde, von Zeit zu Zeit jemanden vom Fach aufzusuchen, von einer regelmäßigen Therapiestunde einmal pro Woche ganz zu schweigen. Die Welt ist bis oben hin voll mit Spinnern. Das ist eine Tatsache. Ich bin keine Schwarzmalerin, immerhin haben Klügere als ich diese Diagnose gestellt. Fähige Leute haben Filme darüber gedreht, Bücher geschrieben, und in weniger geschliffener Form (was nicht unbedingt heißen muss, weniger deutlich) lässt sich dasselbe auch an den aktuellen Ereignissen ablesen, über die im Fernsehen und in den Zeitungen berichtet wird. So oder so ist sonnenklar, dass wir in einem problematischen Umfeld leben! Und daher sind die Dinge in einem anderen Licht zu betrachten. Im Licht der gegenwärtigen Zeit.

Alle versuchen, irgendwie zu überleben. Schlechte Energien abzubauen. Sich von der unaufhörlichen Anspannung zu befreien, die die Räume unseres westlichen Daseins erfüllt. Überflüssig, hier diesen ganzen pro-bio- und anti-AKW-angehauchten Intellektuellenmüll nochmals durchzukauen: relativierende Werteverschiebung, Gewalt, Hass, Ozonloch, geistige Verarmung, Materialismus, Börsenachterbahn, Kriminalität unter den russischen Einwanderern, Diskriminierung der äthiopischen Einwanderer, Staatsmänner ohne Charisma, Arafats Hilflosigkeit, die Orthodoxen mit ihren Ansprüchen hier, die Araber mit ihren Ansprüchen da, die kulturlose Jugend, Sex ohne Kondome, Tranquillizer, Stress, Privatfernsehen, Lebenshaltungskostenindex, Kapitalmarkt, Arbeitslosigkeit in den Entwicklungsstädten, Smog in den Großstädten ... Und als Teil dieser allgemeinen Befindlichkeit habe ich mich eben dafür entschieden, zu essen. Meine Methode zur Wahrung meiner inneren Ruhe mag etwas merkwürdig anmuten, ist aber durchaus legitim. Bei allem Schlechten, das man von unserer Welt behaupten kann: Unterm Strich ist sie immerhin demokratisch. Frei.

Aber heute Nacht werde ich, wie gesagt, nicht essen. Seit geraumer Zeit empfinde ich eine Niedergeschlagenheit, die sich nicht allein auf das aktuelle Geschehen zurückführen lässt. Es fühlt sich an wie ein Steinchen im Schuh, das einen hindert, ungehemmt weiterzulaufen. Der Schmerz wird immer unerträglicher. Er ist leise und lästig, heimtückisch, kommt und geht und kommt und geht, ohne je endgültig zu verschwinden. Heute Nacht mache ich Schluss mit der Krankheit. Heute Nacht gehe ich ein für alle Mal auf Entzug.

Bulimie ist widerlich, schon im Hinblick auf ihr Image: Man assoziiert Schweinereien, Verpestung, Hemmungslosigkeit. Selbst der Klang des Wortes ist hässlich: Bu-li-mie. Da würgt's einen doch schon, wenn man das hört. Obszön.

Wie gut haben es dagegen die Magersüchtigen! Was für ein Leben sie haben, die kleinen Feen. Wie viel Klasse. Auch wenn ich vor Neid womöglich blind bin, so viel steht fest: Magersucht hat in der Öffentlichkeit ein weit positiveres Image. Und bei einer Krankheit spielt das Image schließlich eine entscheidende Rolle! Der Katastrophensong der Magersüchtigen ist eine lyrische Variation über ein qualvolles geistig geißelndes Thema. Ein bisschen wie Tuberkulose, nur weniger morbid. Ein Sonett über den Tod der Geliebten. Ein Nocturne. Und dazu dieser herrliche Fachbegriff: Anorexie. Wie das klingt! Ich stelle mir vor: Anorexia ist der

Name einer Nymphe aus der griechischen Mythologie. Sie hat sich in einem Lorbeerbaum versteckt, um dem Zorn der molligen Göttinnen Aphrodite und Artemis zu entkommen, die sie um ihre Figur beneiden. Der lüsterne Zeus, der sich in die Nymphe verliebt hat und ihr daher ebenfalls nachstellt, erzeugt einen Windstoß, der die Blätter vom Baum fegt und die Nymphe zum Vorschein bringt, woraufhin sich die beiden Neiderinnen auf sie stürzen und sie gemeinsam fertig machen. Ein Nocturne.

Aber Bulimie? Bulimie ist eine völlig andere Geschichte. Bulimie ist ein Graus.

2 Ich hatte einen miesen Tag. Richtig mies, jawohl. Auslöser des Ganzen war mein Assistent Mischmisch gewesen. Oder eigentlich das Fotomodell. Oder aber die unerwartete Begegnung mit Gaddi. Eines steht jedenfalls fest: Ganz egal, womit es anfing, es endete mit einer Ratte. Aber warum vorgreifen?

Ich bin Fotografin. Modefotografin. Mein Traumberuf, obwohl ich Filmwissenschaften studiert habe. Es hat sich eben so ergeben. Ich verdiene viel Geld. Keine Millionen, aber genug für ein Leben nach meinem Geschmack. Ich habe ein supertolles Studio, vom Fenster meiner Wohnung aus sehe ich die weißen Boote, die im Jachthafen neben dem Hilton-Strand vor Anker liegen. Ich fahre gern schnelle Autos und weiß, wie man einen Reifen wechselt. Ich habe einen prima Überblick über meine Bankkonten und spiele an der Börse, wenn die Gelegenheit günstig ist.

Männer hatte ich viele, aber nie das Gefühl, dass ich auf ihre Anwesenheit in meinem Leben nicht verzichten könnte. Sie waren immer ein willkommenes Extra in der herrlichen Autarkie namens »Ich«. Auf ihr Geld, ihre Unterstützung oder sonstige Erscheinungsformen ihrer Männlichkeit war ich allerdings nie angewiesen; wenn vorhanden, hatte ich nichts dagegen, doch als Mensch, als Frau war ich stets unabhängig.

Bis auf ein einziges Mal, nämlich mit Gaddi. Aber kaum hatte ich die Situation erkannt, sorgte ich dafür, sie umgehend zu ändern. Bei aller Achtung vor dem glänzenden Ruf, den die Liebe genießt, sie kann auch ein lästiger, ja ein kastrierender Faktor sein, was jedes Liebespaar mit einer ehrlichen Haltung zum Leben bezeugen wird. Und ausgerechnet dieser Mann, den ich damals so sehr liebte, musste mir heute, nachdem wir uns eine Ewigkeit nicht gesehen hatten, über den Weg laufen. Aber ich greife schon wieder vor.

Kehren wir zurück zu Mischmisch. Mischmisch ist mein Assistent. Mischmischs einziger Ehrgeiz besteht darin, der ewige Assistent von Mor Alkabetz zu sein (im Unterschied zu meiner ehemaligen Assistentin, der freizügigen Dithi, die ich aufgrund ihrer Schwangerschaft gefeuert habe). Mischmisch macht seine Sache gut. Die freizügige Dithi hat irgendwas in die Welt gesetzt und sich anschließend ein eigenes Studio gemietet. Ein kläglicher Akt angesichts der Lage auf dem Markt. Verglichen mit Dithis Minderwertigkeit in Sachen Ehrgeiz, ist Mischmisch vorbildlich. Er kümmert sich um mich wie eine Ehefrau. Gelegentlich schlägt er mit seiner Bemühtheit über die Stränge. Wie zum Beispiel heute. Da stand eine Titelseite für die Frauenzeitschrift *Olam Ha'ischa* auf dem Plan. Amerikanische Einstellung. Farbe. Nichts Außergewöhnliches. Als Mittagspause angesagt war …

Hier muss ich kurz unterbrechen und eine kleine Unart von mir beichten: Hin und wieder gebe ich mich der Vorstellung hin, magersüchtig zu sein. Was manchmal sogar funktioniert. Ich komme zum Beispiel ins Studio und sage zu Mischmisch: »Mann, jetzt hab ich schon wieder drei Tage nichts gegessen.« Er kennt seine Repliken genau: »Mensch, Mor, du bist nicht normal« oder »Sieh dir mal an, wie dürr du bist, du musst unbedingt auf dich aufpassen, Schätzchen, sonst nimmt deine Gesundheit noch Schaden«. Dieses kleine Ritual zwischen uns macht mir Spaß. Es verschafft mir unzählige Momente des Gefühls, auf natürliche Art dünn zu sein. Mischmisch selbst, das muss betont werden, ist ein strikter Anhänger der Figurbewussten, mit deren Unterstützung er dreiundzwanzig Kilo abgenommen hat. Daher lautet seine Auffassung von Schlankheit Maßhalten, Maßhalten und nochmals Maßhalten. Ich pfeife aufs Maßhalten, mehr noch, ich pfeife auf Mischmisch und kann mich dennoch nicht zurückhalten: »Ach, hör doch auf, Mischmisch, ich habe keine Lust zu essen. Ich bin eben so, weißt du, alles eine Frage des Körperbaus. Lauf mal kurz runter zum Kiosk, mein Engel, und besorg mir eine Flasche Mineralwasser. Und mach mir einen großen Mokka mit einem halben Löffelchen Zucker. Ich habe Brechreiz, wenn ich nur an Essen denke.« Eine dumme kleine Angewohnheit von mir. Eine Laune.

Nun denn. Auch heute hatte ich es mir in den Kopf gesetzt, mit Mischmisch dieses Spielchen abzuziehen. Wer weiß, vielleicht wäre alles gar nicht passiert, wenn ich gemeinsam mit den anderen genüsslich zu Mittag gegessen hätte. Oder es wäre anders abgelaufen. Aber warum mich in schmerzhaften Spekulationen ergehen? Es hat sich nun mal so ergeben.

Schön. In der Mittagspause besorgte Mischmisch wie üblich für alle am Set Schawarma, eine mit Fleisch und Salat gefüllte Pitta, ein Imbiss, der vor Fett und Sesamsauce nur so trieft. Im Prinzip passt dieses Plebsfutter schlecht zum Glamour meines Berufsstands, aber das ist nun mal, was man bei uns isst: eine schnelle, sättigende Mahlzeit, die auch im Handumdrehen besorgt werden kann; vom Studio zum Laden ist es ein Katzensprung. Und da wir gerade offen und ehrlich sind: Auch ich esse gerne Schawarma. Sehr gern sogar. Unter »normalen« Umständen, wenn ich einen meiner üblichen Anfälle habe, kann ich vier Portionen nacheinander vertilgen wie nichts. Mit Cola dazu. Aber darum geht's jetzt nicht.

Mischmisch kam also voll bepackt mit Tüten wieder, verteilte die tropfenden Portionen am Set und rannte in die Küche, um einen Saucenfleck auszuwaschen, der sich gefährlich schnell auf seinem nagelneuen Moschino-Hemd ausbreitete. Den Arschlöchern von der Redaktion, der Make-up-Tusse, dem Friseur und dem Fotomodell war es etwas unangenehm, vor meinen Augen das Essen in sich hineinzuschlingen. Aber sie schlangen. Und wie. Von meiner Enthaltsamkeit peinlich berührt, waren sie darauf bedacht, möglichst nicht zu schmatzen. Ich beobachtete sie gelassen und ungerührt wie ein Schaufenster mit Elektrogeräten. (Oh, die fantastisch dünne Fotografin, die gertenschlanke Mor Alkabetz, wie sie sich ekelt vor diesem Proletenfraß. Serviert ihr ein paar Austern und ein Schälchen Kaviar!) Von Zeit zu Zeit hielt mir jemand genießerisch seine Pitta hin: Ob ich nicht doch mal abbeißen wolle? Nur eine List, um der Verlegenheit zu entkommen; offenbar war ihr Heißhunger ihnen peinlich. »Ach nein«, wehrte ich ab, »so was mag ich wirklich nicht essen, vielen Dank, ihr Süßen.« (Oh du Nymphe!)

Ich beobachtete das Fotomodell, diese Scharon Tampon oder wie sie noch hieß. Die flachen Schenkel voller Krümel, saß sie vornübergebeugt da, wühlte in ihrer Pitta, pickte sich einzelne Tomaten- und Fleischstückchen heraus und kaute lahm und mit der Miene einer Krebskranken, die sich in ihr Schicksal gefügt hat. Verschwendung. Abartig, diese Dekadenz der Wegwerfgesellschaft. Augenblicklich sah ich reflexhaft das Gesicht eines dunkelhäutigen, fliegenübersäten ruhrkranken Kindes vor mir, und mein eigenes Gesicht, das Gesicht einer Frau, die fürs Leben gern Schawarma isst.

Nach dem spärlichen Mahl fegte Tampon Lutschbonbon mit einer anämischen Geste die Krümel von ihrem Schoß und verzog sich auf die Toilette; ihre angebissene Pitta ließ sie auf dem Schminktisch liegen. Ich konnte nicht aufhören, hinüberzuschielen. Vielleicht, dachte ich, habe ich Glück, und sie landet nicht im Mülleimer, vielleicht wird sie von Mischmisch, der auch immer den Oberkellner spielt, übersehen und bleibt auf dem Tisch liegen, dann werfe ich alle raus, sobald wir die Fotosession hinter uns haben, und mache mir aus den Resten dieser Pitta ein kleines Festmahl. Sozusagen als symbolische Entschädigung für meine Tantalusqualen.

Doch meine Hoffnungen erfüllten sich nicht. Als ich nach der Pause meine Arbeit an der Kamera wieder aufnahm, sah ich, dass Mischmisch, traumatisiert von der Ethik der Figurbewussten, die halbe Schawarma-Portion einsammelte und sie mit der unterschwelligen Verachtung eines ehemals Übergewichtigen (derselben Sorte Verachtung, die einer erfahrenen Krankenschwester ins Gesicht geschrieben steht, wenn sie einem Patienten mit Stuhlinkontinenz den Topf unterm Po wegzieht) Richtung Mülleimer davontrug.

Ich hatte diese Pitta begehrt, wie man einen Mann begehrt, hatte danach geschmachtet wie ein Wanderer in der Wüste nach Wasser, hatte wie selten danach gegiert.

Zwar setzte ich meine Arbeit unbeirrt fort, doch ich konnte an nichts anderes mehr denken als an Schawarma, Dutzende von Portionen, die um mich herum und über mich hinweg wirbelten wie der Sternenstaub im Signet von Walt Disney. Ich wurde das Bild einfach nicht los.

Ja, definitiv ein mieser Tag. Scheiß doch auf alle miteinander.

Und erst der Nachmittag im Restaurant, mit diesem Janiv von der Werbeagentur Kescher Barel, du liebe Güte! Mit was für Leuten ich mich rumschlagen muss! Urbaner Müll der übelsten Sorte. Tel Aviver Müll. Ehrgeizzerfressen. Aber die Kampagne von Levi's hab ich jetzt in der Tasche! Das Schlimmste jedoch kam später. Als ich gegen Abend auf dem Rückweg vom Restaurant in der Nähe des Studios einen Parkplatz suchte, sah ich nämlich auf einmal Gaddi. Ja, genau, den schönen schlanken Gaddi, den ich mal geliebt hatte.

Begegnungen mit Exlovern sind eine komplizierte Angelegenheit. Um eures lieben Seelenfriedens willen solltet ihr in Bestform sein, wenn es dazu kommt. Wir alle wollen für immer geliebt werden. Besonders von denen, die bereits der Vergangenheit angehören. Mit Laune hat das nichts zu tun, es geschieht instinktiv.

Gaddi besaß diesen Instinkt nicht. Vielleicht ist Instinkt für ihn ein Fremdwort. Womöglich wurde er dermaßen überzivilisiert und -sozialisiert, dass ihm der menschliche Impuls abhanden gekommen ist, eine einst empfundene Erregtheit noch einmal aufleben zu lassen. So cool und locker wie er, das kann nur einer bringen, der über die Jahre gelernt hat, dich zu hassen. Garantiert hatte er vom Tag unserer Trennung an auf diese Begegnung gewartet. Und ich?

Unverhofft und blitzschnell wie eine Welle von Brechreiz schwappte in mir das Bedürfnis hoch, ihm zu erklären, dass er sich gerade mit einem glücklichen Menschen unterhielt. Mit einem Erfolgsmenschen. Er sollte ruhig wissen, wie gut und planmäßig mein Leben sich inzwischen entwickelt hatte. Er sollte wissen, was und wen er sich hatte entgehen lassen.

Ich weiß natürlich, dass das billig von mir war. Äußeres Anzeichen inneren Elends? Ja, auch das ist mir bewusst. Aber so sehr es zu erwarten gewesen sein mochte, mein Verhalten entglitt mit urplötzlicher Gnadenlosigkeit meiner Kontrolle. Wie John Malkovich in *Gefährliche Liebschaften* fast ein Dutzend Mal sagt: »Dagegen bin ich machtlos«, so war auch ich machtlos gegen den unbändigen Drang, mich in meiner ganzen Größe zu zeigen. Es gibt diesen Drang, dass alle, die dich in deinen schwächsten Momenten, in deiner Hässlichkeit, in deiner Gehäutetheit, erleben durften, dass genau diese Leute – vor allem diese Leute! – denken sollten, mit den Jahren habe sich alles verändert: Dein Herzenswunsch ist in Erfüllung gegangen, und du bist zu der geworden, die du immer schon sein wolltest. Und du willst ihnen entgegenbrüllen, dass sie aufhören sollen, dich mit dieser besserwisserischen Überheblichkeit anzuglotzen, sie sind nicht mehr auf dem neuesten Stand, die umfassenden Geheimdienstinformationen, über die sie verfügen, sind veraltet und für den Arsch. Warum? Darum! Weil du dich grundlegend verändert hast. Fern von ihrem prüfenden Auge ist das Unglaubliche eingetreten: Du hast dich bis zur Unkenntlichkeit verändert, deine angreifbare Nacktheit ist Geschichte, nichts als ein Fragment aus der Zeit deiner törichten Jugend, ein Bild von dir, das sich, verzerrt und überzogen, in ihrer Erinnerung gehalten hat. Ja, in manchen Momenten ist der Wunsch, dich vor dem Wissen derer zu schützen, die dich kennen, stärker als jede Vernunft, so wie dich in anderen Momenten genau das Gegenteil, nämlich die Lust, sämtliche Hüllen fallen zu lassen, in den Wahnsinn treiben kann.

Ich erzählte Gaddi also von der Levi's-Kampagne. Er wusste damals schon, dass es mir sehr wichtig war, beruflich groß rauszukommen. Ich erklärte ihm, wie knifflig sich die Sache gestaltet hatte, wie hart der Konkurrenzkampf am Markt war. Zum Glück konnte ich einen letzten Rest guter Manieren wahren und es mir verkneifen, ihm die Summe zu nennen, die mir zugesichert worden war. Er freute sich zu hören, dass es mir gut ging. Ich schlug vor, ihm mein Studio zu zeigen. Während wir uns unterhielten, trug ich ein kontaktkleberzähes japanisches Lächeln zur Schau, das ich keine Sekunde ablegte. Ein grauenerregender Anblick, wie ich annehme, vor allem für jemanden, der mich als normalerweise nicht eben unbekümmerten Menschen kennt. Ich spürte, dass Gaddi mit seinem bösen Blick meine Seele durchleuchtete und erkannte, dass ich zwar die Wahrheit sagte, dass alles den Tatsachen entsprach und doch eine Lüge dahinter steckte, die zu verbergen ich keinerlei Raffinesse aufbot. Eine Sitcom. Eine Farce. Ein Katastrophensong.

»Nein, ich glaube nicht, Mori. Ein andermal gern.«

Ein wenig überrascht, aber absolut cool. Ein eleganter Tourist, der sich aus Versehen ins Landwirtschaftsmuseum einer Provinzstadt verirrt hat. Ich konnte nicht glauben, dass dieser Mann meinetwegen geheult, sich erniedrigt, mich angefleht, sich über die Schwarzweißfotos von alten Frauen mokiert hatte, die ich damals stapelweise produzierte. Dass er mit mir hatte Kinder haben wollen.

Was soll ich sagen? Ich war fassungslos.

Und mein Bauch schrie: Halt, Alkabetz, du Selbstmörderin, schütze deine Seele, du verrücktes Weib. Doch der Abhang war zu steil. Ich war machtlos dagegen.

Und so erzählte ich Gaddi, dass ich oft an ihn dachte. Gelegentlich auch über uns beide nachdachte. Und dass er mir fehlte. Dumme, belanglose Lügen. Doch er, mit ernstem Blick (nur tief in den Pupillen kicherten siegessichere Dämonen), höflich: »Aha. Mhm. Was du nicht sagst. Verstehe.«

Plötzlich sah ich das Geschehen als Außenstehende. Eine grässliche Farce. Nur dass es inzwischen nichts mehr gab, woran ich mich hätte klammern können, um mich nach meinem Absturz wieder aufzurappeln, und eine Stimme in meinem Kopf rief: Zieh's durch, Alkabetz, im großen Stil, Alkabetz, wie wir's schätzen und lieben! Und schon hakte ich meinen Finger in den Gürtel an Gaddis Hose, zog ihn mit einem leichten Ruck zu mir heran und schnurrte: »Komm, lass uns vögeln …«

Ab da ging alles sehr schnell. Er zuckte zurück und meinte leise: »Ich glaube nicht, Mori, also wirklich.« Aber ich war bereits völlig vernagelt, nach dem Motto: »Ich bin in Sachen Harakiri hier, mein Schatz, in Größenordnungen von fatal, total, letal.« Ich unternehme also noch einen Anlauf, in Hautkontakt zu kommen, diesmal am Hals – »och, Gaddi« –, doch er schiebt meine Hand weg und sagt: »Lass das, Mor. Was ist bloß in dich gefahren?« Aber ich denke nicht daran, aufzugeben, will die Arme um ihn schlingen und mein Gesicht an seine Brust drücken, und da bleibt ihm nichts anderes übrig, und er stößt mich von sich …

Angesichts des oben Gesagten würde jeder vernünftige Mensch nun folgerichtig fragen: Wieso hast du denn diesen Mist gemacht, Alkabetz? Du musst doch schon nach dreißig Sekunden gemerkt haben, dass sämtliche Saiten verstimmt waren. Warum hast du deine Stolzlawine weiterrollen lassen und nicht gleich nach dem ersten Stolpern die Notbremse gezogen? Du warst dir doch in jeder einzelnen Sekunde bewusst, was läuft. Nun, die Antwort ist einfach, wie alle Antworten, die sich mit der Frage beschäftigen, aus welchen Beweggründen der Mensch so oder anders handelt: Ich konnte den Gedanken nicht ertragen, dass ich Gaddi inzwischen egal war.

Jeder will geliebt werden. Das ist ein Axiom. Kaum haben wir entdeckt, dass es außer unseren Eltern (den Ersten, die uns lieben, und zwar ganz natürlich) noch andere Menschen gibt, gelangen wir irgendwann zu der grausamen Erkenntnis, dass wir auf den Feldern teilnahmsloser Fremder hart werden arbeiten müssen, um uns die ersehnte Liebe zu verdienen. Auch das ist ein Axiom. »Keiner, der euch begegnet«, so wird uns gesagt, »wird euch je lieben, aber das ist völlig in Ordnung, liebe Kinder, denn es bedeutet, dass ihr innerlich unabhängig seid, dass ihr Charakter und moralisches Rückgrat besitzt, also hört auf zu schmollen und vor Selbstmitleid zu zerfließen!« Und doch hegen wir trotz dieses uralten Wissens irgendwo tief in unserem gierigen Herzen den innigen Wunsch, Liebe zu finden, und zwar gratis. Warum? Darum. Bedingungslos geliebt zu werden, das lohnt mit Sicherheit eine Wette. Also setzen wir darauf, beseelt von einer Hoffnung, die nur allzu selten erfüllt wird, als dass sie zur Gesetzmäßigkeit geraten könnte. Wir drehen das Rad und warten auf die rote Sieben, die den gesamten Stapel Jetons vom grünen Filz in die Taschen unseres Smokings befördert. Bisweilen geschieht das sogar. Aber nur bisweilen. Nach dem klassischen Muster des ewigen Liebhabers, der bereit ist, sich mit den freundschaftlichen Krümeln zu begnügen, die du ihm hinwirfst, während er dich aus tiefstem Herzen liebt und vor Verlangen schier vergeht. Na ja. Diesem Typ Mann begegnet man immer seltener. Das Herz ist ein Organ, das mit zunehmendem Alter hart wird, und sowieso handelt es sich bei dieser Sorte Mann um eine im Aussterben begriffene Art. Der kapitalistisch orientierte Trend der Psychologie – zentrales Motto: »Selbstliebe hat Vorrang« – hat das Phänomen »Selbstmord aus verschmähter Liebe« auf ein literarisch notwendiges Mindestmaß zurückgeschraubt. Es ist veraltet und passt nicht zur Philosophie der demokratischen westlichen Welt. Es ist passé.

Toll, Mori. Kaum hast du dir von einem Exlover einen Tritt eingefangen, schon entwickelst du eine Theorie, harsche Sozialkritik inklusive. Aber genau da liegt der Hund begraben. Dieser Gaddi, diese schlanke Kreatur, sollte mich für alle Ewigkeit lieben. Etwa nicht? Wenn es nach den Gesetzmäßigkeiten gegangen wäre, schon. Schließlich hatte ich ihn seinerzeit vom Treppenabsatz gestoßen, und nicht umgekehrt. Damit war seine Liebe zu mir unerwidert geblieben und hätte sich folglich in eine Rose von Jericho verwandeln müssen, die nie unwiederbringlich verdorrt. Doch damit erliege ich schon wieder einem Irrtum. Wenn die Trennung Jahre her ist, verblasst so manches in der Erinnerung: wer gegangen ist, wer wen betrogen, wer wen erniedrigt hat. Die Gegenwart hat einen gewaltigen Einfluss. Diesmal war die Gegenwart grausam.

Ich stand da und starrte auf Gaddi, er stieß ein »Pass auf dich auf« hervor und zog ab, mit seinem tuntigen Gang, behutsam, leicht schwankend, wie ein Tänzer beim Drahtseilakt.

Pflaumenarsch. Tiger auf der Flucht. Versager, Mistkerl, schwule Sau, Schlappschwanz.

Nein, so sollten unverhoffte Begegnungen mit Exlovern nicht ablaufen. Geplagt von drei Kindern und einer kleinen Ehefrau mit Brille, braunem Haar und einem zwar intelligenten, aber gewöhnlichen Aussehen – so hätte ich ihn antreffen sollen, in seinen Augen eine abgrundtiefe, unterdrückte und schmerzhafte Sehnsucht nach vergangenen Sinnestaumeln. Das wär's gewesen.

Wie ich mich schäme! Alles verkrampft sich in mir, wenn ich nur daran denke. Dumme Lügnerin. Was juckt der mich überhaupt, wieso musste ich ihm plötzlich unbedingt vorjammern, er habe mir gefehlt, wo ich doch kaum noch eine Erinnerung habe an all diese Jahre? Und am allerschlimmsten: Warum, warum nur wollte ich mit ihm ins Bett, wo ich ihn doch jetzt nicht mal mit einem Besenstiel berühren würde? Und er hatte auch noch Mitleid mit mir. Er mit mir!

Jetzt könnte ich gut was Essbares vertragen. Wenn ich nur dürfte. Nein, nein und abermals nein! Ich bin gehorsam wie ein preußischer Soldat. Stark wie der Teufel. Der brave Teufel Schwejk.

Kehrt um, marsch! Zurück ins Studio! Funktionieren, weitermachen, immer schön funktionieren. So lautet der heilige Auftrag. Halt, Soldat, stehen geblieben, Losung! Vernunft! Super. Volle Kraft voraus.

Ich musste unbedingt noch an den beiden Modeseiten für die Wochenendbeilage arbeiten, konnte aber nur noch an eines denken: was ich mir im Supermarkt alles kaufen wollte und in welchen Mengen. Ich wünschte mir nichts sehnlicher, als dass ich endlich alles hinter mir hätte und nach Hause könnte, wo ich essen und essen würde, bis nichts mehr reinginge. Anschließend würde ich mich übergeben, dann wäre endlich Ruhe im Karton. Himmlische Ruhe.

Natürlich schlug ich mir wieder die halbe Nacht mit dem Jahresabschluss um die Ohren. Ich saß da und wühlte in den Unterlagen wie ein kleiner städtischer Verwaltungsbeamter, bis lila Punkte vor meinen Augen tanzten. Als ich alles in Sack und Tüten hatte, war es so spät, dass ich unten nicht mal mehr Autos vorbeifahren hörte. Nach Mitternacht. Weit nach Mitternacht. Ich trat ins Treppenhaus und schloss die Tür ab, und da passierte es.

Ich sah den Mülleimer des Studios umgestürzt auf dem Boden liegen; daneben, zwischen allem möglichen Müll, saß eine große, fette Ratte und knabberte an der Pitta des Fotomodells.

Meiner Pitta.

An den Lippenstiftspuren um das angebissene Ende erkannte ich sie auf Anhieb wieder. Ich erstarrte wie hypnotisiert, und dann hob ich vorsichtig, um die Ratte nicht zu erschrecken, wie in Zeitlupe mein linkes Bein, zog den Schuh aus und schleuderte ihn mit voller Kraft auf das Tier. Ich hatte große Lust, ihr die Spitze des Absatzes in den Bauch zu rammen, ich wollte ihre Innereien auf dem Boden sehen: Eingeweide, Scheiße, Blut und Bröckchen von der Pitta, die mir gehörte.

Ich traf daneben.

Kaum war die Ratte in der Dunkelheit verschwunden, ging ich hinüber zum Mülleimer, kniete nieder, hob die Pitta vom Boden auf und schlang sie in mich rein.

Wie bin ich in diesen Wahnsinn bloß hineingeraten?

3 Ich muss mich unbedingt beruhigen. Ja, genau das sollte ich jetzt tun: mich beruhigen. Bestandsaufnahme machen. Immer diese krankhafte Empfindlichkeit. Ist doch alles in Ordnung. Grob betrachtet, ist alles in bester Ordnung. Probleme? Probleme gibt's immer. Widrigkeiten, Schmerzen. Das ist die dunkle Schönheit des Daseins. Darin besteht seine Anziehungskraft.

Was ist mit dir, Mori, willst du ein Dauer-Smiley-Face sein? Bist du etwa ein Tier? Das nicht denken kann? Du bist doch ein intelligenter Mensch, alles andere als eindimensional. Eine komplexe Persönlichkeit hat immer ihren Preis. Wie? Du würdest lieber ohne Probleme leben und irgendwer sein, irgendeine graue Maus, unwichtig, gewöhnlich? Normal?

Im Leben nicht. Nie-nie-mals. Lieber sterben.

Ich komm schon klar. Wie es bei uns daheim immer geheißen hat: Bis zur Hochzeit ist alles vorbei.

Hochzeit, dass ich nicht lache. Bei uns daheim, drauf geschissen, die ganze hochwohlgeborene Familie Alkabetz mitsamt deinem Abschluss in Klassischen Studien von der Sorbonne, liebster Papa, drauf geschissen, ja, auch auf deinen Abschluss! Und auch auf Mamans reiche Familie in Casablanca und deren Textilfabrik, und auf meine Schwestern Merav und Claudine, auf eure Erwartungen und Hoffnungen, eure Krankheiten, eure Sorgen und euer Ehrgefühl – auf alles, alles geschissen.

Na schön, ich nehme zurück, was ich am Anfang gesagt habe. Dann hab ich eben nur getan als ob, na und? Es gibt doch einen Grund. Irgendeinen Grund gibt's schließlich immer. Nehmen wir mal an, ich könnte ihn sogar benennen, na und? Das interessiert doch überhaupt nicht. Bulimie kommt nicht von nichts. Bitte, ich gehöre nicht zu den Verdrängern. Lieber extrem reagieren als etwas zurückhalten, das rausmuss. Es stimmt, ich fresse. Zufrieden? Das beruhigt mich eben. Jedem seine kleinen Trostpflaster. Manche gehen los und kaufen sich ein Paar Schuhe bei Tiffany's. Ich gehe lieber zum Supermarkt. Und wieso auch nicht? Der Supermarkt ist wie ein Paradies. Eine Vision des messianischen Zeitalters. Alles, worauf ich Lust habe, alles, was mein Herz begehrt, befindet sich dort in Reichweite. Milchprodukte? Nach rechts, bitte. Ah, Frischkäse, Doppelrahmstufe. Nennen wir das Kind ruhig beim Namen! Und dazu noch einen Erdbeerjoghurt. Sahne aus der Sprühdose? Ein bisschen synthetisch, aber hervorragend, wenn das Mädchen es eilig hat. Eiscreme? Links entlang, bitte. Snacks, Halva, Marshmallows, Kekse? Dort vorne rechts. Und noch mal rechts: Tiefkühlkost! Nicht ganz so gesund, fährt aber so schön in der Mikrowelle herum. Aufläufe, Pizzen, orientalische Spezialitäten, Pommes … Fertigessen zum Auftauen. Fleischfrei hier, fleischhaltig da. Wir wollen schließlich nicht die Gefühle der Orthodoxen und Traditionsbewussten verletzen. Hallo, Hamburger, Tag, Steaks …

Frau Alkabetz junior schwebt leichtfüßig von der Wurst- zur Feinkostabteilung. Wie anmutig sie ihren Wagen schiebt! Als vollführte sie eine komplizierte Kür auf dem Eis, die Meisterin des Nahen Ostens … Ja, ganz ohne Zweifel, Schönheit kann man überall entdecken.

Einkäufe tätige ich übrigens immer nachts. Um unerwünschte Begegnungen zu vermeiden, wie damals, als mir Rona über den Weg lief, die gerade einen Hüttenkäse und ein Schächtelchen Kirschtomaten kaufte. Minimalismus! Unser Umgangston ist schon seit langem so höflich-unverbindlich, dass ich mir jedes Mal wünschte, ich wäre tot: Wir unterhalten uns wie zwei, die sich kennen, aber nur oberflächlich, als wären unsere Leben nicht durch eine fulminante Vergangenheit, bestehend aus Freundschaft, Liebe, Verrat und anderen Melodramen, miteinander verwoben!

»Erwartest du Besuch, Mori? Elterlicher Überfall?« Grüner Blick auf den wilden Haufen Lebensmittel in meinem Einkaufswagen.

»Ja, Rona, und auch Merav und Claudine, mitsamt den Kindern, keine Ahnung, was die gebissen hat, sie wollen einen Spaßtag in Tel Aviv verbringen. Wie kommst du mit deinem Postdoktorat voran, Rona?« (Ist es nicht schlichtweg krankhaft? Und ob es krankhaft ist! Eine Neunundzwanzigjährige macht ihr Postdoktorat in Physik. Was bleibt ihr dann noch zu tun in den langen Jahren, bis sie abnibbelt?)

»Bestens, Mor, Plansoll erfüllt.«

»Und was macht das Sexleben, Rona?«

»Vorhanden, Mor, danke der Nachfrage.«

»Und die Liebe, Rona?«

»Abgemeldet.«

Na wenigstens das, meine wunderbare Rona hat keine Liebe. Ich habe immer irgendeine Liebe. Ich habe alles.

Ich muss gestehen, dass ich jetzt zu gern etwas essen würde. Rasend gern sogar.

Was Ilana wohl dazu sagen würde? Ilana ist meine Psychologin. Sie hat den Ruf, zu den fünf Besten im Land zu gehören. Seit zwei Jahren hofft Ilana, gemeinsam mit mir das Geheimnis meiner Krankheit zu lüften. Die wird vielleicht ein Gesicht machen, wenn ich bei ihr antanze und verkünde: Ilana-Schätzchen, ich bin geheilt! Das dürfte sie ziemlich traurig machen: aus und vorbei die Affäre Mor Alkabetz mit ihren dreihundert Schekel pro Therapiestunde, schwarz. Aber vielleicht freut sie sich ja auch: Was für ein Therapieerfolg, diese bulimisch-neurotisch-hysterische Mor Alkabetz, ein schwieriger Fall mit Persönlichkeitsstörungen und überhaupt einem Scheißcharakter. Und wir Pessimisten dachten schon, da ist alles zu spät.

Ich mag Ilana, aber in letzter Zeit beschleicht mich der Verdacht, dass sie ziemlich dumm ist. Dennoch gehört es zu meinen Lieblingsbeschäftigungen, mich entspannt in ihrem schlichten, teuren Ledersessel zurückzulehnen und ihre feisten Hände zu beobachten; für jemanden, dessen Spezialgebiet Frauenprobleme sind, trägt sie einen viel zu breiten Ehering.

Früher war Ilana Jungianerin, aber nachdem sie daran verzweifelt ist, arbeitet sie jetzt nach einer Kombination aus dynamischem und behaviouristischem Ansatz. Das funktioniert folgendermaßen: Erst wird ein bisschen über Papa Alkabetz, meinen werten Herrn Vater, geredet. Papa habe ich immer geschätzt. Alle schätzen Papa, obwohl er nur Französischlehrer an der *Alliance*-Schule geworden ist und kein hoch angesehener Plato-Exeget. Und wenn wir ihm und seinen Dozenten, die er in grauer Vorzeit an der Sorbonne hatte, Glauben schenken wollen, hatte Papa Alkabetz sehr wohl Erhellendes zu den Schriften dieser Philosophenschwuchtel beizutragen gehabt. Ja, Papa besitzt einen Abschluss in Klassischen Studien von der Sorbonne, doch trotz aller Aufgeklärtheit hat er sich immer Söhne gewünscht und dann doch nur Töchter zustande gebracht.

Wenn wir mit ihm fertig sind, reden wir ein bisschen über Maman, die wunderbare Madame Corinne Alkabetz, ihres Zeichens Hausfrau, und über ihre treulose Gebärmutter. Aufgewachsen in einem traditionsbewussten Elternhaus, kann sie es kaum erwarten, mich als sahnetörtchenartige Jungfrau unterm Traubaldachin zu sehen.

Zu guter Letzt nehme ich mit Ilanas Hilfe eine tiefgreifende Selbstanalyse vor, um herauszufinden, wie es zu meinen letzten zehn Anfällen gekommen ist. Dies oder jenes wurde mir angetan, irgendwer hat mich nicht wertgeschätzt, oder ich habe mich selbst oder aber die Fotze meiner hinkenden Schwester nicht wertgeschätzt und so weiter. Ich gestehe, dass ich mich bei der Beschreibung meiner Anfälle gern besonders vulgär ausdrücke. Ich erspare Ilana nicht das geringste Detail. Immerhin dreihundert Schekel die Stunde. Banal, nicht wahr? Wenn dir das Geld zu schade ist, Mori, solltest du nicht zum Psychologen gehen. Denkste. Und mit wem soll ich dann über meine Probleme reden? Etwa mit meinem Assistenten Mischmisch? Mit Maman? Verdammt noch mal, seit meiner Schulzeit hab ich mit meiner Mutter über nichts Persönlicheres mehr gesprochen als meine Steuererklärung. Ich kämpfe allein auf weiter Flur.

Und überhaupt. Wie viel kann man in diesen alten Geschichten herumstochern? Ich hab's satt. Ich hab's satt, die Vergangenheit unter die Lupe zu nehmen. Warum sich alles dahin entwickelt hat, wo es jetzt steht. Weshalb alles so und nicht anders gelaufen ist und warum das ausgerechnet mir passieren musste. Wieso wird der eine zum Spinner und ein anderer mit derselben Biografie nicht? Wie heißt es immer so schön? »Prädisposition.« Ein Furz, den die Ärzte und Psychologen erfunden haben, um zu vertuschen, dass ihre Theorien nicht hieb- und stichfest sind. Die Erlösung liegt nicht darin, dass du erkennst, wie es zu diesem oder jenem gekommen ist, warum es dich damals angefressen hat und warum du's geschluckt hast. Bei denen muss die Psychologie für Behauptungen herhalten, die sich ohnehin nicht beweisen lassen. Ich kann das nicht mehr hören, dieser billige Einsatz der Seelenwissenschaft als Tablette gegen den Daseinsschmerz ist doch Gehässigkeit und Dilettantismus in einem. Eine Verschärfung der Ansicht, dass es sozusagen kein Gut und Böse mehr gibt und du ab jetzt dein eigener kleiner und satter Gott bist, der entscheidet, was gut für dich ist, ohne jeden Bezug zur Welt. Wer ist denn diese Welt? Hat schon mal irgendwer von ihr gehört? Eine Art kosmisches Dienstleistungsbüro, das ist, was sie ist. Gott wurde abgesetzt. Und du, Puppe, bist weder egoistisch noch böse noch grausam, du hattest nur ein paar Probleme in der Kindheit und bist jetzt aufgrund deiner seelischen Nöte eben etwas schwierig. Unsympathisch. Du musst dich richtig gut um dich kümmern, du musst dich selbst lieben und darfst dich nicht verurteilen! So weit die ungefähre Stoßrichtung. Egal, was du tust: Es ist okay. Wir sind doch alle nur Menschen. Aus Fleisch und Blut und einer Hand voll unsicherer Gefühle. Alles ist menschlich. Wenn ihr das begriffen und verinnerlicht habt, könnt ihr ruhig kleine Mädchen in den Arsch ficken, Seniorinnen abmurksen, euch im Foyer der Oper einen runterholen und die Todesstrafe einführen, und alles wird gut. In den Clubs tanzt jeder mit sich selbst. Es ist das Zeitalter der Solisten, der Narzissten. Ihr findet, ich bin altmodisch? Na und, dann findet ihr das eben.

Mann, die kann einen vielleicht runterziehen. Kommt mit sich selbst nicht klar, hat eine Vollmeise und ist angefressen wegen ihrer Bulimie, also muss sie über alle anderen herziehen. Los, Alte, zisch ab nach Somalia und kümmere dich um Kinder mit aufgeblähten Bäuchen, wenn du so eine Heilige bist und alles besser weißt. Führ ein moralinsaures Leben, wenn du die große Spezialistin dafür bist, du kleine Spießbürgerin. Nur weil du dich selbst hasst, hasst du auch alle anderen. Selbsthass ist das Ding schlechthin für Frauen, Sklaven und Schwarze. Und? Bildest du dir etwa ein, dass dich das zu einem besseren Menschen macht? Jeder weiß, dass Selbsthass nichts hervorbringt als Gemeinheit, Angst und noch mehr Hass. Jetzt tu mal nicht so, als würdest du an einen Gott glauben, du linksliberale Tel Aviver Tusse. Lass uns bloß in Ruhe mit diesem Scheiß. Gewalt und Entfremdung: pfui Teufel. Liebe und Nähe: lobenswert. Krieg und Blutvergießen: Da sei Gott vor. Frieden und Brüderlichkeit: hurra, ein dreifach Hoch! Alle sind gleich, ob Eskimos oder Indianer, Chinesen oder Japaner! Halt endlich die Klappe, hilf lieber einer alten Frau über die Straße, statt mit deinen peinlichen Klischees unser teures Trommelfell zu malträtieren. Schämen solltest du dich, du Demagogin! Lies Otto Weininger, das war ein origineller Bursche, bei dem könntest du dir noch eine Scheibe abschneiden. Lies Freud, Erikson, Jung, Marx. Bilde dich ein bisschen, bevor du den Mund aufreißt, um Moralpredigten zu halten. Obwohl – lies einfach Zeitung und mach die Beine breit für irgendeinen durchgeknallten Arabski. Das passt am besten zu dir. Und jetzt zisch ab. Du gehst uns auf den Sack.

Alles abgefuckt, was? Die Wahrheit ist abgefuckt. Verzeih, liebe Wahrheit, du magst zwar die Wahrheit sein, aber du bist dermaßen trivial, dass mir das kalte Kotzen kommt.

Jetzt ordentlich reinhauen, um auf die Wahrheit und die Lüge und alles mal so richtig abzukotzen. Das wär's.

Man muss sich ablenken. So muss man das machen. An was Gutes denken. In wenigen Stunden ist Morgen. Dann gehe ich ins Studio und habe alles hinter mir.

Denk an was anderes, an was völlig anderes.

Was Gutes.

Eine gute Sache, an die du denken könntest, sind deine Leistungen. Deine Leistungen gehören dir, keiner kann sie dir wegnehmen, sie sind mit Feuerbuchstaben in deine Biografie eingebrannt. Deine Leistungen erinnern dich in schweren Momenten wie diesen daran, was du wirklich wert bist. Ilana zum Beispiel, die geht so vor. Wenn ich den Kopf hängen lasse, erinnert sie mich daran, dass ich schon viel geleistet habe. Raffiniert, nicht wahr?

Aber es sind ja auch vor allem wirklich schöne Erinnerungen. Wenn ich mich quäle, weil ich nicht einschlafen kann, liege ich im Bett und denke zurück an Marokko, spritze mir Honig ins Gehirn. Mein erstes Projekt für den *National Geographic*. Ich arbeitete nur mit der Leica, die Gaddi mir geschenkt hatte. Haargenau dasselbe Modell, mit dem Robert Capa die Landung in der Normandie dokumentiert hat. Wie symbolisch. Die Alliierten haben die Nazis besiegt und Alkabetz ihre psychische Krankheit. Zumindest vorübergehend. Zwei Monate sind ein nicht zu verachtender Zeitraum, und es waren zwei sagenhafte Monate. Ich war wieder in der Schmiede meines Ziels.

Ich tat alles, was schwärmerisch veranlagte Leute tun, wenn sie Marokko besuchen: Ich schlenderte über Märkte, aß den besten Couscous aller Zeiten, versuchte mein Glück im Casino, und vor allem übergab ich mich nicht ein einziges Mal. Ich war entspannt wie eine Valiumfabrik. Und natürlich fotografierte ich, ich tat praktisch nichts anderes. Das Thema des Projekts hieß Frauen. Die Schwarzen der Welt, die Kellnerinnen auf dem Fest des Lebens, das andere Geschlecht, das war's, was ich in Marokko fotografierte. Hunderte von Frauen, Tausende vielleicht, zu viele, um sie zu zählen. Traditionsverhaftete Frauen, die wie aufgescheuchte schwarze Hühner aussehen, Modepüppchen, die sich nach Art der Französinnen aufbrezeln, verrotzte und verdreckte kleine Mädchen und natürlich immer wieder auch alte Frauen. Meine große Leidenschaft. Es gibt nichts Fotogeneres auf der Welt als alte Marokkanerinnen! Die runzligen, vollendeten Traumfrauen sind bekannt für ihren hemmungslosen Flirt mit der Kamera.

Meine Augen sahen alles wie neu. Panoramen, Gesichter, Gebäude, die gesamte klassische Phänomenologie Marokkos, wie man sie von Ansichtskarten und Fremdenführern kennt, wirkte auf einmal völlig anders. Es war beinahe mystisch. Selbst der Redakteur, das Ekelpaket, war ganz aus dem Häuschen: »*Ah, lovely job, Miss Alkabetz*. Welch herrlich erfrischender und origineller Umgang mit einem trivialen Thema.« (Mit anderen Worten: für diesen Dünnbrettbohrer waren Frauen ein »triviales Thema«.) Ein atemberaubender und ausführlicher Artikel in der Septemberausgabe. Sieben Farbfotos von mir, von mir allein ... Ja, an Marokko denken tut richtig gut.

Und danach? Ja ... Also, erst Algerien, dann Kenia und schließlich Tibet. In Tibet war ich schon total fertig. Die Verschlechterung hatte bereits während meines Aufenthalts in Algerien eingesetzt, als ich mich von der ersten Aufregung ein bisschen erholt hatte und mir klar wurde, dass ich dranbleiben musste, damit das Ergebnis mindestens so interessant ausfiele wie die Serie über Marokko und alle zufrieden wären. Stundenlang mit der Kamera zu Fuß unterwegs durch schmutzige Straßen, tagelang allein mit dem Jeep durch ein muslimisches Land und die einzige israelische Musikkassette, die ich bei mir hatte, *Als-ob-Spielchen* von Oleartschik, tausendmal gehört. Staubige Luft, sonnengegerbte Haut, und im Umkreis von Tausenden Kilometern keine Menschenseele, mit der man ein paar Worte auf Hebräisch hätte wechseln können, nur vermeintliches Englisch und mein holpriges Französisch, das gerade mal zum Überleben reichte. Und um mich herum nichts als Araber, lauter Männer, alle schmerzhaft fremd.

Nachts konnte ich nicht schlafen. Warme Luft, orientalische

Sinnlichkeit. Meine israelische Prägung wurde mir zum Verhängnis. Ich fand die männliche Sexualität, die ich um mich herum wahrnahm, nicht im Mindesten erregend: lüsterne Blicke, die den lieben langen Tag über meinen Körper wanderten, und zwar von dem Moment an, wo mir der Frühstückskaffee serviert wurde. Eine gepflegte Puppe mit Sonnenbrille, nackten Armen und ausgeschnittenem Dekolleté, eine europäische Fotze *par excellence*. Ein Objekt. In Bertoluccis Filmen und in den Romanen europäischer Schriftsteller, die diese Art von Exotik einfangen, haben Mädchen, die wie ich dem westlichen Typ Marke Barbiepuppe angehören, irgendwann Sex mit den primitiven Ortsansässigen und erkennen, wie sehr sie gefühlsmäßig von der triebhaften und gewöhnlichen Welt abgekoppelt sind. Ich dagegen bin weder Fisch noch Fleisch, nicht westlich und gar nix. Überflüssig zu erwähnen, dass bei uns zu Hause niemand wild ist auf Araber und dass diese Sorte Männlichkeit in der israelischen Kultur nicht zieht. Auf dem Niveau der Tuchfühlung ist der Kontakt zu unseren Nachbarn doch etwas zu problematisch, als dass Töchter aus gutem Hause ernsthaft auf sexuelle Fantasien mit Bauarbeitern abfahren könnten.

Ich fing an zu fressen. Wahnsinnsanfälle, oft drei pro Nacht. Zunächst hielt ich es für eine Phase, aber es artete dermaßen aus, dass es bis Tibet schon ein Gräuel war. Ich war schwer angenervt, krank, und die Arbeit nichts als Strapaze. Es machte mir absolut keinen Spaß mit diesem Steven, der uns den ganzen Tag im Nacken saß. Warum mussten sie den stellvertretenden Redakteur unbedingt mit aufs Set schicken? Offiziell wurde es damit begründet, dass das Himalaja-Projekt sein Baby war. Und so folgte er uns auf Schritt und Tritt, gab zu allem seinen Senf dazu und verlangte bei einzelnen Bildern sogar, den Ausschnitt zu sehen, bevor ich auf den Auslöser drücken durfte. Zwängte sich hinter die Kamera und kroch förmlich in den Sucher hinein. Dabei hatte er von meiner Arbeit nicht die geringste Ahnung.

Hinzu kam, dass es für mich einigermaßen schwierig war, mich zu übergeben. Ich werde nie vergessen, wie ich mir mit den Nägeln den Hals aufriss, als ich mich eines Nachts aus diesem

Scheißdorf mit den polygamen Frauen hinausschlich, um mich an einem stockdunklen Ort zu übergeben. Berge von Reis, die ich mir nach dem Abendessen mit den anderen von meinem Vermieter besorgt hatte. War das eine Angst, dass das Zeug nicht rauskäme, dass ich es nicht schaffen würde, diese asiatische Scheiße wieder herauszuwürgen, die meinen Magen füllte, haufenweise ungenutzte Energie, die drohte, mich zu zerfetzen. Irgendwann, als ich schon am Rande der Verzweiflung war, steckte ich mir drei Finger so tief es nur irgend ging in den Hals und fuhrwerkte darin herum wie eine Epileptikerin. Es funktionierte, doch ich riss mir dabei die Speiseröhre auf. Und die darauf folgenden Wochen, als sich die Wunde auch noch infizierte – schlimm. Am Ende schmiss ich den Job und flog zurück nach Israel …

Aber unterm Strich war's ein Erfolg, dieses Jahr beim *National Geographic*. Trotz aller Schwierigkeiten. Sind doch alles Erfahrungen, oder? Auch das gehört zum Leben.

Das Beste daran war sowieso die Mitteilung gewesen, ich hätte den Job. Ich konnte mein Glück kaum fassen, es kam wie ein Blitz aus heiterem Himmel. Klar, dass meine Arbeitsmappe die Leute von der Redaktion beeindruckt hatte und sie auf meine Vita voll abfuhren: Offizierin der israelischen Armee, athletisch, einen Bachelor of Arts in Film und Fernsehen, Erfahrung als Fotojournalistin. Ich sehe noch vor mir, wie Gaddi das Kuvert nach Hause brachte und ich sofort, noch von weitem, erkannte, dass es aus dem Ausland kam. Ich spürte, nein, ich wusste, dass es nur von denen sein konnte. Was für ein großartiger Moment! Was für ein Triumph! Mir war natürlich klar, dass ich nicht fahren konnte, wie sollte ich denn über Dünen krabbeln mit der Schwangerschaft und all den Plänen?

Am Ende fuhr ich doch.

Vielleicht sollte ich mir jetzt eine Kleinigkeit genehmigen. Ich muss einfach. Ich kann nicht aufhören, an das ganze Essen zu denken, das ich mit nach Hause gebracht habe. Wahrscheinlich ein Fehler. Was sollte das auch werden, ein Einkauf für siebenhundert Schekel, ausgerechnet wenn man gerade beschlossen hat, auf Entzug zu gehen. Wollte ich etwa den Teufel in seiner Anwesenheit besiegen? Demagogie. Warum sollte ich es mir selbst schwer machen, mit so einer Verführung direkt vor meiner Nase?

Darf man Essen wegwerfen?

Aber sicher.

Nein. Essen darf man nicht wegwerfen. Essen wegwerfen, das ist, als würde man töten. Als würdest du in ganz Afrika den Kindern das Essen aus ihren kleinen Händen reißen, sie eigenhändig umbringen. Essen wirft man nicht weg. Punktum.

Nur was Kleines vielleicht? Was ganz, ganz Kleines? Der Geist ist willig, aber das Fleisch ist schwach.

Welch himmlisches Gefühl! Ich esse, also bin ich. Eine freie Entscheidung in jedem einzelnen Augenblick. Die dunkle Schönheit des Daseins.

4 Aber ich bin sehr froh über dieses eine Jahr. Hätte ich darauf verzichtet, ich hätte es mein Leben lang bereut. Dabei will ich gar nicht bestreiten, dass mich die Sache mit der Abtreibung außerordentlich schmerzte. Eigentlich bedauerte ich Gaddi mehr, als ich die Abtreibung bereute. Das nennt man Ironie des Schicksals. Erfahrungen können noch so persönlich und schwierig sein, mir selbst bleibe ich stets treu. Alles, was mich an dieser ganzen Affäre interessierte, war Gaddi. Nach zwei Monaten Schwangerschaft war er hin und weg, weil wir das Geschlecht des Babys schon kannten und vorhatten, ihn Kain zu nennen, wie bei Byron, nach dem ersten Menschen, der gegen Gott aufbegehrt hatte. (Maman und Papa, die Unglücklichen! Ihre Gesichter waren wie versteinert, als sie den Namen ihres zukünftigen Enkels hörten!) Wir wussten, dass das Baby schon kleine Augen und ein Herz und einen richtigen Schwanz hatte, und fanden das aufregend bis zum Umfallen, oder genauer gesagt: Gaddi fand es aufregend, denn ich wusste bereits irgendwo in meinem Innersten, dass das Ganze nicht mein Fall war.

Ehrlich gesagt, hatte ich zunächst die besten Absichten. Mit dem Studio lief alles blendend, außerdem hatte ich zum halben Preis eine fantastische Ausrüstung erstanden. Und ich wollte ein

Kind. Doch schon bald regten sich die ersten Zweifel: Rona war gerade abgereist, um in Harvard ihren Doktor zu machen, und ich merkte, wie sehr ich darauf brannte, Erfolg zu haben. Ich wollte erfolgreich sein, aber richtig, und groß rauskommen wie sie. Ich wollte dasselbe wie immer: die Beste sein. Wie schon etliche Male zuvor. Plötzlich kam mir mein neues Studio provinziell und schäbig vor. Eine kleine Fotografin aus Tel Aviv. Und auch die Schwangerschaft – überflüssig, zu früh, der Tod. Ich sah mich schon als armselige Hausfrau, eine, die freitags zum Kiosk läuft und die Lokalzeitungen holt, um alles zu erfahren über die großartigen Taten, die andere vollbringen; sie hasst sich dafür und liest dennoch jedes Wort. Ich wollte losflitzen wie ein Pfeil und etwas wahrhaft Großartiges vollbringen, damit selbst Papa der Mund offen stehen bliebe und er zu Maman sagen würde: »Menschenskinder, Corinne, unsere Mori ist wirklich besser als zehn Söhne.« Und es zur Abwechslung auch mal ernst meinte.

Und trotz alledem dachte ich: Vielleicht behalte ich das Baby.

Er ging mir auf die Nerven, dieser Wunsch.

Aber damals ging mir alles auf die Nerven. Selbst meine Liebe zu Gaddi kam mir vor wie ein Klotz am Bein. Eigentlich wäre ich am liebsten wieder allein gewesen und wünschte mir manchmal, er würde mich verlassen oder ich könnte aufhören, ihn zu lieben, und abhauen. Aber das brachte ich nicht fertig.

Und ich erinnere mich noch haargenau, wann ich beschloss, den Fötus loszuwerden … Ich sehe es in aller Deutlichkeit vor mir.

Nachdem ich den Brief vom *National Geographic* erhalten hatte, ließ ich ein paar Tage verstreichen. Ich hatte Gaddi hoch und heilig versprochen, in der Zeit der Schwangerschaft nicht zu kotzen, aber es war ein Albtraum. Anfangs versuchte ich nicht mal, mich zu beherrschen. Ich log frech. Ich zwang mich zu warten, bis er aus dem Haus war, dann flitzte ich los, aber nicht zu unserem, sondern zum übernächsten Minimarkt, kaufte Pittabrote, ein Kilo Eiscreme, ein halbes Kilo Pastrami, Hefetaschen mit Quark- und Mohnfüllung, bulgarischen Schafskäse, zwei geräucherte Makrelen und fünf Tafeln Milchschokolade und rannte damit nach Hause. Gierig schlang ich alles in mich hinein, bis ich das Gefühl hatte, ich kann nicht mehr, und aß dann trotzdem noch ein bisschen weiter, um an meine Grenze zu stoßen. Nachdem ich die drei Gläser Wasser hinterhergekippt hatte, ohne die es nicht ging, stellte ich mich vor das Klo und beugte mich über die Schüssel. Ein Narziss, der sich, erregt von seinem eigenen Spiegelbild, im Teich betrachtet … Zwei Finger in den Hals gesteckt, kurze Spasmen, und schon schoss die ganze Kotze in hohem Bogen heraus.

Ich betätigte die Spülung und wartete, um mich zu vergewissern, dass alles bis zum letzten Bröckchen hinabgezogen worden war, schrubbte die Kloschüssel und versprühte Luftverbesserer, um eventuelle Gerüche zu beseitigen, und kaum war ich auf dem Weg ins Bad, um mir die Zähne zu putzen, kroch auch schon die nächste Angst in mir hoch und nahm mich in den Schwitzkasten: Wie wirkt sich das auf das Baby aus, das arme kleine Wesen? Geistige Behinderung, Herzfehler, Rachitis … Wie arg das Würmchen doch an den Toiletteneskapaden seiner Mami in spe zu knabbern hätte! Was hat er denn verbrochen, der kleine Plasmaklumpen?

Das quälte mich. Ich gab mir alle Mühe, mich in puncto Kotzen zu beherrschen.

Was mir auch gelang. Es funktionierte sogar prächtig. Bis zu dem Tag, als ich in die Apotheke ging, um ein Shampoo zu besorgen, und in einem Anfall kamikazehafter Selbstzerstörungslust wissen wollte, wie viel ich wog. Ich stieg auf die elektronische Waage und steckte einen Schekel in den Schlitz: zweiundsechzig Kilo. Mehr als je zuvor in meinem ganzen Leben.

Auf einmal war die Luft schwer und dicht, als wäre ihr aller Sauerstoff entzogen worden. In dem Moment wusste ich, dass nichts mich bremsen konnte.

Ich war fett. Ein Pummelchen. Eine Tonne. Ein Kartoffelsack. Eine Bombe.

Das war nun ein Preis, den zu zahlen ich nicht imstande war. Ich ging nach Hause, pfiff mir eine Beruhigungstablette rein, wusch mein Gesicht. Eins war klar: Ich musste mich anders organisieren.

Als Erstes rief ich Stern an – er hatte gerade Schicht im Assuta-Krankenhaus – und ließ mir einen Abtreibungstermin geben. Er war völlig von den Socken, aber ich sagte: »Tun Sie mir einen Gefallen und stellen Sie mir nicht zu viele Fragen. Sie können mir glauben, ich habe einen guten Grund.« Er spielte auf Teufel komm raus den Humanisten: Er wolle kein Babymörder sein. Seine Weigerung kam mir dermaßen hanebüchen vor, dass ich kein Wort herausbrachte, ich schnappte nur nach Luft, wie ein Karpfen auf dem Trockenen, bis ich schließlich in Tränen ausbrach, und da hatte ich plötzlich eine Eingebung und schniefte: »Mein Gaddi hat sich in eine aus Haifa verliebt.«

Das war das Totschlagargument, mit dem ich Stern am Ende herumkriegte: Die Stadt Haifa ist schließlich landesweit berühmt für ihre megageilen Frauen.

»Also schön«, meinte er, »bloß beruhigen Sie sich, ich werde versuchen, für Mittwoch einen Anästhesisten aufzutreiben.«

Witzigerweise stellte sich im Nachhinein heraus, dass Gaddi tatsächlich eine andere hatte, und zwar – jawoll, ihr habt's erfasst! – aus Haifa. Ihr müsst schon zugeben, dass das genau die Sorte Zufall ist, die man als »Ironie des Schicksals« bezeichnet. Gaddi erklärte, das alles sei nur passiert, weil die Abtreibung seinen Glauben an uns erschüttert habe. Er habe nie so sehnsüchtig auf etwas gewartet wie auf dieses Baby, das ich abgetrieben hätte. Und am Ende meinte er, jetzt, wo wir klüger seien, wolle er, dass wir noch mal ganz von vorn anfangen, und bitte mich, ihm zu verzeihen, da auch er mir verzeihen würde.

Er hatte kaum zu Ende geredet, da warf ich seine sämtlichen Siebensachen die Treppe runter.

Ach, Gaddi, Liebster, was bist du naiv gewesen! Auf seine egozentrische Art hatte er tatsächlich versucht, zu mir durchzudringen, aber es war klar, dass die Chancen, mit diesen Argumenten mein Mitleid zu wecken und mich dazu zu bringen, ihm zu verzeihen, gleich null waren. Wenn ich eines nicht ertrage, dann, dass man mich betrügt. Nichts ist schlimmer für mich, als wenn mir jemand übel mitspielt. Solchen Situationen habe ich weder seelisch noch intellektuell etwas entgegenzusetzen.

Bravo, Mori, wie originell! Na und? Dann schmückt sich mein Schmerz eben mit sehr trivialen Federn. Ich sagte ja bereits: Wenn es um den Wunsch nach Glück geht, bin ich alles andere als originell. Natürlich entsprang der Umstand, dass du, liebster Gaddi, mich hintergangen hast, deiner persönlichen Not. Alles Böse auf der Welt geschieht aus irgendeiner Not heraus. So hat der unergründliche Herrgott das Motiv für das Böse im Menschen, dieses faszinierende moralische Phänomen, nun mal erschaffen. Das reine, das hitlerische Böse, wie wir es uns gerne vorstellen, gibt es nicht. Alle agieren nur aus dem Wunsch heraus, es möge besser werden, vor allem diejenigen, denen es von Anfang an nicht sonderlich gut geht. Ich weiß das und könnte glatt gähnen vor Langeweile, bloß – es tut so verdammt weh.

Gaddis Hemden flatterten durchs Treppenhaus wie die Fahnen einer unbekannten Revolution im sanften Wind. Die ersten Wochen verbrachte ich, indem ich an Rona, ihrer Mutter und irgendwelchen Exlovern klebte, mit denen ich fleißig schlief und bei denen ich sogar ein klein wenig Trost fand. Später, als die Trauer nachließ und sich schließlich gänzlich verflüchtigte, kam die große Depression. Ich verließ die Wohnung nicht mehr, duschte nicht und zog mir keine frischen Sachen an, ich war nur am Fressen und Kotzen, und ansonsten lag ich meist kraftlos im Bett.

Wie viele Tage das so ging, weiß ich nicht. Offenbar weniger, als ich mir gern einbilde.

Ich musste mich retten.

Am ersten Morgen, als ich es endlich schaffte, wieder aus dem Bett zu kommen, ging ich zur Post und schickte ein Telegramm an die Redaktion des *National Geographic*. Fünfundzwanzig Wörter in bestem Englisch. Ich entschuldigte mich für meine späte Antwort und gab meine Zusage für den Job.

5 Okay. Ich habe also doch gegessen. Ich konnte nicht anders. Ich hatte einen schrecklich langen Tag, und dazu kam noch Gaddis beleidigende Zurückweisung. Dieses Gefühl, dass jeder, der es darauf anlegt, daherkommen und dich verletzen kann. Und du

kannst nichts weiter tun, als über die *condition humaine* zu philosophieren. Und essen. Du gehst splitterfasernackt durch die Welt, umgeben von Menschen, die dir schlimme Dinge antun wollen. Nicht dass sie was gegen dich hätten, oh nein, nein, sie haben nur seelische und moralische Probleme. Und du sollst Verständnis für sie aufbringen. Für alle sollst du Verständnis aufbringen, aber nicht, weil du etwa eine Heilige bist, über alles erhaben, sondern weil du's irgendwo auch tröstlich findest: So schlimm bist du Gott sei Dank nicht dran.

Ich finde nichts daran tröstlich. Ich habe für alles und jeden Verständnis, aber wenn man mich schlägt, tut mir das weh. Mein Einfühlungsvermögen hat seine Grenzen.

Schon gut, in Ordnung, natürlich verletze gelegentlich auch ich den einen oder anderen. Es gibt in meinem Leben niemanden, den ich nicht schon mal verletzt hätte. Wen denn? Meinen Vater zum Beispiel. Und wann? Zum Beispiel damals, als ich ihm an den Kopf warf, dass er sich nur deshalb so sehr einen Sohn wünsche, weil er selbst schon lange aufgehört habe, ein Mann zu sein. Mir entging nicht, dass meine Mutter bleich wurde wie ein Pittabrot, weil niemand, absolut niemand es wagt, Papa Alkabetz gegenüber solche Töne anzuschlagen, schon gar nicht in seinen eigenen vier Wänden. Und mir entging auch nicht, dass Papa gehörig zusammenzuckte. Ich sah die hängenden Schultern und die grauen Brusthaare, die aus seiner Pyjamajacke hervorquollen, und mit einem Mal wurde mir bewusst, wie sehr er in den letzten Jahren gealtert war, und eine Welle von Schuldgefühlen schwappte in mir hoch, aber nicht weil ich ihn beleidigt hatte, sondern weil ich keine Liebe für ihn empfand, nur Mitleid, wie für einen überfahrenen Hund. Doch am schlimmsten wurde es, als er mich anstarrte und leise sagte: »Du bist schwierig, Mori, sehr schwierig. Du wirst es schwer haben mit Menschen …« Da hätte ich am liebsten meine Arme um seinen Hals geschlungen und seine alten Wangen geküsst, aber ich war unfähig, es hatte mich schon immer ein bisschen geekelt, ihn zu berühren, und er meinte: »Na gut. Ich bin jetzt müde«, und legte sich im Schlafzimmer aufs Ohr.

Wir haben später nie darüber geredet, als hätte er mir einfach verziehen, aber mir hing diese Geschichte noch jahrelang nach, und das Schuldgefühl lastete auf meinem Herzen wie ein Stein. Ein Vorfall von vielen, die sich hartnäckig in meiner Erinnerung halten und sich standhaft weigern, mit der Zeit zu verblassen. Immerhin wurde die Sache mit diesem Sohn, den er sich so sehr gewünscht hatte, nicht mehr erwähnt, zumindest nicht in meiner Gegenwart.

Und Maman mit ihrem Hundeblick und dem riesigen Hintern. Als kleines Mädchen hatte ich mir eingebildet, ich liebte sie, obwohl ich natürlich werden wollte wie Papa. Aber schon damals dachte ich hin und wieder darüber nach, was zum Teufel er mit ihr eigentlich wollte.

Papa hatte Maman in den Fünfzigerjahren in Paris kennen gelernt. Wie herzergreifend: Er studierte an der Universität, und sie war zu Besuch bei Verwandten. Richtig Stoff für eine romantische Komödie, mit Louis de Funès in der Hauptrolle. Jeder bei uns daheim weiß, dass es rattenscharf gewesen sein muss, im Paris der Fünfzigerjahre Student zu sein. Papa war natürlich politisch engagiert, als Linker, er war ja nicht blöd und nahm auch aktiv an den Studentenrevolten teil. Zu jener Zeit war Reich total *en vogue*, und ich gehe davon aus, dass er's in jungen Jahren wild getrieben hat, der gute Papa, obwohl ich zugeben muss, dass ich ihn mir in einer solchen Situation nur schwer vorstellen kann. Aber das ist ja wohl verzeihlich, oder? Sicher stimmt ihr mir zu, dass man sich lieber nicht vorstellt, wie die eigenen Eltern es im Bett treiben, auch wenn sie dabei nichts Unnormales tun.

Jedenfalls heiratete Papa trotz dieser ganzen sexuellen und politischen Begeisterung, von der die Gehirne der jungen Pariser damals durchdrungen waren, keine kurzhaarige, hitzköpfige Studentin, sondern Maman, eine unbedarfte Demoiselle mit religiöshäuslichen Neigungen, ein Akt eklatanter Antiaufgeklärtheit.

Selbst in den Fünfzigerjahren, die zum Symbol des Wiederaufbaus, der Gleichheit und der sexuellen Befreiung wurden, zogen es gewisse Männer offenbar vor, Jungfrauen zu ehelichen. Später sagte man dann achselzuckend: »*C'est la vie.*« Revolte hin oder her, Algerien hin oder her, unter den Traubaldachin schreiten wir mit einer koscheren jüdischen Jungfrau! Trotz seiner Qualitäten und seiner ausgeprägten Originalität war Papa keineswegs scharf darauf, sich von der Masse abzuheben. Ihr werdet sagen: Natürlich, Mori, du verstehst das nicht, so ist das nun mal, das ist nur eine weitere Seite der dunklen Schönheit des Daseins und der verborgenen Gesetzmäßigkeit der göttlichen Ordnung. Denkst du etwa, nur interessanten, außergewöhnlichen und aufgeklärten Menschen steht es zu, sich zu verlieben, sich zu vermehren und zu genießen, was das Leben an Freuden zu bieten hat? Bist du etwa Faschistin? Das letzte Mal, als jemand einen ähnlichen Standpunkt vertrat und sich daran machte, diesen unter den Geschöpfen zu verbreiten, endete die Sache mit dem Versuch der systematischen Ausrottung einer Ethnie, der anzugehören du zufälligerweise die Ehre hast …

Mir ist klar, dass Menschen sich aus tausenderlei Gründen ineinander verlieben, von denen sich nur die wenigsten mit dem Verstand und unseren fünf Sinnen nachvollziehen lassen. Das weiß ich. Dennoch werdet ihr mir zustimmen, dass wir trotz aller Hybris, die hier mitschwingen mag, und trotz der eher dürftigen Mittel, die uns zur Verfügung stehen, unablässig von einem urzeitlichen Trieb beseelt sind, diese mysteriöse Ordnung zu entschlüsseln. Immer wieder vom Apfel zu kosten. Das ist unsere unterschwellig krankhafte Art, wenn es darum geht, Ordnung ins Chaos zu bringen und das wilde Drunter und Drüber unseres Daseins auf diesem Planeten zu begreifen. Ich habe keinen Zweifel, dass es eine geheime innere Ordnung in diesem Geschehen gibt; dennoch ist mir bis heute schleierhaft, wie sich ein so blitzgescheiter und gut aussehender Typ wie Papa in die unbedarfte, nichts sagende Corinne verlieben konnte.

Trotz alledem hatte ich Maman über weite Strecken meiner Kindheit lieb. Mir war nicht bewusst, dass es Häuser gab, in denen es komplett anders zuging. Bis ich Rona und ihre Mutter kennen lernte, war ich überzeugt, dass es bei allen genauso läuft wie bei uns. Bis zu dieser schicksalhaften Begegnung erging ich mich in Fantasien über die Kinder, die ich eines Tages hätte, wenn ich groß wäre, hoffte auf einen Freund, der kein charakterloser geiler

Bock wäre, und ließ die Jungs nicht zu nah an mich heran, wenn wir auf den Schulpartys Slow tanzten.

Meine Mutter ist praktisch eine Karikatur der typischen *maman*. Eine Figur aus einem israelischen Comic, den es nicht gibt, der aber durchaus denkbar wäre: warmherzig, mit einer rechthaberischen Ader und hennarotem Haar. Eine mediterrane Paraphrase von Edith, der Ehefrau von Archie Bunker aus der erfolgreichsten amerikanischen Sitcom aller Zeiten. Seit meiner Pubertät bestand meine größte Angst darin, dass ich heranwachsen und eines Tages werden würde wie sie. Für mich war Maman, die ultimative Hausfrau und Mutter, die reinste weibliche Horrorvision. Ich tat alles, um der genetisch-kulturellen Gefahr zu entkommen, die über meinem armen Haupt und meinem armen Körper schwebte. Sie muss die Verachtung, die ich für sie hegte, gespürt haben, obwohl ich mich dahingehend natürlich nie konkret äußerte; ich erzählte nur unglaublich viel von anderen Frauen, anderen Müttern. Manchmal erbarmungslos viel. Ich weiß noch, mit welch unverhohlenem Vergnügen ich ihr mitteilte, dass ich abgetrieben hatte. Oder meine Ex-und-hopp-Geschichten mit Männern vor ihr ausbreitete. Und ihr von Ronas Mutter vorschwärmte. Ich genoss es unglaublich, die klebrige Sorge in ihren Augen zu sehen, die Zerstörung der kleinen Hoffnung, dass ich endlich sesshaft würde und an der Seite eines Mannes lebte, »wie alle anderen«, dass ich seinen Samen austrug, seine schmutzigen Socken wusch und ihm Omeletts briet. Sie erlaubte sich nie, mir etwas Derartiges zu sagen, aber ich las sie wie ein offenes Buch. Sie besaß nicht genug Raffinesse oder Intelligenz, um ihre Puppenhauswünsche zu verbergen: Ehemann, Kinder, Essen, Gebärmutter … Sie versuchte nicht einmal, sich eine irgendwie nachvollziehbare Weltanschauung anzueignen, und sei es auch nur, um mich zufrieden zu stellen.

Und mich zufrieden zu stellen war ihr durchaus ein Anliegen. Ein großes Anliegen. Sie wünschte sich nichts mehr, als dass wir ein Mutter-und-Tochter-Gespann wie aus einer Sitcom wären. Ich erinnere mich noch gut, wie schockiert ich war, als ich auf meiner Marokkoreise ihre Verwandten in Casablanca besuchte.

Sie wirkten alle sehr aufgeklärt und kultiviert. Mir war unbegreiflich, wie aus meiner Mutter eine solche Schimpansin hatte werden können, bis mir nach und nach dämmerte, dass ich einer Illusion erlegen war und diese Frauen genauso bescheuert waren wie sie, nur dass sie Kleider von Lagerfeld trugen und an irgendwelchen albernen Universitäten Geisteswissenschaften studiert hatten, aber nicht etwa um ihrer Selbstständigkeit und Unabhängigkeit willen, sondern um des beschissenen Prestiges ihrer Familien und des bepissten Stolzes ihrer Ehemänner willen, um bessere, kultiviertere Dienstmägde zu sein, aber eben doch Dienstmägde.

Nachdem ich Rona kennen gelernt hatte, änderte sich alles schlagartig. Es war, als wäre eine Melodie erklungen, so wunderbar, dass man das Gefühl bekam, sie schon irgendwo gehört zu haben, eine Melodie, die sich tief ins Gedächtnis eingegraben und sich in den Windungen des Bewusstseins festgesetzt hatte und die sich jetzt anfühlte wie der Inbegriff der Wahrheit. Als Erstes brachte Rona mir bei, wie man kotzt. Eine einfache, aber wichtige Lektion, die vielerlei Auswirkungen auf mein künftiges Leben hatte. Ich schließe die Augen und sehe uns am Ufer des Kinneret stehen, am Strand von En Gev, auf einer Klassenfahrt zu den Golanhöhen, wo der Bund unserer Freundschaft endgültig besiegelt wurde. Ich im schwarzen Badeanzug mit weißen Pünktchen aus Davids Miederwarengeschäft, Rona in einem getigerten Läppchen von Gottex, auf dem Kopf ein Basecap, das sie verkehrt herum aufgesetzt hatte.

»Die Griechen sind *der* kulturelle Geistesblitz Gottes schlechthin«, erklärte sie leise. »Sie haben alles erfunden, was in dieser Welt eine Erfindung wert ist.«

Rona tauchte vorsichtig einen violett durchschimmernden Fuß ins kalte Wasser und zog ihn sofort zurück.

»Obwohl ihre Demokratie echt Müll war, weil sie Frauen und Sklaven nicht mit einbezog. Aber abgesehen davon waren die alten Griechen ein echter Hit. Kunst, Philosophie, Mathematik. Verglichen mit ihnen sind die Römer richtige Militaristenschweine, auch wenn sie in Sachen Staatswesen und Politik ein paar Kniffe draufhatten, die bis zum heutigen Tag bei allen möglichen Kerlen

Bewunderung hervorrufen. Aber wie jedes von Kerlen geführte System hat auch das ihre sich selbst zerstört. Sie wollten die Welt beherrschen, und am Ende sind sie von innen verfault, weil das die zwingende Folge von Machtgier ist. Nero, dieser fette Psychopath, stand da und spielte Harfe, während die Flammen, die Rom vernichteten, den Morgenhimmel rot färbten. Die Römer haben sich selbst zerstört, und das wird auch das Schicksal unserer Zivilisation sein, wenn weiterhin nur die Männer das Sagen haben. Wo hast du eigentlich deinen Badeanzug her?«

Rona bewunderte alles, was mit der hellenistischen Kultur zu tun hatte, und hätte zu gern Klassische Studien an der Universität belegt, sah sich aber schon damals, in der neunten Klasse, gezwungen, diesem Traum zu entsagen: Es war das Unpraktischste, was man studieren konnte.

»Was soll ich später damit anfangen?«, seufzte Rona, zog sich ihren getigerten Bikini aus der Pospalte und spähte mit zusammengekniffenen Augen über den Kinneret. Sie sah aus wie ein ausgehungertes und verhätscheltes Tigerbaby.

»Und überhaupt«, fuhr sie fort. »Klassische Studien wie Philosophie und allgemeine Literatur, das läuft doch ohnehin bloß auf eine beknackte Weiterbildung für aufgeklärte Hausfrauen, Gymnasiallehrerinnen und Journalistinnen hinaus, die für Lokalblätter und Frauenzeitschriften arbeiten. Die hängen den ganzen Tag auf der Suche nach einem Fick in der Cafeteria der Geisteswissenschaftler rum.«

Auch später blieb Rona sich treu. So weit ich es überblicken kann, hat sie sich nie in der Cafeteria der Geisteswissenschaftler aufgehalten, obwohl es für ein blitzgescheites und schönes Wesen wie sie der natürlichste Aufenthaltsort gewesen wäre. Sie beschloss, Physikerin zu werden. Mit ihren Noten stand ihr jedes erdenkliche Studienfach der Welt offen, doch vor allem hatte sie Tiefgang und Stil.

»Weißt du, was?«, meinte sie zu mir auf besagter Klassenfahrt, als wir, eingepackt in unsere Schlafsäcke, unter einem dunstigen Aprilhimmel lagen und ich in stiller Verzweiflung über die Unmengen von Maiskolben, Kichererbsenpüree und Dosenpfirsich klagte, die ich mit dem ungezügelten Appetit einer Jugendlichen beim Abendessen in freier Natur in mich hineingestopft hatte. »Du brauchst das ganze Essen nicht im Magen zu lassen.«

Rona legte eine wunderbare Pause ein, in der wir dem Zirpen der Zikaden und anderen nächtlichen Geräuschen lauschten, ehe sie nachdenklich flüsternd, das Gesicht himmelwärts gewandt, fortfuhr.

»Die Römer haben unglaubliche Fressgelage ausgerichtet, und wenn das Sättigungsgefühl sie am Weiteressen hinderte, haben sie in silberne Zuber gekotzt, die ihnen von knackigen Jungs zu diesem Zweck gebracht wurden, und dann konnten sie mit ihrer Völlerei wieder von vorn beginnen.«

Sie verstummte und starrte weiter verträumt-konzentriert in den Himmel. Ich drehte mich zu ihr um und wartete auf eine Fortsetzung. Ehrlich gesagt, hatte ich selbst einmal etwas in dieser Art gelesen, aber es war mir zusammengesponnen vorgekommen, nichts, was man vorsätzlich herbeiführen konnte. Die wenigen Male, die ich mich übergeben hatte, waren von sommerlichen Magenverstimmungen ausgelöst worden.

»Man muss nach dem Essen Wasser trinken und sich dann irgendwohin verkrümeln.«

Rona wand sich aus ihrem Schlafsack, und ihre gemeißelte Silhouette verdeckte mir die Sicht auf den Mond.

»Na los, auf geht's.«

Sie meinte es vollkommen ernst.

»Die haben die Jungs auch in den Arsch gefickt«, flüsterte sie mir zu, als wir uns von den Himbeerbüschen zurück zu unserem Schlafplatz tasteten; die erste Lektion war erfolgreich verlaufen.

»Welche Jungs?«

Mein Mund schmeckte nach Kotze, und ich sehnte mich nach der Wasserflasche, die wir im Zeltlager vergessen hatten.

»Na die Jungs mit den Knackärschen, die ihnen die Zuber brachten.«

Der historische Zusammenhang war Rona immer genauso wichtig wie die Begebenheit selbst.

Man konnte gar nicht anders, als sich in Rona verlieben. Sie hat nie versucht, mich zu irgendwas zu überreden, aber man brauchte sie nur anzusehen, um zu erkennen, dass sie wusste, wo's lang ging.

Und ich habe das Kunststück vollbracht, selbst Rona mies zu behandeln, obwohl sie ohne Fehl und Tadel war. Von unserer ersten Begegnung an entdeckte ich immer neue Beweise für ihre Vollkommenheit: Ihr Körper war schlank und vollendet, ihre Art zu denken war klar und vollendet, ihre Werte waren erhaben und vollendet, und so verhielt es sich auch mit allem anderen, was zu ihr gehörte. Von ihrer vollendeten Mutter ganz zu schweigen.

Ach, Ronas Mutter! Sie war natürlich das krasse Gegenteil der guten alten Maman Alkabetz: blond, flachbusig, eine bekannte Anwältin für Immobilienrecht. Das einzig Essbare, das sie zubereiten konnte, waren Kanapees mit Lachs oder zur Abwechslung auch mal mit Cheddarkäse. Geschieden, Hebräisch fließend, die richtigen Universitäten, die richtigen Bücher, die richtigen Bekannten. Alles in Maßen, ohne jede Spur von Snobismus oder neureichem Gehabe, die mit einer solchen Palette an Eigenschaften häufig einhergehen. Zum Beispiel stand sie voll auf klassische Musik, kannte Zubin Mehta und Perlman sogar persönlich. Aber aus Stilgründen hatte sie kein Abo bei der Philharmonie. So sollte es sein, das stand für mich fest.

Ich werde nie vergessen, wie diese Frau, diese wasserstoffblonde Riesenkatze, sich auf dem teuren Sofa in ihrem Wohnzimmer fläzte und, *Pall Mall* ohne Filter rauchend, von irgendwelchen männlichen Idioten erzählte, die ihr im Laufe des Tages begegnet waren und die in ihrer Erbärmlichkeit versucht hatten, sie anzubaggern. Von Zeit zu Zeit schickte sie mich oder Rona los, damit wir ihr *Black Label* pur nachschenkten, und ich weiß noch gut, dass ich kein Auge von ihr lassen konnte – die Asche ließ sie ungehindert von der Zigarette auf den Teppich rieseln, die langen, knochigen Zehen bewegten sich unruhig in den Nylonstrümpfen – und immer wieder dachte: So und nicht anders möchte ich sein. Für mich war sie wie eine der Göttinnen, die auf dem Olymp wohnten und mit denen Rona sich beschäftigte. Vielleicht Athene. Ja, ganz ohne Frage: Athene. Mit Schaudern erinnere ich mich an das erste Mal, als mich die Erkenntnis ansprang, dass auch Ronas Mutter nur ein Mensch war. Ich betrat das gepflegte, mit Spiegeln ausgekleidete Badezimmer, überall Fläschchen mit den Logos von Lancôme, Van Cleef & Arpels, Issy Miyake, Lancaster, Dior, Guerlain und Kenzo, und als ich fertig war mit Händewaschen und die Pickel in meinem Gesicht lang genug untersucht hatte, fiel mir plötzlich ein grünliches Seifenstück von Clinique ins Auge, das auf dem Wannenrand lag. Ein langes schwarzes Schamhaar klebte daran wie ein Mal der Schmach. Rückblickend wurde Ronas Mutter durch diese peinliche Entdeckung nur noch realer: eine Frau mit kleinen Schwächen, die ihre Stärke umso mehr zur Geltung brachten.

Rona war ihr unglaublich ähnlich: blitzgescheit und gertenschlank. Zwar wusste ich, dass sie eine magersüchtige Vergangenheit besaß und unzählige Jugendpsychiater und Fachärzte für Essstörungen ernährt hatte, aber was für eine Rolle spielte das. Sie war schlank. Und überhaupt wunderbar, unübertroffen. Noch dazu eine glänzende Schülerin. Und eine treue Freundin. Sie war alles, was ein junges Mädchen braucht.

Aber auch Rona habe ich verletzt, ich konnte gar nicht anders. Das ist nun mal der Lauf der Welt. Der böse Lauf der Welt. Meine Schuld ist es nicht, die Welt wurde eben von Männern erdacht.

Echt super, Mori, alle Achtung, toll, wie du dich verteidigst! Schiebst alles dem behaarten Geschlecht in die Schuhe. Was kann ich denn dafür, wenn das die Wahrheit ist? Und es ist doch die Wahrheit: Die Männer haben die Zivilisation erfunden, und wir haben uns von ihrer gemeinen Art anstecken lassen. Wie von Aids, wie von der Pest. Über Tausende von Jahren haben wir uns ihre Praktiken angeeignet. Das ist mehr als genug Zeit, um etwas gründlich zu erlernen. Erst haben wir ihnen bei ihrem Treiben still zugesehen, haben uns mit ihrer Lust begnügt, ihren Nachwuchs zur Welt gebracht: Söhne, die groß rauskommen sollten, und Töchter, die dazu bestimmt waren, die Beine breit zu machen und die nächste Generation zu werfen. Der grausame ewige Kreislauf der Natur. Hinter jedem erfolgreichen Mann steht eine Frau. Und unter jedem Mann, egal ob erfolgreich oder nicht, liegt eine Frau. Die Söhne sind mit Naturwissenschaften und Fußball beschäftigt, die Töchter mit Geburtsvorbereitungskursen und Müllsortieren!

Aber, liebe Leute, dieses Prinzip wurde doch bekanntlich durchbrochen! Nach und nach haben wir uns daran gemacht, ihnen nachzueifern und zu werden wie sie. Banal, aber zutreffend: Der Unterdrückte verinnerlicht die Praktiken seines Unterdrückers. Sobald er auch nur die kleinste Chance bekommt, mutiert der Sklave zum erbarmungslosen Despoten.

Es ist eine bekannte Tatsache: Ein Großteil der Frauen, die verzweifelt um ihre Gleichberechtigung gekämpft haben, ist zu dem Schluss gelangt, dass es leichter ist, sich die männliche Doktrin anzueignen; das ist weit weniger gefährlich, als der Welt das Wesen des Weiblichen aufzuzwingen. Sie haben in großem Stil gepfuscht. Habt ihr gehört, meine emanzipierten, unabhängigen, fortschrittlichen Freundinnen? Ihr habt in großem Stil gepfuscht! Die Befreiung, die ihr durchgesetzt habt, ist ein Witz, sie ist ungenügend. Für mich ist sie ungenügend. Ich will das wahre Gute, wahre Menschlichkeit. Ich will, dass die weibliche Weisheit im Universum vorherrscht und jede Spur der Schande auslöscht, die die menschliche Rasse jahrtausendelang über sich gebracht hat.

Ich will, dass eine große Gebärmutter uns alle in sich aufnimmt. Das ist es, was ich mir wünsche …

Komisch, Ronas Mutter war eine große Feministin, aber sie hat immer behauptet, dass sie lieber mit Männern arbeitet. Das sei verlässlicher und sicherer und außerdem würden sie nie schwanger. Auch ich arbeite lieber mit Männern zusammen. Was denn sonst! Ich komme prima mit ihnen zurecht, ich kenne ihre Sprache. Ich kenne und liebe Macht. Und natürlich hatte Ronas Mutter Recht: Sie werden nie schwanger. Also verachten wir sie, die Männer, und würden doch alles dafür geben, zu sein wie sie. Was für ein beschissener Widerspruch. Der Feminismus hat sich selbst betrogen. Die Frauen haben sich selbst betrogen. Und Dunkelheit lag über dem Abgrund und der – natürlich männliche – Geist Gottes schwebte über den Wassern.

Ich habe Rona Gaddi weggenommen. Die Freude am Erobern. Wie ein russischer Panzer in den Straßen von Prag. Eigentlich hat er mich nicht mal interessiert, damals, als sie ihn zum Abendessen zu ihrer Mutter einlud und mich dazu, um sich vor mir mit ihm zu brüsten. Ich erkannte sofort, dass er für mich leichte Beute war. Gegen mich hatten die beiden keine Chance. Rona saß, bleich von den Nächten, in denen sie sich auf ihre Magisterprüfung vorbereitete, am Tisch und stocherte in ihrem Teller herum, ich dagegen schlang wie ein Tier, trank Wein und lachte ohne Unterlass. Wenn ich Gaddi ansprach, berührte ich jedes Mal wie unabsichtlich sein Knie oder seine Hand und stellte ihm tausend Fragen, über ihn, sein Studium und das Thema, über das er schrieb. Bis ich ihn in der Tasche hatte.

Das Einzige, was diesen Vorfall aus moralischer Sicht erträglich machte, war, dass ich mich irgendwann doch richtig in ihn verliebte. So musste aus meiner Sicht selbst Rona ihre Klappe halten. Der wahren, der großen Liebe, der mythischen Begegnung zwischen einem Schwanz und einer Fotze, der großen Vereinigung, darf sich schließlich niemand in den Weg stellen. In diesem Sinne wurden wir doch unser ganzes Leben lang erzogen, und auf nichts anderes haben wir so sehr gewartet wie auf die Erlösung durch die Liebe zu einem Mann. Das wusste selbst die radikale Rona, und am Ende schluckte sie es auch.

Ich dagegen verleibte mir den schönen schlanken Gaddi ein und kotzte ihn einige Zeit später wieder aus, ganz wie es meine Art war. Damit habe ich auch Gaddi verletzt, und das Baby gleich mit, wenngleich es nur ein kleiner Fleischklumpen gewesen war.

Na, bitte, dann habe ich also alle verletzt. Wieso beklage ich mich dann über Verletzungen, die andere mir zugefügt haben? Das ist der beschissene, der männliche Lauf der Welt. Und als jemand, der andere verletzt hat, muss ich für die anderen Verständnis aufbringen. Sie hatten nicht die Absicht, dich zu verletzen, sie wollten nur sich selbst etwas Gutes tun, und du warst ihnen zufällig im Weg. Also haben sie dich weggeschubst. Manche sanfter, andere gröber.

Hin und wieder frage ich mich, ob sich die Opfer von Mor Alkabetz, Verwandte wie Fremde, wohl auch sagen: »Das kommt alles nur von Mors Problemen, sie hat es bestimmt nicht so gemeint. Sie ist doch ein einfühlsamer Mensch.« Vielleicht haben sie ja doch Verständnis und können sich auf einer psychologischen Ebene mit mir identifizieren?

Die sollen sich doch gefälligst alle ins Knie ficken. Ich hab keine Probleme.

Und ob! Na ja, eins schon. Quälend zwar, aber immerhin nur eines. Großer Gott, wieso lasse ich mich jetzt auf diese unsinnige Gewissensprüfung ein? Man hat mir angetan, man hat mir weggenommen, und ich hab anderen angetan, weggenommen, habe geschlagen, gesündigt. Widerwärtig. Wenn ich genau sein und das Kind beim Namen nennen wollte, ließe sich die ganze Sache mit wenigen Worten beschreiben. Es ist ein bekanntes psychologisches Problem. Viele Leute leiden darunter, viele Frauen. Alle Wege führen zu den Frauen, zum Kreuz der Weiblichkeit, an dem ich so schwer trage. Die persönliche Via Dolorosa von Mademoiselle Alkabetz.

Soso. Ein weibliches Problem.

Das ich lösen werde, jawohl. Zigarette? Zigarette.

Toll, jetzt hab ich die ganze Schachtel weggeraucht. Ich habe mir den Entzug versaut und stehe auch noch ohne Zigaretten da. Was soll ich jetzt bloß tun? Ach, scheiß doch auf die blöden Zigaretten. Wie viel kann der Mensch rauchen? Andererseits: Wer soll die militante Kampagne gegen das Rauchen ernst nehmen, wenn man gleichzeitig zum Rauchen verführt wird, und das auf Hochglanzseiten, die weit erotischer wirken als die abstoßenden Poster der Gesellschaft zur Bekämpfung jener berüchtigten Krankheit? Als Opfer der Medien erliege ich dem, was aggressiver betrieben, von begabteren Grafikern und Werbefachleuten bearbeitet und offenbar auch mit mehr Geld dahinter propagiert wird. Lang lebe der Krebs!

Ein Glück, dass es Essen gibt. Also esse ich. Ich hab sowieso alles versaut. Dann darf ich auch essen.

Iss, iss, Mori, dann wirst du groß und stark, wie Papa, wie Rocky, wie Schwarzenegger, wie der kanadische Premierminister. Sieht er nicht blendend aus?

Es war sehr lustig gestern beim Mittagessen mit diesem beknackten Janiv von der Werbeagentur Kescher Barel. Wir saßen in Aharonis Gourmettempel *Tapuach Sahav*, wo ich mir den »gehobenen Business Lunch« reinzog. Janiv schwadronierte in einer Tour von seinen fantastischen Marketingideen für irgendeinen bescheuerten Snack, und plötzlich meinte er: »Wahrscheinlich halten Sie mich jetzt für überambitioniert.« Ich dagegen dachte nur: Zeit, das Klo aufzusuchen.

Wenn ich gut drauf bin, kann ich dem westlich geprägten Durchschnittsmann die Einstellung nachsehen, die er vor sich her trägt: dass dank des Umstands, in einem demokratischen Land geboren zu sein, auch in ihm das Potenzial zum Präsidenten oder zum Generalstabschef schlummert, und nur weil er nicht richtig Bock hatte, sich anzustrengen und sich dem jeweiligen System zu fügen, hat er es nicht so weit gebracht. Noch eine süße Illusion der Demokratie, die die ehrgeizigen kleinen Männerhirne nährt.

Ich rauschte davon, um mich auf dem Edelklo dieses Edelladens zu übergeben. Mir stieg der Geruch des Luftverbesserers in die Nase: Waldduft, jedenfalls stand das auf dem Behälter. In zwei großen Schwallen spuckte ich die Forelle in Butter und Mandeln und die Backkartoffel wieder aus. Ratzfatz, null *problemo*.

Ich bin grundsätzlich darauf bedacht, nicht in der Öffentlichkeit zu essen. Seit Jahren ist Essen für mich kein Mittel, um satt zu werden, denn schon nach dem ersten Bissen ist mir klar, dass ich nicht aufhören kann. Wie jetzt zum Beispiel. Doch in der Situation, in der ich war, hatte ich keine andere Wahl. Ich wollte mir unbedingt die Kampagne von Levi's unter den Nagel reißen, und dieser Janiv wollte mich unbedingt in ein Nobelrestaurant einladen. Nun denn. Die Damentoilette hier ist nicht zu verachten. Sauber, große Spiegel, Marmor. *Crème de la crème*.

Obwohl auch an einem solchen Ort unverhofft Schwierigkeiten auftreten können. Wenn du Pech hast, stellt sich eine Tel Aviver Tusse vor deine Kabine, weil sie sich ausgerechnet jetzt, zwischen Hauptgang und Dessert, dringend ihre operierte Nase pudern muss. Dann bist du gezwungen, den Kopf tief in die Kloschüssel zu halten, damit sie nicht dein merkwürdiges Röcheln hört und plötzlich mit ihren manikürten Fingernägeln an die Tür klopft und fragt, ob alles in Ordnung sei. Auch das ist schon vorgekommen.

Diesmal führte, wie gesagt, kein Weg daran vorbei, ich war gezwungen, in der Öffentlichkeit zu essen. Wenn du auf den Portfoliomanager einer Werbeagentur richtig Eindruck machen willst, musst du dich eben standesgemäß von ihm einladen lassen. Es gibt Geschäfte, die kann man nur beim Essen machen. Der geschäftliche Lauf der Welt. Der Schlüssel zum Herzen eines Mannes ist sein Magen. In der Liebe wie im Geschäft.

Als ich aus der Kabine kam, konnte ich meine Tränen nicht zurückhalten. Ich war schweißgebadet, die Schminke verschmiert, Eyeliner, Wimperntusche, vom Lippenstift ganz zu schweigen. Ich blickte in den Spiegel und sah einen hässlichen, triefäugigen Clown, an dessen Kinn ein Stückchen Fisch klebte. Nachdem ich alles notdürftig mit Klopapier abgewischt hatte, kehrte ich, um Haltung bemüht, zum Tisch zurück. Und da kam der Clou! Dieser Idiot bedachte mich mit einem Blick, den er garantiert für durchdringend hielt, und zwinkerte mir zu! Eine Schrecksekunde lang dachte ich, dass auch er nach jedem Essen alles wieder ausspuckt und mir daher sein Mitgefühl bekunden wollte. Doch er wiegte nur das Kinn.

»Nicht nett, Freunde leer ausgehen zu lassen«, meinte er, begleitet von einer hasenartigen Schnuppergeste. Da begriff ich, dass er mich im Verdacht hatte, allein gekokst zu haben. Ich war dermaßen erleichtert, dass ich eine Erkältung vorschützte und ihm geschlagene zehn Minuten einen Vortrag über die gesundheitsschädigenden Aspekte der allgegenwärtigen Klimaanlagen hielt, bis ich schließlich wieder die Kurve kriegte und erklärte: »Aber mit Drogen habe ich, ehrlich gesagt, nichts am Hut. Diese Flucht aus der Realität liegt mir nicht.«

6 Also schön, ich habe mich also nicht beherrschen können.

Aber noch ist nicht alles verloren.

Solange ich es drin behalte. Und genau das habe ich vor: es einfach nicht wieder auszuspucken. Jawohl.

Das ist die wahre Prüfung. Ist doch keine Kunst, nichts zu essen. Manchmal esse ich tagelang nichts, nur: Mit Gesundwerden hat das herzlich wenig zu tun, denn der nächste Anfall kommt bestimmt.

Nein, nein und nochmals nein. Diesmal werde ich alles bei mir behalten.

Und was, wenn ich zunehme? Das ertrage ich nicht.

Ich werde schon nicht zunehmen. Von einem Mal nimmt man doch nicht zu.

Heute Nacht geht's in erster Linie darum, mich nicht zu übergeben. Das ist das Ziel.

Wenn ich doch wenigstens schlafen könnte. Dann verginge die Zeit schneller. Aber wie denn? Mit Unmengen von Müll im Magen? Keine Chance.

Dann eben nicht.

Dann bleibe ich eben wach *und* übergebe mich trotzdem nicht. Wenn schon Entzug, dann richtig. Im großen Stil.

7 Körperliche Aktivität hilft angeblich gegen Schmerzen, lenkt ab vom Wunsch, sich zu übergeben. Von der Angst. Das Gehirn schüttet Endorphine aus. Ein natürliches High. Man sollte es den Orthodoxen gleichtun: anfangen zu singen, und die Freude stellt sich wie von selbst ein. Zehn Liegestützen, mehr ist nicht drin … ei-di-dei, ei-di-dei, ei-di-dei, jabba-bam, jabba-bam, jabba-bam … Gesegnet sollst du sein, Herr in Zion … Hey, Tampon, Lutschbonbon … Herr in Zion … Scheiße. Keine Power … Wie machen das bloß die Rekruten der Marines in den Vietnamfilmen? Wenn ich doch ein Mann wär …

In einer bestimmten Phase meiner Kindheit wäre ich lieber ein Junge gewesen. Nicht weil ich ein frecher, ungestümer Wildfang war, der nur Unfug im Sinn hatte. Ganz im Gegenteil! Ich war ein ziemlich schwaches Mädchen. Und weiblich. Unglaublich weiblich. Ich entwickelte mich früh und ordentlich. Periode, Busen, jedes erforderliche Requisit. Maman sorgte stets dafür, dass ich adrett gekleidet war, wenn auch mit bescheidenen Mitteln. Oh,

Mori, du undankbares Miststück! Denk doch wenigstens ein Mal sehnsüchtig zurück an die kleinen Jeansröckchen, die du von Merav und Claudine geerbt hast, an die pastellfarbenen Trikotkleider, die T-Shirts mit Micky- und Minnie-Mäusen, die Federtaschen mit Prinzessinnenbildchen und die rosa Radiergummis mit dem herrlichen Duft, den du und deine kleinen Freundinnen einsogen, als wäre dieser billige Geruch das große Versprechen der Weiblichkeit, die schon bald sanft ihre märchenhaften Flügel über euch breiten sollte. Schon gut, ist ja gut, ich hab's nicht vergessen.

Klar hat es was Nettes, ein kleines Mädchen zu sein, aber ein Junge! Tja, liebe Leute, ihr werdet nicht umhinkönnen, zuzugeben, dass das nach greifbarer Stärke riecht. Selbst die liebevolle, warmherzige Maman wurde nie müde zu erzählen, wie sehr sie sich gewünscht hatte, dass ich als Junge zur Welt käme. Sie dachte, es hätte Charme, mir immer wieder davon vorzuschwärmen … Dieser nervtötende Familienmythos aus dem Hause Alkabetz. Mors Maman und Papa haben immer von einem Sohn geträumt. Von einem kleinen Alkabetz mit einem kleinen, aber potenten Schwanz. Stattdessen kam erst die tantenhafte Merav, dann die süße Claudine und schließlich die durchgeknallte Mor zur Welt. Das reinste Anatevka-Syndrom. Kein Drama, Schwamm drüber, sagte Papa Alkabetz zu Maman Breitarsch Alkabetz, doch ihm blutete das Herz vor Trauer.

Ihr findet, dass ich leicht zwanghaft bin? Die Schuld an meiner Psychose ständig auf meine Mami und meinen Papi schiebe? Oh, durchaus, denn hier kommt das psychologische Element wieder ins Spiel. Die Biografie der Kranken. Die Beziehung zu den Eltern. Das ungestillte ödipale Verlangen nach dem Vater. Penisneid. Und später dann die schlechte Erziehung: die zerstörerische Kraft einer verdrängten Libido bei der Mutter, die konservative, traditionsverbundene Einstellung. Schwierig, schwierig. Übrigens: feine Sache, so eine verdrängte Libido. Nein, nein, nein. Halt, Mori, du lenkst von der Hauptsache ab. Wir sind gerade beim psychologischen Moment, versuchen, die Kindheit zu durchleuchten, und da musst du wieder mit deinen Ficks vorpreschen. Warte, Herzchen, dazu kommen wir später noch, es ist ja ganz und gar unvermeidlich. Noch dauert es ein paar Stunden, bis die Sonne aufgeht, bis du duschen, dir die Achseln rasieren, in frische Klamotten schlüpfen und diesem gefährlichen Haus entrinnen kannst, bis du dir immer wieder vorsagen kannst: Ich habe diese Nacht überstanden, diesen Anfall weiblicher Schwäche. Ich bin clean.

Na dann ist jetzt wohl der richtige Zeitpunkt für ein Erwachsenengespräch über die Kindheit. Vielleicht liegt hier das Geheimnis begraben? Ach Kindheit, Kindheit! Dieser unmögliche Zeitabschnitt, über den Künstler so rasend gern masturbieren. Mein Lieblingsbeispiel dafür ist *Erinnerung, sprich* von Nabokov, für mich immer eine hochgradig erregende Lektüre. Welch ein Beben es in mir auslöste, von all den hübschen Jungs in Matrosenanzügen und den wohlriechenden, kurzhaarigen Mädchen in Musselinunterwäsche zu lesen, die sich in den sternklaren Nächten der französischen Riviera gegenseitig da unten streichelten! Sinnliche Kinder, eingehüllt in den Duft von Lilien, Jasmin und Orchideen, die rings um die Sommerhäuser ihrer Familien blühten, Kinder reicher russischer Adliger auf der Flucht vor dem schäumenden Wüten der Oktoberrevolution.

Ja, Kindheit ist etwas Schönes, daran gibt's nichts zu rütteln. Sie besteht aus Gerüchen, Farben, Gefühlen und Erfahrungen, die uns eine unveränderliche Prägung verpassen im Hinblick auf alles, was uns später im Laufe unseres Lebens begegnet. Dennoch besteht hier, wie ich finde, keinerlei Grund, romantisch an die Sache heranzugehen, was von uns verlangen würde, unsere persönliche Vergangenheit bis ins kleinste Detail auszuleuchten. Das sollten wir doch lieber den großen Künstlern überlassen. Ich für meinen Teil ziehe den klassischen Ansatz vor. Wir alle waren dort, in den Gefilden der Kindheit. Auf dem Niveau, das uns interessiert, an dem Ort, den alle miteinander gemein haben, mit äußerlichen Merkmalen, die natürlich von Mensch zu Mensch variieren. Schließlich sind die Einflüsse der Kindheit im weitesten Sinne bei allen sehr ähnlich. Ihre Bedeutung bleibt stets dieselbe: Verschiedene Eindrücke brennen sich in eine nackte, verletzliche Fläche ein, die Seele. Wenn diese Seele heranwächst und zunehmend robust, sprich: erwachsen wird, sehnt sie sich nach den frühen Empfindungen zurück, danach, wie Erfahrungen im ursprünglichen Erleben gebrannt haben, genau wie ein Drogensüchtiger ein Leben lang davon träumt, das euphorische Zusammentreffen zwischen dem Heroin und seinen Gehirnzellen noch einmal so zu erleben, wie er es beim allerersten Mal empfunden hat. Auf der vergeblichen Jagd nach der Erstmaligkeit ist man zu allem bereit …

Auch meine Kindheit hat sich mit dieser sinnlichen Wucht in mich eingeprägt, doch Sehnsüchte verspüre ich keine mehr. Mich beherrscht in diesen Sekunden nur noch eines: Wut. Wut auf alles Geistige und Körperliche, das in mein Blut aufzunehmen ich gezwungen war, als wäre es organischer Bestandteil dessen, was mich ausmacht, und untrennbar mit mir verbunden.

Berge von Müll. Containerladungen voll geistigen Abfalls. Der Schuttabladeplatz der Seele.

Hier, bitte, für euch, in nahezu verantwortungsloser Verkürzung: Kindheit, Jugend, Pubertät, Zeitungen, Wochen- und Monatszeitschriften, Tausende guter und eine nicht unbeträchtliche Zahl schlechter, jedoch nicht unbedingt weniger unterhaltsamer Bücher. Man könnte sich damit aufhalten, die Namen der großen Literaten zu verlesen, als wären sie Marines beim Morgenappell, doch was spielt das für eine Rolle, schließlich wurde die gesamte Literatur der westlichen Welt von weißen, eurozentrierten Männern geschrieben! George Sand, die Schwestern Brontë und andere schriftstellernde Damen des neunzehnten Jahrhunderts sind doch nichts als ein Tropfen im unendlichen Ozean des männlichen schöpferischen Denkens.

Und wie steht's mit dem Film, der Kunstform, die sich erst im aufgeklärten humanistischen zwanzigsten Jahrhundert entwickelt hat? Wer sind die wichtigsten Schöpfer des Kinos, dieses großen und grausamen Gottes?

»Was willst du werden, wenn du groß bist, kleines Mädchen? Neurochirurgin? Astronautin?«

»Nein, Maman, ich möchte sein wie Robert de Niro!« Oh, de Niros Großtaten in Vietnam, de Niros Großtaten in der Mafia, das Taxi von de Niro, der Schönheitsfleck von de Niro, die Pistolen und das Lächeln von de Niro. Heiliges Kanonenrohr, was für ein Mann!

Ich meine nicht den viel zitierten Schrott *made in Hollywood*. Auf den hab ich schon immer geschissen (obwohl ich eigentlich davon ausgehe, dass selbst die gröbste, schändlichste und banalste Seichtheit mein Bewusstsein auf irgendeine heimtückische Weise beeinflusst und ordentliche Arbeit geleistet hat), nein, ich spreche von Qualitätsfilmen, von Leuten, deren Namen mit Goldbuchstaben in die Chroniken der Menschheitskultur eingraviert sind: Jarmusch, Tarantino, Coppola, Cimino, Scorsese, John Houston, Altman.

Es fällt mir schwer, auf ein weiteres kleines Beispiel zu verzichten: den Rock 'n' Roll. Den testosterondurchfluteten Glanz des Rock 'n' Roll. Und alles, was dazugehörte und beiden Geschlechtern sowohl physisch als auch mental zu einem Ständer verholfen hat: Jaggers Eier, Morrisons Arsch, Springsteens Energie, der Exhibitionismus von Prince.

Und die knallengen Hosen, die sie trugen! Die Frauen, mit denen sie rumliefen!

Und das viele Geld. Oh, sie schwammen ja geradezu in Geld. Wie viele Kilogramm weißen Pulvers sie sich wohl durch die Nasenlöcher gezogen haben? Welch exzentrischer Stil! Und wie viel Selbstbestimmung und vor allem Freiheit! Und diese unbezwingbare Wucht.

Sie alle und noch viele andere haben sich mit Hilfe ihres Talents in mein Bewusstsein katapultiert und schrille, unauslöschliche Kainsmale darin hinterlassen. Sie haben mich für immer behext und verzaubert. Diese ehrgeizigen Männer haben meine Seele gevögelt, haben ihren geistigen Samen in jede dunkle Ecke meines Gehirns abgespritzt. Ich habe nicht mal versucht, mich zu wehren. Mein Bewusstsein hat sich ihnen – ergeben und mit gespreizten Beinen – zu Füßen gelegt wie die jungfräuliche Braut des Apachen, der mit einem frisch erlegten, noch warmen Reh auf der Schulter von der Jagd nach Hause zurückkehrt.

Und auf der anderen Seite: die großen Feministinnen. Die ersten Bücher, die ich las, die Dinge, die ich mit wachsender Erregtheit zu begreifen begann. Nie werde ich vergessen, dass ich Bauklötze staunte, als ich *Jenseits der Macht. Frauen, Männer und Moral* von Marilyn French las, diese unglaublich lehrreiche Abhandlung über die Geschichte der Frau und ihre Stellung in unserer Welt, die schreckliche Zwickmühle, in der jede Frau – die eine früher, die andere später – unweigerlich landet, solange die Herrschaft des weißen Mannes vorhält. Ms French sprach mir aus der Seele. Sie kannte mich. Ich wollte sein wie sie.

In meinem Innersten wusste ich, dass man weit mehr davon hat, ein Mann zu sein, aber ich sagte mir: Wenn du schon das Pech hast, als Frau geboren zu sein, dann musst du's wenigstens voll bringen. Megageil sein als Frau. Die vollendete Mischung aus allen Möglichkeiten, die sich uns in dieser Phase der Menschheitsgeschichte bieten. Egal wohin du dich wendest oder was du tust, du wirst es ohnehin nicht schaffen, der mediengesteuerten soziokulturellen Sintflut zu entkommen, die auf dich einprasselt, die dich in die Knie zwingt, dich nach ihrem Ebenbild formt. Freie Wahl ist eine Illusion. Wer bin ich denn schon, wer sind wir alle? Kleine Kommata im Universum, Anhäufungen von Molekülen, ausgestattet mit einem verletzlichen Körper und einem Gehirn, das wir nur zu einem kleinen Teil nutzen können. Ein Konglomerat aus Instinkten, Reaktionen, Gewohnheiten, einem kollektiven Unterbewusstsein, Symbolen und Riten. Wer darf sich was frei aussuchen und wann? Die große männliche Lüge hinsichtlich der Transzendenz des Menschen. Die eingebildete Beziehung mit Gott, mit dem Absoluten. In seinem Bild und nach seiner Gestalt hat er uns erschaffen. Nur dass wir aus Fleisch und Blut, aus Muskeln und Innereien bestehen. Was hat das mit Transzendenz, dieser armseligen männlichen Fantasie, zu tun? Und da wir nun mal sind, wie wir sind, organisch, umspült von Fruchtwasser, verletzlich, verringern sich die Möglichkeiten. Und zwar drastisch.

Was mich anbelangt, so habe ich festgestellt, dass mir nur zwei Möglichkeiten offen stehen. Die eine: verschwinden, allem entfliehen, den Blick auf den nächtlichen Himmel heften und ihn ewig anstarren, bis die Erlösung in Form des Todes kommt. Die andere Möglichkeit besteht darin, alles, was es zu sehen, zu hören und zu fühlen gibt, in mich eindringen zu lassen, bis jede meiner Zellen infiziert, durchgeschüttelt und verwirrt worden ist und sich mein Inneres in ein gigantisches abstraktes Kaleidoskop verwandelt hat. Und ich habe die zweite Möglichkeit gewählt, oder genauer gesagt: Ich bilde mir ein, die zweite Möglichkeit gewählt zu haben. Die reine und grausame Wahrheit ist, dass diese zweite Möglichkeit mich gewählt hat. Und aus dieser eklektischen Gebärmutter wurde ich in die Welt katapultiert, frisch gebacken, mit einer Rosine als Verzierung.

Die neue Frau …

8 Das wird schwierig morgen. Sehr schwierig. Mein Bauch steckt voller Dreck. Der Katalog von *Triumph*. Den ganzen Tag muss ich mir Tussen ansehen, die sich in BHs und Slips vor mir winden. Warum nur habe ich mich entschieden, Mode zu fotografieren? Weil das Fotografieren von Mode am erotischsten ist. Und weil das Fotografieren von Mode am meisten Kohle bringt. Geld ist wichtig. Vor allem für eine Frau. Eine Frau, die was taugt, sollte es zu was bringen. Sonst ist sie nichts, eine Null, das schwache, das minderwertige, das verlorene Geschlecht!

Ich werde also Fotomodelle ablichten. Scharon von Blitz, Tampon von Ritz, Lutschbonbon von Spritz. Mit ihrem Dauerlächeln, als wären sie mongoloid. Alle haben eine platte Stirn, glatte Haut und bunte Glasaugen. Alle sind bildhübsch, blutjung, klapperdürr. Fleischlappen. Gummipuppen. Kleiderbügel.

Ich hasse es. Ich hasse diese zwanghafte Beschäftigung mit dem Körper, mit Schönheit.

Als ich in ihrem Alter war, hätte ich im Traum nicht daran gedacht, zu modeln. Und es hätte auch im Traum niemand daran gedacht, mich, einen pummeligen, unglücklichen Teenie, als Model zu engagieren. Ich musste mir meinen Platz schwer erkämpfen. Die ersten Jungs, mit denen ich ins Bett stieg. Was für ein Schlag. Was für ein harter Schlag. Ich wollte gefühlvolle, naive Liebe, aber ich begriff schon damals, dass eine Frau besser emanzipiert sein sollte.

Man muss es draufhaben, mit spielerischer Leichtigkeit zu vögeln. Und fangt mir jetzt bloß nicht an mit Aids, denn dafür haben die alten Ägypter das Kondom erfunden, also habt die Größe, euch eins überzuziehen, und hört auf, euch heiliger zu geben als der Papst. Und ich wende mich vor allem an Sie, Verehrteste, die neue Frau, die aufgeklärt, emanzipiert et cetera ist. Um die Jungs brauchte man sich hinsichtlich der heiklen Thematik, mit der wir uns hier befassen, noch nie sonderlich viele Sorgen zu machen. Die Spuren, die sie rund um diese Angelegenheit hinterlassen haben, dürfen im Vergleich zu den unseren getrost als symbolisch bezeichnet werden. Richtig, Puppe? Und was ist mit dir? Voller Komplexe? Was denn, bist du etwa deine Mutter? Sex ist toll. Megageil. Eine emanzipierte Frau muss Sex super finden. Nur Frauen von früher finden Sex doof. Die hatten ja keine Ahnung. Was wussten die schon über den Unterschied von vaginalem und klitoralem Orgasmus? Erbärmliche Produkte der bürgerlichen Enge, der männlichen Herrschaft, an der sie schier erstickten. Die haben doch rein gar nichts begriffen. Dumme Puten, die sich haben ficken lassen, um Eier zu legen.

Die neue Frau findet Sex toll. Eine emanzipierte Frau muss Sex toll finden. Sei selbst zuständig für deinen Orgasmus. Masters und Johnson, Hite-Report. »Die meisten Frauen bekommen vom Schwanz allein keinen Orgasmus«, resümiert Shere Hite in ihrem Buch, das seinerzeit als revolutionär galt, doch allzu viel scheint es nicht revolutioniert zu haben ... Sie hat es in den Siebzigerjahren veröffentlicht. Wie kann es sein, dass so viele Jahre vergangen sind, so viele Leute es gelesen haben und keiner dazugelernt hat, weder die Frauen noch die Männer noch ich?

Sex ist geil. Noch dazu kinderleicht. Sex ist etwas, was ich drauf habe, und ich hab's auch drauf, sexy zu sein. Wenn dir ein Mann über den Weg läuft, der dich antörnt, solltest du ihn auf der Stelle flachlegen. Was denn, was denn, bist du etwa schüchtern und sentimental? Die Antwort lautet nein. Ich bin eine Draufgängerin. Du bist ein Feuer, die Verkörperung des Vergnügens schlechthin. Wenn mir ein Mann über den Weg läuft, der mich antörnt, sehe ich zu, dass ich möglichst schnell mit ihm im Bett lande. Ich weiß genau, wie man das anstellt. Er auch. Ich bin doch nicht irgend so eine bescheuerte konservative Kuh. Ich bin eine Sexkatze, jawohl. Ein böses Tier. Der Code ist klar und deutlich. Ich bin emanzipiert, ich bin frei.

Die Männer haben den Hite-Report nicht gelesen. Zu diesem Schluss bin ich schon lange gekommen. Er hat sie nicht wirklich interessiert, obwohl er viele wertvolle Informationen enthält, die ihnen dazu hätten verhelfen können, unvergleichlich genialere Liebhaber zu sein, als sie es heute sind. Dabei lechzen sie doch angeblich nach dieser Information, beschaffen sich Wissen, wo es nur geht und so viel sie kriegen können, von Pornofilmen bis hin zu realer Tuchfühlung. Der Mann wird immer glauben, dass sein aufrichtiger Wunsch, der Frau ebenso viel Vergnügen zu bereiten wie sich selbst, außer Zweifel steht. Doch hier liegt der Fehler. Kein Mann lässt es sich im Bett angelegen sein, liebevoll und aufrichtig dafür zu sorgen, dass du es genießt. Nein. Der Mann, mit dem du vögelst, ist von einem einzigen Wunsch beseelt: sich zu beweisen.

Das ist sein großes Anliegen.

Wie übrigens auch sonst im Leben. Dass du Spaß hast, interessiert die Männer nur als Begleiterscheinung ihrer wunderbaren Qualitäten. Dass du Spaß hast, ist wie ein Spiegel, der ihre männliche Potenz zeigt. Viele von ihnen haben keine Ahnung, was Frauen wirklich Spaß macht, und vielleicht wollen sie es auch gar nicht wissen. Und ich meine echte Frauen, Tiere, nicht irgendwelche organischen Duplikate von Leinwandheldinnen oder lüsterne Miezen aus Hochglanzzeitschriften, aus der Werbung oder der Pornografie in all ihren Erscheinungsformen. Zu meinem Entsetzen muss ich immer wieder feststellen, dass selbst die Männer, die sich nicht gescheut haben, mit unzähligen Frauen breit gefächerte sexuelle Aktivitäten zu entfalten, in puncto einfaches Grundwissen über die Anatomie der Frau eine schockierende Unaufgeklärtheit an den Tag legen … Sie wollen dich auf ihren Phallus stülpen und dich vor Glück stöhnen sehen wie Sharon Stone: bei sanfter Beleuchtung, die Augen halb geschlossen, ein mit Schmerz vermischter Ausdruck des Genusses auf deinen halb geöffneten, »natürlich« geschminkten Lippen.

Ich kann so vögeln. Kein Problem. Auch ich habe Filme gesehen. Von hinten, kein Problem, von vorne, von oben, die Beine auf den Schultern, oral, anal, in jeder bekannten und möglichen Stellung. Kein Problem. Ich bin die ultimativ sinnliche Frau. Ich finde Sex geil und habe keinerlei Hemmungen.

Oh, sagt mal, wie viele Komplexe hat diese durchgeknallte Mor eigentlich, die ist ganz schön vulgär. Was versteht sie denn davon? Bei uns läuft das nämlich ein bisschen anders. Mein Mann macht eine geschlagene halbe Stunde Petting mit mir, bevor er mir seinen Schwanz zwischen die Schenkel schiebt. Manchmal ist er auch lieb und leckt mich fast zehn Minuten lang. Nicht dass er sich sonderlich gut darauf versteht, aber er gibt sich zumindest Mühe. Was soll man machen, es ist eben schwierig …

Wir haben Verständnis für ihn, nicht wahr, Mädels? Die Fotze einer Frau ist eben eine problematische Angelegenheit. Lust hin oder her, Emanzipation hin oder her, Draufgängertum hin oder her, unterm Strich ist es ein feuchtes, ungeschütztes Loch, eine exponierte Öffnung des Körpers. Des Innern. Ein kleines Tier mit einem eigenartigen Geruch. Und eine Frau, liebe Freunde, eine Frau muss lecker riechen. Sehr lecker sogar. Selbst da unten. Sie ist schließlich kein Fischgeschäft. Rona erzählte mir einmal, dass sie sich in der Apotheke eine Flüssigkeit besorgt, die sie sich da unten reinspritzt. Eine Art Hygienespülung, damit ihre, na, ihr wisst schon was, nach Veilchen duftet. Welch ein Glück, dass Fortschritt und Wissenschaft sich so gut um uns kümmern, jedes erdenkliche Wundermittel für uns produzieren, damit wir die kultivierte Welt nicht mit unserer Anatomie behelligen. Flüssige Entkeimer mit Veilchengeruch, spezielle Seifen für jedes Loch im Körper, Deos für die Mundhöhle, Deos für die Fotze, die Achseln, das Gehirn.

Habt ihr mal einen Mann gesehen, der sich seinen teuren Schwanz mit Veilchenwasser wäscht, bevor er ihn euch in den Mund schiebt? Das ist doch was ganz anderes, werdet ihr sagen. Eine andere Anatomie. Dann sagt ihr das eben.

Das Konzept ist ziemlich klar, Madame: Du sollst es genießen, dass einer seinen Schwanz in dich reinsteckt und dich lustvoll schrottreif vögelt. Darum geht's. Nun denn. Manchmal ist das ja ganz nett. Manchmal. Aber normalerweise sollte es anders laufen. Völlig anders. Ich brauche sanfte Berührung, echtes Loslassen, Konzentration, Scham. Ja, ihr habt richtig gehört: Scham. Ich wünsche mir nichts mehr, als dass ich mir erlauben dürfte, mich zu genieren, meine Scham zu spüren, meine Scham auszuleben. Ihr Raum zu geben, so wie ich meiner Lust dieses herrlich feuchte, ungehemmte Dasein verschaffe.

Ich möchte ein Jahr lang nur Küsse. Ein verdammtes geschlagenes Jahr lang nur Küsse auf die Augen, auf die Stirn. Das würde ich mir wünschen.

9 Ich würde alles dafür geben, jetzt kotzen zu dürfen ... Ich *muss* einfach ... Ich halte es bald nicht mehr aus. Scheiße, ist das beschissen. Müll hoch dreiundzwanzig. Ich will sterben. Ich will sterben, damit dieser Albtraum ein Ende hat, damit ich diese stinkende Nacht endlich hinter mir habe, diesen bescheuerten Entzug. Wer braucht so was? Wo brennt's, dass ich ausgerechnet jetzt clean werden muss? Dann habe ich eben eine Schwäche. Na und. Muss denn immer alles perfekt sein? Ich werde mich einfach übergeben. Was ist schon dabei? Clean werden kann ich immer noch. Es ist eine Frage der Entscheidung. Warum habe ich beschlossen, es ausgerechnet jetzt anzugehen, wo ich morgen für diesen Katalog fotografieren muss? Zwölf Stunden Fototermin. Wer tut sich denn so was an? Ausgemachter Unsinn. Besser warten, bis sich ein paar Tage Urlaub ergeben. Ich pack das jetzt nicht, dieses Essen in mir drin, in meinem Magen, es zersetzt sich, wird verdaut, spaltet sich in Glukose, Kohlehydrate, Fette, wird von meinem Körper, von meinen Zellen absorbiert, und schon wachsen mir Fettpölsterchen an den Oberschenkeln, um den Bauch, am Po. Ich bin schwer, alles tut mir weh, hu, wie das wehtut ... Ich will endlich sterben, damit alles vorbei ist.

Ich will meine Maman. Ich will wieder klein sein, ein Fötus, aufs Neue in ihre Gebärmutter aufgenommen werden und jahrelang nicht zur Welt kommen, so lange, bis diese neue Zeit ein Ende hat, bis diese schlimmen Jahre vorüber sind, die Zivilisation zusammengebrochen ist und sich dank atomarer Waffen, einer kaputten Ozonschicht, einer Sintflut, dank Hass, Hunger und Aids selbst zerstört hat.

Erst dann will ich wieder zur Welt kommen. Als große Frau des Stammes. Als die große Mutter. Und es soll keinen Tod geben und keine Konkurrenz und keinen Stolz. Ich werde Kräuter sammeln, Kinder kriegen und die Männer des Stammes großziehen. In der Luft süßer Duft der Erlösung und unter dem Blick Gottes ein schwarzer und klarer Himmel. Und sein Geist beseelt jedes Staubkorn, jeden Grashalm, und eine große, festliche Ruhe senkt sich auf die Welt herab, von hier bis nach Japan.

Es waren einmal drei Japaner:
Yak, Yak-Tsidrak, Yak-Tsidrak-Tsidrak-Tsidroni.
Und drei Japanerinnen:
Tsippa, Tsippa-Drippa, Tsippa-Drippa-Yampaponi.
Die drei Japaner hielten Hochzeit:
Yak mit Tsippa
Yak-Tsidrak mit Tsippa-Drippa
Yak-Tsidrak-Tsidrak-Tsidroni mit Tsippa-Drippa-Yampaponi.
Dann bekamen sie Kinder:
Yak und Tsippa den Schach
Yak-Tsidrak und Tsippa-Drippa den Schach-Schachmatt
Yak-Tsidrak-Tsidrak-Tsidroni und Tsippa-Drippa-Yampaponi den Schach-Schachmatt-Schachmoni.

10 Für das Scheitern meines Entzugs klage ich an: die Hersteller konservierter und nicht konservierter Lebensmittel, die Lebensmittelhersteller in ihrer Gesamtheit, die Erfinder von Baguette, Schlagsahne und Steak.

Ich klage die Medien an, die Werbewelt, die schwulen Modedesigner mit ihrem Kult der schlanken Frau, Sinnbild des knabenhaften Arschs, von dem sie unablässig träumen. Ich klage den weißen Mann an, der den ganzen Erdball beherrscht, die feministische Revolution der Fünfzigerjahre, die postfeministische Revolution der Achtzigerjahre, die rückständigen, intoleranten Neunzigerjahre, Freud und Marx, Kevin Costner, Axel Rose, den Dressman aus der Levi's-Werbung und Ethan Dehan aus der 9c.

Ich klage alle an, die direkt oder indirekt versucht haben, meine Identität als Mensch und als Frau zu definieren und mich in ihre beschränkte Vorstellungswelt zu zwängen, alle Lehrer, Einflussnehmer, Unterdrücker, Eindruckschinder, alle, die ihre Träume verwirklicht und andere zum Verwirklichen von Träumen angehalten und erzogen haben.

Ich klage alle an, die mich zu einer vollendeten Dienstmagd der Zivilisation gemacht haben, zu einem Objekt, auf das sie irgendwelche Ziele, Aufgaben, Qualitäten und sonstige Eigenschaften projizieren konnten. Zu einem Ehrenmitglied der kapitalistischen Gesellschaft im ausgehenden zwanzigsten Jahrhundert. Zu einem hochkarätigen Läufer im großen Wettrennen. Zu einer Überlebenden.

Ich klage meine Eltern an. Meine Grundschullehrer. Die Psychologin Ilana. Gaddi.

Ich klage die Männer an, mit denen ich im Bett war, ich klage die Männer an, mit denen ich eine Beziehung hatte, und auch diejenigen, mit denen ich keine Beziehung hatte und die dennoch bei jeder möglichen und unmöglichen Gelegenheit meinten, mir erklären zu müssen, was es heißt, in dieser Generation, in diesem ausgehenden Jahrhundert, in dieser Scheißzeit, die post-alles ist, eine »richtige« Frau zu sein.

Ich klage die Frauen an, die mir das alles auch erklärt haben. Ich klage die Frauen an, die sich in ihr Schicksal gefügt und mich somit genötigt haben, mir ein Beispiel an ihnen zu nehmen und zu werden wie sie. Ich klage Meryl Streep an, die Schriftstellerin Dvora Omer, Jessica Lange, Susan Sontag und unsere Ministerin für Arbeit und Soziales, Ora Namir. Und Cindy Crawford. Alle Frauen, die für Lippenstifte und Nylonstrümpfe modeln, und die Hersteller von Lippenstiften und Nylonstrümpfen. Meine Schwestern, die Nachbarinnen und sämtliche Frauen von Sderot bis Chicago, die ihren Orgasmus nur vortäuschen. Und sämtliche Frauen von Sderot bis Chicago, die wirklich einen Orgasmus haben. Die Nutten, die Lesben, die Transen, die Karrierefrauen und die Hausfrauen. Golda Meir ebenso wie die Lyrikerin Yona Volach und Madonna. Die selbstgefälligen alten und die draufgängerischen jungen Frauen, meine Kindergärtnerin Rina und meine rückständige Mutter.

Ich klage MTV an, den Journalismus, meinen Bilderschatz, das System, den Militärsender, die Privaten, das Zweite, den Journalisten und Talkmaster Dan Shilon, die Verlegerfamilie Moses, den Kulturimperialismus der Amerikaner, den Zionismus, die Arbeitspartei, die Opposition und die Regierung.

Ich klage die Idealisten an und die Zyniker. Die Bourgeoisie. Die Orthodoxen, die Barbecue-Fans, die Palästinenser.

Ich klage mich selbst an, weil ich es nicht geschafft habe, meinem Leben eine Wende zu geben, weil ich nicht genug Gegenwehr aufgebaut und mich vom großen Strom habe fortreißen lassen.

Ich klage alle an.

Weil ich alle hasse. Huren sind sie, und was für welche. Die ganze Welt nichts als Huren. Und ich bin die größte Hure von allen. Ich bin die neue Frau.